湖南省文艺人才扶持
“三百工程”系列丛书

草色怡然

——潘一尘作品

潘一尘　著

湖南师范大学出版社

图书在版编目（CIP）数据

草色怡然——潘一尘作品／潘一尘著．—长沙：湖南师范大学出版社，2018.12

ISBN 978－7－5648－2477－8

Ⅰ.①草…　Ⅱ.①潘…　Ⅲ.①文艺—作品综合集—中国—当代　Ⅳ.①I217.2

中国版本图书馆CIP数据核字（2016）第111563号

草色怡然——潘一尘作品

Caose Yiran——Panyichen Zuopin

潘一尘　著

◇策划组稿：李　阳
◇责任编辑：李红霞
◇责任校对：蒋旭东
◇出版发行：湖南师范大学出版社
地址/长沙市岳麓山　邮编/410081
电话/0731－88873071　88873070　传真/0731－88872636
网址/http：//press.hunnu.edu.cn
◇经销：新华书店
◇印刷：湖南雅嘉彩色印刷有限公司
◇开本：710mm×1000mm　1/16
◇印张：25.25
◇字数：450千字
◇版次：2018年12月第1版
◇印次：2018年12月第1次印刷
◇书号：ISBN 978－7－5648－2477－8
◇定价：79.00元

本社购书热线：0731－88872256　88872636

投稿热线：0731－88872256　13975805626　QQ：1349748847

前 言

领受一分关爱，将多年积留下来的文稿选编成书。其实，以前亦曾想过，但总感到此类的书，似难为人看好。加之，时运沉浮，动迁频繁，又久陷庶事杂务，一路来涉猎过多种文体，却每每浅尝辄止。末了一看，就像开了家杂货铺，货品难见光鲜，更无奇货可居，还是算了吧。

而一旦定下心来，着手清理那一大堆蒙尘故纸，无数的回忆即纷至沓来：淡忘了的人间烟火，远去了的大千风云，迷失了的幻景仙境，还有自己那时那地许多的言语歌哭，一一定格于白纸黑字，依旧令人怦然心动……于是，虽经过沉淀筛选，案头上还是有了一个不薄的选本。

此时，原先的迟疑却又浮上心来。虽为有情物，却花非花，雾非雾，在苍茫大野欣荣万类中，充其量算得上一丛长滩远草。唐人有诗“草色遥看近却无”，此之谓也。

有挚友说话了：小草儿又何如，毕竟生过，绿过，花花草草一起在风中起舞过。余顿悟之，不久就想出来了一个标题，拟请书家写好，放在封面。

潘一尘

目　录

代后记 / 392

跋 / 394

上卷

剧作十种

一、《斑竹泪》（神话歌剧）

斑竹泪

“洞庭之山，帝之二女居之……出入必飘风暴雨。”（《山海经》）
“昔象之为虐至甚，而大舜犹侯之有鼻。”（《三国志》）
“斑竹一枝千滴泪，红霞万朵百重衣……”（毛泽东《七律·答友人》）

人物表

舜帝——猎手，人间之帝
娥皇——天帝之女，洞庭水神
女英——娥皇之妹
子蕙——九疑山民女
稷叟——九疑山长老
象怪——兽怪
众翠竹姑娘、众水仙、众武士、众山民、众兽

序幕

〔远古，青铜时代之始。
〔洞庭湖一带。
〔序曲将人们引向迷蒙神秘的远古。
〔幕启。天风呼号，云水漫卷，一片混沌。舜帝率众武士，乘一艘雄奇的风头巨舟鼓帆向前。墨黑的帆上绘有彩凤图腾。

合　唱：长河万重巨浪，

大江九派茫茫。
角逐嗜血的象怪，
周旋在云梦大泽上。
入洞庭，莽苍苍，
征帆向何方，征帆向何方？

〔闪电、霹雳。象怪骤然出现于船头。舜帝持猎叉与象怪搏战。象怪嚎叫，长鼻一甩，喷出团团水雾，乘机逃遁，舜帝四顾寻找。

〔云蒸霞蔚，环珮叮咚。娥皇、女英从碧波下冉冉升起。

女声领唱、合唱：是谁，是谁，
搅乱了一碧万顷？
是谁，是谁，
惊动了洞庭女神？
啊，是人间猎手舜帝，
赫赫威名早倾心，
果然雄风凛凛。

〔舜帝惊异。娥皇遥指象怪去向，舜帝致礼，众武士举桨。

〔娥皇拨动弓形彩色五弦琴。五音回旋，长风顿起，凤舟扬帆而下。娥皇引颈痴望。少顷，娥皇躲过女英视线，悄然乘风飞去。女英茫然四顾。

女声合唱：拂五弦，起长风，
风送征帆出洞庭。
越潇湘，指九疑，
帝子多情，
乘风相随千里行。

〔切光。

第一幕

〔九疑山中。

〔幕启。巨大阴森的溶洞口内，钟乳悬垂，似犬牙参差；石笋林立，似刀刃嶙峋。洞外，枯黄的山林。远处，竹海苍茫。

〔在沉郁而单调的石磬、土鼓、陶缶敲击乐声中，展现出远古的祭祀场面。稷叟、子蕙与形容枯槁的山民们匍匐求天。

稷　叟：（唱）冥冥上苍，体恤生灵，

众山民：（唱）下方多难，无以聊生，

稷　叟：（唱）象怪猖獗，鱼肉山民，

众山民：（唱）乞除此孽，大德大恩。

〔昏蒙的空中，忽然出现巨象的显影和狂笑声。众惊惶逃散。画着银象图腾的猩红大旗漫卷而上。象怪化为人形，身着银装，手执银鞭，率兽群将子蕙团团围住。象怪被绝色的子蕙所吸引。

象　怪：（唱）腾腾杀气，瞬时消尽，
温情缕缕，涌上我冰冷的心。
啊，山中最美的姑娘，
万般风韵，照亮了我暗淡的眼睛。
我占据了这无边山林，
却未曾占有过一颗心。
姑娘，姑娘，
屈膝在你衣裙下，
是从不低头的百兽之尊。

子　蕙：不，不，不能！
（唱）山中的野火，
怎能获得翠竹的爱情？
凡人与恶兽，
怎能缔结美满的婚姻？

象　怪：（唱）姑娘，姑娘，
屈膝在你衣裙下，
是从不低头的百兽之尊。

子　蕙：（唱）焚烧吧，嚎叫吧，
我愿同翠竹一同枯萎，
在烈火中化为灰烬！

〔象怪举起银鞭，银鞭闪着奇异的光影。子蕙身不由己，顿时神情恍惚，面露痴呆的微笑，缓缓走近象怪。

〔突然，鼓角声震天而起，身着黑色甲胄的舜帝，率手执干羽的众武士冲上，象怪率众兽迎敌。黑红二旗相对，双方目光相逼。

象　怪：（唱）猩红大旗，像污血翻着恐怖的恶浪！

舜　帝：（唱）墨黑大旗，像乌云挟着愤怒的电光！

象　怪：（唱）你逼得我，喘息在这苍梧蛮荒，

舜　帝：（唱）这九疑山，就是你葬身的地方。

象　怪：（唱）咆哮吧，饮血的银象，

众　兽：（唱）银象，银象……

舜　帝：（唱）奋飞吧，吉祥的凤凰。

众武士：（唱）凤凰，凤凰……

〔烟尘滚滚，双方混战。象怪与众兽渐不能支，仍顽抗不驯。

〔娥皇幻变为村姑，飘然而上，闯入两阵之间，故作惊惶倒地。舜帝挺身相救，娥皇闪身而去，众惊异。娥皇又闪现，拨动五弦琴。在奇妙乐声中，象怪与众兽不由自主地起舞。象怪狂啸，仍无法止舞。乐停，众兽四散，象怪软瘫在地，众武士缚之。

〔舜帝四处张望，寻觅村姑。娥皇嫣然一笑，在竹林间隐没。

〔众山民涌上。稷叟扶刚苏醒的子蕙随上。舜帝脱下大氅披在子蕙身上，子蕙含泪跪拜。

众：舜帝，舜帝！

子　蕙：（唱）像严寒的冰雪化去，

众：（唱）舜帝，舜帝！

稷　叟：（唱）热泪似山泉泻地，

众：（唱）舜帝，舜帝！

向猎叉的金辉，顶礼，

向凤旗的威仪，顶礼！

啊，你伟大的九州之王，

在山民眼前，

在万众心里。

〔舜帝持猎叉走近象怪。

众：杀死它，杀死它！

象　怪：（惊恐、哀鸣）舜帝，舜帝，素闻你仁德贤明，博爱众生，畜牲泣血叩拜，乞求留下一命。

舜　帝：你可是恶贯满盈！

象　怪：啊，善良的人们。（爬至众前连连叩头，又伏于舜帝脚下）

舜　帝：你！

〔娥皇从林中暗出。

娥　皇：大舜……

〔舜帝闻声回望，娥皇幻化为村姑上前。

娥　皇：小女叩进一言。看这田园荒芜，象怪力大无穷，何不留它一命，以事耕耘。（闪身而去）

象　怪：说的是。仁德的舜帝，善良的山民！是我搅得田园荒芜，毁了这满山竹林，可你们杀了我，只消得一时之恨。留我一命吧，愿从此带枷拉犁，服役终身。

〔舜帝探视稷叟，稷叟颌首。

舜　帝：啊，季节催人，我们何不即刻驱象而耕？

稷　叟：舜帝，你万里劳顿，耕耘一事，自有山民。

〔一群强悍的山民涌上，抢夺竹鞭，舜帝一把抓过，激动地举起。

舜　帝：看这田园荒芜，令人焦心。幸逢这大好春光，快将它化作良田千顷。

（唱）南风啊！驱尽了冬日的严寒，

众：（唱）南风啊，吹散了天下的愁烦。

舜　帝：（唱）雨丝闪闪，

鸟鸣声喧，

春气升腾，

百花吐艳。

我欢乐的子民们，

耕耘吧，渔猎吧，

辛劳在今天，

幸福在明天！

众：（唱）辛劳在今天，

幸福在明天！

〔众欢腾雀跃，奔向山野。

娥　皇：大舜……

〔舜帝回头，娥皇又隐于竹林。

舜　帝：（唱）是俏皮的村姑，

是善良的女神？

你那清丽的笑影，
似明月，似明月，
隐没在青翠的竹林。
你那奇妙的琴声，
似山风，似山风，
回荡在沉沉的竹林。
出来吧，出来吧，
俏皮的村姑，
善良的女神，
请接受大舜的致敬。

〔娥皇悄悄拨动琴弦，五弦和鸣，深情如歌，女声无词伴唱声起。

舜　帝：（唱）像山泉淙淙，
像鸟儿鸣唱。
我踏着琴声寻访，
寻访那弹琴的姑娘。
像绿叶絮语，
像轻风鼓荡。
似曾相识在梦中？
似曾相见在他方？

娥　皇：（唱）山泉淙淙，是心弦在颤动，
鸟儿鸣唱，是深情在流淌。
女儿的心你可领会？
炽热的情你可猜详？

〔在歌声中，两人步步走近。

舜　帝：（唱）竹叶摇荡，竹叶摇荡，
啊，像一弯新月，冉冉升起。
她美目流盼，
我情思惶惶。

娥　皇：（唱）竹林生光，竹林生光，
啊，像灿烂旭日，跃上山冈。
他光华夺目，
我含羞迎上。

〔两人执手。舜帝兴奋，娥皇羞涩。

〔竹林间变幻出一群翠竹姑娘，围绕着舜帝与娥皇徐徐曼舞。

男女声合唱：啊……

春光怒放，彩云飞翔，

翠竹婆娑舞，翠竹声声唱，

人杰地灵，天降吉祥！

〔众山民、武士涌上，围住娥皇。

稷　叟：（唱）你是谁，美丽的女郎？

娥　皇：（唱）九疑山下，村中姑娘。

〔众山民凝视，惊异地摇头。

众山民：（唱）你是谁，陌生的姑娘？

娥　皇：（唱）朝朝相伴，怎将我遗忘？

稷　叟：（唱）你的名字？

娥　皇：（唱）老爹忘了，我叫娥皇，

众山民：（唱）娥皇？娥皇……

娥　皇：（唱）啊，我多么委屈，

我心中彷徨！

众山民：（唱）娥皇，娥皇！

舜　帝：（唱）你不要心伤，（上前扶她）

众：（唱）啊，真是个可笑又可爱的姑娘。

娥　皇：（含情而笑）大舜啊，父老乡亲，小女早倾慕舜帝英名，今朝就此表白……愿以心相许，伴他终身。

众：呀！

舜　帝：我身披万里风尘，走遍茫茫人境，好像寻找了你很久很久。今天，你终于来临。（对众）啊，九疑山的乡亲，请向我祝贺吧，请为我欢欣！

〔众雀跃、欢呼。

〔仙乐一缕，女英飘然而上。

女　英：姐姐，姐姐，快回去吧。你呀，真莽撞！

娥　皇：（嗔怪地）你，你怎么来了？

舜　帝：啊，你们是……

女　英：（致礼）我们是天帝之女，居住在洞庭湖上。

众：啊？

舜 帝：天帝之女……

女 英：舜帝，舜帝，你且寻思，你细回想，舟过洞庭，是谁送你一帆好风向南方？令百兽起舞，是谁的琴声，有那奇妙的力量？

舜 帝：是啊，是啊……

女 英：都是我这调皮的姐姐，帝子娥皇！

众：啊……

舜 帝：帝子娥皇……（惊异地退后）

娥 皇：大舜！

众：娥皇！

舜 帝：爱情燃烧在我的心上，什么也不能阻挡。你，你要永远在我身旁，我们永远不分离，娥皇！

娥 皇：大舜！

〔两人紧紧相依。

女 英：（羞得以手掩面）姐姐……

稷 叟：好呀，好呀！象怪制伏，九州安定。舜帝、娥皇有缘奇遇，山民为之贺喜！

〔众山民欢呼。

稷 叟：敢问舜帝，何日佳期？

舜 帝：这……

〔娥皇拉拉舜帝的衣袖，对舜帝耳语。

舜 帝：长老乡亲，如不嫌弃，就是今朝。就在这九疑之地，成其大礼。

稷 叟：啊，九疑大幸，九州大喜！

〔稷叟挥手，鼓乐大作。娥皇换仙服上，与舜帝重见，致礼，祭拜天地。

稷 叟：（吟唱）虞舜贤能，功盖大地，

帝子多情，两心相依。

联姻九疑，万民同喜，

人间天上，良缘永缔！

〔山民、武士在乐声中舞兽尾鸟羽，跳起原始狂热的欢庆之舞。

〔武士牵上被缚的象怪，众投足鼓噪。象怪驯顺伏地，双目暗露凶光。

〔子蕙在山民的簇拥下，手捧一丛植于彩陶器中的翠竹，款款上前。

子　蕙：（唱）漫山翠竹，漫天春光，
放眼八方喜洋洋。
舜帝，娥皇呀，愿心心相印，
似翠竹青青，
两情地久天长。
一蓬翠竹，一缕春光，
双手捧献表衷肠。
舜帝、娥皇呀，愿千里携带，
见翠竹青青，
遥想九疑山乡。

〔舜帝半跪，接过翠竹。稷叟与子蕙复将大氅披在舜帝的身上。

众：（唱）霞光升起在众山之上，
凤凰遨游在九疑丛莽！
稷　叟：（唱）四岳九州，无边乐土，
众：（唱）你功德传扬。
稷　叟：（唱）在北国——
众：（唱）率子民垦新壤，
稷　叟：（唱）在东海——
众：（唱）领子民撒渔网，
稷　叟：（唱）在南方——
众：（唱）教子民烧彩陶，
稷　叟：（唱）入大麓，辟蛮荒，
除恶兽凶蟒。
步步人烟起，
处处建村庄，
众：（唱）啊，天下人欢唱。
霞光照耀着华夏南疆，
凤凰在万民心中翱翔！

〔众欢腾。象怪龟缩一隅，阴沉地凝视着。

——幕落

第二幕

〔幕启。洞庭湖下仙宫。水晶为廊柱，水草织帏帐。碧藻片片，鲛珠点点，盈盈水帘轻垂，云影天光，映照着一丛植于彩绘陶缸中的翠竹。

〔众水仙穿行于水草间，似游鱼戏水欢笑。环珮声声，叮咚有韵。

〔半掩的帏帐内，娥皇倚身卧榻，痴对手中的五弦琴。

娥　皇：（唱）五弦琴，五弦琴，
　　　　声声呼唤远行的人。
　　　　我抱着五弦琴，
　　　　湖上归鸿都数尽。
　　　　我枕着五弦琴，
　　　　恍若相逢，梦醒恨天明。
　　　　我弹起五弦琴，
　　　　千回百转无人应。
　　　　我放下五弦琴，
　　　　余音袅袅更幽清。
　　　　五弦琴，五弦琴，
　　　　快快唤回那远行的人……（拂弦，奏出了几个音符，又颓然放下）

〔女英含笑暗上。

女　英：（唱）步儿轻轻，
　　　　悄声细问，
　　　　好姐姐为何闷沉沉？
　　　　哦，心中事不说我也知情。

娥　皇：哎呀，你！

女　英：（唱）怨他巡狩远去，
　　　　撇下你冷凄凄孤零零。

〔娥皇追打女英，女英躲闪。

娥　皇：（沉思地）好妹妹……

（唱）有朝一日，当你也爱上一个人，

女　英：（唱）啊，像英雄的大舜——（羞，急蒙脸）

娥　皇：（唱）怎能不一往情深。

女　英：姐姐！

（唱）用不着坐卧不宁，

他定在急匆匆，汗淋淋奔向归程。

来来来，快梳妆，理花容，

佳期将临，佳期将临！

〔突然，远处传来号角长鸣。

娥皇、女英：啊，他真的回来了？

〔众水仙喜气洋洋上。

众水仙：娥皇姐姐，舜帝巡狩归来，凤舟已到湖上！

〔女英与众水仙迎下。娥皇理容、整装，急欲相迎，复又退回，躺于卧榻。

〔舜帝戎装，大步上，甩脱大氅。

舜　帝：（大声地）娥皇，娥皇。

（唱）一声声，迟迟不应，

一声声，寂无回音。

莫非是，酒意正浓？

莫非是，沉入梦境？

猛见她眼睑边泪珠盈盈，

泪珠盈盈，乱了我心。

娥皇啊，深谢你多次辛劳伴我巡狩，

这一回迟迟未归累你久等。

我的亲人，快睁开眼睛，

我归来了，我日夜思念的人。

娥　皇：（娇柔地伸出双臂）大舜……

舜　帝：娥皇！（与娥皇相依相偎）

娥　皇：这一向可好？

舜　帝：（唱）彩凤旗，飞过那长河大江，

举猎叉，逐鹿在王屋太行。

凯歌高奏，

万里春光！
啊，誓走遍四极万方，
一扫魑魅魍魉！

娥　皇：你呀！回到仙宫，还这样杀气腾腾！就不会说几句可心的话，让我高兴……

舜　帝：啊，哈哈……对，对！

娥　皇：（温情脉脉地）大舜……

舜　帝：（动情地）娥皇……

娥　皇：今日是什么日子，你可曾忘却？

舜　帝：怎能忘！我不是日夜兼程赶回你身旁？

娥　皇：啊，在九疑山上……

舜　帝：翠竹林旁……

娥皇、舜帝：那年今日……

娥皇、舜帝：（唱）不忘那美妙的时光，
不忘那幸福的时光，

舜　帝：（唱）你的爱在我心上，
像珍珠在湖水下深深隐藏。

娥　皇：（唱）我期望你的温存絮语，
可你啊，惯于那呐喊喧嚷。

舜　帝：（唱）仙女的爱啊，像细柔的云丝，
凡夫的情啊，是秃兀的山冈。

娥　皇：（唱）别这样说，别这样讲，
山冈的爱情，深厚坚强，
云丝儿怎能不依恋山冈。

舜帝、娥皇：（唱）啊，云丝！啊，山冈！
朝朝暮暮，地久天长。

娥　皇：大舜，自从成婚，你时时巡狩四方，这水下珍奇万千，都无暇观赏。好难得盼来今日……你呀，你把眼睛合上。（蒙住舜帝双眼）

〔一瞬间，他们周围泛起水波。碧波中，显现出一幽静的洞门。

舜　帝：（睁眼）哦！哈哈……

娥　皇：（唱）让我俩举目共赏，
让我俩携手徜徉。

自洞庭通幽，回旋万里，
通向美丽的太湖之上。
且把那纷纭世事一边放，
做一回自在游仙，
啊，游往那遥远东方……

〔两人欲入洞门。突然南风嗖嗖，碧波消失，陶缸中翠竹瑟瑟有声，奇异的光影照亮了幽静的大厅。舜帝惊醒，见翠竹渐渐枯萎，临空飘来子蕙赠竹时的歌声：

愿千里携带，
见翠竹青青，遥想九疑山乡……

舜　帝：啊，翠竹枯黄，南风声变……莫非是九疑山有患，凶兆暗传？

娥　皇：大舜，你怎么了？

舜　帝：娥皇，恐众生遭难！

〔女英上。

女　英：舜帝，各方长老如期前来晋见！

舜　帝：正好，即刻召见！

〔女英下。

娥　皇：你看，长老如期赶来赴会，还有什么凶险？

〔东岳、西岳、北岳三长老捧三色玉帛上。

三长老：东岳长老、西岳长老、北岳长老叩见舜帝！（礼毕）东岳、西岳、北岳无事，望勿悬念！

舜　帝：南岳长老稷叟未来？

娥　皇：想是他年老体衰，来得稍迟。各位长老请稍歇息，即刻开宴。大舜，你……

〔舜帝翘首而望，心神不安。

娥　皇：宴会在即，众水仙已调试管弦。

舜　帝：九疑如若有患，我怎能酒热歌酣？

三长老：娘娘，舜帝心忧天下，一片赤诚，令人尊敬。

女　英：（将娥皇拉到一边，悄声地）姐姐，你别急呀！这样吧，我前去九疑一行。

娥　皇：这……

〔小水仙上。

小水仙：南岳长老稷叟求见。

舜　帝：哦，稷叟到了，快快有请！

〔象怪幻化为稷叟，携礼品上。

象　怪：（唱）时风佳雨，润泽下方，

遥望南天，万千气象。

五谷丰登，户户安康，

啊，舜帝，啊，娘娘，

恩德浩荡，山民们每饭不忘。

嘱托我白发长老来拜望，

山中野味，怎比得玉液琼浆，

却自带泥土芳香。

娥　皇：方才翠竹枯黄，南风异响，您又迟迟未到，大舜还以为九疑山又起祸殃。

象　怪：老夫现已赶到，舜帝尽可把宽心放。

众：哈哈哈……

娥　皇：今朝我要大摆洞庭仙会！仙女们，开盛宴，迎嘉宾，洗风尘，叙衷肠。

舜　帝：好，开怀畅饮举酒觞！

女　英：酒宴上，娘娘将要弹奏亲手谱写的新曲《凤凰和鸣》，请舜帝听取，请各位长老鉴赏！

众：多谢娘娘！

舜　帝：请！

〔众下。灯暗。五弦琴带起欢悦的乐声，华光四射，透过帷幕，可见一对凤凰飞上，翩翩起舞……

男女声二重唱，伴唱：天地广，日月光，

逍遥游，凤和凰。

清波下，九霄上，

交颈眠，比翼翔。

啾啾和鸣，啾啾和鸣，

愿朝朝暮暮，生生死死，

同声唱，影一双。

凤凰和鸣，遨游四方，

凤兮凰兮，地久天长……

〔幻化为稷叟的象怪暗上，复化为象怪。

象　怪：（唱）这得意的歌声，
这忘形的舞影。
这七日七夜不散的仙会，
唤起我切齿的仇恨。
装人样，隐兽形，
吐甜言，藏苦心。
假报九疑太平，
阻止舜帝南巡。
啊，愿你们酣歌不停，
望你们沉醉不醒。
这沉沉仙宫，
游荡着我复仇的身影。（忽然隐向暗处）

〔一水仙引衣衫褴褛、疲惫不堪的子蕙上。

〔女英暗上。

子　蕙：求见舜帝，求见舜帝！

〔女英与水仙急下。

〔象怪旋风般窜上，舞动银鞭。银鞭闪着诡异的光影，子蕙晕眩倒地。

象　怪：（咬牙切齿地）你！竟然冲破樊篱，来报凶讯，使我的计谋几成泡影。死去吧，我曾日夜渴望的姑娘。你的死，是为了我的生！（举鞭欲打）

〔人声近，灯复明，象怪急闪下。舜帝随女英上。

舜　帝：子蕙姑娘！怎会这般模样？

〔女英扶起子蕙。

子　蕙：（渐苏醒）啊，舜帝！
（唱）九疑起乱云，
竹海惊涛生。
那象怪势汹汹举起猩红旗，害生灵，
稷叟老爹他……

舜　帝：啊，稷叟老爹他，他可知此情？

子 蕙：（唱）他，他已鞭下丧生，
临终前嘱我报凶信。

舜 帝：（唱）他，他已前来仙宫，
告知九疑太平。

子 蕙：（唱）不，绝不可能，
亲见他血染黄尘。

〔象怪幻化为稷叟上。

象 怪：（唱）啊……亲爱的孩子，
你为何也来洞庭？

子 蕙：（唱）眼迷乱，心中惊，
你，你，你可是那游荡的冤魂？

象 怪：（唱）眼迷乱，心中惊，
你，你，你怎么神忘不清？

子 蕙：（唱）你到底是鬼还是人？
为什么死而又复生？

象 怪：（唱）你到底是什么用心？
竟敢扰乱视听，假报凶讯？

子 蕙：（唱）舜帝呀，九疑山当真是重陷血海，

象 怪：（唱）舜帝呀，九疑山实在是一片太平！

子 蕙：你……

象 怪：你……

子蕙、象怪：（唱）恨不能掏出这颗心，
辨真伪，是非清。

子 蕙：（唱）舜帝呀，你细察，

象 怪：（唱）舜帝呀，你明断，

子 蕙：（唱）我已见象怪来洞庭，

怪 象：（唱）此女疯癫别有用心，

舜 帝：（唱）啊，暗沉吟……

子 蕙：（唱）啊，急如焚……

女 英：（唱）啊，疑云生……

象 怪：（唱）啊，心弦紧……
为什么，为什么迟迟不出声？

舜　帝：（唱）透过洞庭水千层，

似见南天起风云！（起身，直视象怪）

象　怪：（老泪纵横）舜帝！可怜我白发苍苍，不顾山高水远，千里迢迢前来拜望谢恩，岂能有欺诈之情！

子　蕙：小女子有口也说不清。乞求舜帝快快南巡，一到九疑，真假自然分明！

舜　帝：九疑为东南天柱，柱倒天倾，不可轻心。我当即刻启程！

子　蕙：谢舜帝！

〔一水仙扶子蕙下。

女　英：舜帝，是不是让我……

舜　帝：南方数载未去，我早挂心。此去如若无事，可走访山民，亲事躬耕。如若果真有难而不顾，我无脸再见九疑乡亲。

女　英：你巡狩才归，只怕姐姐她难以答应。

〔象怪暗下。

舜　帝：啊！

〔投影中，娥皇翩翩起舞。

舜　帝：（唱）离别难，离别难，

乍相会离别又在眼前。

只见她荷衣蕙带，仙姿翩翩，

恋情依依喜我回还。

忽见她娇容改色，

别泪潸潸，愁上眉尖。

羁留难，羁留难，

望南天山民若在眼前。

似见那翠竹枯黄，子民罹难，

凄情切切盼我重返。

恨不能呼长风鼓黑帆，

击浪飞舟九疑山。（回见娥皇绰绰身影）

去？留？难，难，难！

难把身儿分两半。

女　英：舜帝！

舜　帝：好妹妹！

（唱）让我走吧，让我走吧，
乘此时盛宴正酣，暗离仙山。
女　英：不不，舜帝！
（唱）历历数载，你巡狩经年，
可知姐姐独守深宫影孤单？
好难得今朝开颜笑，
且放下百事将她伴。
此一去，忒匆匆，
莫怪妹妹来阻挡！
舜　帝：（唱）想我大舜，生于茫茫人寰，
想我大舜，本是村野儿男，
以帝相称，岂可忘四岳子民的嘱言。
岂能有半点懈怠，一时贪欢？
望知我心，望知我心，
我的心已不在这安乐仙山，歌舞宴前。
女　英：（唱）啊……多幸运，多美满，
姐姐呀，相伴着这样的热血儿男，
暂别离，你不该幽怨。
舜帝呀，难得你对众生如此至诚，
难得你有如此宽阔胸襟。
女英我怎能强留，
女英我无限钦敬！（跪下）
舜　帝：（扶起女英，唱）
好妹妹，深知我心，
离娥皇，我也于心不忍。
还望你，细劝慰，
朝夕冷暖多照应。
女　英：（唱）舜帝呀，千里风尘，征途险峻，
盼望你凯歌高奏，早日回洞庭。
〔舜帝欲下，又频频回顾，终于大步离去。
〔娥皇带着酒意手捧五弦琴与水仙上。
娥　皇：（醉意朦胧）大舜，大舜，我弹的《凤凰和鸣》一曲可好？你听了，

可知我心？

女　英：姐姐，舜帝想是醉了，正在宫内歇息。

娥　皇：他……

女　英：你先去吧，我找人照应。

〔水仙扶娥皇欲下，象怪幻化为稷叟上。

象　怪：娘娘，稷叟我就此告辞了！

娥　皇：仙会未散，你……

象　怪：这……娘娘，舜帝即刻要去九疑，老夫当一同随行。

娥　皇：啊？怎么……（回望女英）

女　英：（怒视象怪）你！

象　怪：老夫有口难禀。

娥　皇：说吧。

象　怪：刚才，九疑山中有一女子，偷偷前来宫中见舜帝，硬说九疑有难。舜帝他……竟然深信。

娥　皇：哦？这……

象　怪：这女子名叫子蕙。娘娘，恕老夫直言。她娇柔如花，狐媚多情，对舜帝倾慕日久，一片痴心。

女　英：不得胡言！

娥　皇：子蕙……

象　怪：娘娘见过此人。

娥　皇：我何时见过此人？

稷　叟：当初九疑有幸，舜帝与娘娘竹下定情，山中联姻，万民欢庆。其中有一女因蒙舜帝相救，感激涕零，别怀情韵，频频周旋于舜帝跟前。临别之际，她更是肝肠寸断，凄凄然以竹相赠……喏，喏，就是这竿陶缸中的翠竹。

娥　皇：别说了。（自语）翠竹枯黄，南风声变，原来是……

女　英：（对象怪）还不退下。

〔象怪下。

娥　皇：我苦苦等待，他竟不辞而行！

女　英：姐姐，你听我……

娥　皇：不！（急呼）快，快，留住大舜！

〔水仙急下。

〔娥皇痴痴地看着五弦琴，四顾茫茫，步履踉跄，扑倒在卧榻上。

〔女英沉思，悄然急下。

——幕落

第三幕

〔洞庭之滨。

〔幕启。晚霞褪尽，暮霭沉沉。凤头巨舟待发，武士们兵刀森森，黑色凤旗猎猎迎风。

〔舜帝执猎叉、着甲胄，身披黑色大氅，立于巨石之上。

男声合唱：赫赫舜帝，猎叉在手，
干羽齐舞，壮士抖擞。
灭绝凶禽，除尽恶兽，
高歌四岳，驰骋九州。

〔一武士上。

武　士：舜帝，众军听令！

舜　帝：传令登舟！

〔武士下，一水仙匆匆上。

水　仙：请舜帝稍候，娘娘即刻前来。

舜　帝：（大惊）啊？这……

〔水仙下，武士重上。

武　士：舜帝，请登舟启程！

舜　帝：（一咬牙）准备启程！

〔武士们的传令声：准备启程！准备启程！

〔舜帝回头一望，欲下。

〔突然，五弦琴拨出的奇妙五音在空中震荡，云霞渐生，如丝如缕。云水间，巨大的五弦琴冉冉升起，后面站着娥皇。透过五彩琴弦，可见她那美丽妩媚、无限哀怨的倩影。

女声合唱：五弦琴拂生彩云，
千丝万缕是痴情。

一曲悲歌心中起，
声声相赠远行人。

〔娥皇拨动琴弦，随着五弦之音，空中悠悠飘下五根彩色长弦，不停地旋转。舜帝缓缓转身，眼目晕眩。

娥　皇：（唱）你就这样去了，
你就这样去了，
心爱的人！
忘了那洞庭波上的初会，
忘了那九疑竹下的喜庆，
忘了那仙宫里无限温存。
你就这样去了，
你就这样去了，
心爱的人！
忘了我迢迢万里的祝祷，
忘了我凝眸默默的苦等，
忘了我重逢时分的热泪盈盈。
啊……痴心遇负心，
多情换无情。
往事如烟，似梦似幻，
何须苦追寻！
剩下了，这幽幽深宫的凄清，
剩下了，这飒飒秋风的悲吟。
剩下了，这颗破碎的心，
剩下了，这欲断的五弦琴。

〔五色光束交错，旋转，令人迷离。

〔舜帝如醉如痴，丢开猎叉，伸开双手，朝娥皇扑去。

男声合唱：竹叶摇荡，竹叶摇荡，
啊，像一弯新月，冉冉升起，
她美目流盼，
我情思惶惶。

女声合唱：竹林生光，竹林生光，
啊，像灿灿旭日，跃上山冈，

他光华夺目，

我含羞迎上。

〔四目相对，深情执手，步步走向仙宫。

〔子蕙上，见状，急切地呼唤。

子 蕙：（唱）啊，舜帝，啊，舜帝！

你何处去，何处去？

别抛下苦难的众生，

别抛下血染的九疑。

你回头听一听，看一看，

可怜的村女声声呼唤你。

（合唱）啊，舜帝，啊，舜帝！

你别忘记，别忘记，

山民们赠你翠竹，

临别时千言万语。

你回头听一听，听一听，

苦难的子民声声呼唤你。

〔舜帝挣脱娥皇的手，骤然回头。

娥 皇：大舜！

子 蕙：舜帝！

〔舜帝猛地拾起地上的猎叉。猎叉金光闪烁，铿然长啸。奇异的云霞顿时消尽。

舜 帝：（唱）啊……猎叉铮铮，三声长鸣，

是四岳精铜炼就，

是九州巧匠铸成。

重千钧，万民之力，

耀日月，天下之心。

猎叉长鸣，又把我带回多难的寰尘，

猎叉长鸣，召唤我去保卫天下生灵。

娥皇呀娥皇，

翠竹兆不祥，

子蕙报凶讯，

宫中扑朔迷离险象生。

不去九疑心不宁，
心不宁，犹恐大难生。
原谅我，万难离热土，
原谅我，一念为苍生。
武士们啊，抖擞精神，
挥戈南行！

娥　皇：大舜，我不能离开你。大舜！（欲拉住舜帝，踉跄跌倒）

〔舜帝情动于衷，将娥皇轻轻扶起。

舜帝、子蕙：（唱）领略你一片衷情，
娘娘你一片衷情，

舜帝、子蕙：（唱）大舜我岂是木石之人。
娘娘你情意珍贵万分。

舜帝、子蕙：（唱）九疑有难，九疑有难，

舜帝、子蕙：（唱）望娥皇知我一片苦心。
望您知山民一片赤心。

舜　帝：（唱）随我去吧，随我去吧，
让我们再一次携手南巡。

子　蕙：（唱）娘娘去吧，娘娘去吧，
山民们满含热泪将您相迎。

娥　皇：啊，不，不不……

舜帝、子蕙、娥皇：（三重唱）随我去吧，携手南巡，
娘娘去吧，万众相迎，
你留下吧，且莫薄情，

子蕙、娥皇、舜帝：（三重唱）啊，娘娘……
啊，大舜……
啊，我必须启程！

娥　皇：（唱）啊……为什么，为什么，
为什么我如此多情？
一片痴心，一片痴心，
谁料你竟如此顽冥？
这女子一番假意你听信，
我千言万语你罔闻！

啊，我悲，我气，我愤，

点点苦泪沾襟……

子 蕙：娘娘，九疑有难，小女岂敢假报凶信。舜帝此去，山民若得重见天日，当永世不忘娘娘恩典。

〔象怪幻化为稷叟，上。

象 怪：（大呼）不要再花言巧语！子蕙，你来宫中到底为何？

子 蕙：什么？

象 怪：舜帝，娘娘，事已至此，我不得不把真相挑明。子蕙，你对舜帝倾慕在心，老夫早已明白。咳，只恨未及阻拦！

子 蕙：呀！这话从何而起！

舜 帝：稷叟，你不要乱语胡言！

象 怪：老夫冒死进言。可记得那年，你伏象怪在九疑山？临行时，她再三挽留，悲悲切切，苦况难言。她假托山民之意，赠翠竹一丛，实是私赠信物一件！

舜 帝：住嘴！

象 怪：舜帝，您堂堂正正，大义凛然，当然不察这村女的痴癫。可她不该假报九疑有难，扰乱仙宫宁静，使你们夫妻离散。

娥 皇：啊！

子 蕙：娘娘！

〔众震惊，一时无言。

〔象怪步步逼向子蕙。

象 怪：（狂呼）你这害人的魔鬼、妖孽！不如死了吧！

子 蕙：（平静下来）舜帝，娘娘，我一片赤诚，可对天地。舜帝，快去九疑，快去九疑！娘娘，小女愿一死，表白心迹。（猛撞巨石，倒地）

舜 帝：（震骇）啊！子蕙姑娘！

娥 皇：（愣住）稷叟长老，这……

象 怪：啊，她真的死了，死了……九疑山的女儿，有罪的女儿！（低声）我心中的星辰！熄灭了的星辰！（痛哭）

娥 皇：（沉重地）子蕙姑娘，子蕙姑娘，是因为我的褊狭，才让你断送了生命？

舜 帝：（俯身向子蕙）姑娘，鲜血的血是你洁白心灵的明证。娥皇，你应该清醒了！（呼唤）出征，出征！（转身欲下）

娥　皇：（一把拖住舜帝的大氅）你怨我，你恨我，此一去当真会永绝前情？

舜　帝：别去岂去情，赤胆救苍生！

〔舜帝极度痛苦、矛盾，一咬牙挣破了大氅。娥皇手捧半截衣角，木然。

〔象怪欲溜走。

舜　帝：（对象怪）走，我与你一起同行！（与象怪下）

娥　皇：（喃喃地）大舜，大舜！我以一片痴心，一帆顺风送你……

〔娥皇拨动五弦。风起，波涌，凤头巨舟扬帆远去。

女声合唱：船儿去远，船儿去远，
船儿扬帆走南天。
洞庭波，木叶下，
水悠悠，情绵绵……

〔忽然，女英飘然出现在巨石上。

女　英：姐姐！

娥　皇：女英，为什么久久不见你的人影？

女　英：为解心中疑云，我往九疑一行。

娥　皇：怎样？

女　英：象怪血洗九疑，稷叟早已丧生。

娥　皇：啊？稷叟分明与大舜同行了。

女　英：这是象怪以假乱真，混入仙宫。（见眼前情景，大惊。）呀！姐姐……

娥　皇：（唱）啊……我哪里去，哪里行？
水天茫茫成迷津。（扑向子蕙）
是我，是我，
断送了你纯洁的生命。
大舜，大舜，
我欲追随你，却无脸见亲人。
我不如乘风往天宫归去，
远远离开这纷乱的凡尘。
我不如潜身于洞庭深渊，
深深埋葬这苦恼的衷情。
我哪里去？哪里行？

水天茫茫成迷津……

女　英：（发现子蕙尚有一息）姐姐！你看她……

娥　皇：（扑上去）哦，子蕙姑娘，子蕙姑娘……只有去西天乞讨灵药，才能救她。女英，我即刻飞往昆仑山！

子　蕙：（渐苏醒）不用了……

女英、娥皇：子蕙！

子　蕙：娥皇娘娘！

（唱）多谢你真情一片，
给了我安慰和温暖。
一身清白对苍天，
子蕙纵死也心宽。

娥　皇：（唱）好姑娘，莫多言！
误了时辰我悔恨晚！（欲下）

〔子蕙拖住娥皇。

子　蕙：（唱）九疑正遭难，
快救山民不容缓。
九疑浴血战，
唯恐舜帝势孤单……

女　英：（唱）你命已垂危，危在瞬息间。

子　蕙：（唱）瞬息间，多少生灵遭涂炭，

娥　皇：（唱）我有负于你，我永世羞惭。

子　蕙：（唱）负我一人何足论，
不可辜负天下人。
望娘娘，追随舜帝，
双双同赴九疑山。

〔众水仙涌上。

众水仙：娘娘，南方天空，乌云乱滚。湘江入湖，水红殷殷……

子　蕙：切不可为我一人，误了千万人的性命啊！（拼全力挺身而起，跪下，气绝而死）

众：子蕙姑娘！

〔众跪地祈祷亡灵。

〔庄严的和声缓缓而起。

〔娥皇心潮起伏，翘首云天。

女　英：姐姐，女英愿与你同赴九疑山！

〔暗转。

〔天风呼啸，云涛滚滚，竹海茫茫。

〔娥皇、女英在云雾中飞奔，在竹海里穿行。

女声合唱：啊……苍梧云涛，遮天盖地，
九疑竹海，漫无边际。
啊，舜帝，
啊，舜帝！

娥　皇：（唱）太阳神羲和哟，
你驾飞龙巡天，奔驰东西，

娥皇、女英：（唱）可看见舜帝？

娥　皇：（唱）月亮神望舒哟，
你携玉兔凌空，悠游广宇，

娥皇、女英：（唱）可看见舜帝？

娥　皇：（唱）风神哟，
云神哟，
雷神哟，
雨神哟，

娥皇、女英：（唱）可看见舜帝？

娥　皇：（唱）潇湘的水魅，
九疑的神祇，
花的香魂，
草的精灵哟，

娥皇、女英：（唱）可看见舜帝？可看见舜帝……

〔女声合唱：啊……茫茫竹海，快快让路，
万里云涛，快快散去，
啊，舜帝！
啊，舜帝！

——幕落

第四幕

〔九疑山中。

〔幕启。古战场惨烈交锋的音乐。激烈的厮杀声、兵器的撞击声震撼人心。

〔云雾消散。鏖战后沉寂空漠的战场。零乱的尸体，破碎的兵器，两面千疮百孔的旌旗，在寒风中抖动。舜帝和象怪倒伏在地。

〔空中传来娥皇、女英的歌声：

舜帝，你在哪里？
你在哪里？你在哪里……（回声）
舜帝，你在哪里？
你在哪里？你在哪里……（回声）
空谷回响，山风凄凄，
刀兵声息，一片静寂。
啊，舜帝……
啊，舜帝，舜帝……（回声）

〔舜帝渐渐苏醒，挣扎着缓缓起身。

舜　帝：（唱）朦胧中，是什么声音，
把我从噩梦中唤醒？
沉重的躯体，
朝死亡的深渊下沉，下沉。
狂跳的心啊，
向浩荡的晴空飞腾，飞腾。
我看见了什么，看见了什么？
血污啊，不要模糊我的眼睛。
哦，莽莽昆仑，冰雪融尽，
萌动的五谷可在冲破土层？
万里东海，汪洋之滨，
辛勤的渔者可在张网迎鱼汛？
哦，为什么天将坠落，

地在升腾。
湘江呜咽，
九疑斜倾。
四极八荒，
一片混沌。
难道生命在消逝，
热血将流尽？
哦，再不能，阔步华夏乐土，
再不能，赤足喜事耕耘，
再不能，入民舍举杯共饮，
再不能，举猎叉保护天下生灵！
站起来吧，
站起来吧，
不能离开这天空大地，
不能离开我亲爱的子民。
站起来吧，
站起来吧，
迎接新生的欢乐，
拥抱重来的爱情……

〔舜帝挺身而起，抓住猎叉，环顾天际。

〔象怪苏醒，抓起银鞭，踉跄着向舜帝挪近。舜帝猛回头，怒目而视，猎叉高举。

男声合唱：赫赫帝舜，猎叉在手，
干羽齐舞，壮士抖擞。
灭绝凶禽，除尽恶兽，
高歌四岳，驰骋九州。

〔象怪颤抖，退缩，银鞭落地。

舜　帝：（高呼）娥皇、女英！死难的稷叟，子蕙！痛苦的山民，天下众生！你们看着吧，这最后一击，要把这罪恶的孽种除去！

〔吼声如雷，山鸣谷响。

〔舜帝将象怪逼到高岩上，勇猛一击。象怪中叉而毙，滚下深渊。舜帝倚叉而立，神态巍然。

〔娥皇、女英奔上。

女　英：舜帝，舜帝！

娥　皇：（唱）啊，又是这难忘的翠竹林，
又看到你魁伟的身影。
你为何不回头，
你为何不出声？
是不能原谅我的过错，
是再也唤不起逝去的爱情？
宽恕我吧，大舜，
我懂得了你伟大的胸襟。
答应我吧，大舜，
我愿追随你，永不离分！

〔舜帝缓缓回转身来，朝娥皇宽慰地一笑，突然向后倒去。山谷隆隆，犹如阵阵雷鸣。

娥　皇：（撕心裂肺地）大舜！

女　英：舜帝……

〔天昏地暗，风雨大作。

〔（合唱）泪雨滚滚，泪雨倾盆，
洒满这难忘的翠竹林。
带血的泪，似火的泪。
竹竿烙上这点点斑痕。
痛苦的泪，悔恨的泪，
涤荡着有愧的心灵。

〔歌声中，悲怆欲绝的翠竹姑娘们环绕着娥皇、女英摇曳，舞蹈。翠绿的衣裙上，瞬息间变幻出斑斑泪痕。

〔风雨中，舜帝魁伟的身躯渐渐升起，化为雄奇的山峰。

娥皇、女英：（唱）啊，天庭神灵，大地众生，
请接受我们的恳请。
愿抛却洞庭水下仙境，
愿化作这九疑山头白云，
永远陪伴着伟大的帝舜，
年年向人间洒下甘霖。

〔风停雨住。娥皇深沉地拨响五弦琴，与女英执手缓缓走向舜帝。

〔合唱：南风啊！

驱尽了冬日的严寒、

南风啊！

吹散了天下的愁烦。

雨丝闪闪

鸟鸣声喧，

春气升腾，

百花吐艳。

欢乐的子民们，

耕耘吧，渔猎吧，

辛劳在今天，

幸福在明天！

〔天地冥冥，唯见两朵白云冉冉上升。

〔暗转。

〔霞光万丈的舜源峰。舜帝手执三齿猎叉的英姿依稀可辨。娥皇、女英分立左右，洁白的轻衫随风飘舞，好似飞翔的白云。

〔钟声叮咚长鸣，万千民众顶礼祭拜。

〔歌声：巍巍九疑山，

茫茫洞庭水，

盈盈斑竹泪，

悠悠千古悲。

——幕落·剧终

编剧：潘一尘（执笔），陈健秋，刘振球（1980年）。

注：本剧由中国歌剧研究会推荐并合作，湖南省政府专项拨款，湖南省歌舞团投入排练，但在顺利连排后因故终止。

二、《南风》（神话舞剧）

南　风
——创意文本

一、绚丽动人的古神话，提供了创作的有力依托

舜与娥皇女英的故事本为流传千秋的古神话：

“洞庭之山，帝之二女居之……出入必飘风暴雨。”（《山海经》）

“昔象之为虐至甚，而大舜犹候之有鼻。”（《三国志》）

“箫韶九成，凤凰来仪。”（《史记》）

“舜葬于苍梧之野，象为之耕。”（《论衡》）

“九嶷[①]山上白云飞，帝子乘风下翠微。斑竹一枝千滴泪，红霞万朵百重衣……”（毛泽东《七律·答友人》）

我国权威的古神话研究学者，早就论定了它的神话本原：“于是，舜象斗争的神话的最早面貌就容易看清楚了。舜，这个生长在丛莽中的勇敢的古代著名猎手，在和野象的斗争中，由于野象的凶悍和狡诈，几番险遭它的毒手。后来靠了天女的帮助，才终于战胜野象，使它开始在农业上为人类服役；而猎人的舜，也在人民的拥戴下成了他们的领袖。根据后来一些神话的片段，推想古神话的本貌，大约就是这样。”（袁珂《神话论文集》）

以上，就是我们这个舞剧艺术构想的缘起。

二、被历史化了的古神话，其精神内涵仍在

舜与天女的故事，在漫长的岁月长河中，被后世君王与学者逐渐历史化，世俗化，演变成了“以德治国”的崇高典范，虽与古神话原型逐渐疏离，但思想精髓仍在，神话风采尚存（例如：奏韶乐而凤凰来仪；二女寻夫，泪洒而竹斑；等等）。最重要的是，舜帝具有的“先天下之忧而忧，后天下之乐

① 九嶷也作九疑。

而乐”的伟大精神，无论神话一说，抑或历史一说，均十分鲜明。当今，乃至后代，都有着十分积极的意义。

三、创作舞剧的几点可行性

其一，此题材拥有中华民族古文化中崇高的思想母题，不只是怀旧情怀，尤能在今朝唤起广泛共鸣，予人以深沉启迪。

其二，大气磅礴的人文内涵，幽美而又壮丽的神话境界，“斑竹一枝千滴泪”的艺术亮点，将使之具有强烈的感染力和深刻内涵。

其三，全剧情节舒展于洞庭湖、湘江、九疑山等三湘四水间，渗透着湖湘文化的神韵，使其具有独特之美。

其四，现有歌剧本具有人物集中，冲突强烈，情感饱满，场景变幻多姿等特色，为再创造提供了较坚实的基础。

其五，当下舞剧取材，多华彩，重风情，而此种“重型”制作，立意深沉，颇有震撼性，应具强力思想艺术效应。

四、拟选剧名

《斑竹泪》、《大爱千秋》、《南风》

五、角色布局

一线：

舜帝——猎手，人间之帝

娥皇——天帝之女，洞庭水神

象——兽怪

二线：

女英——娥皇之妹

子蕙——九疑山民女

稷叟——九疑山长老

三线：

众翠竹姑娘、众水仙、众武士、众山民、众兽

六、分场大纲

序幕　云梦征帆

远古，云梦大泽。

舜帝率众与象怪周旋，搏战。

天帝二女娥皇女英居洞庭仙山，惊见倾慕已久的舜，娥皇拨动五弦琴助之。

五音回旋，长风顿起，舜驾凤舟追击而去。

二女痴情，悄然追随……

一场 大麓凤鸣

九疑山中，象之巢穴。

山民祭天，乞除此孽。

舜帝寻踪而来，与象怪角逐。二女助之，力擒凶顽。

南风大作，千村迎春，大舜驱象而耕；

鼓乐动天，万众欢呼，舜与二女结成良缘。

大麓之野，霞光万丈。“箫韶九成，凤凰来仪。”

二场 九疑惊魂

洞庭仙宫，二女苦盼着巡狩四方的征人归来。

舜帝回还，与二女漫抒儿女深情。忽见宫中栽种的九疑翠竹变色，似报凶信。

舜心神不宁，象怪化作九疑山长老稷叟来赴五岳之会，并告南疆平安，又惊见民女子蕙千里逃来，却告象怪凶性不改，重新鱼肉山民。一时间，宫中疑云重重。

大舜决心南巡，悄然离去。象怪乘机挑唆，致使娥皇心疑，错怪纯真的子蕙，女英沉入深思。

三场 洞庭诀别

洞庭之滨，战旗猎猎。

舜正欲领兵南征，娥皇赶来，万般阻难，并痛斥无辜的子蕙，加之象怪巧言污谄，子蕙为表白心迹，头撞巨石，碧血淋漓。

大舜震怒，为救苍生，割袍绝然而去。

娥皇五内俱焚，悔恨无比。姐妹二人驾长风，驭飞云，追寻帝舜……

四场　苍梧决胜

正义与邪恶的鏖战，悲壮而惨烈的决斗……

舜帝浴血消灭了象怪，垂危之际无限深情地巡看苍茫大地，遥想心中的亲人。

娥皇、女英赶来，只见爱人已如山岳般轰然倒下，渐渐化作了巍巍高峰。

二女呼天抢地，风雨大作。只见泪雨倾盆处，无边竹海，尽被泪水飞洒，泪痕斑斑……

尾声　万古南风

雨过天晴，舜源峰霞光万丈，两朵白云升起，永远伴随着它。

《南风歌》大作，万古传颂着这壮美凄婉的故事。

巍巍九疑山，
茫茫洞庭水，
盈盈斑竹泪，
悠悠千古悲……

（2004 年）

南　风
——文学台本

穿过沉沉的无际的时空，隐隐约约，似乎有一阵风从历史深处向我们吹来……

这风儿是温和的、湿润的，仿佛带着无数春天的信息，生命的元素。哦，这是南风，天南地北，千秋万代的人们，在黑暗中，在严寒里所期盼的，所追寻的。

一个雄浑而又温情的男声在吟咏着。他的心曲与南风的轻啸交织在一起。同时，一个伟岸的形象浮现——大舜。听吧，铭刻典籍永世犹闻的《南风》：

南风之薰兮
可以解吾民之愠兮；

南风之时兮，

可以阜吾民之财兮。

高山、深麓、大野，一片春色：春之水，春之花，春之叶……

茫茫洞庭。

天风呼号，云水漫卷。

人间之帝大舜手执猎叉，一袭黑色盔甲，乘巨舟，率众武士出现在洪波之上。黑帆上飞扬着彩凤图腾。

忽然，一个庞然大物出现在船头，是一头獠牙狰狞的象怪。长鼻扬起，水柱喷出，它乘机逃遁。

大舜四顾寻觅。

此时，云蒸霞蔚，环佩叮咚。两位美丽的仙女从水下冉冉升起，她们乃是天帝之女：娥皇与女英。

二女久倾慕舜帝英名，见之，心中窃喜，乃幻化出五彩虹霓，连天荷花，百鸟翔集等奇景，意欲留住他。舜帝不为所动，急欲追击象怪。娥皇无奈，遥指方向。舜帝致礼，张帆而去。

多情娥皇，悄然驭风追随而去。不见姐姐，女英茫然四顾……

九疑山中，巨大阴森的溶洞口。

苦难中的九疑山民，在长老稷叟主持下，举行祭天仪式，哭诉象怪暴行。

昏蒙的空中，忽然出现巨象的显影。猩红大旗上，是象头图腾。象怪化为人形，率众兽驱赶山民。它忽然发现绝色女子子蕙，于是向前大献殷勤，欲占为已有。子蕙坚决不从，象怪无奈，举起魔法银鞭，子蕙神迷意乱，缓缓向它走去……

此刻，鼓角声震天而起，舜帝率众追击而上。黑红二旗，两军对垒。一番激战，相持不一。娥皇暗上，幻变为村姑倒地，大舜急欲相救，娥皇却俏皮相戏。继而，她拨动了五弦之琴，使嚎叫的象与众兽，不由自主地起舞，终至筋疲力尽，束手就擒。

稷叟、子蕙与众山民欣喜万分地向舜帝朝拜。

天清地朗，春气腾腾，舜帝在娥皇的启示下，在山民们的欢呼声叫，驱象而耕。

此时，他心中的思绪与豪情喷涌而出，汇成流传千古的《南风》之歌……

在这迎春的原野，在这欢乐的时辰，大舜与娥皇的心靠近了，他们沉入了爱情的温馨之中。

九疑山中的连天翠竹环绕着他俩，婆娑起舞，为他们祝福，为他们欢乐。

女英赶来，惊喜羞涩。

在众民欢呼声中，大舜遂随二女返回洞庭。

子蕙向大舜敬献九疑翠竹，望他勿忘山民，舜帝郑重接过。

象怪龟缩一隅，阴沉地看着这一切。

洞庭水下仙宫。

奇光异彩，水仙嬉戏其间。

娥皇斜倚卧榻，痴痴盼望着征战九州大地而迟迟未归的舜帝。女英则登高，频频远望。

片刻，娥皇轻抚五弦之琴，琴声里传达着无尽的思念之情。

忽闻号角长鸣，水仙们来报大舜征战归来。

二女喜迎亲人，相爱相亲，共度美好幸福时光。

此刻，忽见宫中精心养护的九疑翠竹叶片凋零，大舜心中涌上不祥预感。

就在此时，忽报南岳长老稷叟偕五岳众长老同来赴会，皆云天下太平。

盛宴，举酒。

凤凰起舞，《韶乐》高奏。

“稷叟”暗中幻化原形象怪，欲伺机作乱。

忽报九疑民女子蕙前来，报告九疑凶信。于是，在众人面前，子蕙的哭诉与“稷叟”的诬陷，使得大家真假难辨。“稷叟”更施毒计，竟说子蕙是倾慕帝舜，诱使他去九疑。娥皇为此而妒火中升，恨斥民女。女英见状，心乱如麻。大舜焦虑万分，为明真相，为救苍生，决心南征。

洞庭之滨。

暮色沉沉，风旗猎猎。军歌起处，大舜手执猎叉，欲登舟南征。

五弦琴响了，娥皇的倩影显现。娥皇手拨琴弦，娓娓轻歌，倾诉着无限的深情与凄婉。

大舜心动，向二女走去，执手相望，无限柔情，舜行意迟迟。

这时，子蕙避开象怪威吓，踉跄而来，哭诉稷叟早已被害，九疑已遭象怪血洗，山民渴求舜帝南征。

猎叉铮铮长鸣，好似在渴望战斗，舜帝决心下定，喝令武士们挥戈南行。

娥皇多情，兼之象怪挑唆，百般恳求大舜留下，而子蕙身受苦难乡亲重托，则苦苦乞求大舜南征。大舜五内俱焚。

奸狡的象怪，趁这难断时分，再加一把阴火，巧舌利嘴诬告子蕙品性不端，扰乱仙宫安静，实为害人妖孽。

子蕙为表忠贞，一头撞向巨石，血染洞庭。

大舜怒火万丈，为救苍生，甩开娥皇，割袍拂袖而去。

洞庭波，木叶下。娥皇痴痴地拨动五弦琴，送大舜一帆好风……

忽然，久未见踪影的女英飘然而降。原来，为明真相，她悄然去了九疑，得知一切，赶了回来，悲剧已然发生。

此时，气息奄奄的子蕙睁开了眼睛，她坚持不让娥皇为救她而去求仙药，只请两仙女速去九疑，替大舜助阵，既护亲人，又救乡亲。

子蕙跪地而死，娥皇、女英决然升空，寻觅征途之上的大舜。

天风呼啸，云涛滚滚。

娥皇、女英二人，在仓皇中追赶着寻找着南去的征人。沿途，她们遇见了询问了——

太阳神羲和……

月亮神望舒……

风神、云神、雷神、雨神……

潇湘的水魅，九疑的神祇，花的香魂，草的精灵……

还有，漫山起舞的翠竹姑娘……

九疑山中。

古战场惨烈交锋的轰然音响，刀枪铿锵铮鸣的震撼音乐。

一切归于宁静。画面渐显时，只见象怪倒卧于地，大舜从血泊之中缓缓起身。

远远的空中，似乎传来了娥皇、女英呼唤亲人的声音。这给了他生命的希望与力量。他在倾听，他在寻觅，他在竭尽全力站起来，站起来。

垂死的象也踉跄起身，两眼燃烧着仇恨的凶光。

最后的战斗，震天动地泣鬼神。

最后的一击，象怪轰然倒地，而大舜，用闪光的猎叉支住摇晃的身躯，他用雷霆万钧之力，一下，又一下，深深地，稳稳地插足于他无限眷恋的大地……

他就这样挺立着，像青松，像山岳。他闭上了眼睛，像在喘息，像在思索。

他周身，是一片无尽的翠竹林。翠竹无声，悄悄地簇拥着他。

娥皇来了！女英来了！她们发现了大舜。他还那样强悍，还那样坚毅地站在眼前。她们向前扑去，忽然发现他沉默着，双眼紧闭，看不见他那传说中双瞳重华的明亮眼光。

二女痛哭，呼天抢地，她们在竹林中疾奔。在翠绿中狂舞，如倾盆大雨般的热泪四方挥洒。啊，翠竹随之而舞，二女的泪水瞬间在竹枝上烙下点点斑痕。斑竹，这多情的生命千古从此扬名，永远使人动心……

忽然间，昏暗的天地渐渐复明，世界又变得五彩缤纷。看，看啦，原来是大舜睁开了眼睛，天幕上显现出他眼睛里独有的双瞳。他，满怀深情地注视着他依恋的大地，他心系的子民。他的眼睛看见了娥皇，看见了女英。他缓缓地伸出手来，二女向他一步步走去……

他们化作了九疑山中永远的奇峰：舜源峰和娥皇峰、女英峰。

白云飞来，白云飞去，轻拂着，漫舞着，使青山永远纯净，永远美好。

听，大舜的心曲《南风》轻轻响起来，首先，是他的真情表白；接着，是娥皇、女英的忠诚唱和；最后，是天下万民的庄严礼赞。

《南风》，《南风》，歌声大作。这永恒的歌声一代又一代流传下来，还将永远永远流传下去。

于是，我们将永远有——

绿色的田园，

开花的原野，

万民欢乐的笑脸……

（2005 年）

注：本剧由湖南省歌舞剧院排练完成，数年之中，先后在长沙、北京公演多场。

三、《马兰花》（童话歌舞剧）

马兰花

人物： 马　郎
小　兰
王老爹
妈　妈
树公公
小　鸟
小　猴
小松鼠
兔姐姐
兔妹妹
鹿妈妈
鹿娃子
喇叭花
狗尾巴草
大　兰
老　猫

第一场

〔深山里，古木参天，藤萝密布。巨大的悬岩上长着一朵含苞欲放的马兰花，奇光异彩，悬岩下是幽深的山涧，水声潺潺……

〔幕缓缓启：朝阳升起，万缕金光穿透雾气，照进沉沉的山林……

〔歌声：太阳出来了，

太阳出来了，
冰雪呀，滴滴答答在融化，
春风呀，把万紫千红轻轻撒。
马兰花，马兰花，
就要开放了。
马兰山的小伙伴，
大家快快来吧。
快来吧，快来吧，
我们一起唱歌吧。
快来吧，快来吧，
我们一起跳舞吧。

〔歌声中，小鸟展翅飞上来，小猴从树后翻着跟头上来。小松鼠从树上摇着大尾巴跳下来，兔姐姐和兔妹妹从树后伸出大耳朵，追逐着出来，鹿妈妈牵着鹿娃子从草丛中走出来。

众：好呀，好呀，马兰花就要开啦！

〔高兴得东跑西跳，打闹嬉戏。

鹿娃子：看，狗尾巴草哥哥来了！

松　鼠：还有喇叭花姐姐呢！

众：我们快藏起来！

〔喇叭花和狗尾巴草上，孩子们调皮地闪到一旁。

喇叭花：哟，春天又来了，马兰花又要开了！

狗尾巴草：又是一年了，你说你到底愿意跟我好吗？

喇叭花：我不是早说了吗？你老也不改你这个毛头毛脑的脾气。

狗尾巴草：改，改，我一定改。不过，你说说，我们到底什么时候能够永远在一起？

〔孩子们偷笑，两人找声音来自何方，没有发现。

狗尾巴草：你倒是说呀！

喇叭花：你是草，狗尾巴草，可我是花，喇叭花。

狗尾巴草：那花跟草有什么两样？花和草就配不到一块儿啦？

众：（起哄）配到一块儿，配到一块儿！

〔鹿妈妈急上。

鹿妈妈：孩子们别吵了，别吵了！

众：鹿妈妈，什么事？

鹿妈妈：看，山下来了一个人！

众：（看）是砍柴的王老爹，我们先藏起来！（下）

〔王老爹的歌声：

高高马兰山，四季开鲜花，
最美的花儿要数马兰花，
三月里，马兰开，摘一朵花儿带回家。

〔王老爹背着柴担上，歇息，抽烟。

〔小动物们调皮地悄悄上。

〔小猴抢过烟装，学着他吸，呛了一口。

〔众笑，小猴跳在老爹身上哈痒，大家欢闹起来。

王老爹：树公公，您好！我又来麻烦您了，我要打点柴！

树公公：要柴这有的是！打吧！打吧！

〔一阵朗朗的笑声，树公公上。

众：打吧！

〔奇妙的音乐起，悬岩上的马兰花开了。山林里闪耀着蓝色的光芒……

〔众屏息注视。

树公公：马兰花开了！

众：马兰花开了！

树公公：王老爹，你赶巧了，它是马兰山的第一朵马兰花。它一开，满山遍野的马兰花就全要开啦！

王老爹：啊呀！好看哪，让我摘来带给女儿吧！（跑去）

树公公：当心啊，老爹……

〔王老爹失足，落下山涧，众惊呼。

〔音乐，山洞下升起一片蓝光，一朵巨大的马兰花渐渐托起王老爹。花儿慢慢分开，我们发现王老爹被一个健壮的小伙子抱着走上来。

马　郎：老爹，快醒来吧！

王老爹：（醒）啊……是你救了我，你是谁呀？

众：他叫马郎，就是马兰花。

王老爹：你是人哪还是花？

马　郎：我名叫马郎，是人又是花，千朵万朵马兰花，都懂我的话。

〔马郎轻轻挥手，乐声叮咚，手到之处，一丛一丛马兰花都开放了，顿时，满山遍野好像一片蓝色的海洋。

〔众欢呼。

王老爹：啊呀！马郎，你愿意给我一朵这蓝色的花吗？

马　郎：是您要吗？

王老爹：不！带给我的女儿。

马　郎：您的女儿？是不是住在这山脚底下小河边上，随着朝霞一块儿起床，跟着小鸟一块儿歌唱的那位姑娘？

王老爹：我有两个姑娘，同一天生，在一起长，像露珠和雨点，一模一样，他们都会把歌唱。

马　郎：（唱）山上常听百鸟鸣，
　　　　　　姑娘歌喉赛百灵，
　　　　　　好似小河轻轻流，
　　　　　　朵朵浪花开在我的心……

〔马郎向着悬岩上那朵发光的马兰花招手，马兰花就飞过来了，马郎把花接在手中。

马　郎：（唱）献上一朵马兰花，
　　　　　　献上马郎一颗心，
　　　　　　哪位姑娘喜爱它，
　　　　　　马郎向她来求亲！

树公公：老爹，恭喜您呀，马郎向您家姑娘求亲啦！

王老爹：（高兴地接过花）好！好！我这就回去！去告诉他们，我这就回去……

树公公：我看这样吧，如果姑娘愿意，今天晚上，月亮当空的时候，我们就到小河边上来迎亲。

马　郎：再见啦！
　　　　（唱）马兰花，迎春开，

王老爹：（唱）我家姑娘定喜爱。

　　众：（唱）今夜月儿当空时，
　　　　　　小河边上迎亲来！

〔王老爹走远了，小动物和马郎久久张望。

第二场

〔山脚下，一座小小的茅屋。屋后是青青的竹子，门前是清清的河水，河上架着一座小桥，通向山林，这是王老爹的家。

〔幕启：天色渐晚，落日返照。小兰坐在纺车边纺线。大兰伏在窗台上呼呼打着鼾。忽然一只大黑猫跳上窗台，把大兰吓了一跳，她打着哈欠，又呼呼睡着了。

小　兰：（唱）年年春来三月天，
　　　　马兰花开放在深山，
　　　　青青叶儿长又长，
　　　　缕缕清香飘人间……

小　兰：姐姐……（拾起一根草去捅她的鼻孔，大兰打了个喷嚏，醒来了）

大　兰：干什么呀？

小　兰：姐姐，妈叫你去洗衣，你该去了……姐姐，我们一起去吧。

大　兰：……

小　兰：要不，你在家生火做饭，我去洗。

大　兰：（打了个哈欠）那好吧。

〔小兰提桶，走下河岸。大兰抱着猫玩。

〔妈妈提篮上。

妈　妈：大兰，睡够了，又在玩猫呀！要你洗衣洗了吗？

大　兰：小兰去洗啦！

小　兰：妈。

妈　妈：呃！

妈　妈：嘿，两个闺女，真不像是一个娘胎里生出来的。

〔小兰洗衣，晒衣下。

〔黑猫“喵喵”地叫。

妈　妈：财主家的这条死猫又来了，大兰，你整天就缠住这个猫，什么事也不做。

大　兰：猫又怎么啦？

妈　妈：我看你跟这条猫差不多了，又懒又馋，光会睡大觉，走，帮我生火

做饭去吧！（下）

〔大兰懒洋洋地跟下，黑猫跳上窗台，又呼呼睡了。

〔枝头喜鹊欢叫，黑猫转动眼珠。

〔王老爹肩背柴担，手拿马兰花兴高采烈地上。

王老爹：（唱）花喜鹊，闹喳喳，

我手捧一朵马兰花，

兰儿他妈，兰儿他妈，（妈妈应声上）

我跟你说个悄悄话！（耳语）

妈　妈：哎哟，太好了，太好了！

二　人：大兰、小兰！（大兰，小兰分头上）

小　兰：爹，您累了吧？

王老爹：不累呀，孩子！

大　兰：爹！你给我从集上带花布回来啦？

王老爹：不，我上山砍柴去啦！

大　兰：带好吃的来啦？

王老爹：没有！

大　兰：什么也没带呀？哎！（生气）

王老爹：带啦！带啦！你们看，这是什么，喜欢吗？

〔老爹把马兰花举起，花儿发出奇妙的光彩。小兰被美丽的花惊住了，她跑上去，仔细端详。

小　兰：喜欢！

大　兰：这有什么喜欢的，花咱院里有的是。

王老爹：这可不是一般的花呀！这是一个叫马郎的小伙子送的！

大　兰：小伙子！

王老爹：（唱）这个小伙子，人品顶呱呱，

花儿表心意，愿意结亲家，

你们姐妹俩，都没找婆家，

谁要这朵花，谁就嫁给他。

大　兰：爹，我要这朵花。（抓过花来）

王老爹：真的？

大　兰：不假！

王老爹：哈哈！

大　兰：爹，他住在哪儿？

王老爹：山里。

大　兰：山里？爹，他有多少地，多少牛和马？他们家的房子大吗？家里有没有佣人伺候他？

王老爹：没有，没有，就他一个人，跟你爹一样，一双粗手，也是个庄户人家。

大　兰：……爹，女儿舍不得爹，女儿也舍不得妈，女儿也舍不得离开咱们这个家，我虽然喜欢这朵花，可我还不想出嫁！（把花还给老爹）

王老爹：嗨，我就知道你不会喜欢这朵花的。

爹、妈：小兰，你呢？

小　兰：爹，女儿要；要这朵马兰花……（接过花）

妈　妈：孩子，这么说你是愿意嫁给马郎了？

小　兰：妈……

〔隐约听到一种动人的音乐。

〔小兰手中的马兰花闪闪发光，周围的一切都沐浴在蓝色的光芒里，她寻着音乐声，走向河岸……

第三场

〔山脚下，小河边。

〔圆月当空，银光满地，云霞游动，碧波荡漾。

〔在河的远处，飘来一个荷叶做的小船，船上站着马郎和他的朋友们，他们都打扮得十分漂亮，有的举花伞，有的吹喇叭，有的捧花草，喜气洋洋。

〔歌声：啊……

圆圆的月儿升起来，五色的云霞飞拢来，
河上的彩船飘过来，马郎迎亲来！

〔王老爹，妈妈，小兰上场。

小　鸟：（飞上）王老爹，我们迎亲来啦！

〔船靠岸。众上。

众：王老爹，您好！

王老爹：你们好！

〔马郎和小兰见面，小兰把手中的花给马郎，马郎把花戴在小兰头上，顿时音乐大作。

树公公：快给孩子们打扮打扮吧！

〔众簇拥着下。

狗尾巴草：（把喇叭花拉到一边）你看见没有，人家多好啊。

喇叭花：那人家是花，你是草啊！

狗尾巴草：你到底愿意不愿意嘛？

喇叭花：你去跟树公公说吧。

狗尾巴草：树公公，我跟喇叭花说好啦，我们俩也想……

树公公：什么？

狗尾巴草：我跟喇叭花也想……

喇叭花：哎哟，你别说啦，多难为情呀！

狗尾巴草：我们……

喇叭花：瞧你这没用的劲儿，我来说吧，树公公，他想和我成亲！

树公公：哈哈，这可真是双喜临门呀！快准备准备吧！

〔狗尾巴草和喇叭花跑下。

树公公：婚礼现在开始！

〔音乐起，两对新人拜天地。

〔和合二仙舞。

〔马郎小兰舞。

〔喇叭花和狗尾巴草舞。

〔群舞。

树公公：哎，天不早啦。孩子们，向老爹和妈妈告别吧。

〔众上船。

妈　妈：小兰，明年马兰花开的时候，一定要回来一趟！（拭泪）

小　兰：妈，明年马兰花开的时候，我一定回来！

众：王老爹，再见！老妈妈，再见！

〔音乐起，开船。

〔歌声：船儿摇动明月光，
盈盈泪珠挂眼眶，
明年马兰花开日，

再回家来看爹娘……

〔暗转。

〔恬静柔和的乐声中，灯渐明。马兰山上，马郎小兰的家。奇花异石，绚丽多彩的小天地。

〔小兰深情地歌唱着。

小　兰：（唱）我和朝霞一块起床，
露珠伴我同上山冈，
去砍柴，太阳公公对我笑，
去种地，春风姑娘对我唱，
山林里的好伙伴，
个个勤劳又善良，
幸福的时光整一年，
眼望马兰花又开放……

〔歌声中，马郎上，倾听。

〔歌毕，小兰若有所思。

马　郎：小兰，你在想什么？

小　兰：马郎，你还记得吗？去年成亲的时候，妈妈说……

马　郎："明年马兰花开的日子，一定要回来一趟。"对不对？

小　兰：是呀。

马　郎：应该回去看看爹妈和姐姐。

小　兰：马郎，家里活忙，你离不开，我一个人去。明天一早，到小河边去接我就行了。

马　郎：好……对了，咱们得给爹妈送点礼物呀。

小　兰：那你说送点什么呢？

马　郎：等一等。（他向长在高处的马兰花招呼，接着飞来一朵蓝色的小花）带着这朵花，（他把花戴在小兰头上）你到家后，就把它拿在右手，说："马兰花，马兰花，风吹雨打都不怕，勤劳的人儿在说话，请你现在就开花。"这时候，你要什么就有什么。

小　兰：是真的？

马　郎：是真的，这可不是一朵平常的花，它是我们的命根子，马兰山的幸福都靠着它呢。

小　兰：你放心，我一定保护好。

〔众上。

马　郎：树公公，朋友们，小兰要回家去一趟，看看亲人。

树公公：应该的，应该的。

〔狗尾巴草抱着个哇哇哭叫的孩儿和喇叭花上。

狗尾巴草：哦哦，小宝贝，别闹了，快跟小兰姨说一声“再见”！

小　兰：（亲亲孩子）小狗尾巴草，再见啦！

众：再见！

〔小兰恋恋不舍地下。

第四场

〔王老爹家。

〔幕启：黄昏，妈妈在桥上焦急地等待小兰。

王老爹：（上）兰儿她妈，瞧，你的衣衫都被夜露打湿了，先进屋去吧。

妈　妈：小兰出嫁整一年，她说了今天回来的呀！

〔二人久久张望。

大　兰：（上）爹妈，还等什么，我看小兰不会回来了，她呀，把咱们都忘了。

妈　妈：不，小兰的脾气可不像你，她说今天回来就准会回来。

大　兰：（打哈欠）我可不爱等，困死了，我先去睡了。（下）

妈　妈：你呀！

王老爹：小兰可能有什么事耽误了，我们先进屋吧。（下）

〔片刻，黑猫从屋里跑出来。眼珠乱转，朝马兰山方向喵呜喵呜叫，突然它跳上屋顶，弓着背等待着什么。

〔音乐起，小兰上，触景生情，抚摸着石凳，花草，看着屋里的灯影。

〔幕后歌声：山望水，水望山，
高山流水弹心弦，
高山闪开路一条，
流水伴我把家还。

小　兰：（取下头上的马兰花，高高举起念口诀）“马兰花，马兰花，风吹雨打都不怕，勤劳的人儿在说话，请你现在就开花。”马兰花，你把给爹妈的礼物送来吧。

〔碧蓝的光一闪，石桌上出现礼物。猫跳上，贪婪地望着礼物，又迅速地躲下。

小　兰：爹，妈，姐姐，我回来了！

〔屋内。妈：“是小兰，小兰！”爹妈上。

妈　妈：小兰：你可回来了！

王老爹：可把你妈想坏了！

大　兰：（举烛出）哎呀，妹妹，你回来了。（发现妹妹如此漂亮，又发现桌上的礼物，拿烛照）

妈　妈：孩子，你们的日子过得可好？

小　兰：好呀！（唱）

高高山上有我家，
山清水秀难描画。
远离家乡整一年，
哪一天不把亲人牵挂！
敬献爹爹一壶酒，
深山打柴带着它。
各色丝线送妈妈，
愿您绣出百样花。
送给姐姐一匹布，
明朝换身好衣褂。
马兰花儿祝乡亲，
愿幸福走进穷人家。

王老爹、妈妈：哈哈……小兰，快进屋歇会儿吧。

小　兰：姐姐，快到屋里来呀！

大　兰：哎！我就来。（爹妈和小兰进屋）啊，你可倒享福啦！

（唱）你漂亮，我比你还漂亮，
你能干，我比你还要强，
你会想，我比你还会想。

（白）咳！可我当初是怎么想的呢？
我怎么把到手的马兰花又让给她了呢？咳！（捶头）

（唱）越思越想越心伤！

〔在她自言自语的时候，黑猫偷偷上，趴在桌上，愣愣地望着她，这时它突然叫起来。

老　猫：喵呜喵呜，哈哈哈哈……

大　兰：（一惊，不知声音从哪里来）谁？（发现是猫）死东西，你叫什么，难道你在笑话我？

老　猫：喵呜！喵呜！

大　兰：（一掌把它打下地）死东西，你叫！

〔猫翻身落地，一阵黑烟突起，在烟雾中黑猫变成一只和大兰一样高大的老猫。

老　猫：喵呜喵呜……哈，哈，哈……

大　兰：（大惊，蒙着头）你是谁？

老　猫：我是你的朋友，老猫呀！

大　兰：猫，你……怎么变得这么大？

老　猫：我从来就是这么大，你看胡子都这么长，还是白的呢！

大　兰：你来干什么？

老　猫：老朋友啦，来帮你的忙呀！姑娘，你别怕！

（念）我老猫，心肠好，
愿为朋友来效劳。
我老猫，本领巧，
能变大，能缩小，
我的爪子尖，
什么都能捞到，
我的腿子硬，
一蹦五尺高。
我的身子灵，
翻个跟头给你瞧。
我的眼睛咕噜噜转，
一二三，三二一，
哈哈，谁的心思都能猜着！
（突然抓住大兰）

大　兰：你知道我的心里想什么？

老　猫：（低声）你听我说，你爹带回来一朵马兰花本来是给你的，叫你妹妹给拿去了，对不对？

大　兰：对，对！

老　猫：你看你妹妹多享福啊！吃好的，穿好的，再看看你呢？……姑娘你别难过，我能帮你把幸福找回来！

大　兰：能找回来？

老　猫：能啊！能啊！不过有一桩，你要享福，可顾不得别人受苦啦！

大　兰：我要能像小兰那样享福该多好啊！

老　猫：姑娘，你放心吧，我这儿有个好主意。

大　兰：什么？

老　猫：等你妹妹回去的时候，你就想法和她一块儿回去。

〔屋内小兰叫："姐姐！"

大　兰：哎，我就来。

老　猫：你在路上设法把她的衣裳弄到手，这事就妥了。

〔大兰点头，小兰又叫："姐姐，快来呀！"

大　兰：来了！来了（欲下）

老　猫：哎哎哎，你可别忘了要她头上那朵花。

大　兰：什么花？

老　猫：马兰花！

〔妈妈内声："大兰！"大兰应声下。

老　猫：哼！大兰她，在我手心难脱逃，马兰花，眼看就要归老猫！

〔雷声大作，老猫得意地狂笑。

第五场

〔山脚下，小河边。

〔幕启：清晨，山雨欲来。老猫像一阵风似地飞奔上，又鬼鬼祟祟下。大兰、小兰上。

〔幕后歌声：风来了，
雨来了，
小河上迷雾飘摇……

小　兰：（唱）马郎呀，
　　　　　　马郎呀，
　　　　　　你为何还未来到？
大　兰：妹妹，咱们在这儿等他一会。
小　兰：姐姐，天气不好，你快回去吧。
大　兰：不，我还想看看你那马郎呢。
小　兰：（不好意思地）姐姐！
　　　　〔老猫暗上。
老　猫：（对大兰低声地）别忘了我的话！
大　兰：妹妹，你看你真享福了，瞧瞧你的衣服多漂亮啊，再看看我的，颜色都洗褪了，唉！
小　兰：这样吧，你的衣服旧了，我把我的给你。
大　兰：你真是我的好妹妹。（二人换衣）
小　兰：姐姐，你真好看。（老猫又示意）
大　兰：好妹妹，把你头上那朵花也给我吧。
小　兰：不行，姐姐，这朵花不是平常的花，它是马郎的命根子，马兰山的幸福都靠着它呢！
大　兰：啊！那……借给我戴一会儿吧。
小　兰：不行，你要什么都可以给，这朵花不能给。
大　兰：不给，那我就抢了。
小　兰：姐姐，你要是拿去了这朵花，我能不能见着马郎都说不定了，好姐姐，你……
大　兰：我就要这朵马兰花！
小　兰：不行。
大　兰：不给，那我可真抢了！
小　兰：（不愿理大兰了，她看着河上，盼望马郎）……
大　兰：那我真抢了！
　　　　〔一声沉雷，一道闪电，老猫蹿上。
　　　　〔小兰躲过，跑上高岩。
　　　　〔老猫窜上高岩，抢过小兰手里的马兰花，小兰与它搏斗。
小　兰：（喊）马郎！马郎！……
　　　　〔此时，小鸟飞上。

小　鸟：小兰嫂嫂！小兰嫂嫂！（飞近叮啄老猫）

〔老猫捡石头打去，小鸟落下。

〔老猫把小兰推下小河。

〔幕后歌声：天昏了，

地暗了，

老猫伸出万恶的魔爪！

小兰呀，小兰呀，

你葬身在那黑色的波涛……

老　猫：（得意地大叫）“马兰花，马兰花，风吹雨打都不怕，勤劳的老猫在说话，请你现在就开花”……马兰花！我老猫要一辆大车八匹马来拉！马车上还要金银财宝，鱼肉鸡鸭，越多越好！来吧来吧！（见不来又叫）“马兰花，马兰花，风吹雨打都不怕，勤劳的老猫在说话，请你现在就开花！请你现在就开花！”……糟糕，口诀错了！只有马郎知道口诀呀！（一想）对！（去叫大兰）小兰姑娘，小兰姑娘，你怎么啦？

大　兰：（醒过来，伤感地）我不是小兰，是大兰！

老　猫：呃！你不是大兰，记住，你是小兰！

〔大兰惊慌失措，要跑。

老　猫：站住，你到哪儿去？

大　兰：我回家！

老　猫：回家？小兰已经不在了，你回去怎么交代？唉，傻姑娘，眼看就要享福了，马郎就要来接你了。

大　兰：马郎来接我？

老　猫：你和小兰长得一模一样，现在又穿上小兰的衣裳，你就是小兰嘛！姑娘呀，到了马郎家里，你就可以吃好的穿好的，你就有好日子过了。

〔音乐起，马郎内喊：“小兰，小兰——！”

老　猫：你听，来了，来了！

大　兰：那是谁？

老　猫：你的马郎来接你了。

大　兰：什么，马郎来接我，那我怎么办呢？

〔大兰要跑，老猫把她拉回来。

老　猫：别跑，有我呢！你带着我上他家去，就说我是你们家的老猫。

马　郎：小兰！小兰！

老　猫：来了，来了，快答应呀！（厉声）快答应！

大　兰：哎，哎……

马　郎：（上）小兰，我来晚了，你等了半天吧？

大　兰：没有，我刚来一会儿。

马　郎：爹、妈和姐姐都好吗？

大　兰：（慌乱地）……

老　猫：（叫）喵呜！

大　兰：啊……好！

马　郎：这是哪来的猫？

大　兰：这是我们家的老猫，它说什么也要跟我来。

老　猫：（温驯地）喵呜，姑爷，你好！

大　兰：我们把它带回家吧。

马　郎：那好吧，快上船，要下雨了。

〔一声霹雳！

〔老猫很快地跳下，马郎扶大兰下。

第六场

〔马郎家。

〔幕启：老猫先上，四周察看，马郎扶大兰上，在门槛上碰了一下。

马　郎：小心点。

老　猫：对，姑娘，你小心点。

大　兰：这里比我们家大呀！

马　郎：怎么屋子变样了吗？

老　猫：喵呜！喵呜！……

大　兰：（抓起桌上的果子，大吃起来）啊，我是说这果子，比我们家的大，哎哟，真好吃！

马　郎：（笑）小兰，你今天怎么这样饿呀？

大　兰：啊……昨天我回到家，只顾跟爹妈说话去了，到现在，还没吃一点东西呢。

马　郎：我今天一早就跟大伙到山里种庄稼去了，饭还没来得及做，你就先吃这些果子吧。

大　兰：哎呀，你该把饭做好了再走嘛！

马　郎：（打量她）小兰！……

老　猫：姑爷，你可别生气！姑娘她太累了！

大　兰：（伸懒腰）我真困死了，要睡会儿觉。

马　郎：好吧，你歇着吧！

〔大兰睡下，老猫挨着她蹲下，马郎若有所思。

〔山林的朋友们上……

众：跑跑跑，跳跳跳，
快快来看小兰嫂。（一涌进门）
小兰嫂嫂！哟！
真有趣，真好笑。
大白天她睡大觉，嘻嘻！

〔老猫惊起，碰着了小猴，小猴吓了一跳。

小　猴：你是哪来的？

马　郎：别怕，朋友们，它是小兰家的猫，以后它就在咱们这儿啦。小兰，小兰，快起来吧，朋友们都来看你了。

大　兰：刚刚睡下去，就被吵醒了，啊呀，真是……

〔老猫忙掩住她的口。

〔大家围着大兰，大兰怕起来直躲，猫叫着示意大兰，不能露马脚。

大　兰：（不耐烦地）啊，请坐吧！

众：小兰嫂嫂，你爹妈好吗？

大　兰：啊，老样子。（众一愣）

〔狗尾巴草抱着娃娃上。

狗尾巴草：小兰嫂嫂，你看，小狗尾巴草闹着要你抱呢！

大　兰：哎呀，哎呀……（躲开，低声地）真讨厌！

众：（旁白）奇怪，她脾气怎么变了？……

老　猫：朋友们，别见怪，小兰她太困了。

大　兰：困死了。

喇叭花：朋友们，咱们走吧。

众：咱们走吧！

〔鹿娃子兴高采烈地捧着果子上。

鹿娃子：小兰嫂嫂，小兰嫂嫂，这是我妈让我送给你的。

大　兰：（冷淡地）好，放在那儿吧！

喇叭花：咱们走吧！

小　猴：（低声和鹿娃子说）快走吧！变了。

马　郎：朋友们，别走，再玩会儿吧，小兰，你……

大　兰：（勉强地）对啦，再多玩会儿吧。

〔众下场。

马　郎：小兰，你怎么啦，怎么回去一趟，人都变了？

大　兰：马郎呀，我实在累坏了。

老　猫：是啊，姑爷，就让姑娘睡会吧。

马　郎：（扶大兰去睡）我那朵马兰花呢？

大　兰：啊……戴在头上的呀。

马　郎：没有。

大　兰：啊，一定是在路上丢了。

老　猫：是啊，是在路上丢的。

马　郎：丢了?!

〔音乐起。

大　兰：是啊，一朵野花，干吗那么大惊小怪的呀！

马　郎：什么？小兰，你是着了魔还是怎么的？

大　兰：什么？

马　郎：你怎么一点也不像小兰啦？

大　兰：我……我是小兰哪？

老　猫：哈哈，姑爷，姑爷。你怎么连自己的妻子也怀疑了？我真不明白，一朵野花有什么特别的？

马　郎：你不知道，山里的野花，摘下来，隔不了一会儿就枯了，我那朵马兰花永远不会枯，它是我们的命根子，丢了它，马兰山的幸福就全完了。

大　兰：（震惊）啊！……

老　猫：姑爷，你快说，有了马兰花怎么就会有幸福？哦！那口诀是怎么念的？

马　郎：算了吧！我没时间跟你说这些，啊，我要去找马兰花！

（急下）

大　兰：马郎，马郎，我……（欲逃，老猫一把拖住她）

老　猫：哼！马兰花还在我的手，骗不到口诀不罢休！

第七场

〔小河边。景同第三场。

〔风雨已过，乌云在天空飘流，遮住月亮，小河浪涛声声……

〔马郎疲乏不堪地上。

〔幕后歌声：山上山下，从早到晚，
大路小路全寻遍。
马郎呀，徘徊在小河边……

马　郎：（唱）找不到马兰花，幸福的花，
心儿似火，步儿乱！

〔月亮从乌云里露出脸来。

（伴唱）月亮月亮，升起在东山，
照见马郎苍白的脸。

马　郎：（唱）月亮姑娘我问你，
我的马兰花你可看见？
月亮呀，你为何躲进乌云间？
月亮呀，你为何默默无言？

（伴唱）小河小河，奔流不断，
难忘迎亲渡彩路。

马　郎：（唱）小河流水我问你，
我的马兰花你可看见？
小河呀，你为何阵阵悲泣？
小河呀，你为何声声呜咽？

（伴唱）心慌乱，想小兰，
迷雾茫茫飘眼帘……

（呼喊）啊，马兰花！我的马兰花！

〔马郎倒下昏睡过去。

〔银光闪闪的波涛漫过舞台，一群浪花姑娘涌出小兰。

（马郎上前，二人又跳起婚礼时的舞蹈，可始终无法接近，浪花又无情地把他们冲散了……

马　郎：（惊醒）小兰，小兰，我这是在哪儿啊？……小兰，不会出什么事吧？小兰——！小兰——！

〔小鸟艰难地飞上。

〔幕后歌声：啊！

小鸟飞回来了，
小鸟飞回来了，
鲜血呀，染红了颤抖的翅膀，
暴雨呀，打湿了美丽的羽毛，
一声声，一声声，
把马郎呼叫……

小　鸟：马郎——！马郎——！

〔大兰跑上。

〔小鸟发现大兰。

小　鸟：没良心，没良心，为了享福害亲人！

大　兰：不要叫，不要叫！

小　鸟：坏心肝，坏心肝，换了衣裳装小兰。

老　猫：（上，扭住大兰）你往哪里跑？

大　兰：（叫）马郎！马郎！

小　鸟：（发现老猫，又惊又恨）坏蛋！

老　猫：你还没死呀！哼，我吃了你！

〔与小鸟厮打，最后捉住小鸟，吃掉。

〔大兰浑身发抖，忍受不了这惨状。

老　猫：（吐出口里的羽毛）哼！

〔马郎内声：小兰——！小兰——！

〔大兰抓住老猫。

大　兰：马郎——！

〔老猫踢倒大兰，跑下。

马　郎：（上）小兰，你?!

大　兰：马郎，我……我不是小兰，是大兰！小兰被老猫推下了悬崖，小鸟它也……

马　郎：呵！

大　兰：马郎，饶了我吧！

马　郎：老猫呢？

大　兰：它拿着马兰花往那边跑了！

马　郎：山林里的朋友们，小兰和小鸟都被老猫害死了，马兰花也被它抢去了，快追老猫！

众：追！

〔众上，马郎率众追下，音乐强烈，直至下场。

第八场

〔山林中。

〔幕启：老猫气喘喘地狼狈而上。

老　猫：（拿出马兰花）哎呀……“马兰花，马兰花，风吹雨打都不怕，勤劳的老猫在说话，请你现在就开花。”……快给我一辆大车，八匹马来拉，把我老猫送回家。（四处望，没动静）好，一辆大车，四匹马来拉！两匹马来拉！那你干脆给我一匹马！……你怎么不给我？我给你叩个头吧！……你再不给，那我可要哭了！呜……你怎么不给我呀？

树公公：（上）你要什么？

老　猫：（惊喜）马兰花老爷爷，我要一辆大车八匹马来啦！不！我还要金银财宝，鱼肉鸡鸭！不！好吃的，好玩的都来吧！

树公公：（用拐杖打它）你这个坏蛋！

老　猫：啊！（欲逃）

〔众上，围住厮打。

〔马郎上，追赶过场，复上场。

〔众与老猫激烈搏斗。

〔马郎把老猫踏在脚下，夺过马兰花。

马　郎：告诉你，马兰花只帮助勤劳、勇敢、诚实、善良的人，你就是知道口诀也是没用的!

马　郎:(念)“马兰花,马兰花,风吹风打都不怕,勤劳的人们在说话,请你现在就开花。”让万恶的老猫得到应有的惩罚!

〔一团烟火,老猫被烧死,众欢呼。

马　郎:让小兰和小鸟一起回来吧!

〔音乐渐强,浪花姑娘涌出小兰和小鸟。

众:(狂喜地)小兰!小鸟!

〔天空出现一道彩虹,马郎高高举起闪亮的马兰花。

〔幕后歌声:啊……

斗争换来幸福欢畅,
风雨过去阳光明亮,
春风岁岁飘送花香,
把古老的故事传四方。
勤劳勇敢的人们哪,
幸福的马兰花,永远朝你开放!

——幕落

(1978 年 1 稿)

(1982 年 2 稿)

注:本剧根据任德耀话剧原作,并参照中国儿童艺术剧院演出本改编。本剧由湖南省木偶皮影艺术剧院排练上演,至今已达数千场,并多次获国际与国内各种奖项。

四、《火云鸟》（红色传奇木偶剧）

火云鸟

时间：一九二八年秋天。

地点：武陵山中。

人物：鸟伢儿——苗族，小红军。

山　神——苗族，红军侦察员。

岩　虎——小红军。

桑姑——苗族，女，红军联络员。

红军战士及土家、苗、汉群众若干。

“一枝花”——国民党军某部参谋长。

朱跛子——团防局长。

团鱼崽——朱跛子之子。

管家、密探及团丁匪军若干。

序　幕

〔幕启。悠远而绚丽的苗族音乐旋律渐响渐强。

〔沉沉云雾波动着，翻腾着。看，从迷蒙中出现一只羽毛红艳的大鸟……

〔画外音：

在云雾茫茫的武陵山中，在贺龙将军走过的小路上，看哪，看！火云鸟飞来了，飞来了……它的羽毛像火红的云霞。

山里人传说，火云鸟是一个苗家孩子变的。它，从早飞到晚，是在寻找着贺龙，它，从春叫到冬，是在呼唤着贺龙。火云鸟呀火云鸟，让我把你的故事告诉后代的人们……

〔火云鸟的羽毛闪闪发亮，照得漫天云霞火焰般地燃烧。

〔鸟鸣声声，如歌如泣……

〔一声巨雷，风狂雨骤！火云鸟扑向地面，鸟影消失处，出现一个苗家孩子——鸟伢儿。

〔混乱的人声。鸟伢儿闪在一旁，惊慌地注视。

〔剪影场面：昏暗中，朱跛子率团丁押群众上。

众：贺老总!……

〔团丁开枪，众应声倒地，匪徒们窜下。

〔阿妈从血泊中挣扎起身。鸟伢儿扑上去。阿妈掏出苗花带交给他，死去。

〔鸟伢儿揩去泪水挺身而立。

〔歌声：上不起坡望路平，

五黄六月望雨云，

口渴只望凉水井，

穷人望的贺将军。

〔风云变幻。鸟伢儿咬紧牙关，向前走着，我们看见他踉跄的双脚……

〔风云变幻。鸟伢儿的衣衫破烂了，他艰难地走着……

〔灯暗。

一

〔熹微的晨光，山崖、树丛和破庙一角的剪影。

〔斑驳的古石碑，一张通缉令，骇然入目，上有贺龙肖像和几行黑字。

〔一个小小的背影从黑暗中闪出，走到石碑前。

突然，一锤沉浊的锣声传来，人影急忙隐入树丛。

〔拖长的吆喝声："重金悬赏……"二团丁背枪提锣上。

甲：什么人?!（欲开枪）

〔鸟声。

乙：别开枪……（指《通缉令》）这胡子不好惹!

甲：有……有那么神？

乙：神不神，人说神龙下凡尘！

甲：啊……

〔突然，一声响动，二团丁吓得抱头伏地。

〔一国民党军官带小卫兵上。

官：起来，混蛋！

甲、乙：哦，是国军，长官！

官：你们是……

甲：小的是朱家寨团防局的。

官：啊，自己人哪。（转身向内）请长官先到庙里休息。

〔马蹄声声。一高级军官着墨镜黑披风，威风凛然地骑红马，率卫队过场。

甲：长官是哪部分？

官：湘西剿总司令部！不信吗？

甲、乙：不敢不敢。

官：好，去吆喝吧！嗓门放大点！

甲、乙：是！

官：把锣敲响点！

甲、乙：是！（敲锣）重金悬赏……（下）

〔军官打火抽烟，静场。他突然感觉到什么，与卫兵隐入暗处。

〔鸟叫，稍停，黑影上场，扑到石碑前，用手抚摸着贺龙的肖像。

黑　影：贺龙……你……你在哪儿？

〔卫兵冲上。

兵：什么人？

〔黑影回头，我们看清了，是鸟伢儿，衣衫褴褛，身背箭囊。他猛地用头顶倒卫兵，欲逃，军官拦住。鸟伢儿从他腋下溜过，攀藤欲逃，一失手，从空中坠下，昏了过去。

官：一个苗家伢儿！

〔鸟伢儿醒来，狂怒地挣扎。

官：别走！（一把抓住他）

〔鸟伢儿咬了一口军官的手，纵身上树。

官：哎哟，好厉害的伢儿！

兵：你到底是什么人?

鸟伢儿：什么人？老子是红军。

官、兵：红军？什么红军?

鸟伢儿：贺龙的红军！

官、兵：贺龙的?

鸟伢儿：你们！你们要抓贺龙，呸！（弯弓连射两箭，二人躲过，箭头噔噔钉在树上）

官：好一个贺龙的红军!哈哈!

鸟伢儿：你笑什么?

官：我笑,你是假的。

鸟伢儿：真的!

官：假的!

兵：我们才是真的。

鸟伢儿：哼，国民党！豺狗子!

官：伢儿,看那山头，骑在马上的，是谁?

〔鸟伢儿定睛一看，忙跳下树，再看石碑上的肖像。

〔天色微红，曙光初照.

鸟伢儿：哦！……贺龙，红军！……我，我可找到你们啦!（痛哭着扑上去）

〔激情的音乐。

山　神：（抚摸着鸟伢儿的头）我叫山神，他叫岩虎。

鸟伢儿：山神大伯，岩虎哥，我叫鸟伢儿。

岩　虎：鸟伢儿!

山　神：鸟伢儿……（若有所思，端详）

鸟伢儿：听阿妈说，我刚生下来不久，阿爹就出门了，听说他跟贺龙当上了红军。我要找贺龙，找阿爹!

山　神：你阿妈呢?

鸟伢儿：被团防局杀死了!

山　神：鸟伢儿，你……

鸟伢儿：让我当红军吧！让我当红军吧!

山　神：鸟伢儿，当红军要吃苦!

鸟伢儿：我吃!

山　神：要打仗！

鸟伢儿：我打！

岩　虎：（举枪）来，扛得动么？

〔鸟伢儿费力地搬着长枪。

岩　虎：嗳，扛不动枪怎么能当红军呀！

鸟伢儿：我能爬岩，上树，捉鸟，学鸟叫！

岩　虎：学鸟叫，学鸟叫能打敌人吗？哈哈！

山　神：岩虎，别笑。鸟伢儿，来，你学给我听听。

鸟伢儿：（唱）阳雀儿高飞彩云间，（区——区——区，贵贵阳、贵贵阳……）

布谷儿自来恋田园，（快快布谷、快快布谷……）

竹鸡儿钻进草蓬蓬，（啼、啼、啼……）

画眉儿跳上树尖尖，（区区花，区区花，吃回酒……）

一对斑鸠儿一座山，（咕咕咕、咕、咕、咕……）

百鸟齐鸣唱春天！（……）

〔彩霞升起，群鸟飞来，在他们头上飞旋。鸟伢儿伸手，一只小鸟落下，跳跃……

〔马嘶声，马蹄声。一个洪亮粗犷的桑植口音：

"好，哈哈哈，这个伢儿好灵范哪！"

岩　虎：报告胡子，他叫鸟伢儿，想当红军！

〔内声："要得，老子收了！"

鸟伢儿：（猛回头，愣住了）贺龙！胡子……胡子大叔！

（小鸟似的飞跃过去）

〔歌声：天上百鸟唱阳春，

地上穷人唱红军。

小河流进大河里，

跟着贺龙干革命！

〔红霞万朵。热烈的音乐声中，暗转。

〔灯渐亮。

〔锣声，二团丁吆喝着上。

〔朱跛子上，几个团丁抬一小轿跟上。

朱跛子：有什么动静？

甲、乙：没有。

〔轿中人全身包着黑毯出来，背对观众，察看四周。

轿中人：（沉吟）看！一行露水印，青草两边分。天明时这里过了小股人马。贺龙?!……

众：呀！（吓得连连后退）

甲：哦，不是不是。天亮前有一支国军从这儿路过，小的碰见了。

朱跛子：哪部分？

乙：说是湘西剿总司令部的。

朱跛子：嗯。参谋长，如今各路大军，正牌杂牌，多得很。

轿中人：不，贺龙是有名的夜老虎．这会是我们的人？……（摇头）

朱跛子：那……

轿中人：哼哼！出动大军，好似众人扑跳蚤，顶个屁用！计谋高还是那德国顾问。明察暗寻，穷跟死盯，擒贼擒王，黑虎掏心！

朱跛子：好一个“黑虎掏心”！

轿中人：传命弟兄们再耐心埋伏，待我探明贺龙行踪，飞兵突击，叫他俯首就擒！

朱跛子：是！

轿中人：泄露秘密，格杀勿论！

众：是，参谋长马到成功！

〔轿中人甩掉黑毯，灯骤灭。

二

〔歌声：高高山上云套云，

园中竹子根缠根。

河里鱼儿不离水，

贺胡子和我们心贴心。

〔武陵山的早晨，秋阳灿烂，枫红似火。

〔鸟伢儿在鸟鸣声、歌声中手提鸟笼欢快地上，逗鸟。

〔岩虎远处呼喊：“鸟伢儿！”

鸟伢儿：哎——岩虎哥，快来。

〔岩虎牵大红马上。

岩　虎：鸟伢儿！（系马缰）

鸟伢儿：岩虎哥，你看。

岩　虎：鸟！（欲动手拿）

鸟伢儿：别动！

岩　虎：（忙缩回手）鸟伢儿，这是什么鸟？

鸟伢儿：这都不知道，（炫耀地）这是画眉，是最好的一种，要是斗鸟带它去，准能赢！

岩　虎：是吗？

鸟伢儿：那当然（逗鸟）区区花，区区花，顶呱呱，顶呱呱。

岩　虎：（羡慕地）鸟伢儿，你这么会玩鸟，谁教你的？

鸟伢儿：我们寨里的人都会玩鸟，还赶鸟场，过鸟节呢！

岩　虎：你的家在哪儿呀？

鸟伢儿：西水河边百鸟岩，岩下有个凤凰寨。

岩　虎：凤凰寨？（自语地）山神大伯的家好像也叫凤凰寨……

〔鸟鸣，悦耳动听。

鸟伢儿：岩虎哥，你听。

（唱）金色的画眉爱唱歌，
我知道它在唱什么。
唱的是小星挨大星，
唱的是小河进大河。

岩　虎：哦，我也听懂了——

（唱）金色的画眉爱唱歌，
我知道它在唱什么。
唱的是鸟伢儿找到了家，
当上了红军好快活。

（合唱）金色的画眉爱唱歌，
我知道你在唱什么。
唱的是贺胡子胡子多，
敌人一见就打哆嗦。

岩　虎：鸟伢儿，我给你五个子弹壳，你把鸟笼借给我玩玩。

鸟伢儿：什么？五个子弹壳。（大笑）

岩　虎：好，再加五个。

鸟伢儿：岩虎哥，留着自己玩吧。（继续逗鸟）

岩　虎：鸟伢儿，这鸟笼谁送的？

鸟伢儿：你猜猜！

岩　虎：是山神大伯送的。

鸟伢儿：不是。

岩　虎：那……那准是一班长送的。

鸟伢儿：更不是。

岩　虎：我猜不着。

鸟伢儿：告诉你吧，是胡子大叔送我的！

岩　虎：真的，怪不得这鸟笼这么漂亮，青丝竹篾，溜光溜光的。

鸟伢儿：这件衣服也是他送给我的呢！胡子还说："鸟伢鸟伢快长大，当个将军顶呱呱。"

〔鸟鸣。

岩　虎：鸟伢儿，这画眉让我玩一会儿好吗？

鸟伢儿：不行，它认生，除了胡子大叔和我，它谁也不认。

岩　虎：（半信半疑）真的？

鸟伢儿：（故弄玄虚地）它可凶了，会啄你的。

岩　虎：（生气地）哼！

〔马嘶，岩虎和大红马亲热。

鸟伢儿：岩虎哥，你和大红马在一起多久了？

岩　虎：（不假思索）十多年了！

鸟伢儿：那你今年多大了？

岩　虎：属虎的，十三呗！

鸟伢儿：十三岁，哈哈哈哈……

岩　虎：你笑什么，反正我是老兵了。

鸟伢儿：岩虎哥，你常骑大红马吧？

岩　虎：那当然，行军时胡子经常让给伤病号和我骑。

鸟伢儿：岩虎哥，你不是想玩鸟吗？我把鸟笼挂在树上，让你听它唱歌，可你得让我骑骑大红马。

岩　虎：不行，它认生，除了胡子和我，它谁也不认。（边说边喂马）

鸟伢儿：胡子又把自己的干粮喂马了？

岩　虎：胡子可心疼大红马了，这有什么奇怪的。

鸟伢儿：（责怪地）就是你好吃，害得胡子大叔又黑又瘦。（边说边靠近马）

岩　虎：（拉住他）你别靠近它，它会咬你的。

鸟伢儿：哼！

〔岩虎很得意。鸟伢儿逗鸟，鸟鸣，岩虎被鸟鸣吸引住，走近鸟笼。鸟伢儿故意把鸟笼举得高高的，围着岩虎和马绕圈子，岩虎经不住诱惑，紧随其后。

鸟伢儿：（趁岩虎聚精会神看鸟时，抚摸大红马）哦！我摸着大红马了，我摸着大红马了……

岩　虎：你真坏。

〔贺龙内声："岩虎，快来。"

岩　虎：哎，胡子叫我。鸟伢儿，你别走开，待会儿我让你骑一下马，你让我玩会儿鸟。（下）

鸟伢儿：（把鸟笼挂在树上，抚摸着大红马）

（唱）大红马呀大红马，
我要跟你说句悄悄话。
你和胡子常在一道，
你到底爱他不爱他。（大红马点头）
要是你爱他，那就要听话。
军营的干粮你不要吃，
留给胡子大叔吃饱了肚子把敌杀。
大红马呀大红马，
我跟你说句悄悄话。
我们两个是好朋友，
我扯你几根马尾算什么。（大红马摇头）
我要用马尾编个鸟套，
套几只斑鸠给胡子吃。
要让胡子大叔，
身体养得顶呱呱。（大红马点头）

鸟伢儿：好了，我扯了，你可别叫疼呀……

〔大红马又叫又跳。

（接唱）请你不要叫，请你不要跳，

疼了你就咬咬牙。

别忘了，你是胡子大叔的大红马。

〔鸟伢儿又去扯，马痛叫一声，又踢又跳。

岩　虎：（手提一野兔跑上）鸟伢儿，干什么？

鸟伢儿：（藏着手上几根马尾）我……我……

岩　虎：啊，你扯马尾玩！

鸟伢儿：我——我不是！

岩　虎：还不是，你看刚才胡子打了只野兔，自己舍不得吃，要我拿来炖好给你吃。你对得起胡子吗，你太狠心了。

鸟伢儿：我不是扯马尾玩，我……

岩　虎：你就是……

鸟伢儿：我不是。

岩　虎：你就是。

鸟伢儿：不是。

岩　虎：就是。

〔俩人争吵后打起来，山神与众红军上。

山　神：（把他俩扯开）你俩干什么，都是红军战士了，还打架！岩虎，你是老战士了，要爱护新兵嘛！

岩　虎：山神大伯，他扯大红马的马尾玩。

山　神：哦，鸟伢儿，这是胡子骑的马，可要爱护呀！

岩　虎：哼，还说爱胡子呢！

鸟伢儿：我就是爱。

岩　虎：你不爱。

〔俩人又争吵起来。

山　神：岩虎不要说了。鸟伢儿，你扯马尾干什么用呢？

鸟伢儿：做鸟套。

众：做鸟套？

鸟伢儿：这些天来，胡子大叔又黑又瘦，我要捉几只又大又肥的鸟给胡子大叔补补身体。

山　神：鸟伢儿！（把鸟伢儿抱在怀里）

岩 虎：鸟伢儿，我错怪你了……

〔山神同时把岩虎也一起搂在怀中。

〔歌声：太阳出来照白岩，

哎呀左一朵右一朵，

白岩上面红花开，

胡子和大家心连心哟。

鸟伢儿：（唱）哎，太阳出来照白岩，

众：（合）哎呀左一朵右一朵，

鸟伢儿：（唱）白岩上面红花开，

众：（合）胡子和大家心连心啰。

岩 虎：（唱）太阳出来晒山坡，

众：（合）哎呀左一只右一只，

山坡上面鸟儿落。

百鸟声声唱贺龙，

哎呀你一声我一声，

越唱歌儿越是多！

山 神：同志们，胡子命令，部队马上转移！（众下）鸟伢儿，你留下。

鸟伢儿：（兴奋地）上哪儿？

山 神：（耳语）换下军装。喏，鸟笼子提上。

鸟伢儿：是！（换苗装上）

〔红军队伍从崖上过，二人招手作别。

山 神：鸟伢儿，你先去朱家寨和桑姑接头，回头我会接应你。

鸟伢儿：嗯。

山 神：注意！有人来了……

〔二人隐蔽到灌木丛中。

〔一个货郎打扮的人，东张西望上。

“货郎”：嗯？岩洞，火灰，马蹄印……红军！哼，你们逃不了。（欲追踪下）

〔山神对鸟伢儿耳语，鸟伢儿学一声竹鸡叫，钻入树丛。

“货郎”：……？（闻声一惊，回头细看树丛）

〔竹鸡叫。

〔“货郎”向灌木丛窥探，山神从另一方上，举刀刺死他。鸟伢儿上，二人拖尸入树丛。

〔另一打柴人模样的人探头，又缩回。

〔山神和鸟伢儿四处察看，大步下山。

〔“打柴人”跟踪下。

〔一独眼老乞丐拄棍上。

“老乞丐”：可怜可怜我这老叫花子吧，可怜可怜吧……

三

〔朱家寨。狭窄的古镇小街，桑姑的小山货店前。对面是朱跛子家的高院墙，墙后可见楼台一角，有一窗口临街。印有贺龙肖像的《通缉令》显眼地张贴着。

〔歌声：郎一边来妹一边，
　　　　我郎隔到河那边。
　　　　两个画眉对崖叫，
　　　　如何同到一个山。

〔这是传统的赶秋日，却无节日气氛，土家、苗、汉群众穿场而过，带着干椒、山货、柴火之类。大家都抬头望望《通缉令》，低头无声。

〔桑姑牵一只山羊从山货店出来，拴羊。

桑　姑：阿妹，你们唱得好苦哇，听我也来唱一段。
　　　　（唱）郎劝妹妹莫忧愁，
　　　　　　　船已下河随水流。
　　　　　　　画眉唱的过山调，
　　　　　　　团圆日子在后头。（众和）

〔团丁甲乙上。

甲、乙：唱什么？

桑　姑：老弟，一年一度赶秋日，唱几句歌子解闷也不行？

甲、乙：不许扰乱人心，快散了！

〔众哗然。

〔这时，那只山羊挣脱绳子，用硬角顶着团丁甲的背，甲不知何物，大惊。

桑　姑：不许动，背时的！

甲：（习惯地举起双手）啊！（团丁乙也跟着举手）

〔众哈哈大笑。

桑　姑：（掩嘴暗笑）还不老实，这只鬼东西！（拴羊）

甲、乙：他娘的，笑什么？都滚！滚！

〔朱跛子上。

朱跛子：嗯？

甲、乙：老爷。

朱跛子：（把甲乙叫到一边，低声）打草惊蛇，混蛋！（对众）乡亲们，赶秋节日，万民同乐，唱吧！跳吧！刚才不是在唱情歌吗？好听，好听！

〔众沉默。这时远处传来一声阳雀叫，桑姑张望，会意。

桑　姑：朱老爷要大家唱，大家就唱嘛！

〔芦笙吹响，众起舞。朱下。

一　女：（唱）讲起恋郎真艰难，
好比鲤鱼上急滩。

众：（唱）上滩又怕鹭鸶叼，
下滩又怕网来拦。

〔鸟伢儿上，与桑姑接头，潜入人群。“打柴人”跟上，被桑姑等左遮右挡，鸟伢儿乘机进店。

桑　姑：（唱）新打船儿两头翘，
郎坐头来妹坐艄。

众：（唱）两面都是划船的手，
哪怕洪水万丈高！

〔众扛上猴儿鼓，鼓声咚咚，猴儿出场，众欢笑，围着起舞。

〔鸟伢儿换猴面，上场击鼓。

〔“打柴人”失去目标，东张西望。最后，被众吆喝着拥下。

桑　姑：胡子好吗？（鸟伢儿点头）

鸟伢儿：山神大伯说，一定要查明敌人那支特务部队潜伏在哪里，看来，他们已闻到胡子的行踪。今天我们下山干掉一个尾巴，又跟来一个。

桑　姑：鸟伢儿，敌人很可能就藏在朱跛子的大院里。

鸟伢儿：啊！

桑　姑：你看，这院子又大又深，偷偷藏下一支小部队，外面鬼都不晓得！

鸟伢儿：有什么响动吗？

桑　姑：朱跛子这几天鬼头鬼脑的。对了，往日我常送些野物进去，这几天到门边就不让进了。

鸟伢儿：定要想办法进去。

桑　姑：有人来了。

〔场上人纷纷躲避。

鸟伢儿：那是谁？

桑　姑：团鱼崽！朱跛子的独生子，活宝。

〔团鱼崽托着鸟笼上，后跟管家。

管　家：少爷，少爷，快回去吧，老爷知道了可……

团鱼崽：还怕少爷我通共产党，还怕我……

管　家：（忙掩住他的口）哎哟，我的天王老子！

团鱼崽：我要斗画眉玩，我要斗画眉玩……快找人来！

〔哭，泪似泉水从眼眶中喷出。

管　家：莫哭，莫哭罗……哪个有画眉儿，快来斗两场！

〔无人应声。

团鱼崽：哎哟，我闷死了，烦死了！

管　家：这样好不好？等下外面有斗画眉的，再叫他进去和你斗。

团鱼崽：那好，我就坐在那窗口边等！

管　家：行呀，行呀！

〔二人下。

桑　姑：朱跛子连这宝贝儿子也不让出门了，看来，真有鬼名堂！

鸟伢儿：想个什么办法进去呢？

〔高楼窗开，团鱼崽探出头来，把画眉笼子挂在窗口，逗弄，喂食，笼中画眉叫起来。鸟伢儿闻鸟声，忽然眼一亮，跑进内屋把带来的那个鸟笼拿出。

鸟伢儿：有了！

桑　姑：怎么？

鸟伢儿：（指楼上，举鸟笼）我去和他斗画眉。

桑　姑：（想了想）好！

〔鸟伢儿大步出店，高举鸟笼，揭开罩布，吹起鸟哨，逗得笼中画眉欢声大叫。

桑　姑：（出门）哎哟，这只画眉儿硬是个山头王！

鸟伢儿：这只画眉儿呀，莫说朱家寨，方圆几十里哪个也斗它不赢！

桑　姑：出你一担谷卖不卖？

鸟伢儿：不卖不卖！哪个敢来，哪个敢来斗！

团鱼崽：（从窗口伸头）穷伢儿，敢夸海口！

鸟伢儿：你有画眉敢来斗，斗得你落花流水！

团鱼崽：斗，斗，斗，我就来！

管　家：（也从窗口伸出头）少爷，老爷不叫你出门，不能出门！

鸟伢儿：你敢来，敢来！

团鱼崽：（大哭）哇……（对管家）那，那……你刚才讲了的，那就喊他进来！

管　家：老爷不准。

团鱼崽：我要，我要，我就要他进来！

管　家：好好好，我去，我去。

〔管家出。

管　家：惹是生非的鬼东西，进去！

鸟伢儿：我不去，要斗就在这里斗！

团鱼崽：（在窗口叫）要他进来，进来！

管　家：好，好，请进去吧，请呀。

〔鸟伢儿高举鸟笼。

〔歌声：叫我唱歌就唱歌，
　　　　叫我撑船就下河。
　　　　唱歌不怕歌师傅，
　　　　撑船不怕乱岩壳。

〔灯暗。

四

〔朱跛子家后院，柴屋边。一棵老树，枝伸墙外。另侧可见高大衰颓的屋宇，黑门紧闭。团丁甲乙荷枪悠晃着。

〔管家领鸟伢儿上。

管　家：（对团丁）看住他，别乱跑。

〔鸟伢儿侧耳倾听，欲近黑门。

甲：走开，走开！

〔管家引托着鸟笼的团鱼崽上。

团鱼崽：哼！

鸟伢儿：哼！

管　家：少爷，要斗画眉，就在这后院快点斗吧！万一老爷回来……（不安地张望）

团鱼崽：少啰唆！（对鸟伢儿）来，看你那只画眉儿。

鸟伢儿：（揭开罩布）看吧！

乙：呀！好货！

团鱼崽：（揭开罩布）看老子的！

鸟伢儿：哈哈！来，斗！

团鱼崽：斗！（对管家）你来打数。

〔二人举笼靠拢，两只画眉大叫起来，扑翅相啄。

管　家：（无奈地）一那个一啰，二那个二啰……

〔黑门开了一条缝，似有人影，鸟伢儿注视。

〔一只画眉“吱”的一声，惨叫起来，另一只欢叫。

鸟伢儿：哦哦……退后了，退后了，我赢了！

团鱼崽：不算，不算，刚才我没喂食。管家，拿牛肉巴、鸡蛋黄来。

〔管家喂食。

鸟伢儿：我赢了，我赢了！

团鱼崽：这盘不算。

鸟伢儿：不算，你要赖。

团鱼崽：你要赖。

鸟伢儿：好，就不算，再斗一盘。

团鱼崽：来，斗！

鸟伢儿：斗！

〔两鸟相啄。“一那个一啰，二那个二啰”管家兴奋地喊着。

鸟伢儿：来看，快来看啰！

〔炮楼口伸出了几个国民党士兵的脑袋，鸟伢儿暗喜。

管　家：喊什么，轻一点……

鸟伢儿：（故意）我又赢了，我又赢了！

团鱼崽：（把鸟笼一扔，用脚踢开）这只鬼东西。

管　家：少爷，别斗了，等下老爷回来……

团鱼崽：……

鸟伢儿：哼，是英雄，是好汉，斗到一半莫打转，怎么，不敢斗了。

团鱼崽：哪个不敢，换一只来。

管　家：少爷……

团鱼崽：快！

管　家：是。

〔管家提鸟笼上。

鸟伢儿：斗！

团鱼崽：斗！

〔“一那个一啰，二那个二啰”，管家逐渐忘形地喊着。

鸟伢儿：来看啰，都来看啰。

〔鸟声激烈，门内伸出国民党士兵脑袋，朱跛子急上，用手去按，按了这个，那个又出来了，好似弹钢琴一般。门哗的一声被挤垮，朱跛子被压在门下，众匪军涌出观望鸟斗，情绪激烈，喊声大作。

朱跛子：莫斗了！

〔众声戛然止住，只有管家还在继续叫着，团鱼崽也仍在叫着“斗”。朱跛子近前抽了管家一耳光，管家急忙拖团鱼崽下。

〔“一枝花”与“打柴人”上。

“打柴人”：你这个红军的小探子，别想给贺龙去报信。哼，咱们参谋长已探明了贺龙的去向，今夜就可活捉贺龙。

〔鸟伢儿拿起鸟笼往外跑，“打柴人”和朱跛子同时扑过来，鸟伢儿从“打柴人”腋下钻过，俩人头碰头。鸟伢儿被团丁抓住。

〔朱跛子夺过鸟笼，踩破。画眉扑扑地飞走。

〔朱跛子狠狠一掌打来！

〔灯骤暗。

〔歌声：天上乌云层堆层，
　　　　岩壳毒蛇把头伸。
　　　　画眉画眉你莫停，
　　　　快快上那青天云！

〔灯复明。一抹斜阳照进柴屋，鸟伢儿从地上踉跄地站起身来。

鸟伢儿：啊，我要出去，我要快去报信，敌人要对贺老总下毒手，胡子危险哪！

〔那只画眉站在枝头哀叫。

鸟伢儿：啊，对了，报警信号！阳雀儿叫！

〔走近窗口，吹起鸟哨："贵贵阳——贵贵阳……"声音急促凄厉，飞向长空。

〔鸟伢儿又昏迷倒地。

〔音乐声中恍惚出现下列画面：

风云翻滚，变幻……

红军军旗迎风招展……

贺龙骑着大红马奔驰向前……

锣声，吆喝声："重金悬赏！……"

朱跛子：（狞笑）"今夜明晨，即可活捉贺龙！哈哈哈……"

鸟声，鸟群的声音。朦胧中，好像飞来了成群的鸟儿……

鸟伢儿："我要出去，快出去，我要飞，飞呀！……"

鸟群围着他盘旋，飞舞，鸟伢儿忽然也长了金闪闪的翅膀，他飞起来了，飞起来了……

〔鸟伢儿高喊："胡子大叔，敌人要来了！……"

〔回声不断，震荡云空……

〔幻景消失，夕阳落山。

〔鸟伢儿拼命想挣脱绳索，不成。突然，他发现油灯，一咬牙，把绑着绳索的双手伸过去。

鸟伢儿：对，用灯火烧断绳子！

〔火苗升起，红光闪闪……

〔歌声：莫要怕！

要吃辣子不怕辣，
要当红军不怕杀。
筷子头上玩大刀，
牛角尖上要跑马。

〔绳索烧断，鸟伢儿越窗上树，翻过墙去，画眉亦展翅飞走……

朱跛子：（上）咦，人呢？跑了，跑了！给我追！给我追！追呀！

〔灯暗。歌声继续。

五

〔夕阳西下，夜雾初升。不远处传来众匪混乱的叫嚷声……一串灯笼穿场而过。

〔鸟伢儿急上。从一旁闪出一穿长衫戴礼帽的人，将鸟伢儿拦腰抱住，鸟伢儿拼命挣扎，那人掩其口捉入桑姑屋内。

〔桑姑出门，见叫嚷声近，忙解开那只山羊，踢一脚，山羊拼命奔逃。

桑　姑：跑啦！跑啦！

〔朱跛子率团丁们追上。

朱跛子：往哪边跑啦？

桑　姑：那边！那边！（跑下）

朱跛子：追！（跟下）

〔穿长衫的人放开手脚乱动的鸟伢儿。

鸟伢儿：放开我！放开我！

山　神：鸟伢儿，你受苦了……

鸟伢儿：啊，山神大伯！

山　神：（为他包扎手上的伤）你发出警报后，桑姑报告了我。情况怎样？

鸟伢儿：大伯，特务部队就藏在这儿，一个连，他们的参谋长，对，名叫“一枝花”的已盯上了胡子，刚才听说他回来了。

山　神：啊，胡子危险！

鸟伢儿：冲出去！

山　神：慢，寨子早就被敌人围上了。

〔管家上场。

管　家：老爷，别追了，别追了！

〔山羊跑上，把管家顶倒。

〔桑姑、朱跛子等赶上，桑姑牵住羊。

桑　姑：好了好了，跑不了啦。

朱跛子：在哪儿，在哪儿？

桑　姑：这儿。

朱跛子：啊?!

桑　姑：老爷，一只羊跑了，又何必劳您大驾呢?

朱跛子：你……你是在追羊啊?

桑　姑：老爷，那您……

朱跛子：呸!

管　家：(从地上爬起来）老爷，请您赶快回去。

朱跛子：回去，回去。抓不到……可就竹篮打水……

管　家：(低声)“一枝花”他……（耳语)

朱跛子：哦，哦……（大声）好，回去，一个玩鸟的伢儿，跑了就算了，算了!

桑　姑：老爷，多亏了您帮我追羊呀。

朱跛子：哦，嘿嘿……（下)

桑　姑：奇怪，朱跛子他们真的都回大院了。

山　神：敌人怎么不追捕了？这个“一枝花”，可真鬼。

鸟伢儿：大伯，快冲出去呀!

山　神：别动，听指挥。

桑　姑：(低声）注意，有人来!

〔独眼老乞丐上。

气　丐：可怜可怜我这老叫花子吧，可怜可怜吧……（下)

桑　姑：(进门）村里村外，条条路口，好像都没有派兵把守，这个老叫花子……

山　神：来头不简单!

鸟伢儿：看，他是独眼!

众：“一枝花”!

〔歌声：怪呀怪!

北风吹过西风来.

有心要捉金丝鲤，

为何网口又松开？……

鸟伢儿：哎，急死人!

山　神：不要急嘛。

鸟伢儿：怎么不急?

山　神：敌人不知道胡子在哪儿。

众：不知道？

山　神：对。

众：你怎么清楚？

山　神：很清楚了，如果一枝花已经侦察到胡子所在地，怕我们去报信，马上就会来追捕，现在呢，他们在等，等鸟伢儿。

鸟伢儿：等我？

山　神：他们在等你走，他们想放长线钓大鱼。

桑　姑：哦。

山　神：狡猾的敌人想利用你带路，去抓胡子。

桑　姑：哎呀，差点上当！

鸟伢儿：呃，大伯，我就给他们带路吧。

众：带路？！……

鸟伢儿：对呀，你们听我说……（耳语）

姑、山：黑云崖？！

山　神：鸟伢儿，这太危险啦，不能让你去。

鸟伢儿：大伯，敌人就是等着我呀。只有我去，你们都不能代替。

山　神：……

鸟伢儿：大伯，不消灭这股敌人，胡子就难得安全呀！

山　神：好吧，我同意……你可要小心，小心！

鸟伢儿：（欲走，回头掏出苗花带）哦，大伯，阿妈临死前交给这根花带作证，要我找阿爹。要是我回不来了，你一定要帮我找到他。

桑　姑：花带，我们苗家的花带！（山神接过一看，激动万分）

〔音乐。纱幕显影：夫妻送别，赠苗花带……

〔显影消失。

山　神：（情不自禁）我的…好孩子！

鸟伢儿：大伯，你……你怎么啦？

山　神：啊，没什么……鸟伢儿记住，为了保护胡子，哪怕是火海刀山，我们也要闯！

鸟伢儿：对！

山　神：明月当头高挂，赶到黑云崖下。记住联络信号！

鸟伢儿：是。

山　神：去吧，好伢崽……

桑　姑：来，从后面出去。

〔乌伢儿下，绕到街口，下场。

〔老叫花子暗上，注视。密探（“打柴人”）上。

密　探：对，正是他！

〔老叫花子（参谋长）一拍掌，众匪军上。

参谋长：盯着目标，偷偷跟上去！（匪军下）

朱跛子：（上）参谋长神机妙算！

参谋长：哼哼！老子今早眼看已盯上，又叫他跟我捉了迷藏。想不到苍天有眼，让这个小家伙带路吧。半夜三更，不声不响，看我来个神兵天降，擒贼擒王！

朱跛子：参谋长，让朱某跟你一起前往！

参谋长：不，你们留在这儿，严密布防！（下）

朱跛子：他娘的！你这个一枝花！独眼龙！想独吞一万大洋！好，让贺龙去收拾你吧，你小子有去无回！（悻悻地对团丁）滚！都滚回去！

桑　姑：朱跛子的团防队留下了。

山　神：（耳语）……

桑　姑：是。

山　神：（出门）喂，前面可是团防局朱老爷？

朱跛子：（上）嗯……先生从何来？

山　神：十里青山外。

朱跛子：什么好事？

山　神：哈哈哈……想来发财。（撕下“悬赏告示”）

朱跛子：啊……你知（作摸胡子状）他的下落？

山　神：老爷信我不过？

朱跛子：他……他在那里？

山　神：（耳语）……

朱跛子：你……你可别骗老子！

山　神：老爷不信，小人只好告辞！

朱跛子：回来！你敢带路？

山　神：只要真的有赏，刀山火海也上！

朱跛子：有赏，有赏，一万大洋！

山　神：好，老爷带兵随我来！

朱跛子：哈哈！一枝花呀，参谋长呀，你跟着那个小伢儿慢悠悠地去游吧！来人呀，大队出动大步赶，大功告成赏大钱。

众：是！

山　神：哈哈，走！

朱跛子：走！

〔众匪随山神下。

〔桑姑开门四望。

桑　姑：好呀！两群恶狗引出洞，快快报告贺老总！（急下）

六

〔晚霞熄灭，明月东升，峰峦重重，树影蒙蒙……

〔歌声：坡上山，山上崖，
　　月儿悠悠爬上来。
　　照亮九曲十八弯，
　　我慢慢走来慢慢挨……

〔鸟伢儿上，不慌不忙地手吊铁索渡过小河.

〔片刻，敌群上，轻手轻脚的攀索而过。

〔歌声：月儿圆圆挂天中，
　　照我也照见贺老总。
　　你在西来我在东，
　　黑云崖上喜相逢。

〔鸟伢儿攀登山岩……

〔众匪气喘喘地攀登……

〔团团云雾涌来……

鸟伢儿：哈哈，黑云崖快到了！

〔云雾汹涌……

密　探：这是到哪儿来啦？……不对，不对，这是绝路，只怕是中计啦！

参谋长：不许扰乱军心，上！

〔一声咆哮，一只受惊的野猪出现。

鸟伢儿：野猪！

〔鸟伢儿机灵地攀藤上树，野猪怪叫冲下……

〔众匪混乱的哭叫声……

〔鸟伢儿猛地回头，发现树上吊着个大马蜂窝。

鸟伢儿：马蜂窝！好，让你们再吃点苦头吧！（轻轻摘下，猛地一扔）哈哈哈……（隐入黑暗）

〔蜂群飞舞，嗡嗡乱窜，舞台上出现混乱的匪众，个个哇哇长嚎，四处奔逃……

〔“一枝花”被蜂群追赶，满地滚翻，待站起身，只见他满面渐渐肿胀，像个烂冬瓜……

参谋长：跟……跟上去！抓不到贺龙，决不罢休！

〔暗转：黑云崖。浮云追月，巨石峥嵘，古树嶙峋，荒草遮天。

〔鸟伢儿爬上崖顶。

鸟伢儿：黑云崖到啦，月亮当顶啦。胡子大叔，红军，我真想你们哪！（学阳雀叫）

〔听，不远处，传来布谷鸟的啼鸣。

〔听，阳雀、布谷鸟互相呼应。

鸟伢儿：是山神大伯！

山　神：（上，轻呼）鸟伢儿！

鸟伢儿：大伯！

山　神：快躲开！

〔二人隐身在一个岩洞里。

〔云雾弥漫。片刻，两边分别摸上一伙人。

左边的人：前面有人！

右边的人：有埋伏！

众　匪：啊，红军?!

〔枪声大作，一场混战。

〔山神和鸟伢儿在洞中大笑。

〔最后，一枝花和朱跛子扭到一块。

朱跛子：红军爷爷，饶命！

参谋长：啊！朱跛子！

朱跛子：啊！参谋长！

众　匪：我们上当啦！

参谋长：恐有埋伏，快撤！

山　神：不好，敌人要溜！

鸟伢儿：大伯，你快去接应部队，看我的！（一下冲出洞口）

山　神：（来不及拉住）我的……好儿子！（挥泪隐下）

鸟伢儿：（跳上高岩）哈哈哈……你们抓不到贺龙了！

众　匪：啊?!

朱跛子：抓住他！抓住他！

参谋长：来呀，点燃山火，活活烧死他！

〔众匪点燃荒草，火焰腾空。

〔突然，嘹亮军号声划破夜空。

众　匪：（失魂落魄）红军来啦！红军来啦！

鸟伢儿：红军哥，敌人在这儿呢！

〔枪声四起，众匪纷纷应声倒地，残匪四处奔窜。

朱跛子：他娘的，老子完蛋，你也完蛋！（朝鸟伢儿开枪）

〔枪响，朱跛子一声惨叫，死去。

〔内声："鸟伢儿——"

鸟伢儿：（惊喜）哎——胡子大叔——！

〔众匪魂飞魄散，乱叫："贺龙来了！……"

〔歌声：四路涌起五彩云，

一条赤龙把雨行.

电在西边闪，

雷在东边鸣，

天外飞来贺将军！

参谋长：打死你贺龙，我死也瞑目！（躲在岩后欲偷偷开枪）

鸟伢儿：不准伤害胡子大叔！

〔鸟伢儿搬起一块大石砸下，参谋长不动了。

〔众红军的呼唤声："鸟伢儿——！"

鸟伢儿：哎——！胡子大叔，我来了——！

参谋长：（睁开眼）贺龙！（开枪）

〔鸟伢儿发现，挺身挡住。一声枪响，鸟伢儿中弹，他踉跄站定，抓住一根古藤，掠过半空。

鸟伢儿：胡子大叔！我来了……

〔“一枝花”又补一枪，鸟伢儿落下火海深渊……

鸟伢儿：（令人心悸的呼叫）胡子大叔——！

〔山鸣谷响，久久回荡……

〔山神岩虎与红军冲上，排枪齐发，打死敌参谋长。

众：鸟伢儿——！

〔暗转，音乐声悲愤强烈，撕裂人心……

〔瞬息间，灯光复明。舞台景物全部隐去，只见贺龙将军站在崖顶，站在火红的云霞中。他在沉痛中顾盼着，倾听着。

〔看！一只火红的大鸟从深渊缓缓升起，在贺龙的身边盘旋，飞绕……

〔鸟声悠扬，山川回响……

〔歌声：武陵山，彩云飘，
山中有只火云鸟，
火云鸟，红羽毛，
好似红星在闪耀。
一声低，一声高，
声声把亲人来呼叫。
日夜跟着贺龙飞，
深情歌儿入云霄……

（1980年）

注：本剧由湖南省木偶皮影艺术剧院排演，赴京参赛，荣获全国汇演第一名，同时获得编剧奖、导演奖、作曲奖、舞美奖等多种奖项。此后，又荣获全国第三届文华新剧目奖、文华编剧奖等。

五、武陵神曲（民族歌舞史诗）

武陵神曲

前 言

武陵源是一方世上难寻的洞天福地，毕兹卡是一个魂灵壮美而又魅力无穷的古老民族。我们满怀激情地试图运用最好的艺术手段表现这里的山水之灵，民族之魂。音乐舞蹈与诗画组合融汇，无疑是极好的选择。古云："此曲只应天上有，人间难得几回闻。"《武陵神曲》全力追寻的就是这样一个崇高目标，我们为此付出全身心的努力。

整个节目分为"万年山"、"千秋水"、"女儿花"、"英雄血"四大板块，犹如古典交响乐之四大乐章，山、水、花、血四大爱的元素依次呈现，各具风采而又浑然一体，光华灿烂地推向现场高潮，飞上迷人境界。

武陵源，毕兹卡，这是一本深沉浩瀚的大书。朋友们，让我们一起来读好它，读懂它……

分章阐述

序幕：虎王开篇（神灵之爱）

远古时宇宙一片混沌的幻境，天地初开时诡异迷离的画图。

土家人崇拜的图腾白虎天王镇山驯水，为民造福的宏大场面。

一章：万年山（天伦之爱）

武陵源的崇山峻岭是孕育和哺养土家人的摇篮，亦是他们壮丽人生的舞台。依次展现在观众眼前的是——

婴儿出生哭声震山，迎接他，有母亲乳汁的甘甜，更有古俗"炮烙"的严酷考验。

毕兹卡一生与山为伴，代代人前赴后继与命运搏战，他们的人生历程甜酸苦辣，也可以浓缩为掷地有声的两个字：背山，背山……

二章：千秋水（男女之爱）

有了山，又有了水，武陵源里的世界，才有了柔情，有了美。

在千秋歌吟的索溪边，毕兹卡的女儿们在丽日清风下沐浴，在浪花里漂洗着水流般的青丝。

然后，春心荡漾的后生子们来了。面对着水中如花似玉的女娃们，他们眼也呆了，心也醉了。

三章：女儿花（乡土之爱）

武陵源里春常在，日日月月都有花儿盛开。毕兹卡的女儿们想留住春风，留住鲜花，于是，争先恐后把五彩花儿织进了神奇的织锦“西兰卡普”。

有位心灵手巧的织花女织尽了山中百花，可就是未见过白果树开放的花朵。执着的她，痴心的她，苦苦地等，日夜地盼，可怜的她，竟然把眼睛都盼瞎了。天地动容了，白果仙子显灵了，在她的泪水里，在她的美梦中开花了。于是，织花女绣出了一幅世上最美的“西兰卡普”。

四章：英雄血（江山之爱）

武陵源的儿女有为生存而奋斗的坚韧，有为爱情而痴迷的真情，有为理想而追求的崇高。然而，当豺狼来了，家国危难，他们更会万众奋起，浴血奋战！

戈矛铿锵，金鼓动天，勇士们倒下了，倒在那逐敌千里的他乡，亲人们肝肠寸断。

点亮河灯，未亡人深情脉脉将亡灵祭奠；赶尸回乡，更是湘西人豪情无限感天动地的神秘诗篇……

尾声：祈福天下（普世之爱）

歌声飞扬，舞步奔放，离别的时分却已到来，跟着嘉宾离去亲切的背影，是全体演职人员恋恋不舍的温情目光。

日月与你们相伴，春风将你们手牵。朋友们，亲人们，让我们一起唱一曲大爱之歌，为全世界全人类祈福万年！

序幕 虎王开篇

〔混沌初开，无边黑暗，波谲云诡。

〔突然，巨雷轰响，烈焰狂吼，渐渐地，熔炼出一幅奇异的宏图——上方，一派光亮；下方，一片昏蒙……

〔一个苍老的人声土家语吟诵：

来看制天造地吧，
哪个来制天造地呢？
远古冶天的公公，
太初炼地的婆婆，
他俩做了个大锅，
用它来冶天，
拿它来炼地，
一下铸成了两块：
白的向上浮，
黑的往下落。
可是啊，天说天宽，
地说地大，
吵闹来打斗。
公公婆婆，都动不得了，
快快请八方神仙，十二生肖。
天的事，地的事，
都等不得了，等不得了！

〔一刹那天摇地动，风疾云驰。只见仙踪魔影，咆哮乱舞，纷然眩目……

〔众神喧哗中一声虎啸，一庞然猛虎向前奔来，气势无穷！

〔灿烂灯光全亮。舞台上与舞台两侧的合唱队齐声欢唱。

〔领唱、合唱：《虎天王》

天一方，地一方，
众神里飞来虎天王。

金柱子来支天，
银柱子来撑地。
支天稳又稳，
撑地强又强。
风神笑来帮，雨神哭来帮，
日神月神来照亮，
造出了个奇山异水美地方。
我虎爹，我虎娘，
爹娘爱，千年万年长，
山中长守望，永留我家乡。

〔天幕灯骤亮，武陵源的神奇山水赫然兀立在人们眼前：

〔合唱：春雷滚滚开天门，
打开百里大画屏，
爱在神山灵水间，
武陵儿女最多情！

〔宏大画图中，隐现双目炯炯的虎影……

〔灯骤灭。

第一章　万年山

〔显影：奇山异水，气势磅礴……

〔画外音：天公天婆虎天王，造了个好山好水好地方。他们又讲了：要吃苦呢，苦得你五劳又七伤，才长得成个人模人样。

〔咚咚咚……胎儿的心跳声。

〔殷红血滴，渐渐流满画面……

〔嘹亮的婴儿啼哭声……

〔灯亮。山里人生育与祭祀的传统场面。

〔年轻的母亲高高举起白胖的婴儿，众欢呼。

〔《巫师舞》：面具，吟诵，画符，喷火，烘烤青竹片。巫师为婴儿炮烙脚板，青烟冒出，婴儿的哭叫与众人吆喝声。

〔母亲为婴儿喂奶，柔情万般，丝丝扣人。

〔男声独唱：《山娃》我娘生我万年山，
万山传音闹喧喧。
长成也像个山模样，
最硬一双铁脚板。

〔《脚板舞》：巫师，众赤脚男，父亲怀抱着婴儿。
吆喝声，脚板声，似乐曲，似鼓点……

〔切光。

〔黑暗中一声长呼：背山喽！

〔灯亮。重山蔽日，高路入云。背山者的队伍背着硕大的背篓，步步攀登。

〔年老的父亲指点刚成人的年轻后生，带头领路前行。

〔背景变换：春夏秋冬，四季风光。

〔《背山舞》：背山背来一个春，手拂清风脚生云。
汗水浇开千山花，吆喝一声冲上岭。

背山背走一个夏，风云雷电头上炸。
不怕赤日又喷火，炼的筋骨似铁打。

背山背去一个秋，秋风秋雨天地愁。
爹爹呼儿抬头望，山山都是硬骨头。

背山背到一个冬，山高水远路路通。
千丈冰雪踩脚下，我不英雄谁英雄。

〔夜黑沉沉，明月如钩。众人举火照路，引颈相望。

〔终于，众男归来，狂喜狂欢。

〔《田园之舞》：古老风格，热辣风情。

第二章 千秋水

〔显影：翠峰林立，直向青天，
春深斜坡，花草点点，

一道清溪流泻而来……

〔清脆的鸟鸣，渐渐地，变为了少女银铃般的笑声。越来越大的，是欢快无比的溪水声……

〔画外音：山中的后生子象山，溪边的俏妹子像水。春天春天来了，山水越来越美。俏妹子看见山，眼睛要晕；后生子看见水，心里要醉。

〔变景：一道瀑布飞泻而下，珠玉四溅，溪声喧哗，鸟语花香。

〔春气氤氲处，朦胧中可见一群少女在赤身裸浴。她们轻笑，戏水，梳洗束束青丝……群舞：《天浴》

〔长发美女上。众浴女赞美地涌上去，帮她解开盘在头上的发髻。一刹那，瀑布似的乌黑发丝洒落下来，飘向流淌的溪水中……

〔领舞·群舞：《青丝水流长》

女声唱：千秋水，轻轻唱，
女认索溪是奶娘。
幺妹她最爱傍娘边，
水养青丝似水长。

千秋水，绕山岩，
姐妹梳洗结伴来。
笑声飞起风儿醉，
满河好似莲花开。

〔众女与长发女一起洗发、梳发、盘发，迎风甩干头发，风情万种，媚态迷人。

女声唱：一束青丝九尺九，
日月光华任水流。
幺妹出水云出岫，
夹岸野花尽含羞。

男声唱：青丝乖，青丝香，
山中溜来砍柴郎，
低头红脸悄悄看，

女声唱：水里照出蠢模样……

〔众后生悄悄上，心慌意乱地偷窥，挑逗，求爱。

〔众少男少女相依而下，溪边只留下长发女和英俊后生。

〔此时，崖头上忽然绽放了无数五彩鲜花……

〔双人舞：《花为媒》

男声唱：爱妹爱妹口难开，

女声唱：手指崖花让哥猜。

男声唱：摘下红黄各一朵，

不知妹妹爱不爱。

女声唱：红花美，黄花乖，

我再加一朵兰（难）拢来。

〔后生随手摘下红黄各一朵放在阳坡上，妹子偷笑，摘下一朵兰花放在一旁。后生丧气。忽然，他看见高岩上两朵并蒂红花，便不顾一切地攀登而上，十分惊险。

男声唱：唉——

看那看那向阳岩，

二人唱：两朵红花并蒂开。

男声唱：我飞身将它轻轻采，

女声唱：哥哥你把人吓坏，

二人唱：两颗窝心跳出来……

〔后生攀藤掠空而下，一边故意做出各种惊险动作。最后，跃身跳在长发女的怀抱里……

〔双人舞：《藤缠树，树缠藤》

合　唱：啊——

藤缠树，树缠藤，

自古难逃，逃脱有几人……

〔灯暗。

〔幕间表演。

〔婚礼吹打乐从剧场后方响起，一支迎亲队伍从观众席中穿过，一路扔喜糖，登上前台。

〔群舞：《花轿舞》

轿夫唱：红花轿子四四方，

四个轿夫跑得忙。

女子一世嫁为大，

吹吹打打喜洋洋。

新娘唱：谁个哪知离家苦，
坐轿好比坐班房。
虽然把我人抬走，
教我怎样别爷娘。（哭）

轿夫唱：新姑娘，你莫哭，
转个弯弯到新屋。

新娘唱：新屋虽好我要回，
女儿是爹娘心头肉。（大哭）

轿夫唱：你还哭，你还叫，
转回轿子我又要讨红包。

〔新娘急了，忙擦眼泪，表示不哭了。轿夫不依，伸手。

媒婆唱：拜托各位守时间，
（白）中场只休息一十五分钟——
剧场老板要骂人了！
了了，莫插闹了！

〔众不动，媒婆无奈。

媒　婆：（喊）老板，老总，总经理，快点撒红包，红包！

〔台下观众起哄。

〔穿西服的总经理急急组织手下，大撒红包。

第三章　女儿花

〔显影：峰林，石海，吊脚楼，美田园。

一朵花开了，又一朵花开了……春深如海，花儿盛开。灿烂的花朵，布满天地……

〔画外音：爹上山砍柴，娘守屋煮饭，小弟放鸭在溪边，她的那个他吆牛去踩田。美丽织花女的西兰卡普，把家乡美景都织尽了，怎么办？她最爱四季花开了，那就寻花，看花，数花，再织花吧。于是，就有了一个花的故事……

〔灯亮。溪边，屋前，漂亮的打花机放在缤纷花丛前，美丽织花女正埋头织花。

〔舞台上下左右，众多光圈下，众织花女也正不约而同地埋头织花。机声哗哗，此起彼伏，组成一支动人乐曲。

〔领舞·群舞：《四季花儿开》

女声齐唱：武陵花期四季来，
姐妹爱花不须采。
要学天上织女星，
你一朵，我一朵，她一朵——
西兰卡普，锦上百花开！

〔机声停，众女各人手执自己织的一种花样，快乐地展示，比美。最终，美丽织花女织出的火红牡丹最为夺目。众祝贺，赞美。

春花开，夏花开，
秋花冬花一齐来。
牡丹最艳，数到了九十九，
只见那——
大姐她无声眉不开。

〔美丽织花女在想着什么，寻着什么……

〔灯暗。

〔一束光照亮了她家后坡上的那棵千年白果老树。织花女引颈仰望。

〔独舞：《探花》

女声独唱：先问爹，后问娘，
左邻右舍问个遍。
白果开花有谁见——

众声伴唱：未曾见，无人见，
只听说它花开花谢在夜半。

女声独唱：织花女，祭树拜老天，
一缕香烟把女的心愿传……

〔变景：日月相继，冷暖转换。织花女坚守不断，总在树前。

歌　声：女儿哟，你莫呆，
一年三百六十日，
哪晓得，
哪月哪日哪个时辰

——白果花儿开，
天下你最呆……

〔夜深，某时，忽然雷电大作，暴雨倾盆……

不知是什么时候，云破月出，繁星满天……

〔奇异的音乐，五光十色。

〔白果仙翁从树后闪身而上，悄悄用长袖为她拂去额上的雨珠……

〔众白果仙女也翩翩而来，为她扫开夜半的寒气……

〔仙翁挥手，众花仙长袖长裙飘飞，渐渐幻化为满树新花：洁白似飞雪，轻盈如流云。

〔织花女醒来了，众仙闪开。此刻，她忘情地看呀，笑呀，忽然奔向打花机，飞快地织了起来。众仙相助，起舞。

〔无字合唱，音乐变得华丽而辉煌……

〔一幅巨大的《白果花开》冉冉从空中垂下来，光华夺目。

〔众织女与乡亲们闻讯赶来，围观，欢呼。大家都没有发现，白果仙翁和花仙们悄悄地将美丽织花女指引着，托举着，飘然飞天而上。只见她在空中频频回首，久久回旋，不忍离去……

〔合唱：白果花开，织女成仙，
留下了一根针，留下了万缕线。
西兰卡普，美名四方传，
从此后，满世界——
武陵万山中，百花最最艳。

第四章　英雄血

〔显影，画面：武陵群峰，如戈矛林立。忽然间，烈焰熊熊，铺天盖地，血与火交织，升腾……

〔沉重的铜鼓声，悲壮的牛角号声！

〔画外音：武陵源哪武陵源，虽是人间乐土，却非世外桃源。血与火，报知外敌来犯！冲在前，是男子汉；女人家，也抛却那柔肠婉转。血，融在一起；人，骨肉紧连。虎天王啊虎天王，你是山里人的神力之源！

〔舞台灯明：怒火，冲天怒火……

〔众山民列阵壮行，祭祀虎神。

〔虎天王公母神位高高在上，众高举虎旗，手执虎矛虎刀，击打着祖先传下的军乐器：虎钮錞于。

〔群舞：《錞于舞之一》

祭词——虎公虎母，施恩万代，
武陵太平，万众感怀。
腐恶来犯，生灵涂炭，
赐我神力，虎威快来！

〔祭毕，众武士按习俗依次上前抚摸虎神，浑身迅即虎虎生威，勇猛无比地冲锋而去……

〔部族头领率众欲下，其妻欲随其向前，头领阻止，令其率众女击打錞于，吹响号角，为男人助阵。其妻夺过他手中大刀，割破手掌，扯开丈夫的外衣，将自己的热血涂抹在男人的身上，脸上，为他驱邪壮威。头领别妻，将染血外衣扎在腰间，遂高举大刀，大吼一声，冲向敌阵……

〔群舞：《錞于舞之二》

〔女人们抖擞精神，奋臂击鼓，鼓点随战场动向而变，时而低沉，时而响亮，时而急促，时而激昂。忽然间，战况危急，嘶喊凄厉，许多女人纷纷扔下铜锤，拿起武器亦冲了上去……

〔独舞：《錞于舞之三》

〔场上只剩下头领之妻一人。万分危急之时，她镇定下来，拿起鼓槌，一人急速敲打着那一排排铜鼓，宣泄愤怒，勇助战阵！

〔突然，一女子飞跑上，手指远方，报告凶信。战场上霎时安静下来，寂寂无声。女子高举的鼓槌停住了，又重重落在地上，发出巨大的声音。

〔头领那一件染血的外衣，从空中冉冉飘落下来……

〔妻子踉跄倒地，艰难地慢慢地爬了过去……

〔火红的天空渐渐地黑了下来，伸手不见五指。

〔死一样沉静。

〔灯渐亮：夜之索溪，波光粼粼。

〔战斗幸存的男人们肃立着，女人们则手捧点亮的河灯欸欸上，到水边放入水中，任其漂流而去……

〔群舞：《河灯舞》

合　唱：寻你千百遍，山里山外，

千条回家路，空有冷风哭哀哀。

你还不回来——

莫是怕坡陡，爹娘站在望儿岭，

莫是忘了路，妻儿坐在喊郎台。

悠悠索溪水，快帮我去寻，

魂去万千里，也要寻回来。

（不同人的喊）儿呀，夫呀，爹呀，哥呀……

你快回来，快回来，

饭桌多放一双筷，

深更半夜门也开……

〔灯暗，渐复明。

〔奇异月光，迷离山路。

〔一列神秘的队伍，蒙面直立，穿山过水，向前蹦跳着前进……这就是湘西世代传说中的“赶尸”。死去人的灵魂难舍故乡亲人，归来了，归来了！

〔群舞：《归魂》

合　唱：魂兮归来，魂兮归来！

跳来的不是死鬼，

爬来的不是恶怪。

热血虽流尽，

忠魂依然在。

天地无语，青山有情，

亲人呀，快把泪眼揩，

受我泣血拜三拜！

〔众魂灵跪拜，隐去……

〔星光灿烂，月华漫天！

尾声　祈福天下

〔灯亮。艳阳普照，灿烂辉煌。

〔武陵群峰下，十里画廊边。

〔金光四射的虎神大殿，虎公虎母笑容可掬的大型造像端坐于上。殿堂上方，一口巨型铜钟，一边为一“虎”字，一边为一“福”字。

〔欢乐的节日。武陵儿女盛装涌上，列队迎候五洲四海的来客。

〔合唱：《祈五福，献大爱》

武陵飞霞彩，八方贵客来。
多情武陵人，心中装满爱。
神灵在上，我们爱，
骨肉天伦，我们爱，
夫妻和美，我们爱，
乡土田园，我们爱，
大好河山，我们爱，
多少小爱汇大爱。
唉————
有爱就是福，托福更多爱。
来来来……
你也来，我也来，
敲响这传了
千代万世的虎钮錞于大虎钟，大福钟——

（白）一、二、三、四、五！

祝福那——
家家户户，世世代代五福临门，
祈愿那——
五洲大地万方众生，共建美丽新世界！

〔钟声轰鸣。以五为计，持续不断。每击五下，即激起一片欢呼……

注：2011 年，在张家界武陵源，由省市多方同仁通力合作，排练公演。

六、万山朝圣（音乐舞蹈诗）

万山朝圣

序幕　凤凰神话
——写意舞蹈

在古远传说中，大舜为吉祥之鸟凤凰的化身，凤凰为其图腾。于是，我们看见：星空迷离，云霞明灭，在日月光华中，凤凰出世了。它在翱翔，长鸣。九州黎民，深情注目，应和着凤凰的歌声舞影……

合唱：《凤凰颂》

（浪漫色彩的颂歌体）

寰宇内，众神祇，都说那凤凰最神奇，
想到凤凰，却总是想到你。
云霞万朵，熔铸辉煌形影，
天地浩瀚，聚合无穷伟力。
征战腐恶，九州驰驱，
待南风和畅时，英魂归九疑。
啊，凤凰！啊，舜帝！
千百年，千万代，
听普天下为你长歌一曲。

第一章　春之韶乐
——表演与歌舞

一介平民服饰的大舜出现在黎明的地平线，他似乎携春天一同到来。

众百姓在其导引下开山引水，制陶纺织等，其乐融融。

天地祥和。山林中的走兽飞禽纷出，与人群共舞之。舜引大象，耕耘田园。众击石附石，相和而歌。

领唱合唱：《大野春》

（民歌，号子风）

掀翻万年岩，

斩断千秋藤，

引来百丈泉，

炊烟绕新村，

嘿！领头是大舜。

百兽率舞欢，

百鸟喜争鸣，

大象拖犁奔，

共绘大野春，

嘿！万民拥帝舜。

春秋代序，沧海桑田。大舜化着帝服站在高处欣看大地。不知何时，已白发苍苍。

娥皇、女英二妃率随从上，奏乐。

男声独唱：《洞庭华宴》

洞庭边，春色满，

百岁寿，开华宴。

发如雪，尚童颜，

得宽余，人尽欢。

歌舞起，采云飞。

女声合唱：《卿云歌》

卿云烂兮，虬缦缦兮，

日月光华，旦复旦兮。

忽然，风乍起，彩云变色，乌云滚滚……

一声惊雷，天地混沌。

第二章　百岁巡狩
——歌唱与表演

洞庭湖边，秋风嫋嫋，水波起伏……

舜帝虽老态龙钟，戎装在身，手执猎叉，却精神抖擞。众武士列阵操练，号角军鼓，叩击人心。

二妃急上，欲劝阻舜帝，舜意志坚定，执意南巡。

南向而望，远方苍梧之野，似有民众的哭泣声与呼号声隐隐传来。

对唱合唱：《远别离》

女合：天地暗，风云变，
洞庭浪拍升征帆。
男独：苍梧之野传凶讯，
百岁巡狩去无前。
女独一："远别离，云冥冥兮日惨惨，
女独二：恐君行，随风波兮去无还。"
男独：愁眉紧，心火燃，
柔情万缕终须断。
远望千里恨难按，
一片烽烟锁南天。

大舜摘下头盔，对天盟誓，苍苍白发，被秋风吹起。二妃痛心拜别。

众军肃穆，歌声沉雄悲壮。

男声合唱：《军歌》

赫赫帝舜，猎叉在手，
风旗猎猎，众军抖擞。
救民水火，敌忾同仇，
高歌四岳，阔步九州。

第三章　大麓雄图
——情境表演

舜帝率众军挥师向前，遇险阻，艰难跋涉，逢凶顽，冲锋奋战。

景色变幻：沥沥苦雨；劲风呼啸；大雪纷扬……

终于，大麓之野上旭日升起，春暖花开。众苦难山民簇拥向前，顶礼叩拜。

南风大作。舜帝无限欢欣，开怀而歌。

领唱合唱：《南风歌》

南风之薰兮，
可以解吾民之愠兮；
南风之时兮，
可以阜吾民之财兮。

山坡上的杜鹃花，一片红艳。

忽然，狂风大作，暴雨袭来，山洪暴发。昏乱中，似乎有一巨大的凶龙与众水魅在狂涛中出现。

舜帝手执猎叉与之拼死搏斗。

天昏地暗中，忽然一片静寂。闪电明时，只见漫山杜鹃，霎时纷纷变色，一片惨白。（悲怆的无字合唱）

透过夜色，可见舜帝伤痕累累，却微微含笑，巍巍挺立着。

第四章　竹泪惊魂
——舞蹈与情境

一声声悠远的呼号：大舜，你在哪里？

二妃翻山越岭，穿云破雾，奔向苍梧之野。

在昏暗中，在四面八方，似乎都有不同的人声在呼喊：舜帝，你在哪里？

从丛竹林，越来越乱，越来越密，二妃急急穿行。

忽然，竹林似乎为她们闪开了一条通道。猛抬头，只见舜帝就在前方，高高立在那里。二妃向前扑去，舜帝却如巨石般轰然倒下。

天昏地暗，二妃痛哭，泪飞倾盆，飞溅到无边的竹海中……

女声领唱合唱：满眼泪，满腔血，
血泪迸飞心欲裂。
翠竹尽染皆成斑，
泪斑千秋映日月。
至今夜半闻哭声，
二妃尤怨郎心铁。
啊！试问此情何时了，
“苍梧山崩湘水绝，
竹上之泪乃可灭……”

夜色渐隐，一片片翠竹，在血泪中燃烧，枝叶尽斑。

二妃消失在神奇的云霞中。

朦胧晨光中，只见雄奇的舜源峰冉冉升起，俯瞰大地。娥皇、女英也化为二峰：娥皇峰，女英峰，伴随左右。

众武士与众山民伏地长拜。

第五章　万山朝圣
——仪式表演与录影放映

九疑黎明，青天彩云。

巍巍舜源峰气宇轩昂，娥皇峰与女英峰脉脉含情。

在充满禅意的似歌似吟的乐声中，只见原来错落无序的无数山头，一刹那全都转过身来，向着舜帝，低头朝拜。气势磅礴，撼人心魄！

众人登场，组合。一个宏大的祭祀仪式场景：旗幡招展，队列鱼贯，鼓乐齐鸣，香烟缭绕。

天幕显影：依次呈现历代以来（包括当今）朝圣祭拜典礼的电影或电视资料镜头……

合　唱：万山俯首朝舜源，
绿水三分悲声远。
莫道难寻九疑路，
四海子孙汇陵前。

尾声 四海情深
——歌舞表演

欢乐的集合，亲密的聚会。

礼仪小姐们拉出与当场晚会的主旨或贵宾有关的大红横幅等，形成火红场面。

以下，是几个歌舞与表演的组合：

首先，是热情的本土瑶家儿女登场。

民族歌舞：《瑶家与你亲又亲》

阳雀子唱上千重坡，
那是瑶家木叶歌。
当初舜帝来听过，
瑶寨喜庆多红火。

木叶吹了几千年，
歌飞九疑绕舜源。
山中瑶家一代代，
南风起时心最甜。

山里人亲，山外人亲，
心中圣贤皆尧舜。
请君听我木叶歌，
血肉相关万世情。

接着，是一群富于时尚色彩的青少年登场。

现代歌舞：《故乡九疑山》

远远望去，它充满神奇，
白云舞，百鸟唱，斑竹却泪滴。
制高点绿葱葱像个巨人，
那就是老祖宗虞舜大帝。

走近更看清，几多胜迹，
古稻田，老岩洞，残碑浴风雨。
大庙前细说起当年事，
不由你不上前作揖敬礼。

低头细想，感动心里，
做好人，做好事，榜样早树立。
舞台上刚唱过那南风歌，
对！爱百姓，忧天下，是永远真理！

接着，有着全国五十六个民族鲜明特色的队列欢舞而上。

再接着，台港澳与国外的祭祖与观光的人群也一拥而上。

天幕上，巍巍舜源等三峰幻化为舜帝与二妃的形象，向众人微笑、致意。

最后，全体人员齐声欢唱晚会的主题歌：《南风歌》

在悠扬乐声中，光华夺目的凤凰自天外欸欸飞来，啾啾和鸣……

（2012 年）

注：应著名人文风景胜地九疑山主管部门之约，策划与撰稿，并得其欣然首肯，惜因经费等原因，无法投排。

七、彩云之恋（当代歌剧）

彩云之恋
——湘人入滇的英雄故事

引 言

国之有难，凭谁向前？

毛泽东对王震说："我们家乡人多，可以调一些去。"

就这样，二十世纪中叶，十三万湖南乡民，作别祖辈的胞衣之地，远赴云南边陲，开始了另一种悲壮人生。

这一切，似乎已被历史遗忘。而在五十春秋后，一支以白发老者为主的返乡祭祖千人队伍，震动了湘中故土……

场 序

祭祖 别乡 抗寒 顶风 追梦 壮行

时间：1959—2009 年。50 年间。

地点：湖南湘江中游——云南边境林莽

人物：肖远强——乡民，23 岁（1959 年时）

匡小春——其妻，19 岁（1959 年时）

肖湘来——其子，16 岁（1976 年时）

李秋莲——村女，21 岁（1959 年时）

肖福保——乡民，35 岁（1959 年时）

福保妻——30 岁（1959 年时）

秦永川——带队干部，32 岁（1959 年时）

王浦生——上海知青，20 岁（1976 年时）
阿　雅——僾尼族少女，18 岁（1976 年时）
木　雅——其女，20 岁（1999 年时）
其　他

第一场　祭　祖

〔2009 年。暖春。

〔湘水涌绿，湘山叠翠，红石崖下老祠堂。门前古樟如巨伞撑开，撒下一片浓荫。

〔节日氛围，村民雀跃。

〔一声汽笛，远处火车轰鸣声，越来越近……

〔男女声合唱：清明时节半雨晴，
　　　　　　悲喜交集娘家村。
　　　　　　万里春风南天来，
　　　　　　彩云送回远行人。

〔锣鼓喧天，鞭炮齐鸣。

〔一群白发老者踉跄涌上。久别亲人相见相认，激情难耐。

〔领唱·合唱：别故土——
　　　　　　一瞬间五十春秋，
　　　　　　天涯客怎禁那半世乡愁！
　　　　　　寻归途——
　　　　　　旧山旧水旧时路，
　　　　　　往昔的风情却早已不见留。
　　　　　　猛抬头，寂寂然先祖祠堂在，
　　　　　　齐上前，跌跪尘埃孩儿三叩首……

〔场面悲催。

远　强：老伙计们！
　　（唱）庆相逢，且莫把悲泪抛，
　　　　祖宗在上喜眉梢。
　　　　当年十万壮士行，

白发归来气更豪！

〔远强朗笑，众亦破涕为笑。年轻的村官跳上台阶。

村　长：各位长辈，长长辈，我是村长，是晚辈，晚晚辈。故乡欢迎你们！

村　干：骨肉亲朋先相认，再去各家叙旧情。回头到祠堂，就是村委会里——

村　长：为亲人们接风洗尘！

〔众热热闹闹分头下。

村　长：远强大爹。

远　强：村长，还要等一位从云南请来的客人。腿脚不便，我儿子陪着他。

村　长：哈，领导早告诉我们了。他，可是贵客！

远　强：对，我们的贵客秦永川，是真正的老资格，老革命。那一年，就是他在最后的时刻，亲自点了头，领我上了路，从此，改变了我一生的命运。

村　长：有故事。

〔远处有人喊："村长，请来一下。"

村　长：我去去就来。

远　强：快去忙。

村　长：对啦，我差点忘了。大爹，前几天有人在打听你呢。

远　强：什么人？

村　长：一位老太太。我刚调来不久，不熟，说是你的小学同学。

远　强：还说什么？

村　长：没说什么，她只是随便问问。（下）

远　强：哦。（四处张望，沉思默想）

（唱）南风起，樟树叶儿沙沙轻唱，
夕阳照，老祠堂平添苍凉。
天涯远，归路长，人过古稀，
故乡啊，你可还相认当年的小儿郎。
原本是，赤脚斗笠放牛娃，
乡民的梦不过是——年年丰登四季安康，
娶妻一房儿孙满堂。
难忘那一年，一声召唤动三湘，
国有危难，万众齐上。

不是打仗，也是打仗，
入列出发赴南疆。
别故乡，离爹妈，
还割舍了那青梅竹马两情依依的好姑娘。
翻千山，涉万水，
破疫瘴，闯林莽，
驱恶兽，辟蛮荒。
血汗交迸绘雄图，
拼将青春谱华章。
到如今——
彩云下的橡胶园，排行布阵威武雄壮，
忠诚的人们，用千万双手支撑着
巍巍中华的神圣脊梁！

〔领唱·合唱：啊……
战士卸甲宽余后，
夜半人定起乡愁。
一世前行不后顾，
人生向晚频回首。
思乡梦已醒，仍如梦里留，
细看这真真切切的一山、一水、一草、一木，
不由得——
多少年的游子泪，一朝尽情流……

〔肖湘来推着皓首如雪秦永川的轮椅上。

肖湘来：爹！回老家了，刚才那拨老爷子、老太太，一下车跑得可真快。

秦永川：远强，你还等什么等。

肖远强：老领导，我急什么。爹娘过世后，在这儿已经没什么近亲了。这次返乡，就是祭祖、上坟。

肖湘来：我呢，从没来过，寻根。

肖远强：还有，就是陪您乡里、县里，旧地重游。

秦永川：你真是个有心人。

肖湘来：爹，你们先在这儿怀怀旧吧，我去找村长他们。（下）

肖远强：老领导，你看看这个地方，还有印象吗？

秦永川：江边，山前，石崖，樟树，老祠堂，村委会……想起来了，想起来了。

肖远强：对，您来过，就是您，一位随军南下的老兵，县政府指派的带队干部，在这儿给我们作的富于感染力鼓动性的报告，好家伙，一下子就把我心里的火种呼啦啦地给点燃了！

秦永川：没错，就在这台阶上作的报告！

肖远强：我就在台阶下报的名！

秦永川：一番折腾，最后批准！

肖远强：对，对。从此后，跟你们去支边的十三万人中，有了我这一个肖远强；跟我去云南的必须的女人，乃是我妻匡小春！

秦永川：缘分，缘分！

肖远强：对，你和我们，缘分；我和匡小春，也是缘分。

秦永川：可惜，小春跟你一辈子，别爹娘，走天涯，到头来大灾之年百里借粮，落下了个重病缠身，终于没能熬到返乡这一天。

肖远强：我会代她到她爹娘坟前去磕头，烧香。

〔沉默片刻。

秦永川：远强！小春心好呀，临危之时，悄悄托我给你留个话……

肖远强：留个话？

秦永川：回到家乡，你应该去找一找、见一见当年那个……

肖远强：李秋莲。

秦永川：如果方便，见她一面。小春说，她若地下有灵，也会宽心。

肖远强：（沉思地）永川大哥。说到这事，你看，我和李秋莲最后见面分手，也是在这儿，在这棵樟树下。而今，整整五十年过去了。人老了，树也老了……

〔灯暗。黑暗中，传来李秋莲的声音："远强哥！别跑这么快，等等我……"

〔女声合唱：多情女早盼那花好月圆，
闺房里悄悄正把喜字剪。
猛然间——
一声令传，地转天旋。
活活急煞爹和娘，
生生害惨了李秋莲……

第二场　别　乡

〔1959年，初冬。

〔灯亮，地点同前，只不过一切都是50年前的景象。那棵樟树尚十分年轻，枝叶繁茂。

〔祠堂时为公社的大队部。众青年男女多成双成对地进出，十分欢快。

〔肖远强兴冲冲地上。

〔秋莲声音："远强哥！等等我……"气喘吁吁追上来。

肖远强：（唱）新青年，鲲鹏展翅向前方，

李秋莲：（唱）天大的事，怎不细商量。

肖远强：（唱）我们俩，只缺个结婚证明，

李秋莲：（唱）办喜事，早定在明年端阳。

肖远强：（唱）新中国天地广大业开创，
就结婚，就报名，奔赴边疆！

李秋莲：那怎么行！

肖远强：那怎么不行！

李秋莲：（唱）眼见他意气风发，斗志昂扬，

肖远强：（唱）她那里，愁眉苦脸，脑子跟不上。

李秋莲：远强！
（唱）爹娘念，大事情要三思，不可太莽撞，
爹娘哭，他俩老了，儿岂能舍家乡……

肖远强：（唱）开口爹和娘，闭口家和乡，
没想到你一肚子的陈旧思想！

李秋莲：（唱）爹娘千斤重，你能有几两？

肖远强：（唱）这一句，堵得我张口结舌接腔不上！
你！

李秋莲：你！

〔二人分坐两向，各生闷气。

肖远强：李秋莲同志！你……你怎么这样顽固不化！

李秋莲：我顽固？我不化？那……你还喜欢我干什么？

肖远强：（连珠炮似地）小祖宗，具体情况还要我再说一遍吗？新中国碰到了大困难，没有橡胶啊，汽车没轮胎了，走路没胶鞋了，好多事要瘫痪了，毛主席他着急了，把王震将军召去了，咱湖南人多，又舍得干，发动大家去支援——云南可是个好地方呀……

〔秋莲又忍不住想笑了。

李秋莲：你说的全对！

肖远强：那就行了！我告诉你，连我们的县长都报名带队去云南了，你还不感动？

〔李秋莲低头不语。

〔肖远强抓耳挠腮，回头，找一个干部模样的人问时间，忙走向李秋莲。

肖远强：现在时间是北京时间下午 4 时 35 分。还有不到一个小时，就下班了，最后报名也就截止了！

李秋莲：……

〔肖远强悄悄走到她身后，狠狠地作打人状。

秦永川：（上）干什么，干什么？哦，小两口，有事好好商量。

李秋莲：谁是小两口？我跟他没关系！

肖远强：不，太有关系了。

秦永川：（笑）年轻人，都别急，（端详）哦，我明白了。（看表）还有时间，快下决心。

肖远强：我知道，您是秦干部！

秦永川：秦永川。

肖远强：秦永川同志！您的动员报告，我们俩都一起听了。我听了心明眼亮，热血沸腾，可她呢……

李秋莲：我思想落后。

秦永川：最后怎么想的？

肖远强：想法很简单，两件事情：一、马上登记结婚；二、马上报名出发。

秦永川：我看还不简单。（看表，下）

肖远强：没有时间了，今天，办也得办，不办也得办！

李秋莲：（起身）远强，现在是新社会，你还想包办？

肖远强：你……真的不同意？

李秋莲：（想了想，认真地）你……要办，你一个人去办吧！

〔跑下，又回头，摘下手上的订婚戒指。

肖远强：你！

李秋莲：订婚戒指，还给你。

〔肖远强连连后退，不接。

〔李秋莲无奈，转身跑下。

〔肖远强追下。

〔此时，又有几对年轻人跟着秦永川说笑着上。

〔秦永川看见又一个女青年来了，便关心地走向她。来人是匡小春。

秦永川：姑娘，你怎么又来了？

匡小春：大哥，让我去吧。我是共青团员，有颗火热的心。

秦永川：不行不行，我给你们解释得很清楚。上级规定，不收单身男女，务必夫妻同行！

匡小春：（又羞又气）我到了那儿就找……还不行吗？

秦永川：不打折扣，不开后门！

匡小春：大……大叔！（哭）

秦永川：大爷也不行！（领着几对中青年男女进门）

〔肖远强灰溜溜地上，徘徊。

〔匡小春也在一边徘徊。

二　人：（唱）猛抬头只见那日头偏西，

这干部扛枪的出身，他只认死理。

匡小春：（唱）岂料到，不合格因我是大闺女。

肖远强：（唱）岂料到，我有女友却难成夫妻。

二　人：（唱）婚姻本是大好事，今天却成大难题！

匡小春：（唱）除了哭……我还能有什么主意？

肖远强：（唱）想破头……还能有什么奇迹！

〔二人徘徊，无意相撞。

肖远强：呃，你不是溪头磨坊边匡家的……

匡小春：匡小春。我知道，你是村里唯一的高中生肖远强。

肖远强：你哭什么？小姑娘。

匡小春：谁是小姑娘，去年就满 18 了。

肖远强：对对，是大姑娘了，那你哭什么？

匡小春：我哭……为什么没有结婚。

肖远强：什么？没结婚，就哭？

匡小春：不是的，哦，是的。我要报名去云南，人家说，不结婚就不合格。

肖远强：唉，也是被没结婚给整的。大姑娘，真巧，我们碰到了同一个问题。

匡小春：你也没结婚？

肖远强：是呀，这叫“同病相怜”。

匡小春：那……你想怎么办？

肖远强：那……你想怎么办？

二　人：（同时）赶快结婚！来得及吗？必须今天！难哪，不可能了！

〔二人有意无意互望，忽然不好意思。

肖远强：哎，这位……大姑娘？

匡小春：我叫匡小春！

肖远强：对，匡小春。

（仔细端详）

匡小春：你……看什么呀？

肖远强：匡小春同志……我呢，突然有了一个想法。

匡小春：想法？

肖远强：看看……能不能变成一个办法。

匡小春：办法？

肖远强：事情是这样的——我们碰上了同一个问题，为什么就不能一同来解决这个问题？

匡小春：怎么解决？

肖远强：你还没有想到？

匡小春：你已经想到了？

肖远强：其实，你也想到了……

匡小春：嗯……

肖远强：匡小春，小春，闲话少说，我建议，我们俩马上结婚，解决问题！

匡小春：对，马上结婚，解决问题！

肖远强：你同意了？

匡小春：哎呀，谁跟你结婚呀……不行，不行！

肖远强：是呀，不行不行，对不起。

〔二人都急转身欲离开，又悄悄回头。独自思考，相互打量。

肖远强：（下定决心）匡小春同志！

匡小春：（勇敢面对）到，肖远强同志！

肖远强：（唱）我二人都有远大理想，
何不妨一起结婚比翼飞翔。

匡小春：（唱）远大理想能实现，固然十分好，
女儿家说嫁就嫁实在太荒唐。

肖远强：（唱）你若是怕我欺负实在担心，
我同意写字据保证不圆房。

匡小春：呀！
（唱）他这人很忠厚，我暗把心放，
先登记去云南，料也无妨。

肖远强：小春……

匡小春：远强……

〔二人对视，步步走近。

〔秦永川出现在祠堂台阶上，高声喊话。

秦永川：乡亲们！我们的报名手续就要结束了。大家把准备工作做好，明天，是个大喜的日子，全县最后一批两万人整装出发！

〔众欢呼。

〔肖远强和匡小春，手拉手走向秦永川。

二　人：还有我们！
（唱）莫笑我俩，突击结婚年少轻狂，
为报国，且由人说短道长。

秦永川：很好嘛！
（唱）新时代，新青年，新风新时尚，

众：（唱）我们的队伍向太阳，又多人一双！

〔众大笑。

〔灯暗，复明。

〔次日早晨。朝阳升起，大樟树下热闹非凡。众成双成对或拖儿带女，扛着行李上场。

〔秦永川一身老兵装束，忙上忙下。

〔令人瞩目的是，肖福保手牵着老婆，用箩筐挑着两个胖娃儿，着急赶来。

〔众围上来看热闹。

一乡民：哎呀！保伢子，没想到你全家也光荣加入了。

肖福保：是，是。一来嘛，支援国家建设，人人有份；二来嘛，你没听宣传上讲：我们去的那地方，真是一片好风光：香蕉黄，菠萝香，摔倒在地抓把花生在手上，抬头看，碰见一头大白象。还有，还有……人人都吃国家粮。

一乡民：保伢子，真会想。

肖福保：（低声）到那儿，要吃饱了，不定再生他几个，人丁兴旺！

〔众笑。这时，吹哨集合了。

〔肖远强与匡小春也来了。

〔有人喊：第七大队集合了！

〔走的人与送的人，不成队形地挤在一起。

秦永川：同志们！乡亲们！

（唱）且听一个老兵掏心窝，
此一去山高水远艰险多。
我秦永川，黑龙江入伍到湘江，
今天哪，随队又背起了行军锅！
人心难齐，有心报国，
生命大舞台——生旦净丑末，
各人都要演好自己那一角。
我敬佩大家，迈开了光荣步伐，
未来岁月，愿风雨同舟，
生死与共，齐唱英雄歌！

众：放心吧！

（唱）都是南蛮崽，都是湖南骡，
人直一根筋，成团一蓬火。
本事有大小，实心真为国，
湘人重名节，拼死也快活！

秦永川：（感动）敬礼！

〔火车汽笛声。

肖福保：哎，这回真的要走了。老祖宗，肖福保我从此就少陪了……

〔向祖山方向磕头。

〔众沉默。箩筐里的一个娃儿忽然大声哭起来……

〔此刻，一阵动情的《思情鬼歌》从远处传来。众回望，只见一个年轻女子，站在山崖上凄凉地唱着：

我俚满哥哥鬼咃，哦呵呀，
昨日搭个信哪，
害得你家妹妹，哪呀哎子哟，
眼望穿哪，你只鬼咃……

〔有人认出了她："是秋莲妹子！……"

〔肖远强一愣，回顾，怆然。

〔男声领唱、伴唱：汽笛吼一声，
风雨万里程。
有情却无情，
谁解男儿心？……

〔火车的轰鸣声越来越响……

〔灯骤暗。

第三场　抗寒

〔1976年。早春。

〔幕间合唱：汽笛长鸣声悲壮，
人生苦旅叹沧桑。
潇湘锦绣留梦境，
万年丛莽开蛮荒。
酸甜苦辣尽尝遍，
胶园千里笑眉扬。
风雨雷电日月星，
浩歌青春铸辉煌！

〔歌声中，天幕显影：胶林青青，阳光如瀑。农场员工和各族男女青年穿行林间，歌声舞影……

〔灯亮。云南西双版纳林区勐美农场，肖远强的家。屋后可见漫山遍野密密丛丛的橡胶林。

〔匡小春上。她已步入中年，显见清瘦。

匡小春：（唱）年年春，又逢春，春风微冷，
十六载，终迎来，返乡之程。
似见老娘亲，黄昏独倚门。
恨不能伏膝下，伴母度光阴。
回眸看我夫，白发早暗生。
负重分身难，催妻快动身。
家事理还乱，天下不太平。
动乱十年，苦了百姓。
老天添乱，春日无春。
更听闻特大寒潮频频报警，
或恐大难要降临？
看天边——
风云诡异，令人蓦然心惊！

〔收拾行装，五心不定。

〔湘来上。

肖湘来：妈。

匡小春：湘来，听说是特大寒潮，我好不放心。

肖湘来：爸说你铁定要走，别再拖了。

〔王浦生和阿雅上。

肖湘来：妈，你看谁来了？

阿　雅：小春阿妈，爷爷要我给您送一腿腊鹿肉，还有我们僾尼人做的好香好香的软米饵丝，带到毛主席家乡去。

匡小春：阿雅，谢谢你们了。

王浦生：肖阿妈，我这儿还有。

匡小春：浦生，你一个上海小知青，苦巴巴的，还有什么东西送给我？

王浦生：野灵芝，这是在林子里采到的。我妈妈信上讲，不要寄回来，一定要送给平时最关心你的那个湖南阿妈。

匡小春：咳，你们这些小毛头，大老远从上海下放过来，比我们湖南还远一半呢。也不知道什么时候能回得去……

王浦生：（哽咽）阿妈……

肖湘来：妈，瞧你。浦生，男子汉大丈夫！

阿　雅：（凑上去给他抹眼泪）不哭。

匡小春：浦生，你看，小阿雅也疼你呢。

〔阿雅、浦生不好意思。

〔此时，天色越来越暗，乌云漫天，大风陡起……

匡小春：哎呀，变天了！大寒潮真的要来了！（跑出门外）不好，降温了！

〔远处，响起急促的钟声。

王浦生：是紧急集合！（跑下）

〔屋里的电话铃声骤然响起，声声不停。匡小春进门，不敢去接。

〔此时，肖远强匆匆进屋，接听电话，面色严峻，望天。

〔天幕上，密密胶林在强风中剧烈摇曳，枝叶乱飞……

〔远强跑上屋外高坡，众人纷纷集合拢来。

肖远强：（唱）老天爷突然变脸不讲情面，
西双版纳天寒地冻惊现冰点。
胶枝在滴血，
胶叶在哀喊，

众　人：（唱）多少年，从未见过如此大劫难，
好生叫人痛彻心扉……

肖远强：湖南老乡，上海知青，全场员工们！
（唱）东西南北来，今要抱成团，
此时不硬扎，何时称好汉！
快保卫胶林，
快拯救家园，

众　人：（唱）老子们今天豁出去啦——
誓不胆寒，怒目向天！

〔灯骤暗。天幕显影，悲壮画面：

〔众点燃柴火，势如烽烟。

〔有人扶起胶苗，捆绑支架。

〔一位老者跌倒在地，举手吁天。

〔小浦生脱下夹克衫，包在树干上，

〔小湘来一把抱住树身，为它挡寒……

〔昏天黑地，风狂雨暴……

〔久久的喧嚣后是出奇的安静。灯渐亮，仍是肖远强家。

〔肖湘来费力地把王浦生扶进来，他已半昏迷。

〔匡小春端上一碗热腾腾的姜汤。阿雅忙接过喂浦生喝。浦生睁开眼睛，众扶他进内室歇息。

〔远强一身泥水，大步进屋。他对从屋内出来的湘来、阿雅说了些什么，二人与另两个青年一同跑下。电话铃响，远强忙接。

肖远强：哦，农垦局，秦局长！老领导，情况很糟，25 天罕见低温，全场受灾率85%，绝大多数救不过来了呀！什么，全省胶林整整损失了二十五万亩，整整二百万棵！……是，想方设法，继续抢救！哦，你已经跑了七八个农场，马上要到这儿来。是，我们等你！

〔大口喝完姜汤，深深喘了一口气。

肖远强：小春，我在想啊，其实有专家早就警告过，目前大面积种植的品种，有抗寒能力，但还不能保证绝对防大寒，抗大灾。哪知道，最坏的情况这么快就应验了！

匡小春：我们全农垦系统，不是一直在拼命努力研究更新的品种吗？国家急缺橡胶，又不能干等，怪只怪天老爷……

肖远强：怪天？不，怪我们自己！一股热情，一身干劲，一点冒失，一点侥幸，结果是一败涂地！

〔屋外，只见刚刚撤下抗灾一线的老少员工们，个个筋疲力尽地先后走过。

〔肖远强走出家门，默默地注视着他们。

〔从反向走过来肖福保两口子，还有另几个员工，他们在轻轻说着什么，又和下班的人交谈。

〔一员工拿着一棵橡苗的残枝上，摇头，抹泪，给福保看。

肖福保：完了，真的全完了，十几年的心血呀……

员　工：就是这一棵，寒冬天我老婆可是把自己的奶水都挤出来喂了它，就当它是我那死去的娃娃呀……

〔众激动，感伤，都哭了起来。

肖远强：（一边哭一边吼）哭，哭什么？哭有用吗？（他自己也禁不住抱头蹲了下来）。

〔汽车的声音。秦永川仍是一身旧军装，急匆匆上。

秦永川：远强，远强，肖远强场长！（发怒）站起来！

肖远强：（霍地起立）对不起，局长！我不是孬种！

秦永川：我相信！

肖远强：老领导，放心，出勤率90%！

秦永川：还有什么困难？

肖远强：没有困难！

秦永川：你说没有困难，我再来问问。

〔秦永川看着肖福保，他连忙低头，往后缩。

秦永川：哎，这不是福保保伢子吗，好久不见。来，你说说，有不有困难。

肖福保：有，有，不，不，没什么困难。

秦永川：吞吞吐吐，有话没说完。

肖福保：是，我没说完。这些天啦，我想了又想，下定决心，打算就帮上级，帮农场解决点困难。

秦永川：哦？怎么个解决法？

肖远强：福保，你葫芦里卖的什么药？

肖福保：二位领导，不瞒二位，这几天场里好些个老伙计在一起，想了又想，算了又算，最后下决心给公家解决困难……

肖远强：快说，怎么回事？

肖福保：别人我不代表，就我，我这一家四口决定了，走。

肖远强：走？

肖福保：回湖南，回老家，这不就给公家解决了一点具体困难吗？

秦永川：（沉思地）嗯，有多少人这样想？

肖福保：那搞不清，肯定还有。反正我是决定，走人。

匡小春：福保大哥，嫂子，眼下这种情况了，你们真的要走？

福保妻：小春妹子，我们也是回去看看呀。

肖福保：是呀，都听说，你不也是回湖南吗？

匡小春：哎，我是请假……

肖福保：正好，可以同路。你是场长家，万一有个便车什么的——

福保妻：那更好了。

秦永川：福伢子，你行啊！

〔匡小春气急欲昏，肖远强忙扶她一把。

匡小春：（唱）此一言堵得人泪涌双眼，
两件事实在是毫不相干。

肖远强：（唱）眼见她瘦弱身心中暗怜，

一时间方寸乱不知该何言。

〔众人低语，反应不一。

甲：其实，到了这步田地，回去看看也行。

乙：早听说分了田，现在日子好。

丙：你们俩别添乱了好不好！

丁：肖福保，自己事就自己事，你乱拉别人干什么？

肖福保：是是是。

（唱）心里有话我干脆讲穿，

天降大灾毁了农场家当大半。

国家粮吃到这步只怕要饿饭——

部分人：（唱）大难临头莫怪各人各打算盘。

秦永川：讲出来好，讲出来好。

匡小春：呀！

（唱）人心浮人言杂不可慌乱，

此时我岂能独自回湖南。

莫急娘在盼，莫怕病来缠，

匡小春，想起了我还是个共产党员！

〔匡小春沉下心来，上前。

匡小春：这是请假条，介绍信，（撕掉）我，不走了。

众：匡小春！……

肖福保：哎哎，这事弄的！（对其妻低语）那，我们……

福保妻：（低声）别人怎么想别管。老倌子，我们还是……走。

肖福保：（可怜兮兮地）两位领导，众位乡亲，看在我保伢子也算干了十几年，眼下……实在是扛不住了。（自抽耳光）请放心，回去以后，一定好好干，当个公社好社员，绝不给农场丢脸！

〔众沉默。

福保妻：那，就算领导和大家同意了。（低声）快走吧。

〔二人欲下。

〔永川和远强轻轻商量了一下。

肖远强：慢点走！

〔福保吓了一跳。

肖远强：告诉你们，这里就算只到昆明，也还有千把里路。爬山、过水，钻老林，半道上有野兽，还可能有国境外偷越来的敌人。

福保妻：（硬起脖子）我们……不怕。

秦永川：你们有路费吗？路上有吃的吗？

肖福保：这……反正，人贱命硬。

〔二人欲溜。

秦永川：回来！告诉你们，自己不疼自己，农场还不放心呢。

肖远强：听着。反正，这些年你们也不是头一个回去。政策不变，去留自愿。给你开介绍信，发路费，还派人送到安全地方。听见没有？

福保妻：（有些感动）听见了，我们真的是先回去看看。

肖福保：（抹泪）到时候，没准还回来。

肖远强：（生气）好了好了，一路平安！

匡小春：再等一下。

〔跑进屋内，捧上一些东西。

匡小春：乡邻乡亲的，你们回去，我也没什么送的。这点礼物，土产，现在自己用不着了，算是晚辈给你家老爹娘的一点心意吧。

肖福保：小春大妹子，我们一到就去看你家的老母亲。

福保妻：我们会记得照顾她老人家。

二　人：老家的人等你们回来。

〔向众人鞠躬，下。

〔秦永川上前，紧紧握住远强夫妻俩的手。

〔这时，湘来、阿雅和两个年轻人跑上。

〔阿雅进内把浦生也扶了上来。

肖湘来：报告，我们刚才去看了，那棵1933年刀安仁老先生种下的中国橡胶“母亲树”——

青年们：安然无恙！

阿　雅：佛佑吉祥！

众：太好了！

秦永川：我的老上级，王震将军1960年来这儿种下的那棵“将军树”呢？

肖湘来：看了看了！它昂首青天——

青年们：威武雄壮！

〔众鼓掌。

〔一个研究人员兴奋地上。

研究人员：报告！今天我们又陪着几位专家再作考察。尽管损失惨重，但不同品种，不同高度，不同环境的情况都不一样。专家说，虽然还活着的少，但活着就有道理，活着就有希望！

〔众兴奋。

秦永川：（唱）当兵的我戎马一生最深体验，
胜一仗败一回家常便饭。
如今肩负的使命意义非凡，
天灾它哪怕再凶，
战士绝不会被吓瘫！

肖远强：（唱）跌倒就爬起，眼泪快擦干。
原地集合，重新出发。

众：（唱）为强国伟业把青春贡献，
还要把终生来贡献！

〔雄壮歌声中，前台灯暗。天幕上呈现壮丽画面：
繁茂的“母亲树”云霞缭绕……
挺拔的“将军树”如战旗招展……
在它们周围，年轻的胶林经受风雨的洗礼后，又列队成行，伸向天边……

〔众肃立仰望。

第四场　顶　风

〔1978 年。初秋。

〔勐美农场，简陋的办公楼前。不远处的胶林虽一片绿意，却仍残留着大灾后的狼藉。

〔楼边的一块巨石上，尚有“文革”口号的残迹，新近又出现了大幅触目的标语：“我们要回家！上海知青”。

〔大楼内外，人来人往，一片混乱。

〔雷声隐隐，骤雨欲来。

（合唱）：动乱方定，又起风云，
十万知青闹返城。

多年执手共冷暖，
一朝岂成陌路人！

〔许多知青喜滋滋地拿着证明材料等从楼内出来。

〔阿雅悄悄站在路边无人注意。

〔浦生被几个上海知青拥着上，走向大楼。

知青甲：浦生，快，还犹豫啥子？

王浦生：阿拉和侬不一样……

知青乙：侬勿是上海人，勿回去见老母亲了？

知青甲：多情男，一刀断了吧！

知青乙：浦生，告诉侬，有的人已经生了小孩，也白白送给湖南老乡，就跑掉了。

王浦生：怎么能这样？

知青甲：回上海，好不容易争来的机会，想想清楚。（下）

〔王浦生急得转圈，忽然发现眼巴巴望着他的阿雅。

王浦生：你们先去，阿拉就来……

知青乙：不许犯糊涂！（下）

〔浦生一步步走向她，半道停下，又一步步往后退。

〔阿雅冷冷地望着他，片刻，一跺脚，转身急下。

〔甲、乙出楼门，看着这一切。

知青甲：王浦生，要留在这深山老林里当毛脚女婿啦？

知青乙：那就再会啦！（夸张地拥抱他）

〔乱哄哄的人群来回在浦生周围。

王浦生：（唱）闹返城风潮起乱了农场，
人人喜唯有我黯然神伤。
是难舍亲手种植的片片胶林？
是难舍嘘寒问暖的湖南老乡？
最是难舍——那给我真心，
给我温情的阿雅姑娘。
啊，摇头的凤尾竹，闭目的郁金香，
秋风紧，秋雨寒，无语话凄凉……

〔几个知青又回头找他。

知青甲：王浦生，告诉侬，今天，走也得走，不走也得走！

知青乙：奉侬爹妈之命，同学们揍侬啦！

〔几个人把他打倒在地，七手八脚欲把他架走。

王浦生：（口边带血，呻吟）等一下。

〔众放手，浦生一步步走向迎来的小春与湘来母子。

王浦生：肖阿妈，湘来，我，走了，阿雅拜托你们……

肖湘来：（大叫）你，真的走了？你，我的什么狗屁哥哥啊！

匡小春：（拭泪，转过头）老天，作的什么孽啊……

〔几个知青把浦生拉进了办公楼。

〔这时，越来越多的知青走来，逐渐成行，踏着步伐，奔向大路。

〔浦生被同学们拉入队列，茫然前去。

〔有谁张口喊出了一支他们常唱的歌曲：

“九九那个艳阳天哟，
十八岁的哥哥呀告诉小英莲：
这一去呀翻山那个又过海呀，
这一去三年两载呀不回还……”

〔知青们一边吼着唱着，一边抹着眼泪，朝路边的人们挥手。

〔有青年在喊：“小春阿妈，湘来小弟，湖南来的老乡，亲人们！我们永远忘不了你们……”

〔又有人哭着喊：“永别了！……”

〔天低云暗……

肖湘来：（大喊）你们走吧！走吧！

一老者：你们走了，农场就空了，全完了！……

〔大雨，倾盆而来。

〔众人还久久站在路边，望着远处的大路。

〔肖远强从大楼里缓缓出来。

肖远强：不要怪他们。这么些年，他们也吃够苦了。

匡小春：都还是孩子呀！让他们快走，爹娘都在眼巴巴地盼着呢，

〔这时，人们忽然发现，阿雅浑身淋湿，踽踽独行，悄悄走过……

〔众静静地望着。

肖远强：阿雅可怜，前不久她阿妈又病故了，只剩下她和爷爷……

匡小春：（低低地）还有肚子里浦生的孩子。

肖远强：这样吧，跟僾尼寨子里她的亲人说清楚，让她到我们家来住，好好

照顾她。

〔匡小春点头。

〔汽车声，秦永川上。

肖远强：局长，你还在东奔西跑！

秦永川：留是留不住的。总想各处都去送一送，也多半没赶上，着急地一下子都跑光了。

肖远强：历史旧账，一朝偿还。

秦永川：不管什么后果，都得冷静面对。

匡小春：永川老哥，怎么听说你家老伴，像跟风似的，拉上独生儿子，也迁回东北老家啦？

肖远强：还打算回来吗？

秦永川：来云南都这么多年了，还是说水土不服，硬要回去，再不来了。撂下一句话，如果我回东北，全家热烈欢迎。

匡小春：那你……

秦永川：你们说我会走吗？

肖远强：不好说。

秦永川：远强，小春，我是个大兵，想法最简单，从来就是听从指挥，向前向前向前。得了，就在这儿革命到底了！

〔二人感动，叹息，无言。

〔许多员工闻声而上，围着他们。

〔有人喊："老场长！""老领导！"

〔一个白发老者朗笑上前。

老　者：老领导！来得巧来得好，知道吧，我们这里又有戏看了！

秦永川：又有戏看了？哎，老伙计，你不是大名鼎鼎的老戏骨王家大爹吗？

老　者：老戏骨不敢当，原县剧团退休老艺人小诸葛！

秦永川：师傅在上！你说说，又有什么戏看？

老　者：有啊！想当初，勐美农场最听话，几千知青全收下，那时候那个热闹劲呀，上一出戏就叫"群英会"。

秦永川：哈哈！

老　者：如今呢，不等欢送会，两天全撤退！眼下这出戏，我想大家都猜着了——

众："空城计！"

老　者：对，不对，怎么叫“空城计”？不是还有人吗？有人，清一色的湖南人！

众：那这出戏叫什么呀？

老　者：（神秘地）此处冇得外人，只剩湖南乡亲，乡亲还要呷饭，呷饭就要煮饭，煮饭就要柴火，那么，刘海哥，还是要砍樵去啊……

〔众喝彩。

老　者：（唱）小刘海，在茅棚，
别了娘亲！……

〔众杂乱地跟唱，有人哽咽，唱不下去了……

老　者：呃，何是搞的啰？冇得一点劲！

秦永川：说得对，这不是我们湖南人的性子啊！

肖远强：王家大爹，刘海就让他休息。来，祭出你祖传百年的老渔鼓筒，拉开架势，显显你那现编现演现唱的老本事，就唱一个——

〔一个小孩立马送来渔鼓筒。

老　者：（略为思索）就唱一个……《湖湘子弟闯天下》。

〔众兴起，鼓掌。

老　者：那我就唱起来呀！

（唱）渔鼓声声响沉沉，
高歌一曲列位静听。
一不唱三国和水浒，
二不唱抗日众精英。
唱的是建国之初百业兴，
战略物资却很吃紧。
跑路冇得胶鞋，汽车冇得胶轮，
美帝封锁，仓库空空急死个人。
毛主席坐镇北京眼观六路耳听八方下决心，
一个电话召来了大名鼎鼎王震将军：
“我们湖南人多，做事发得狠，
何不调些人去，组成种胶大军。”
王胡子勇接令牌拍马前行，
一声令聚众成军兵发边境。
齐心劈开万年荒，

种下万顷橡胶林。
含辛茹苦十余载，
真个是改天换地，眼看就要大功告成！
岂料到，天有不测风云，风云阵阵紧，
现如今，更有想到人心一时乱，
　　　　路路兵马几散尽。
就是这，年年先进、岁岁光荣的
　　　　　　　　　　勐美农场呀——
也只剩下了湘军一路，独守大营。
何是搞？怎么办？
哭脸冇用！骂娘哪行！
好啊！有道是雷霆万钧，天降大任，
且看我湖湘子弟，奋身而起，冲锋陷阵，
即将演出又一出精彩戏剧，
定会叫列位看官耳目一新，热血沸腾！

〔戛然而止，坐下喝茶。

众：王家大爹,完了？没完！

老　者：完了？冇完！上篇到此，下篇嘛，你们还冇做事，我又怎么唱得下去呢。

〔众笑，鼓掌。

肖远强：好，湖湘子弟，全体起立！

〔众起立。

肖远强：古人说得好，湖南人舍得狠，耐得烦，吃得苦，霸得蛮。我再加一句：吃得辣，经得咸！今日晚餐，我请大家吃餐好的，浏阳黑豆豉炒衡山红辣椒，粮食按定量，菜里多放盐，家乡口味菜，绝对最送饭！

〔众大笑。

肖远强：莫笑！吃饱了饭，就要兑现。明天一早，打钟上工。五个人的担子一个人来担！拼死命，干！

秦永川：湖南老乡，牛呀！

〔忽然，一阵云南风情的鼓乐声越来越近，阿雅领着她那鬓发全白的爷爷，以及众多傣族、僾尼族的乡亲们来了。

〔一位庄重的长老，慨然上前。

阿　雅：这是我们部族长老。

长　老：勐美农场的亲人们！我们多年来相敬相亲，尤其是你们湖南人，相处多年，大家格外佩服，尊敬。

爷　爷：局长，场长，长老有紧要话说。

长　老：是的，眼下各个农场遇到大困难，我们邻近多个寨子的人商议好了，一定要帮助你们，大家都来农场，边学习，边上班，为农场解困，为国家出力！

秦永川：好啊好啊！长老，这些年来，邻近各民族同胞，没少给我们关心帮助。你们知道，我们早就想请你们出山，加入农场，大家一起来建设母亲中华，建设西双版纳！

〔众喜悦。

肖远强：长老，爷爷，阿雅，欢迎你们，你们将是我们农场这个民族大家庭的生力军，主力军！

〔众执手相亲，欢乐歌舞。

〔乌云散开，强劲的阳光照进密林。

〔鼓乐歌声，惊飞了林中鸟群……

〔领唱·合唱：远方飞来勇敢的鸟群，
翅膀穿透闪电乌云。
衔来粒粒金籽，
撒下片片绿荫。
筑巢美家园，绣出新风景。
啊！万众比翼，相爱相亲，
欢歌向太阳，融成五彩云……

第五场　追　梦

〔1999 年。金秋。

〔勐美农场。崭新的办公大楼前，广场。那块巨石仍在，已刻上“勐美农场”四个遒劲大字。悬空挂着火红标语：“庆祝中华人民共和国成立五十周年”。

〔五彩缤纷的节日气氛，打扮入时的欢乐人们。

〔合唱：战胜了多少个风雨，

最美艳阳天。

跨过了无数艰险，

万户合家欢。

我们在遥远边疆，

倾听北京的颂歌。

勐美多彩田园，

溶入神州的画卷。

啊，每个生动空间，都有一片辉煌，

每个战士心中，都有一曲灿烂！

〔盛大节日庆典将要举行，大家忙碌着。

〔肖远强已然见老，却仍神采奕奕。

肖远强：（唱）岁月流，花季连连，节庆不断，

数今日，最令人，感慨万端。

一是那，我们的农场芳龄四十，

二是那，国家授牌“第一橡胶园”，

三是那，又一批后生接了班，

最欢欣，祖国母亲光荣诞辰五十周年！

啊，天地沧桑，星移斗转，

老了一代人，美了大胶园！

〔肖湘来上场，他已是一个精干的中年汉子。

肖湘来：爹！庆典大会还早呢，您就来了。

肖远强：有什么需要帮忙的吗？肖湘来场长！

肖湘来：瞧您，老场长！

肖远强：哈哈！说真的，给我派个活吧。

肖湘来：那，您就在这负责一件事，带领几个青年，接待各方嘉宾。

肖远强：那好，那好。

〔湘来立马叫来了几个年轻人。

肖湘来：爹，我先到会场看看。

肖远强：去吧。

〔木雅扶着匡小春上。匡小春也老了，十分瘦弱。

匡小春：老头子，在这儿站岗呢！

肖远强：负责接待工作。呃，您可是来的第一位嘉宾。

匡小春：那不假，退休员工代表。

肖远强：（看表）老太婆，还早呢。

木　雅：爷爷，是我把奶奶接来的。今天孔雀舞是我领舞，怕奶奶说身体不好，不来看了。

匡小春：小木雅，你表演节目，奶奶再有病，能不来吗？

肖远强：木雅，大家都传开了，你长的样子，你跳的孔雀，简直都和你妈阿雅当年一个样！

匡小春：不，青出于蓝而胜于蓝。

木　雅：（低声）可是我妈妈不在了，再也看不到了……

肖远强：木雅，别别……

匡小春：走，奶奶陪我们小美女化妆去。别忘了，你可是“勐美农场”的场花哟！

木　雅：哎呀，不好意思。

〔二人下。陆续来人，接待开始。

接待员：老场长，你看，谁来了！（迎上去）老局长！

〔白发苍苍的秦永川，拄着拐杖上。

肖远强：老老场长！

秦永川：还搞论资排辈呀，平头老百姓我已经当了十几年了，习惯了。不像你，刚下马，还找不着感觉吧？

肖远强：老家伙，你开我的涮？

〔二人大笑。

秦永川：（低声）呃，说正经的。这回我邀了几个老干，去找农垦局现领导建议，硬把湘来从省里要了回来，他思想通吧？

肖远强：我的崽，别的不敢夸，保证听话。

秦永川：好！

接待员：老人家，请去休息。

秦永川：叫我？是是，老人家应该去休息，哈哈。（下）

接待员：报告，今天最远的客人，上海知青代表团的包车，马上就要到了。

肖远强：快做好准备。

肖湘来：（上）爹，我一直在琢磨，当年那个王浦生，到底会不会来。

肖远强：咳，多少年没音信。这回不是问了吗？回答是：来了就知道了。

肖湘来：神秘兮兮的。

肖远强：当年他和阿雅，真个是劳燕分飞！如果这次能来，阿雅又不在了，见到的是亲生女儿木雅，也好啊。

接待员：（上）报告，来了两位客人。

肖远强：请。

接待员：不认识。

肖湘来：什么？哪来的？

接待员：一个胖胖的老头，还有一个年轻人。老头说是自己人。（回头看）来了来了。

〔肖福保与一男青年上。

肖福保：（大声地）当然是自己人，而且是家乡人！

肖远强：（端详）哎呀，稀客稀客！肖福保，保伢子，你怎么想到来的？

肖福保：咱们农场早就大名远扬了。这回搞大庆典，消息也早传回了老家。我好歹也算是个开国元勋吧，能不来吗？

肖远强：没想到！

肖福保：不欢迎？

肖湘来：开国元勋，能不欢迎！

肖福保：（指年轻人）这小子，是我孙子，长孙。

肖湘来：好！看样子比长辈强！

肖福保：那当然。咳，说来话长，三天三夜也说不完。当初回湖南以后，我这心里头啊……

〔突然，汽车声、锣鼓声响起来了。

接待员：上海知青代表团到了！

肖远强：老哥，你那革命家史回头再说。（叫）来个人，把湖南来的两位自己人先请到休息厅去。失陪了，待会儿见。

〔肖福保爷孙俩被引导下。

〔众人拥上，迎接亲人。

〔歌声：岁月峥嵘苦味长，
风雨情深在心上。
分离越久越难忘，
梦回天涯觅故乡。

〔众老知青上，相识，欢聚。

〔肖湘来把秦永川和肖远强请到前排。

肖湘来：远来的亲人们！我们三个——秦永川、肖远强和我肖湘来，是农场的前后三任场长，我们代表全体员工，欢迎你们二十年后，万里之外回到娘家！

〔众鼓掌。

领　队：亲人们，勐美农场的老前辈们！你们的孩子回来了！

秦永川：回来得太好了！太巧了！待会儿参加全场大庆典，全家大团圆！

领　队：我们代表的是曾经在勐美农场，生活战斗的几千上海知青。大家都想家，都想回家看看，来跟亲人们说说多少年憋在心里的知心话。这里，许多人捎来了上千封书信，会见亲人，就先由我们全权代表了！

〔众欢呼。

领　队：刚才，我们一到，就有人打听自己的熟人、朋友和亲人。其中，更有不少人问我们，王浦生来了没有？

有人问：他来了吗？

领　队：（稍顿）他，来了。

〔众低声议论。

领　队：现在，请听他唱的歌。歌名是《湖南大哥》。

〔歌声：湖南大哥，你好！你好！
漫长的岁月，让你显得苍老。
当我们刚来的时候，
是你粗壮的双手，
教会我使用锄头和砍刀。
啊……
当我就要放弃，
是你坚实的脚板
带领我在荆棘中奔跑。
你是大哥，诚实善良，不图回报。
离别后我才知道，
你的精神，是我一生，永远的坐标。
湖南大哥，你好！你好！

漫长的岁月，让你显得苍老。
当我们想家的时候，
是你温馨的话语，
解开我那紧锁的眉头。
啊……
当我伤痛病痛，
是你滚烫的胸怀，
抹除我那心中的忧愁。
你是大哥，给了我父亲般的慈爱。
多年后我才知道，
你的精神是我一生无价的财宝。
你是大哥，大哥你好！
在知青的心里，永远把你记牢。（注：此系上海知青原作）

〔歌声毕，众久久默然。

肖远强：大家刚才有可能听说了，王浦生回到上海以后，多年来努力创业，事业有成，公司十分兴旺，还成了音乐家。但，不久前却因病早别人世。

领　队：临终之前，他做了三件事：一是决定捐赠一大笔款项，给阿雅因公牺牲前所在医院；二是嘱托把自己骨灰撒在农场橡胶园里；三是谱写并自己演唱了这首《湖南大哥》，献给他多年一直念念不忘的亲人们……

〔人群中，有人在啜泣。

秦永川：孩子们！亲人们！今天是个大喜的日子！别难过，要高兴，要快乐！

肖湘来：听，音乐奏响了！看，孔雀飞来了！舞蹈：《孔雀展翅迎亲人》，上！

〔音乐起了，孔雀舞跳起来了。

肖远强：请注意，在这群由傣族和僾尼族姑娘装扮的孔雀中，有一只最美丽的小孔雀，她的名字叫木雅，她的母亲叫阿雅，多年来，她一直在寻找着期待着自己的父亲……

〔众感叹唏嘘，一些人不禁也随着众孔雀冉冉曼舞起来。

〔舞毕。老知青们簇拥着木雅，久久不散。

肖湘来：亲人们！朋友们！我们非常高兴的是，今天来自各方嘉宾，都用各自方式表达出各自的一片真情。在此，我要向大家宣布：我们的自己人，农场的老员工，肖福保同志的一个极富创意、极为珍贵的行动。他亲自赶来，将他攻读农业科学博士生的长孙肖大志，推荐到“中国第一橡胶园”勐美农场工作，并已得到各级领导和主管部门的批准，大家热烈欢迎！

肖福保：来，牛娃子，跟大家磕个头！

〔其长孙彬彬有礼地鞠躬。

〔众欢笑，鼓掌。

肖湘来：庆典大会马上就要开始了！请！

〔音乐大作。切光。

〔灯渐亮。原景，夜色朦胧。

〔远强和小春在大楼前踱步，久久无语。

〔大楼里的欢笑声和鼓掌声隐隐传来。

〔音乐，歌声，似乎是云南民歌《小河淌水》的悠远旋律……

匡小春：远强，想家了，想湖南了？

肖远强：是。一直在忙着，不觉得。一退休，闲下来，这不就……

匡小春：犯乡愁了。

肖远强：整整四十年了，家乡的人，只怕早就把我们这些老鬼忘记了。

匡小春：有句话不是说：“生是湖南人，死是云南鬼”，恐怕就是这样了。（咳嗽）

肖远强：小春，起夜露了，要不还进去。

匡小春：不啦。

肖远强：（唱）今日的阳光分外亮，
此时的月光分外明。

二　人：（唱）好难得有这样美好的夜晚，
我们俩手握手相依前行。

肖远强：（唱）明月呀，自古是故乡象征，

匡小春：（唱）长叹息，年年空转几多轮。

二　人：（唱）乡关久不还，愈觉天地远，
何时赴归程，了却儿女心。

匡小春：（唱）啊……
星光迷离，月色撩人，
恍然间远行的女儿，又寻到了老山村。

步冷月，穿石径，叩柴门，一声声……

或恐惊起了——

我那泪眼未干长眠已久的老双亲……

〔夜露微冷，夜风袭来，匡小春忽觉晕眩，摇晃欲倒。

〔肖远强急忙扶住她……

匡小春：（轻轻喘息）远强，你一定要代我回老家去看看。

肖远强：小春，你？

〔灯暗。

第六场　壮　行

〔灯亮。时间地点，同第一幕。

〔黎明时分，雀鸟啼鸣。

〔老祠堂边，老樟树下。

〔肖远强独自踱步上。

肖远强：（唱）晨鸟鸣，山村醒霞映东方，

收拾行囊，天涯归客今又离故乡。

五十年思念苦尚未消尽，

古稀人重返边关更生惆怅。

自来多少事，哀乐诉衷肠。

亲戚渐行远，老墓终荒凉。

此一去，或恐生别离魂相望，

一时间，心中愁楚倒海翻江！

啊！我远强从来是生性刚强，

却为何祖庙前寸断柔肠……

〔肖湘来推着秦永川的轮椅上。

肖湘来：（端详）爹……

肖远强：（掩饰）永川大哥，休息得好吧？

秦永川：心里累。这几日，真个是感情大爆发，受不了！

〔三人强笑。

肖远强：好了，都快结束了。今天邻近各乡镇的老伙计们，上午十点都到这儿来上火车，回云南。

秦永川：再好好看看家乡吧。

〔不远处，传来轻轻的人声。

肖湘来：爹，你看，许多老乡亲找到这里来了。

秦永川：像有什么事情。

〔众上。肖福保已是白发皓首。

村　长：老前辈，请留步，亲人有话要说！

肖福保：远强老弟！如今，村子里就数我肖福保年长了，辈分也最高了。所以，大家要我最后再说一番肺腑之言，听着！

（唱）肖姓的好子孙，
村里的英雄汉。
你的美名传得远，
云南到湖南。
自古有言道——
当兵闯天下，解甲就归田；
为官进京师，卸帽也回山。
现如今，早已交了革命班，
贤内妻，先行而去你好生孤单。
老家终归是胞衣地：
还晾在边关为哪般？

众　人：（唱）老家全是骨肉亲，
老家已是米粮川，
老樟树它无语却有言：
“叶落归根”理当然！

肖福保：肖远强啊，肖远强！

（唱）老弟今日若不走，
立马给你重把家安。

众　人：（唱）全村人给你重把家安！

肖远强：（唱）乡亲们肺腑言衷情一片，
无奈我久在边关五十年。
彩云之南长留湘人逾百万，
一代代早把天涯作家园。

秦永川：（唱）无湘不成军，
湘人血性汉。
儿女岂无儿女情，
家国情怀一寸丹！

肖远强：乡亲们哪！
（唱）老兵哥，在眼前，
我等何须言。
他白山黑水迈开人生第一步，
一辈子五湖四海全踏遍。
此心唯有报国志，
他他他……
不知何处是乡关！

秦永川：哎呀呀，不要把我说得这么可敬又可怜！乡亲们，你们的这番情意，价值黄金万两啊！

众　人：老兵哥！老革命！

〔火车鸣笛声。

〔临行分手的人们纷纷涌来，场面热烈。

〔永川把远强拉到一边。

肖远强：老哥，有事？

〔此时，一阵深情的音乐响起，似乎还是那支《思情鬼歌》的旋律……

秦永川：听着，远强，你想得很多，很细，没有去见李秋莲，我理解。可我去见了她，还说了不少话。

肖远强：老哥，你真好。

秦永川：秋莲要我把这枚戒指还给你，那年当时来不及了。还有几双早先做好的鞋，结实，能走远路的，她记得你是42码。

肖远强：（感慨万分，紧握永川的手）……

秦永川：好吧，告别过去，准备出发！

肖远强：是，准备出发！（对村长）后生子，家乡就交给你们了！拜托！

〔年轻的村长忍着泪水，频频点头。

肖湘来：大伯，爹，集合，入列！

二　人：是！

〔众多离乡的白发老人英气勃勃地排起队伍，兴高采烈地齐步走了起来。尽管已是步履蹒跚。

〔送行的亲人们热泪盈眶……

〔火车鸣笛，车轮轰响。

〔灯渐暗。

〔音乐。雄壮的进行曲风，转为明丽清亮的旋律。

〔天幕上映现湘人在胶园中真实的生活场景，从历史到现实……

〔童声独唱：我睡的小床——
摇荡在西双版纳绿林旁，
我住的小屋——
依偎着快乐的澜沧江，
我家大人——
来自遥远青山外，
我们橡胶园——
是这世上最美的地方。
爷爷说过——
还有一个湖南，
爸爸曾讲——
还有一条湘江。
常在梦里，
总在心上。

〔童声合唱：啊！
彩云升起了，
彩云在飞翔。
彩云彩云快过来，
听我把话讲：
彩云之南，小小我成长！
彩云之北，代代都向往。

〔混声合唱：彩云啊！
快张开你美丽的翅膀，
把天涯儿女心底的歌，
带到那永远永远的故乡！

〔天幕上，画面定格：众多远方湘人的面容，向着故乡深情微笑……

〔变景：青山千重，彩云万朵。

〔演职人员登场，齐声高唱……

（2013 年）

后记

1998 年，赴云南西双版纳参加全国电影文学工作会议，走访橄榄坝农场，惊见众多湖南乡亲。茅棚长话，感慨良多。

2009 年，金鹰纪实频道推出《故事湖南》系列，其中《彩云之恋》三集，披露了上世纪中叶湘人万里入滇的悲壮史实，更令人激奋。

2013 年夏，《文艺报》先后报道并评介了作家薛媛媛的长篇报告文学《中国橡胶的红色记忆》一书，即时寻来拜读，只觉字里行间，如泣如歌，充斥着强大的精神力量。

于是，一段时间内广为搜寻，阅看，思索，一时竟不能自已。而后，便有了这部歌剧的初稿。

八、绿洲之母（现代歌舞剧）

绿洲之母

时　　间：20 世纪 50 年代初—21 世纪初。

地　　点：湘江边，天山下。

主要人物：

湘　鹃——17 岁（第一次出场年龄，下同），军垦女兵，后为妇产科大夫。

延　松——30 岁，军垦营长，后为学校校长。

大胡子——40 岁，军垦师长。

小不点——13 岁，军垦女兵。

胖姐儿——20 岁，军垦女兵。

母　亲——50 岁，湘鹃之母。

第一章　湘女从军

20 世纪 50 年代初，春天。江南古城长沙。

桃红柳绿，天心古阁。明丽春色中，穿梭着市井里的各类行人。

锣鼓，红旗，歌声，展示出年轻共和国的蓬勃气息。

一队新招女兵欢舞上，个个神采飞扬。

两个黄毛丫头湘鹃和小不点渴望参军，淘气地硬要入列，众女兵一时无措。

招兵首长大胡子闻声而至，审视一番，收下湘鹃。嫌小不点太小，劝其回去。

操场。湘鹃换上肥大的军装，由胖姐儿领上，与众女兵一起快乐操练。

湘鹃的母亲拖着小不点领路赶来，在女兵群中寻找女儿，女兵们与她“捉迷藏”。

母亲眼花缭乱，被小不点引下。湘鹃望着她的背影，俏皮地笑。

集合号，火车鸣笛声。大胡子指挥大队登车，准备出发。

母亲又急匆匆上，提着一袋蓝印花布包着的食物，东张西望。突然，她发现车上的湘鹃。湘鹃背对母亲，躲闪。母亲又急又气，将布包狠狠向她扔去，胖姐儿接着，众女兵快乐传递，直到湘鹃手中。

汽笛长鸣，列车启动。一个瘦小的身影忽然纵身欲上车，众连忙伸手，湘鹃手快，一把将人拖了上来，发现竟是小不点。小不点高兴地哭。

昂扬的离别之歌……

第二章　在那遥远的地方

在进行曲的音乐节奏中，众湘女不断前行。伴随着——

火车奔驰的欢快轰鸣；

汽车跋涉的艰难喘息；

还有，她们整齐而渐沉重的步伐声……

夏日，一望无际的大戈壁。远处是白雪皑皑的天山，近处有一巨石，隐约可见“圣柳”刻字。一棵硕大古柳，凛然兀立。

延松举着望远镜远眺。发现有人来，忙欢快地跑下。

片刻，胖姐儿率一共八个女兵相互携扶着上，一个个瘫倒地上。

湘鹃努力爬起来，掩饰不住兴奋与好奇，张望，呼唤。

忽然，远处飞来一阵阵奇异的嗡嗡声，首先扑向湘鹃——是毒蚊，成群结队，无情地袭击她们。众连滚带爬，四处躲避。

这时，只见一队男兵手举点燃的草把奔来，奋力驱散毒蚊。一刹那，浓烟滚滚，蔚为壮观。

蚊阵逃遁，众相见。女兵们满脸血痕，不禁悲从中来，小不点首先哭。接着，其他女兵受到感染，也哭出声来。

延松连忙取下水壶，要她们喝水。湘鹃渴极，一把抢过水壶，大喝一口，又苦又涩，忙吐出来，延松急接过水壶，十分珍惜。湘鹃羞愧，夺回水壶，深喝一口，作甜美状，又把水壶递给小不点。众男兵纷纷请女兵们喝水，女兵们都勇敢地喝下了第一口。

女兵们见这一坦平野，东张西望，延松明白她们找什么，手指巨石旁，一字排开几个地洞——“地窝子”：枯枝岩石盖顶，洞口两旁贴着欢迎标语。

女兵们怯生生地走进洞内。

突然，远处传来枪声、人声、马蹄声，骑匪来了。延松率众冲下投入战斗。

女兵们急急钻出“地窝子”，随手拿起棍棒等，注视着烽烟乍起的戈壁滩。

战斗。隐约可见兵团战士与敌战斗的剽悍身影……

俄顷，战斗结束。大胡子手执马鞭，朗笑着与战士们归来。

杜鹃发现延松头部挂彩，忙上前给他包扎。延松羞涩，众逗乐。

女兵们忽然发现战士们满脸硝烟尘土，形象可笑，一齐跑去打来洗脸水，给他们洗尘。水，只有一盆。

湘鹃拧干毛巾，在延松脸上轻轻地轻轻地擦拭。

众男兵经一番擦洗收拾后，个个都恢复了英俊可爱的形象。大胡子高兴地“检阅”一番，向女兵们一一夸奖这些好战士们。

接着，大胡子马鞭一指，率众去铁工房。风箱拉响，炉火升腾。他带头脱下军装，挥起铁锤。于是，男兵们跟着纷纷挥动铁锤，女兵们亦争相拉动风箱。红光闪耀，照亮荒原。

在钢铁与炉火的交响中，一张巨大的铁犁被大家从洪炉中推了出来，这就是戈壁滩上最早出现的人背杠犁。

炉火消隐，大野展开。于是，男推女拉，形成一幅壮美的农耕图。

天山风起，古柳轻扬。

大胡子虔敬地走向“圣柳”巨石，默默致礼。

天幕显影：沙漠，烽烟，当年戍边的湘军抵御外敌的浴血战斗图景，军士们精心栽柳的情境……

歌声：西域御敌点烽烟，
湖湘子弟满天山。
百年古柳前辈栽，
为引春风度玉关。
报国军魂一代代，
誓叫边疆变江南。

大胡子本人即是我戍边“湘军”的后代，圣柳石前，他点燃香纸，向前辈深深祭拜。

众男女战士都震撼了。他们也跟着师长向祖辈军人，献上后代战士的神圣军礼。

第三章　第一声婴啼

数年后，金秋。无边戈壁滩出现了新风景；白生生的棉花，黄灿灿的稻麦。圣柳石依然兀立，但近旁出现了行行新柳。

一个“地窝子”门上，贴着一张有些褪色的红“囍”字。这是湘鹃与延松的新居。

延松率队去上工。湘鹃挺着大肚子挥手送别，众纷纷亲切致意。

湘鹃闲不住，找事做。小不点阻止，让她去喂鸡。湘鹃欢乐地召唤着公鸡母鸡和小鸡群。忽然，一只黄鼠狼窜入鸡群。湘鹃连忙抓起大铁耙，奋力驱赶。一不小心摔倒，肚子剧痛，呻吟。小不点大惊，忙把她扶入地窝子，再爬上高坡，呼喊。

延松首先赶回，他又喜又急，穿进穿出，不知如何是好。胖姐儿等也赶回，入内探视。湘鹃痛叫声声，大家都慌了。胖姐儿和女兵们都是大闺女，不会接生。她告诉延松，快找医生。延松忙给师部卫生院打电话。

这时，全体男战士也都来了，所有人都庄严而神圣地站在那里，静守着军垦大地上第一个小生命的诞生。

师部相隔百里之外，放下电话，延松和胖姐儿想来想去，只好找小卫生员。小卫生员吓坏了，又羞又怕，不敢进去探视。胖姐儿责骂，并强行和他一起进去。片刻，小卫生员惊慌地跑出来，临时翻书，告知：难产，只有快点送医院。

医院太远太远，延松和大家都急得团团转。胖姐儿又去打完电话，唯一选择就是，尽快送往百里之外的师院卫生院。沙漠难行，且无交通工具，只有抬担架送去。

全体战士得知情况，个个争先抬担架。

延松十分犹豫，胖姐儿狠狠批评他，并出面将数十名战士组成一个接力担架队。两人一班，轮流去抬，以保证最快速度。

延松感动万分，抢先第一个去抬。于是，迎向茫茫沙漠，这支迎接和保卫新生命的战斗队出发了！

歌声：多少年后，这个动人故事仍在流传，
　　　你可曾见，这样壮丽的战斗场面。
　　　为了荒原第一个新生命，

为了军垦第一个接班人，
百里征程，五十壮汉，
踏平瀚海，飞越沙山，
奔向荒原新的出发点。
迎接绿洲永远的春天！

戈壁滩上的风口，战士们奋勇搏斗；
变幻不定的沙山，战士们顽强攀登；
“胡天八月即飞雪”，战士们昂首前行……

忽然，漫天风沙完全消失。一轮夕阳燃烧在西天，前面显现出一座维吾尔人的村庄。

一场盛大的节日盛会正在进行。男女老少正欢歌曼舞。

担架队跌跌撞撞地来了。维吾尔同胞惊异不已，热情接待，一些小伙子也要参加接力，争抬担架。

正在这时，师所卫生院的救护车也从另一方向的公路上赶来了。众激情欢呼，军民欢舞。

夜色降临。救护车内灯光明亮。所有的人都沉默地站在车外。维吾尔老人们在念念有词地请求胡大保佑母子二个。

静静地，静静地……

忽然，一声嘹亮的婴啼划破夜空。

众欢呼。

护士抱上新生娃娃。

众歌舞。

突然，胖姐儿从车上跳下跑来，告知延松，情况有些不妙。

延松大惊，冲向汽车产房……

第四章　泪洒戈壁春

又是一个明媚春日，仍然是那间地窝子前。古柳依旧，而棵棵新柳似乎又长大了不少。

远处戈壁滩上的田畴，传来隆隆的拖拉机声，机声渐远。

仍有些病态的湘鹃忙碌地操持着军垦营地的后勤，她喜悦地眺望阳光灿烂的原野，又关切地看着自己在近旁采摘野花的三岁娃儿。

不远处，传来孩子稚嫩的声音：妈妈——！

湘鹃快乐地回应。

歌声：融雪的天山，

开花的戈壁滩，

你是我们心爱的家园。

美丽的艳阳好像慈母一般，

抚摸着幼小生命享受春天。

大病大难，救下这宝贝心肝。

独苗儿一棵，胜过那黄金千百万……

小不点抱着一大包白被单出来晾晒，湘鹃前去帮忙。看阳光灿烂，春意盎然。

忽然，团团乌云挡住了太阳，风声骤起。

猛然间，旷野上传来声声狼嚎……

湘鹃一听，浑身一抖，急拿起一根棍子冲向孩子所在方向。

小不点一见，紧急敲响报警钟声。

一刹那，天昏地暗。

狼群嘶吼。

湘鹃狂奔。

孩子的凄厉呼叫：妈妈——！

湘鹃疯狂地扑向前去，与恶狼搏斗。

风声、狼影，已听不见孩子的声音。湘鹃被豺狼撕咬得浑身是血，仍没命地与之搏斗，死拼……

小不点赶来，端起军用步枪，枪声怒响，恶狼奔窜咆哮。

此刻，枪声忽如雨点般传来，人声鼎沸。

片刻，湘鹃失魂落魄地冲上来，手捧着一顶火红色的幼儿虎头帽，几欲昏倒，小不点扔下枪，一把抱住她。胖姐儿也赶来，众姐妹悲愤地相拥一团。

延松率战士冲上。他两眼血红，将一头恶狼的尸体狠狠丢在地上。

湘鹃扑过去与他抱头痛哭，呼天抢地。

一声炸雷，戈壁滩难见的暴风雨降临了。

湘鹃昏沉中软软倒地……

朦胧中，耳边响起了遥远故乡湖南音调的旋律。她缓缓地起身。

湘水依依，细雨蒙蒙，她款款在岸上行走。

“妈妈——！”

一声声呼唤，是死去孩子的悲声，抑或是她自己的心音？

她淋着雨，寻觅着自己迷失的家园。

远远地，她看见两鬓花白的母亲向她走来，手里拿着一把棕色的桐油纸伞。

母女相见，情何以堪！

母女共伞，在故乡天地间相依相偎，无声漫行……

灯明，依旧圣柳石下。寒雨淋淋，杨柳依依。

延松与众男女战友为她送行。

胖姐儿仍用湘鹃带来的那个蓝印花布包，包了一大包礼物让她带回故乡探望。

湘鹃身着便装，与众一一告别。

延松跑过去递上一把伞，湘鹃默默接过。

关山千里远，三步一回首。

第五章　天涯是我乡

初夏，端阳佳节。故乡长沙城。

杜鹃背着包在青石板上疾行：

恬静的荷花池，
轻盈的白沙井，
翠绿的古稻田，
热闹的火宫殿……

深巷民居，石榴花下。一个衰弱的老妪在阳光下打瞌睡，一双快纳好的鞋底还紧紧抓在手中。是母亲，是过早衰老的母亲。

湘鹃静静地走上前去，仔细端详母亲，然后扑上去，依偎在她的怀里。母亲仍然闭着眼睛，却伸出手，轻轻抚摸着女儿的头……

端阳日丽，佳节风光。

湘鹃穿上了过去的女儿装，与母亲买来葛蒲艾叶，挂在门楣口。

湘鹃与母亲一起用红丝绳包成了翠绿的粽子，快乐赏玩。

街坊邻居自娱自乐，唱起了《刘海砍樵》，湘鹃忙与母亲去看热闹。

一大群年轻的红男绿女抬着龙头，舞着桨片，奔向江边去竞渡龙舟，母女二人也孩子似的跟着跑去……

夜深，湘鹃家门外。

万籁无声，唯有湘江的涛声阵阵传来。

湘鹃悄悄从门里出来，漫步水边。

歌声：归家乡，为何心儿又去边关？

娘爱女，女儿却夜夜梦天山。

梦见那寸寸土，梦见那万顷田。

梦见众姐妹，还有我那日夜想我念我的痴心汉。

湘江轻轻，把我报国的心弦弹，

圣柳依依，把离岗的战士默默呼唤。

妈妈娘呀！

莫怪女儿不能将一颗丹心久久地拴……

在歌声中，天幕上可呈现幅幅显影。

湘鹃又悄悄入内。少顷，她已换上了军装，带上那个蓝印花包袱走出来。

她忽然打开包袱，看见母亲为她新做的两双布鞋，不禁贴在胸口，激动不已。

湘鹃向前走了几步，忽又回头，在门口轻轻徘徊。

这时，临街窗户内的灯忽然亮了，映出母亲的剪影。

湘鹃一愣，向家门扑去，又停下来，倾听母亲的声音。但母亲只是静静地端坐着。

湘鹃在门前久久转圈，终没有进门，内心在受着煎熬。

这时，母亲忽然把灯熄灭了，似乎是告诉女儿：你走吧。

湘鹃一步一步后退。最后，跪下来，叩首，离去。

门，悄悄开了。昏暗中，母亲走出来，倚门而望那在夜色中远去的女儿。

黎明，一声雄鸡叫晓的啼声。

火车的鸣笛声，不断向前……

阳光照耀，圣柳石边，众战士在延松率领下，筑就了一个干打垒的宽敞舒适的大平房。大家在高高兴兴地进行最后的粉刷修饰。湘鹃穿着白大褂，也在门里门外，忙进忙出。

军号声声，是进军号。大胡子带大群官兵列队前来祝贺，还有邻近的维吾尔乡亲也都来祝贺。大胡子一挥手，众抬上一块大招牌：圣柳滩第一妇产医院。湘鹃敬礼接过，与小不点把它挂在了门上。

接着，大胡子又命令吹起进军号，又一块大招牌抬了上来：圣柳滩第一子弟学校。他深情指着延松，延松一愣，复激动地敬礼，接受任务，举起招牌，把它挂在了门的另一边。

湘鹃和延松兴奋地相拥在一起，他俩明白了大家的无限深情与期望。于是，再一次庄严地向首长向大家致礼宣誓，表白忠心。

忽然，湘鹃与延松相视一笑跑进门内，抬上了一大筐火红的虎头婴儿帽，分送给在场的众湘女战士。众女接过，又羞又乐。

这时，一个战士扶着大腹便便即将临产的胖姐儿上场。同来天山的八姐妹不约而同地上前簇拥着，将她送向医院，成为第一个入院的产妇。

湘鹃神情凝重地上前扶稳她，一步步走进医院，执行她作为助护产士的第一次神圣使命……

第六章　生命绿洲

又是一个春天的早晨。

圣柳石边，古柳依然苍劲，行行新柳也已蔚然成林。鸟鸣千啭，花开万朵。

眼前已是一栋整洁漂亮的楼房，招牌：军垦第一妇幼医院，醒目的箭头指向一侧：军垦第一子弟学校。

人到中年的湘鹃在医院门口肃立着，迎接成队的年轻助产士们来上班。

歌声：风雨阳光年复年，
十度春秋一瞬间。
天山南北春意闹，
绿洲悄悄变容颜。
虽说是，再也不能为人母，
却喜见，多少姐妹把孩儿添。
玛纳斯河，四季弹不尽春光曲，
圣柳滩，成了天山的大摇篮。

延松从学校方向走来。他穿着干部服，留着八字胡，戴着眼镜，形态俨然。

夫妻二人并肩而立，引颈张望。

来了，胖姐儿和其他五位湘女都领着自己的孩子们来了。她们早已职业各异，故服装也不同：军装、工装、农装、职业装、休闲装等。孩子们则像五色花朵一般，一拥而上。

湘鹃亲切抚慰这些自己接生的孩子，延松也高兴地“接见”自己的学生们。湘鹃告诉大家，八位同来新疆的湘女中，最小的姐妹小不点也生了一个大胖娃娃，今天出院。所以，大家一起来团聚吧。

看，小不点快出来了。于是，众一齐躲藏在医院大门两边，静候着。

小不点在亲人扶持下，庄严地走出来，尽管她仍然是一对触目的大羊角辫。

欢乐的团聚，八位湘女妈妈的第一次完美团聚。小不点掏出湘鹃当初送的虎头帽，湘鹃把它给孩子轻轻戴上，众欢呼。

大家围成一圈，手拉手，起舞。

歌声：今天是湘女姐妹团圆日，
今天是绿洲家园母亲节。
爱情种子绽开笑颜，
生命春风消融了边疆的冰雪。
来来来，来来来，
让我们一起把新的幸福时光来迎接。

看，一位大腹便便的孕妇来了，

看，又一位大腹便便的孕妇来了，

看，一位位新的后备母亲不断地来了……

湘鹃和众白衣天使们忙碌不已，欢乐无比。

灯暗。

一轮旭日冉冉从绿洲升起，天地一片火红。

一声婴啼，

又是一声婴啼，

一声声婴啼，好似一曲蓬勃的春天大合唱，在岁月的时光中传扬，回响……

尾声　天山艳阳

40 年后，21 世纪初，一个阳光灿烂的日子。

雄伟的天山，洁白的雪在阳光下闪闪发光，圣柳和柳林越发苍劲与茁壮。

当年的医院，早已变成高大雄伟的现代化建筑。巨大的招牌：军垦妇幼中心医院。

医院门上，挂着大红灯笼，两边是大型花坛。

所有的人都在奔忙着，个个都十分兴奋。

两鬓斑白的湘鹃和延松身着军装，在两个小护士的导引下上场。看见门前盛况，不解地询问，但人们都含笑而不回答。

正在这时，一个产妇抱着婴儿，在母亲的陪护下出院了。忽然发现湘鹃，她忙上前向湘鹃鞠躬，并把孩子给湘鹃看。原来，她是难产，是医院请来湘鹃会诊，才使她母子平安。此时，在一旁的产妇母亲注视湘鹃好一阵，忽然也抓住湘鹃的手连连感谢。她指着产妇，告知，当年她也是湘鹃大夫接生的，湘娟大夫是祖孙三代的恩人。于是，她们再一次向湘鹃大夫深深鞠躬。

忽然，锣鼓声喧，鞭炮齐鸣。两个长幅标语从天而降：

“热烈庆祝本院第 10 万名婴儿诞生！”

“热烈庆祝本院光荣创建 50 周年！”

首先，大家向年轻的产妇和婴儿热烈祝贺。尔后，大家更向医院的创建者湘鹃热烈祝贺。

一群青年军人扶着年事已高的大胡子来了。老人凝视标语，频频点头。

湘鹃和延松走向前去，向他敬了一个神圣的军礼！

军垦战士的歌舞。

维吾尔乡亲的歌舞。

军垦部队孩子们的歌舞。

众湘女富有湖南特色的歌舞。

大胡子与众人缓缓走向圣柳。

圣柳无言，但那伟岸的英姿和在天山风吹拂下飘洒的柳丝，告诉了一代又一代的人们许多许多。

歌声绵绵，诉不尽万语千言。

（2008 年，石河子探访归来，第一稿）

九、张思德之歌（独幕戏曲）

张思德之歌

时间：1944 年 9 月 5 日。

地点：陕北安塞县山中。

人物：张思德——八路军班长，28 岁。

黄大个——八路军战士，25 岁。

小　陈——八路军战士，20 岁。

大　爹——55 岁。

大　娘——50 岁。

小　兰——他们的女儿，15 岁。

〔报幕员：我们这个队伍完全是为着解放人民的，是彻底地为人民的利益工作的。

〔幕启：苍山似海，夕阳如火。

〔大娘托着一叠军衣上。

娘：（唱）边区风光美如画，

万里蓝天挂彩霞。

小兰和他爹去支前，

一行数月刚回家。

喜得我合不拢嘴呀，

脸上笑开了花！

唉！一想到老张他们来这安塞山里烧了两个多月木炭，明天就要回延安了，我，我……我真舍不得啊！趁今天好太阳，帮他们把军衣都洗干净了，好让他们穿得整整齐齐，威威武武去见毛主席！

（接唱）道不尽的千般情呀，

说不完的心里话！

抬头只见日西斜……

〔小兰上。

兰：妈！（接唱）为何亲人还未把山下？

〔大爹上。

娘：就要走了，也不肯歇一天，喘口气。

爹：小兰她娘，这就是毛主席教育出来的八路军！

娘：唉！真舍不得同志们！特别是那个老张，要说多好，有多好呀！

爹：小兰她娘，我和小兰刚一回来，就不断地听到你夸老张好，老张强。你就讲一讲，这个老张同志到底怎么个好，怎么个强吧！

兰：娘，你讲，讲吧！

娘：提起这个老张呀！

（唱）老张老张好老张，
提起张我暖心房。
他带队进山来烧炭，
谁不夸他是好班长！
砍柴打窑吃大苦，
风吹雨打把歌唱。
睡觉他少睡，
重活他要抢。
粮食困难他少吃，
带病干活不声张。
对我老年人如娘亲，
每日见空就帮忙。
挑水又打柴，
扫地又修房。
"大娘大娘"一声声，
喊得我心里乐洋洋。
真是毛主席的好战士，
真是八路军的好班长。

爹：咳！八路军同志呀，都是这样的人。就拿前年在延河里冒着生命危险救我家小兰的那个同志来说吧……

娘：小兰她爹，你又记起那个同志来了。

爹：我怎能忘记他呀！这次我跟小兰去支前，碰到部队又去打听了，可……

兰：爹，都怪你，那时也不问人家一个名和姓！

爹：咳！问啦！可他说："我叫人民勤务员！"我当初还以为是他的名字呢！碰上部队就去打听这个名叫"人民勤务员"的同志，大家告诉我，那不是个人名，我们的共产党、八路军都是人民勤务员，就是专为我们老百姓办事的人哪！

兰：爹，娘，我一定要找到这个八路军叔叔。

娘：八路军千千万万，上哪里去找呀！

爹：咳！一看见小兰身上那个同志留下的这件灰军衣，我就忘不了他。（少顷）小兰她娘，老张他们怎么还不回来呢？

娘：这些同志，一干起活来就什么都忘了。

爹：你快去把柜里的红枣都拿出来，把罐里的鸡蛋都煮了。同志们要走了，得表表我们的心意。

娘：不用你说，我早就办好了。同志们大概快回来了，我快把衣服送去，再帮他们把穿破了的衣服呀，袜子呀，通通都补好！

〔大娘欲下。

爹：慢！小兰她娘，你说说，这张班长是个什么模样？

娘：他呀！

（唱）身穿军衣加补丁，
满面红光有精神，
见人说话真和气，

爹：小兰她娘！

（接唱）这副模样八路军里多得很。

娘：他……他就是这个样子呀！哦，有了，他每天一回来就帮我挑水打柴的。你们一看就知道了。

兰：一回来就挑水打柴。

娘：对对对！（下）

〔歌声："军队和老百姓，哎嗨，军队和老百姓……"

兰：爹，你看，来了一个八路军叔叔！

爹：身穿军衣加补丁！

兰：满面红光有精神！

〔黄大个上。

黄：哎呀，大爹，你回来了。啊，你是小兰吧！

兰：爹，见人说话真和气。

爹：同志，你们辛苦了！

〔黄大个寻桶准备挑水。

黄：不辛苦！大爹，你好坐呀，回头再来看望你老人家！（欲下）

兰、爹：一回来就挑水！对，是他！

爹：慢！同志，你是张班长吧？

黄：我……

爹：张班长，刚才听小兰她娘说了你的许多……优秀事迹！

黄：我，我没什么事迹呀！

兰：立正，向张班长敬礼！

黄：哎呀，我不是班长，我是个普通战士呀！

爹：小兰，瞧人家张班长多谦虚呀！

黄：大爹，我真不是张班长！我姓黄，因为我个子大，大家都叫我黄大个。

兰、爹：真不是？

黄：真不是！

爹：嗨，你可真像呀！

黄：大爹，要说我们班长呀，可真是这个。（伸大拇指）我比他差远了。（干脆放下担子）嘿，他的优秀事迹多得很呢！

爹：刚才听小兰娘说了！

黄：大爹，我晓得的可比大娘多得多呢！不过，我们班长有个脾气，做了什么好事，总是不声不响，还硬不让我们给他宣传。

兰：大个子叔叔，你说说吧，你说呀！

黄：（抓了抓头皮，想了想）行！我说一件事吧！（拿起扁担绘声绘色地）去年，部队在太行山一带作战。战斗打响了，我们发起了总攻。战士们个个像猛虎一样，冲呀！杀呀！眼看要冲上山头。突然，哒哒哒……

兰：怎么啦？

黄：敌人两挺机枪挡住了我们的去路，把我们压在山腰。这时，张班长机动灵活，悄悄迂回到了敌人的右方。敌人的机枪正打得凶狠，只见张班长狠狠一刺刀下去，杀——就把敌人的机枪手干掉了！

爹：好！

黄：他端起这挺机枪，哒哒哒……一梭子又把敌人的另一机枪打哑了。一个箭步冲上去，又缴获了一挺机枪！

爹：了不起！了不起！

黄：最感人的还在后面呢！

兰：叔叔快说吧！

黄：战斗继续进行，我们和敌人拼开了刺刀。张班长一枪一个，两枪一双，杀得敌人喊爹叫娘。正在这时，他发现有两个敌人正在围攻一个战士，就大吼一声，猛冲过去，杀——干掉了一个，救出了自己的阶级兄弟。

兰：还有一个呢？

黄：班长一声吼，可把他吓瘫了，就乖乖地当了俘虏。

爹：哈哈……

黄：你们猜，这个被他救出来的阶级兄弟是谁？——就是我。（猛然想起）哎呀，我还得去挑水呢！

爹：老黄同志，水我们自己来挑。

黄：大爹，我们明天就要走了，今天就让我多挑几担吧！

〔小兰、大爹、黄大个抢担。

爹：老黄同志，不用你挑！

黄：这……（急中生智）哎，你们看，我们班长来了！

〔小兰、大爹忙回头看，黄大个乘机跑下。

〔歌声："革命军人个个要牢记……"

兰：真的，张班长来了。

爹：身穿军衣加补丁！

兰：满面红光有精神！

〔小陈扛着一捆柴上。

陈：哎呀，大爹，你回来了，呵，你是小兰吧！

爹、兰：见人说话多和气！

爹：张班长，你又给我们家打柴了？

陈：什么，张班长?!（笑）大爹，你看，我像张班长吗？

爹：张班长，凭你这份为老百姓办事的劲头，我就看准了！

陈：大爹，你太夸奖了！我不是张班长。比起张班长我可差远了！

爹、兰：你……

陈：我？我姓陈，是个新战士，大家都叫我小陈。

爹：咳，你们到底谁是班长呀？

陈：班长是班长呀！（得意地）嗨，大爹，说起我们班长呀！……（想了想又不说了，回头就走）

爹：哎哎，小陈同志，你怎么说了一半就不说了？

陈：大爹，我们班长有个脾气，……

爹：（抢着说）做了好事，不让你们给他宣传。

陈：对。你怎么知道的？

兰：刚才那个大个子黄叔叔可给我们讲了张班长夺机枪抓俘虏的事呢！

陈：真的？哎，我知道的可比黄大个多得多呢！

爹、兰：真的？

陈：（清清喉咙）就拿他在通讯班的事说吧。有一天……

兰：怎么又不说了？

陈：大爹，小兰，我们营部有个"快板大王"给他编了一段快板，我干脆就说给你们听吧！

兰：（拍手）欢迎！欢迎！

陈：这段快板叫《张班长雨夜巧送信》。

（快板）打竹板，叮当叮，
各位同志用心听。
打竹板，的打的，
各位同志请注意。
打竹板，呱打呱，

兰：哎呀，你啰里啰唆不像话！

陈：好！

（快板）闲话少说把正话讲，
通讯班有个张班长。
张班长一心为人民，
对工作极端负责任。
张班长从不怕困难，
困难吓不倒英雄汉。

有天半夜黑漆漆，
他刚刚送信回班里，
又有急信要去送，
他抢过任务就往外冲。
走到半路大雨下，
他脱下帽子将信夹。
一想帽子会淋透，
他脱下衣服包着走。
又想衣服也会淋湿，
这可真把人急死。

兰、爹：这……这信要淋坏不得了。

陈：是呀，党的指示最重要。

（快板）嘿，革命战士智慧高，
天大困难也吓不倒。
张班长，有办法，
低头把鞋子来脱下。
把信装到鞋里面，
两只一夹最安全。
雨再大也进不了，
信在鞋里睡大觉。

爹：妙！

陈：（快板）大风大雨往前跑，
不知摔了多少跤。
路上石头尖又硬，
磕破双脚血淋淋。
顶风斗雨到达目的地，
满身水来满身泥。
向首长送交信一封，
咳！
信上不沾水一滴，
信上不沾水一滴。

爹：这个张班长呀，这个张班长，真是毛主席的好战士呀！我真想马上见到他！

陈：大爹，张班长到营部开会去了，恐怕要天黑才能回来。（猛然想起）哎呀，我把正事忘了，我还要再上山去打一捆柴回来。

兰：小陈叔叔，不要打了！

爹：你们这样为我们吃苦受累，叫我们心里实在过意不去呀！

陈：大爹，这是我们应该做的！（跑下）

爹：八路军战士个个好呀！小兰，把爹的猎枪拿来！

兰：爹，你要枪干什么？

爹：张班长和同志们明天就要走了，爹上山去打几只山鸡野兔，慰劳慰劳大家。

兰：爹，天都快黑了。

爹：凭爹的枪法，不打它个五只六只，也要打它个一双两双！

兰：好！（递枪给爹）

爹：你在家中作准备。

兰：我烧热水等爹回。

〔爹、兰二人分下。

〔张思德内唱："重重青山翻巨浪……"上。

张：（接唱）登上高坡心欢畅。
日本鬼子眼看要完蛋，
准备反攻打大仗。
新的任务已下达，
队伍要整编上前方。
一颗心，飞延安，
恨不能，插翅飞到毛主席身旁！
战士豪气高万丈，
战斗意志坚如钢。
昂首迈上新征途，
迎接那一轮朝阳出东方！

〔黄大个挑水上。小陈扛柴从另一方上。

陈、黄：班长，你回来啦！

张：二十里路一溜小跑就回来啦！

黄：上级有什么指示？

张：小陈，黄大个呀，日本鬼子狗命不长了！形势一天天好起来，八路军、新四军队伍正在不断扩大。回去以后，我们中央警卫营就要整编为中央警卫团了！

陈：真的？那可太好了！咳，班长，我们警卫营要整编为警卫团，我猜你一定不会再当班长了。

张：整编以后……

黄：（抢着说）班长，你是老红军，又是战斗英雄，劳动模范，营里谁个不知，哪个不晓。我猜呀，你起码会当个排长。

张：嗬！

陈：我说，说不定会当上副连长！

张：同志们，告诉你们吧！我又要回到班里当战士了！

黄、陈：什么？战士？当兵？

张：是呀，整编以后，班长不需要那么多，所以组织上给我分配新任务：当战士！

陈：嘿，班长，你别开玩笑了！

黄：我才不信！

张：黄大个，小陈，我是要回班里当战士呀！毛主席教导说："共产党员无论何时何地都不应以个人利益放在第一位，而应以个人利益服从于民族的和人民群众的利益。"你们还记得吗？

陈、黄：记得。

张：同志们，一个革命战士应该听毛主席的话，一心为革命，党叫干什么就干什么！党叫打仗就打仗，党叫送信就送信，党叫开荒就开荒，党叫烧炭就烧炭，党叫当班长就当班长，党叫当战士就当战士！一旦党的事业需要自己赴汤蹈火，流血牺牲，也应勇往直前，决不后退！

陈、黄：班长，我们永远记住你的话！

张：小陈，黄大个呀，整编以后，我们都要分手了。

黄、陈：什么？分手？

张：根据革命需要，我们班的同志都要分配到各个连队去。首长说，马上就有新的战斗任务！

黄、陈：（兴奋）马上就有新的战斗任务！

张：对，同志们！

（唱）我们来自五湖四海，

为了革命集合拢来。

合　：（唱）消灭日寇，浴血奋战，

战火纷飞已数载。

张：（接唱）拯救全民族，解放全中国，

合　：（接唱）党的教导记心怀。

张：（接唱）如今哪，新的战斗在召唤，

合　：（接唱）昂首阔步向前迈！

张：（接唱）战士红心怀天下，

合　：（接唱）开创革命新时代！

张：同志们！

（接唱）红旗飘扬军号响，

让我们争取那最后胜利早到来！

合　：（接唱）红旗飘扬军号响，

让我们争取那最后胜利早到来！

张：同志们，我用桦树皮钉了十个本子，亲手抄录了毛主席写的一篇文章，班里的同志每人一本，给！

黄、陈：（激动地接过，念）《纪念白求恩》！"……我们大家要学习他毫无自私自利之心的精神。从这点出发，就可以变为大有利于人民的人。一个人能力有大小，但只要有这点精神，就是一个高尚的人，一个纯粹的人，一个有道德的人，一个脱离了低级趣味的人，一个有益于人民的人。"

张：同志们，我们一定要终生奋斗，争取做这样的人！

〔黄大个、小陈、张思德三双手紧紧相握，千言万语尽在不言中。

〔雷声隆隆，山上云行雾走。

张：哎呀！会有雷雨！山上还有最后两窑炭没烧完呢！

陈：不要紧吧？

张：下小雨不要紧，只怕下大雨，恐怕会冲坏烟囱，甚至造成炭窑崩塌。

黄：我看下不了大雨！

张：要随时注意！（看了看天）天快黑了，今晚不是开晚会吗？我们快回班去和同志们一起准备，等会把大娘也请来，热热闹闹地开它个联欢晚会，好不好？

陈、黄：好！

黄：班长，大爹和小兰回来了。

陈：哎，刚才他们还等着要看张班长呢！

张：太好了！那更要热热闹闹地来它个大联欢。大爹呢？

陈：听说上山打山鸡、野兔去了，说是要慰劳我们呢！

张：群众对我们真像爹娘呀！小兰呢？

陈：（喊）小兰！

黄：小兰！

〔小兰内应："哎——"随即跑上。

兰：叔叔，张班长回来没有？

黄：小兰，你看，就是……

〔小陈示意勿说。

黄：（指小陈）……他！

兰：（假装生气）大个子叔叔，你……

张：小兰，你好呀！

兰：八路军叔叔，你是……（旁白）别又弄错了。（把黄大个扯到一边）大个子叔叔，他是张班长吗？

〔小陈向黄摇手示意。

黄：哦，他、他……他是老张。

陈：对，他是老张！

兰：老张？……不是张班长呀！

〔黄大个、小陈强忍住笑。

张：小兰同志，你找张班长有什么事呀？

兰：我和我爹都想见他。听说他是一个做了许许多多好事的八路军。

张：不，依我看，他是一个普普通通的八路军。

兰：他才不普通呢！我们一回来，我娘就讲了，刚才大个子黄叔叔和小陈叔叔也讲了。

张：哦！（回头用手指重重地点了点黄大个、小陈。黄大个、小陈二人吐舌头）

兰：老张叔叔，你也给我讲一个张班长的故事，好吧！

张：小兰同志，别听他们瞎说，张班长没有什么事好讲。他完全和大家一样，有什么特别的？

兰：咳，就特别！就特别！

张：小兰同志，听我说，张班长和其他同志，都是听毛主席的话，做了他应该做的事。八路军战士个个都是“人民勤务员”。张班长比起同志们来，还做得很不够呢！黄大个，小陈，你们说是不是？

黄、陈：嘿嘿……是！

兰：你这个八路军叔叔，真骄傲！真骄傲！

张：哈哈……

兰：你还笑，你比张班长就差远了，人家缴过两挺机关枪，你能吗？

张：每个八路军战士都能！你长大了，也一样能。

兰：不跟你讲了！（翘嘴）

〔黄大个、小陈大笑。

陈、黄：小兰，他就是张班长！

兰：哦，你就是张班长！你坏！你坏！（举起小拳头追打张思德，众逗弄）

〔小兰追上张思德，抓住他的右臂，张思德痛得全身微微一震。

兰：张叔叔，你……

黄、陈：班长！

黄：你老伤口又犯了！

张：哦，没什么！

兰：张叔叔，痛吗？

张：不疼，不要紧！

兰：八路军真了不起！我和爹上前线时，碰到伤员叔叔，个个都是这么说：“不疼！不要紧！”张叔叔，你们真好！

张：（感动地）小兰！……（注意到小兰穿的军衣，若有所思地）哦，小兰，你的这件军衣是从哪里来的？

兰：是一个救了我的八路军叔叔的。

黄：什么？一个救了你的八路军？

兰：嗯，两年前，一个八路军叔叔把我从延河里救了上来。

张：小兰，你……

陈：小兰，你快说，这是怎么回事？

兰：叔叔，你们听我说！

（唱）小兰不忘呀那一天，

延河水滚滚滔滔流眼前。
救护车队沿岸走，
可恨那，日本飞机来捣乱！
老牛受惊牛车翻，
我失足落水把爹喊。
爹爹冲向担架边，
他用身体护伤员。
此时刻，一个八路军跃水中，
冒着危险救小兰。
枪声阵阵，水花飞溅，
他右臂负伤抱我上岸。
一件军衣包上身，
昏迷中只觉全身暖。
睁眼叔叔人不见，
耳听爹爹连声唤：
“同志呀同志呀，你留下大名！”
他答道：“我名叫人民勤务员！”

黄、陈：（接唱）他答道：“我名叫人民勤务员！”

黄、陈：（白）小兰说的这个同志真是个了不起的英雄呀！

张：同志们……这样的战士，在我们八路军里多得很！我想，一旦革命需要，你们也一定会这样去干，而且会更加机智，更加勇敢！

黄、陈：我们一定要向这个“人民勤务员”学习！

兰：我长大了，一定要做他那样的人！

张：小兰，小陈，黄大个呀，无数革命先烈为了人民的利益，干出了多少惊天动地的事呀！比起他们来，我们所做的实在太少太少了！他们为革命而不惜牺牲自己的一切，让我们永远向他们学习吧！

〔电闪雷鸣。

兰：哎呀，要下雨了！

张：看来这场雷雨来势不小，黄大个，小陈，你们留在家里，我马上上山去照看炭窑。（欲下）

兰：张班长，你伤口犯了，不要去！

黄、陈：班长，我去吧！

张：不，我去！一个人就行了！你们在家按原计划开联欢晚会吧！雨停了，我就赶回来。

黄、陈：班长，你别去，另派一个同志吧！

张：那好！现在班长命令——（黄大个、小陈挺胸）张思德同志马上上山！

〔黄大个、小陈忍不住笑。张欲跑下，黄大个、小陈拉住。

张：这样吧！黄大个跟我一起上山，小陈留在家里，坚决执行命令！

黄、陈：是！

〔张思德、黄大个上山，与一手持猎枪，一手提着山鸡、野兔回来的大爹相遇。

张：大爹！

爹：你！？

〔一声巨雷，狂风呼啸，大雨倾盆而下。

张：大爹，回头再见！（张思德、黄大个急下）

爹：（激动地）他！他！……

兰：爹，张班长就是他！

爹：小兰，救你的那个八路军也是他！

陈、兰：他！？

爹：小兰她娘，小兰她娘！

〔大娘闻声急上。

爹：小兰她娘，救小兰的那个八路军同志找到了！

娘：在哪里？在哪里？

陈、爹、兰：就是张班长！

娘：哦，就是张班长！

（唱）忽如二月刮春风，（伴唱）

众：（接唱）满面欢笑热血涌。（伴唱）

爹、娘、兰：（接唱）当年延河边情义重，

众：（接唱）今日山中喜重逢。（伴唱）

可敬的“人民勤务员”啊！（伴唱）

毛主席培育的革命英雄！（伴唱）

娘：（发现大爹提着山鸡、野兔）给我！今天一定要等老张他们回来！

众：对！

陈：大爹，雨太大了，快进屋去吧！

爹：大爹心里高兴，淋着痛快！哦，小陈同志，张班长他们上山也没带个蓑衣斗笠呀？（递猎枪给小兰）

兰：（接枪）他们还没吃饭呢！

娘：哎呀，那怎么行？

爹：小兰她娘，快拿来蓑衣斗笠，包上干粮，我送上山去！

〔大娘下。

陈：大爹，风急雨大，夜黑路滑，我去吧！

爹：不，老汉我定要亲自送去！

〔雷声隆隆，电光闪闪。

〔内喊："大爹——"大娘上，众望山上。

〔黄大个手捧张思德的挎包，踉跄跑上。见众，猛然僵住。

〔静场。

爹：老黄，出了什么事？

黄：大爹，炭窑崩塌。张班长他，他……他牺牲了！

〔一声巨雷，天摇地动。

众：啊！？

〔热泪横流。

爹：老张呀！

娘：老张！

陈：张班长！

兰：张叔叔！

（众低头。

〔音乐声起。

〔雄壮有力的朗诵声："人总是要死的，但死的意义有不同。中国古时候有个文学家叫做司马迁的说过：'人固有一死，或重于泰山，或轻于鸿毛。'为人民利益而死，就比泰山还重；替法西斯卖力，替剥削人民和压迫人民的人去死，就比鸿毛还轻。张思德同志是为人民利益而死的，他的死是比泰山还要重的。"

爹：（颤颤巍巍地走到黄大个和小陈面前）老黄，小陈，我们老百姓世世代代忘不了老张呀，请你们把老张的名字告诉我！

黄、陈：大爹，他叫张思德！

众：张——思——德！

爹：同志们，你们明天就要回延安了，就要到毛主席那里去了，你们一定要把张思德同志的情况告诉毛主席，把张思德同志为人民所做的一切，都告诉毛主席！

黄、陈：大爹，我们一定向毛主席汇报！

〔众肃立，音乐。天幕上现出一排金光闪闪的大字：

为人民服务

——毛泽东

〔幕缓缓落。

〔音乐强烈。

（1967年）

注：本剧曾由人民文学出版社和上海文化出版社分别出版，并在各地广泛上演。虽留时代旧痕，仍有一番真情。历史存照，聊作纪念。

十、永远的进行曲（历史音乐广播剧）

永远的进行曲
——田汉和聂耳

纪念抗日战争胜利70周年
纪念《义勇军进行曲》（《国歌》）诞生80周年

人物：田汉
聂耳
田母
素雯——田汉之妻。
海男——田汉之子。
玛莉——田汉之女，即幼时的田野。
黄子布——即夏衍，中共“文委”领导成员。
王阿大——码头工。
芦香——他的孙女，报童。
李国龙——东北流亡大学生。
阳翰笙　周扬　黎锦辉　徐悲鸿

田野——故事讲述者。
时间：1932年——1935年
地点：上海·南京

序

〔黎明的音乐，辽阔，高远。

〔一个苍老而深情的女声（田汉之女——田野）缓缓向我们诉说。

田　野：清晨，我来到天安门广场。

〔人声，轻轻从各方渐渐汇聚拢来。

〔整齐的步伐声，口令声。

〔《国歌》响起……

田　野：《国歌》，我们的国歌，在祖国的首都唱响，在共和国广袤的大地上四处传扬。

〔《国歌》响着。不远处传来一群孩子跟随着高唱的稚嫩声音。

〔歌声停。话语声。

老　师：同学们，大家都知道，这是我们的《国歌》，原名《义勇军进行曲》。可大家知道吗？它的作者是谁呢？

孩子们：（一字一句地）我们知道，田汉词，聂耳曲。

田　野：我们知道——这话真叫人高兴。是呀，从它诞生到现在，已经是七十多年了，成为我们的国歌，也整整六十个年头了。

〔隐隐响起枪炮声，飞机的呼啸声，哭喊声。由弱渐强。

田　野：那是二十世纪的三十年代初。当时，我还是个很小的娃娃，但作为田汉的女儿，有幸亲历和了解《义勇军进行曲》诞生的一些事情。天地沧桑，至今不忘。

〔年幼的田野（玛莉）的哭声："爸爸，爸爸……"

〔炮火声震耳欲聋……

上　集

〔炮火声渐渐停息，上海滩的市井依然热闹。

〔报童们的喊叫："一·二八抗战完了！"

"快看快看，松沪停战协定！"

"十九路军奉命撤离！"

〔沉重的皮靴声，日本海军陆战队的军歌传来。

〔不远处，仍有歌舞厅的歌声《花好月圆》："双双对对，恩恩爱爱……"

〔一个暴怒的吼声。

田　汉：把窗子关上！素雯，快！

〔砰的一声，杂声顿收。

〔一个老妇人的声音。

田　母：寿昌，莫吓着孩子。

田　汉：妈，我……心里堵得慌！

〔有飞机从低空呼啸而过，窗户震颤……

〔玛莉啼哭。

田　汉：强盗的飞机！

〔一个年轻女人的声音。

素　雯：玛莉别哭，海男，到妈妈这儿来。

〔玛莉娇小的哭声。

海　男：妹妹，我们不怕！

田　汉：（只顾自己说下去）去年，还不到半年哪。“九一八”事变，日本人在沈阳动手了，不抵抗，不抵抗，白白丢了东三省！好，“一·二八”事件，日本人的飞机大炮军舰一下子打到上海来了，中国人被逼到绝处，十九路军带头打起来了！……

素　雯：寿昌，别说了。

田　汉：我以为，敌人又进攻了，革命的民族战争也终于壮烈地开始了，可一下子，我们的枪，我们的炮哑了！那么我们的人呢？我们的人也全哑了，全傻了吗？

田　母：寿昌，我的儿，你不是一个只会对天发火，空怀壮烈的人。快沉下心来做你该做的事。

〔少顷，轻轻的敲门声。

田　汉：谁？

〔门外，一个女孩子怯怯的声音。

芦　香：田先生，田先生，你要的报纸。

素　雯：哦，是小报童芦香。

〔开门。

芦　香：田先生，今天的新闻很不好，还有，还有对门院子那些东北来的大学生，听说停了战，都在哭呢。

田　母：造孽。

芦　香：他们好像就要回东北去。

田 汉：哦，快去看看。

〔街边闹哄哄的情景。

〔一群操东北口音的男女学生在激动地说话。

〔有人哀伤地唱："我的家在东北松花江上……"

田 汉：李国龙！

李国龙：啊，是田先生，我们正要来向您告别呢！

一女生：上海这里也不让抗日了，不如回东北，上长白山！

李国龙：先生，您是我们敬重的作家，我们亲眼看见，前不久在闸北战场上，你们文化人是怎样冒着枪林弹雨去慰问，去宣传，和十九路军战士同生共死的。

又一女生：为了国家，为了民族，您多保重。

田 汉：你们就这样走了？

一个男生：但愿不是永别，胜利之日再见！

众：再见，再见。

李国龙：伙伴们，离别时分，别弄得惨凄凄的，来，让上海同胞听听俺东北的小曲吧！（唱）"春天里呀，桃花红又红呀哈嘿……"

〔他们的歌声逐渐远去。

芦 香：先生，你哭啦……

王阿大：田先生，这些孩子是热血青年哪。"打回老家去！"他们有种。

田 汉：请问你是？

芦 香：这是我爷爷，在浦江码头——

王阿大：当苦力。我叫王阿大，早就听芦香说您是个大作家。

芦 香：大好人。

田 汉：秀才一个，做不得用。

王阿大：你们可是国家的栋梁之才。田先生，我们穷工人虽说本事小，主意少，也正在合计，决不做软骨头。只要心一条，对着干，就不怕他东洋鬼子逞凶作恶！

田 汉：老王，看看那些大学生，再看看你们，我心里这团火，又烧起来了！

王阿大：先生，不瞒你说，我儿子芦香她爹就是在十九路军，战死的……他们的血不会白流。

〔芦香的抽泣。

〔远处警笛尖叫。警察在喊："不许聚众，赶快散开！"

田　野：“一·二八”抗战夭折了。可是，四万万同胞共赴国难，抗日救亡的怒潮却一浪高一浪，不断增长！种种体察，重重思虑，使得父亲认定了，只有共产党才能救中国。经过他再三申请，党组织终于在这个充满硝烟血色的春天，接纳他加入了中国共产党。从此，他的胸襟更加敞亮，眼界更加开阔。爱国的激情像火焰在心中燃烧，化作无穷动力！

〔田汉家中。吃饭时的碗筷等声响。

田　汉：咳，这糙米饭就是出味。海男，给我再装一碗。

海　男：好，胀死你。

田　母：寿昌，这还是你老弟田洪从长沙东乡带来的，留得慢慢细细呷。

田　汉：好好，再来半碗，不呷了。

田　母：（笑）呵呵呵，我是怕你伤了胃呢。

〔众笑。

田　汉：好热好热，打开亮窗。

〔开窗。一阵流行歌曲的音响飘进来，是黎锦辉的《毛毛雨》。

素　雯：唉，隔壁这家歌舞厅真烦死人了。

田　汉：听，著名的黎锦辉，又在下他著名的毛毛雨呢！

素　雯：寿昌，黎先生是音乐家，又是大老板，约你去他的明月歌剧社，你可别太怠慢了他。

田　汉：约了好几次，不想去。

田　母：锦辉还是一个有追求，有成绩的人，又都是湖南老乡，还是去吧。但记得莫见了面就争呀吵的。

田　汉：娘老子，放心吧，几个老熟人了。其实我想了又想，明月社还真是个面向民众的好舞台，搞好了，大有作为，特别是现在。

〔电话铃声。

田　汉：嘿，说曹操，曹操到。锦辉先生，有何贵干？

〔黎锦辉电话中的声音：寿昌，你再不来我这里，我可真发火了！

田　汉：不怕我一来又跟你抬杠？

〔黎锦辉的声音：谁怕谁呀，来了就好。

田　汉：哈哈，来，要来，马上来！

〔急促的脚步声。开关门声。

素　雯：寿昌，寿昌，说走就走了。

〔明月歌剧社的排练厅。乐队在调音，演员在喊嗓，接着，小歌舞《桃花江》甜甜地传来。

田　野：这是春天的普通一日。父亲一来为践老友之约，二来更是带着他的想法，来到了明月歌剧社。

〔歌舞毕，几声礼貌的鼓掌。

黎锦辉：怎么样，有点味道吧？

〔又是两声拍掌。

田　汉：《桃花江》，你的湖南特色招牌菜，怎敢不叫好。

黎锦辉：见笑见笑。田老大，说真的，有雅兴吗？劳您大驾，借你大名，也给我写点歌舞剧本，歌词什么的，对你可是小菜一碟。

田　汉：老乡，你晓得，我是早已宣布……

黎锦辉：是的是的，从“唯美的残梦”，走向“现实的觉醒。”可作为同乡，作为你多年的相知，我总觉得，你是可以在艺术的明媚天空更加高飞的天使呀。你那份浪漫的田汉味儿真的别丢，不然太可惜了。

田　汉：你呀，看节目，看节目。

黎锦辉：下一个。

〔忽然，大厅里响起了小提琴拉的《马赛曲》。

黎锦辉：慢，你拉的什么？

田　汉：《马赛曲》，对，法兰西有名的爱国歌曲。

黎锦辉：喂，刚才安排，是叫你拉你自己写的那个《翠湖春晓》的。

〔一个年轻爽朗的声音。

聂　耳：老板，我想田汉先生一定喜欢听《马赛曲》。

田　汉：对，对，这可是一首叫人上进的好作品！（大声地）年轻人，你叫什么名字？

聂　耳：聂耳！

有人在笑喊：“又名叫耳朵先生！”

〔鼓掌。

田　汉：黎老板，这样的作品我爱听。“一·二八”抗战，炮声犹闻，相信你的观众们现在也希望多一些这样鼓舞人心的作品。

黎锦辉：你说的是不错。不过，我们也是生意人哪。

田　汉：锦辉，我会为你写的，我要努力写那些最需要的作品，当今最缺少的作品。老乡，我们一起干吧！

黎锦辉：寿昌，你不知道许多人在为你惋惜呢。

田　汉：我知道。也许以后写历史的人也会对我不以为然，但大敌当前，国难当头，我别无选择。

田　野：过了一会，父亲就兴致勃勃地去找聂耳。

〔敲门声。

聂　耳：谁？哎呀，是田汉先生！

田　汉：聂耳，聂紫艺！聂子！对不起，我是不请自来。

聂　耳：看我这鸽子楼，来一个人就转不开身了。

田　汉：不妨，不妨。嗯，让我好好看看。年纪很轻，十分热情，听说多才多艺，绝对是个能人。

聂　耳：不，不，在剧社里是打杂的，什么都干，但我很喜欢音乐，尤其是作曲。

田　汉：太好了。音乐，特别是歌曲，值此国难当头急需唤起民众之时，它可大有用武之地。

聂　耳：可我们这里……

田　汉：你很烦闷。

聂　耳：田汉先生，不瞒你说，我大老远从云南到上海来，一是为个人事业奋斗，更是想为国出力呢。可是，你都看见了，不管外面乱成什么样子，只要一跨进“明月”的门，就好像到了另一个世界似的，他们不知天有多高，地有多深，整天只知寻快乐，只知唱歌、跳舞、弹琴，别的是再管不着的。不错，这儿是另一世界，是月宫！……真觉得可怜！

田　汉：说话好冲！你这个云南人，和我这个湖南人一样的蛮，哈哈！其实，我那位同乡黎老板还是很欣赏你的。

聂　耳：当然，黎先生一向敢于反封建，追求个性解放，这我们也佩服他，但，现在都什么时候了，你不听见外面，有着无穷的一群人在你的周围呐喊，狂呼。每个人都要想一想，要怎样去努力，哪里才是时代的大路！

田　汉：好你个“时代的大路”！聂子，你愿意跟我们一起，投身爱国音乐活动吗？

聂　耳：我？太愿意了！

田　汉：我可以给你介绍几位年轻的作曲家，冼星海、任光、张曙，还有吕骥，他们都和你一样，个个都是热血的男儿。

聂 耳：太好了。

田 汉：我们越来越感受到，音乐，特别是群众歌咏活动，在这特殊的年代，更有着及时唤起民众觉醒，振兴民族精神的无穷战斗作用。你可知道，别小看一首好歌，一传十，十传百，它就像火一样，呼啦一下就四面八方烧起来，照亮天空大地，照亮亿万民众的心！

聂 耳：对，春天的地火，可以燎原！

田 汉：我们所在的"剧联"正在筹备，要专门成立一个音乐小组，我介绍你参加吧。

聂 耳：田先生，谢谢。

田 汉：哦，聂子，你今年多大？

聂 耳：二十。

田 汉：好小子。看来，是苦人家的孩子。

聂 耳：我四岁就死了父亲，全靠贫穷的母亲把我拉扯成人。

田 汉：唉！我们都是苦命，父亲都死得早，又都靠一个好母亲抚养大，可算是难兄难弟呀！

聂 耳：不不，你是前辈，名家。

田 汉：什么呀！我今年三十四，嗯，正好比你大了十四岁，就结个忘年交吧。

聂 耳：听说，大家都喜欢你，叫你——

田 汉：田老大。

聂 耳：那，我也叫你——老大。

〔二人朗笑。

田 野：就这样，父亲和聂耳第一次见面了。从此就开始了他们十分密切的交往与合作，建立了真挚而深厚的情谊。

〔摄影棚，热闹的氛围。

聂 耳：老大！

田 汉：聂子，好呀，这电影《母性之光》的进展很快嘛！

聂 耳：（大声）你不知道，我浑身都是劲！

田 汉：是的，你今天特别地高兴，我发现。

聂 耳：你，行呀！（低声）找我谈话了。

田 汉：（低声）我，我能不知道吗？告诉你，当初我申请入党那可费了周折。

聂　耳：周折？

田　汉：是呀！你知道的，他们老认为我有点什么名气，目标大，为了安全，为了工作，最好暂时留在党外，等等。

聂　耳：可你就是坚决要入。

田　汉：对对，我横直要入，霸蛮要入，最后，把组织上感动了，同意了。

聂　耳：老大，你真幸福。

田　汉：那天，也是一个春天的傍晚，就像是昨天一样。为了庆祝，也为了掩护，在南京路大三元酒家，在瞿秋白同志的亲自主持下，我们几个新党员，一起宣誓，面对鲜红的党旗。

聂　耳：我真希望自己快一点……

田　汉：不要急，快了。

〔有人在喊：聂子，你过来，要合乐演唱了。

田　汉：咳，大忙人一个！

聂　耳：你瞧，我现在又是剧务，又当乐手，又教演员唱歌，还在电影里演了一个黑人矿工呢，浑身上下都涂满了黑油彩。

田　汉：哈哈，看你不出，确实是个多面手！

聂　耳：当然，我最看重也最认真的还是写好影片中的《开矿歌》，那歌词可是你的。

田　汉：对，这是我们合作的第一件音乐作品。

聂　耳：马上就可以听到。

田　汉：自己感觉怎么样？

聂　耳：老大，实话说吧，我离开了明月社，还有人在一边耻笑呢，他们至今还在追逐着什么“香艳肉感、热情流露”，而我们的《开矿歌》呢？（念）“我们在流血汗，人家在兜风凉，我们在饿肚皮，人家在餍高粱。”他们说，这是在骂人，这不是艺术！

田　汉：你怎么说？

聂　耳：我回答，贫富的悬殊，这事实谁也不能无视，更不能去掩护，只有在斗争中才能找到社会的进步。你们不想听见也会听见，在这地球上，有着无穷的人群在你耳边呐喊，狂呼，今天的艺术，就需要这种大众的声音。喂，伙计们，准备，开始！（沉入艺术情境，绘声绘色地朗诵）看，苍黑的大山，幽深的矿洞，一群挥汗如雨的黑人，身着讲究的矿主，拉着漂亮的哈巴狗……听，劳动号子响起来了，响起来了，震动群山，带着不屈的反抗，矿主听了微微发抖。沉重的旋律，唱出团结和向往！这是受苦人的心声！这是受难者愤怒的吼声！

男声领唱，伴唱《开矿歌》：

开矿，哎哟哟，开矿！
开出来黄金黄。
我们在流血汗，
人家在兜风凉；
我们在饿肚皮，
人家在餍膏粱。
我们终年看不见太阳，
人家还嫌水银灯不够亮。
开矿！哎哟哟，开矿！
开出来黄金黄。
我们大家的心要像一道铜墙，
我们大家的手要像百炼的钢。
我们造出来的幸福，
我们大家来享。
噢嗬，
哐堂！哐堂！

中　集

田　野：当时，正是白色恐怖最严重，斗争最艰难的岁月，也是左翼文化运动如火如荼开展的时期。田汉为聂耳炽烈的革命热情和卓越的艺术才能而分外高兴，他们很快就成了知音、至交，最后成为了同志。这一天，聂耳正准备走出他工作的联华一厂的摄影棚，忽然看见有三个人向他走过来……

聂　耳：是田老大，你，你们怎么来了？

田　汉：来，找个僻静去处。

〔开门关门的声音。

田　汉：嗯，这里好。聂耳，我介绍一下，这位是黄子布先生，是中共上海“文委”的负责同志。

聂　耳：你好！

田　汉：我和老赵就不用介绍了。

黄子布：来，握握手，都说我们电影厂有一位长了四只耳朵的神童，早就想一睹风采，今天算有缘啦！

田　汉：真是个不可多得之才！在明月社，黎锦辉很赏识他，王人美、黎俐俐、白丽珠她们都好喜欢他。

聂　耳：哎呀，老大，哪有这样夸的。

黄子布：哈哈，很有艺术气质，又有点孩子气，好呀！

田　汉：聂耳同志，玩笑开过，现在说正事。今天，我们到这里来，是为你举行入党宣誓。我和赵铭彝同志是介绍人，黄子布同志是监誓人。

聂　耳：是吗，太高兴了。

田　汉：为了安全起见，特意找到这个安静的摄影棚里，举行你的宣誓仪式。

黄子布：聂耳同志，找张周正的纸来，我们就现画一幅党旗。

聂　耳：是，这里还正好有张红纸，就让我自己画吧。

〔静。片刻。

田　汉：很好。现在，开始宣誓。

〔响起《国际歌》的旋律，伴随着他们轻轻诵读誓词的声音……

黄子布：聂耳同志，党组织欢迎你，在这艰难的时期入党，好好为党工作，为国家民族奋斗吧，创作出唤起民众震撼人心的好作品来，迎接未来的光明时代！

聂　耳：我的一切都属于党，属于人民，属于祖国！

〔音乐激昂。

田　野：那一天，田汉和聂耳都十分兴奋，他们的情谊，从这一天起，被赋予了一种更崇高神圣的意义。

〔黄昏时，街道上的喧闹。

田　野：宣誓结束后，已是黄昏，这两位亲密无间的共产党员，兴致勃勃地一起去照相馆照了一张合影。许多年以后，我还看见过父亲把它取出来，久久端详。

〔不远处，传来小芦香卖报好听的喊声。

芦　香：卖报卖报，《申报》《文汇》《东方报》——《晨报》《新闻》《大晚报》！七个铜板两份报！……

田　汉：聂子，你看那个小姑娘，卖报叫起来真好听的吧！

聂　耳：是呀是呀，有板有眼，像唱歌一样！

田　汉：（叫唤）芦香芦香，天快黑了，报纸还没卖完？来，给我们两个各买一套。

芦　香：太谢谢了。这位先生是你朋友呀？

田　汉：最好的朋友！叫耳朵博士！

聂　耳：不不，叫我聂叔叔。

芦　香：聂叔叔，你怪年轻的。

聂　耳：芦香，小姑娘，你叫卖报纸真像唱歌。

田　汉：干脆叫耳朵博士给你写一首卖报歌吧。

芦　香：那太谢谢啦！

聂　耳：说不定我真写啦！（哼）七个钢板就卖两份报……

芦　香：怪好的。

田　汉：芦香，爷爷的伤病好些吗？

芦　香：好一些，没法子，今朝又去码头上工了。

田　汉：他可是出事故受的工伤！

芦　香：几个工友受工伤，老板都不管。还说，再闹就炒鱿鱼。

田　汉：喔，听说现在还是在给日本人运货！

芦　香：是的，最近日本老板常亲自来监工，管得蛮紧的。

田　汉：芦香，你回家跟爷爷说，我和聂先生明朝一早会到码头来。

芦　香：好的。

〔清晨。上工的汽笛声次第响起，码头渐渐嘈杂起来……

〔几个人的脚步，从码头边，甲板上一一穿过。

田　汉：小芦香，你把我们送到这里，行了，快去卖报吧。

芦　香：好了，今天我就在码头附近转转，回头再等你们。

聂　耳：卖报小行家，再见！

芦　香：一会再见！

〔风声。黄浦江隐隐响起涛声……

〔一阵低沉的号子声响起来。

聂　耳：（屏着呼吸）老大，你听，你听哪！

田　汉：我听，我在听。

〔号子声。首先是搬运工的号子声，接着，打桩工的号子声，此起彼伏，力度渐大，像天边的闷雷，一声声撞击着人们的心房……

聂　耳：我听见了……

田　汉：我也听见了……

聂　耳：这是一种力量的象征，力量的聚积，力量的升华……

田　汉：这种力量像地火，像熔岩，在淤积，在运行……而到了时候，这种力量一旦爆发，就会使天地为之震动，一切腐朽的东西——

二　人：必将被摧毁！

聂　耳：我们再走近些，我们再走近些，去看看那些工友们。

田　汉：好，走！

〔苦力们劳作的种种音响，充斥时空：艰难的脚步声，粗重的喘息声，工头的叫骂声与皮鞭声。突然，有人发出一阵惨叫声……

聂　耳：哎，小兄弟，小心！

苦　力：不……不要紧。

聂　耳：我来帮你一把！

苦　力：不……不用。

〔不远处，工头的吼声：不许偷懒！

田　汉：没看见，人家有病！

苦　力：先生，别说了。他们会开除我的……

聂　耳：我来，让我来扛。

工　头：闲杂人快滚开！

王阿大：（从附近赶过来大声地）福生，没有事的，挺起来！好，好！（低声地）田先生，还有这位先生，你们快离远点。

田　汉：王阿大，这……

聂　耳：大叔，这些狗腿子太凶了！

王阿大：今天不知道装的什么货，这么沉。看，日本老板带了人，到码头来了。

〔隐隐的雷声。

〔忽然，那个苦力砰的一声踉跄扑下。

〔众惊叫。

〔日本老板在远处哇啦哇啦大叫。

工　头：（叫喊）怎么啦，货箱砸坏没有？

王阿大：（大声）没事，没事！

聂　耳：快，我来，我有力气！

众：小心，小心……

王阿大：（朝那边大声喊）老板，没事，这里真的没事！你们忙别的去吧！

田　汉：（紧张地）聂子，扛得住吗？

王阿大：行，他行，年轻人，真行……

聂　耳：（低低发出有节奏的吼声）唉咿哟嗬！唉咿哟嗬！……从朝搬到夜，从夜搬到朝，眼睛都迷糊了，骨头架子都要散了。搬哪！搬哪！……

〔终于，聂耳把箱子搬到了地方。

王阿大：好了，好了，快歇一下。先生贵姓？

聂　耳：我叫聂耳。

田　汉：聂子，你刚才搬的时候，轻轻喊着真好听，简直像唱歌呀！

聂　耳：老大，告诉你吧。这黄浦江还有那边扬子江边的码头，我是跑了多次了。每一次所见所闻，都感慨万端。前几天，和诗人蒲风见面，说起自己的感受，他十分激动，当场把我转述的码头工人的话记了下来，稍加整理，你听："从朝搬到夜，从夜搬到朝，眼睛都迷糊了，骨头架子都要散了……"

田　汉：这是实心的话，也是极好的歌词呀！

聂　耳：老大，我会把它写下来。

田　汉：会是好歌，一首撼人心魄的歌！

〔雷声渐响，风声亦紧。

王阿大：要下雨了，你们去躲一躲吧。

田　汉：不妨，不妨。

王阿大：田先生，聂先生，今天你们见到的，在码头上只是小事一桩。（低声）最近，这批日本货，十分可疑。大家怀疑只怕是……如果真的是用来对付中国人的军火，那这里就会有事了！

田　汉：你们要小心谨慎。

王阿大：先生，虽然我的儿子在"一·二八"牺牲了，自打"九一八"事变以来，更有不少同胞死在敌人枪炮下，可是我们中国人并没有死尽的呀，死了的人，都还睁着眼睛在望着我们，看我们怎样为他们报仇，看我们怎样拼着性命，卫国保家！

〔雷声更紧，风生水起……

田　汉：聂子，光写一首歌，不够，我想应该写一个歌剧剧本，写出这里发生的一切，写出码头工人的苦难，写出他们的仇恨和不屈不挠的战斗精神！

〔雷声轰鸣，涛声阵阵……

聂　耳：好的，看大江的暴风雨快要来了！我想这剧名干脆就叫——

二　人：《扬子江暴风雨》！

〔突然，远处有人在喊："那边是贵重货物，不许通过，不许通过！"

日本人：八格！嘶啦！

王阿大：不好，是日本水兵！

有人在喊：别跑，日本人要开枪了！

〔一个女孩的哭声。

王阿大：芦香！芦香！……

芦　香：爷爷！爷爷！

〔枪声。

有人在喊：东洋鬼子杀人了！

众：芦香!! ……

〔一声巨雷，暴雨倾盆而下。

田　野：一件令人悲愤的事件发生了，又过去了。父亲和聂耳在上海滩所亲历的和闻知的血与火的种种，熔铸成了他们呕心沥血合作完成的新歌剧《扬子江暴风雨》。一经推出，即引起了巨大轰动！他们通过剧中人喊出"结成一座新的长城，向着自由的路前进"的高昂口号，激起了广大爱国民众强烈的震撼与深深的共鸣！

〔青年会礼堂门口。车水马龙的热闹气氛。

一男生：先生，你好！我们是麦伦中学的学生，感谢为我们的校庆隆重演出。

一女生：我们会认真看的。

田　汉：欢迎，欢迎。

工人们：田先生！

田　汉：啊，你们来了。

工人们：王阿大，他也来了。

王阿大：田先生……

田　汉：老王，你要节哀。

王阿大：谢谢你，还有聂先生，为咱码头工人说话，为受苦受难的人申冤。

〔铃声，工作人员在喊：开演了！开演了！

〔人群进场的声音。门口稍静。

素　雯：寿昌，寿昌。

玛　莉：爸爸，爸爸。

田　汉：素雯，玛莉，你们怎么才来？

玛　莉：爸爸，海男哥哥今晚也上台演戏吧？

田　汉：是呀，他扮演剧中码头工人老王的小儿子，叫根福。

素　雯：他怯不怯台哟？

田　汉：嘿，田汉的儿子，别的本事不好讲，就是胆子蛮大，戏呢也演得蛮好。

素　雯：聂耳一定忙坏了吧？

田　汉：别提了，这小子真的是个角色！作曲呀，导演呀，还是大主演，演码头工老王，人才难得呀！

玛　莉：快进去，快进去！爸爸你快来呀！

田　汉：我还要等客人。

〔剧场渐渐安静下来。

一工作人员的声音：（低声）田先生，来了特务。

田　汉：知道了，注意。

〔几个特务骂骂咧咧进来的声音。

特务甲：娘的，老子们还没到，就开演了！

田　汉：（威严地）吵什么？（对工作人员）喂，带他们从侧门进去。

〔铃响。剧场内演出开始，音乐声起。

田　野：那一天，激情洋溢的演出感动了几乎所有观众。其间，那些特务在场内用嘘嘘的口哨声企图捣乱，但立刻被人们坚决呵止。无奈，在观众的一片怒骂声中，只好灰溜溜地跑了。演到后面高潮处，忽然出现了一个意外的插曲……

〔演出进行中。

〔突然，舞台上连续几声枪响。

〔剧中情景：

老　王：怎么啦?！怎么啦？孩子！

女　工：小弟弟，怎么啦?！打着你了吗?

根　福：爷爷，我中枪了！我中枪了！……

〔根福惨烈的叫声。

老　王：打在哪里?！打在哪里?！

根　福：爷……爷……！痛……啊！痛……

众：根福！

根　福：爷爷，替根福报仇啊，哎哟，痛死我了……

田　野：那一天，戏刚刚演到这里，不到四岁的我突然大声哭喊起来……

玛　莉：哥哥被坏蛋打死了！哥哥被坏蛋打死了！……

田　野：这一下，全场观众更加激动更加愤怒了！许多观众喊起了口号……

〔剧场内的口号声："打倒日本帝国主义！团结起来，保卫中华！""打倒卖国贼，不做亡国奴！"

〔剧中情景继续：

老　王：兄弟们，我们都真是死了吗?

众工友：我们没有死！

老　王：对啊！我们并没有死！我们中国人并没有死尽，就是我这可怜的孙子，也没有死。你们瞧，他不是还睁着那么大的眼睛吗?他死得不甘心，他恨不得吃帝国主义的一块肉！

〔观众热烈的掌声。

〔剧场里的演出台词声，音乐声……

〔剧中高潮：枪声大作。《前进歌》的昂扬的歌声：

同胞们，大家一条心！
挣扎我们的天明！
我们并不怕死！
不用拿死来吓我们！
我们不做亡国奴！
我们要做中国的主人！
让我们结成一座铁的长城，把强盗们都赶尽！
让我们结成一座铁的长城，
向着自由的路，前进！

下　集

田　野：在那个风起云涌的年代，进步歌曲所表现出的强烈的人民心声，爱国精神，常常使它们从戏剧或电影中脱颖而出，直接发挥出了更广泛的战斗作用。当时，在党的领导下，组合成了一个个强有力的创作和宣传群体，掀起了遍及全国乃至传向海外的群众歌咏活动。田汉和聂耳，不断推出新作，自然成为了这其中的战斗主力。

〔以下，是他们先后创作的一系列歌曲的连缀、组合：《告别南洋》《春回来了》《梅娘曲》《慰劳歌》《打长江》《采菱曲》《毕业歌》

〔爆竹声声，附近传来觥筹交错的喧闹。

黄子布：（低声）同志们，碰头会就开到这儿。

田　汉：“民生之不易，祸至之无日，戒惧之不可怠！”诸位共勉。

众：对。

黄子布：最近，白色恐怖日益严重，大家特别要保持警惕，注意安全。

田　汉：子布，以下议程该由我安排了吧！

黄子布：对，对，你当主席啦。

田　汉：好，团年饭开始，上菜，上酒！

田　母：来啦，来啦！

田　汉：朋友们！除夕之夜，欢迎光临，尝尝我家的湖南菜。看，这可是我娘老子的好手艺哦！

众：田妈妈,我们有口福啦！

田　母：哎，除了周扬是湖南老乡，这翰笙、子布还有孙师毅，你们可都是下江人，不晓得合不合口味？

黄子布：田妈妈，每次聚会，总是田老大争着做东，又老要吃湖南菜，这下好，害得我们都喜欢上了，也和你们一样怕不辣了。

田　汉：那好。妈，再加个菜，油淋青椒！没得别的味，只有辣味，看你们怕不怕！哈哈！

众　人：乖乖隆的咚，吃勿消了！

玛　莉：爸爸，我最喜欢吃油淋青椒了。

海　男：我还喜欢些。

众　人：真不愧是湖南人的种！

素　雯：好啦，好啦。妈，您累了，快坐。我去厨房做吧！

周　扬：不简单不简单，田夫人素雯可是从南洋跑回来找上你的，老大，她也学会做我们湖南菜哪？

田　汉：周扬，她呀，敢吃，敢做，辣还是怕辣，但精神可嘉！哈哈哈！

阳翰笙：老大，你今天老这么哈哈哈，一定还另有缘由。

田　汉：翰笙，你聪明！

黄子布：我猜，是不是上次一起筹划的电影剧本《凤凰涅槃歌》，你就弄出来了？

田　汉：知我者，子布也。剧本哪有那快，但整个故事的确写出来了。等下拿给你先看看。路子是这样：表现两个风流倜傥的年轻诗人，努力摆脱享乐和安宁，先后投身抗战的曲折经历。剧名同意你的意见，就叫《风云儿女》了。是呀，在风云激荡的岁月，祖国的好儿女奋起了。我们的戏，最后，高潮就落在万里长城边上，这里将是一场浴血的殊死战斗，是一种灵魂的觉醒与升腾！

黄子布：看来老大已进入情况了。

田　汉：（沉入了剧情）看，火在烧，炮在轰，进军的号角在吹响，老幼、男女、农夫、兵士，还有我们的诗人，为着不愿亡国，一齐奋起，在巍然屹立的长城边，勇敢地冒着敌人的炮火，冲上前去！……

黄子布：好。老大，我发现在你最近的作品中，长城的形象经常地出现，颇有深意。

田　汉：对，你看出来了。我早就想写一首关于长城的诗，也自小就对长城充满了神圣的向往，我们何幸生为拥有万里长城的国度里的人！它是我们中华民族伟大的象征，它代表着中国精神的神圣的意象！朋友们，对吗？

众：对呀。

田　汉：还有，主题歌词，我也开了个头，名叫《义勇军进行曲》。基本立意是，呼唤中华民族奋起，承继古老长城历经风雨、坚忍不拔的精神，更要用新的力量筑就那新的长城。这歌不应是一首普通意义的歌，它应是民众的心声！是四万万同胞被迫着发出来最后的吼声！

〔众鼓掌。

黄子布：告诉你，聂子可是跟我讲了两回了，这个主题歌，他是非写不可的。

田 汉：好个聂子。呃，他今天怎么没来？

阳翰笙：早就被明月社原来那拨年轻朋友拉去了，没准早已经对酒当歌啰。

玛 莉：爸爸，我肚子饿了。

田 母：寿昌，看你，就是话多，一说话就收不住，团年饭还吃不吃？大年除夕，可别把大家饿坏了。

田 汉：罪过罪过。

周 扬：待会儿，罚酒三杯！

素 雯：看哪，油淋青椒。

众 人：快吃！吃！吃！

田 汉：来，大家举杯，祝1935年新春佳节，给国运带来昌盛，给民众带来福祉。

众 人：老大，也祝你创作成功。

〔鞭炮声。

〔突然，警笛声，警车声又在远处响起，还有枪声……

田 野：当时，形势日益紧张，坏消息不断传来。尤其是东北、华北一带，爱国民众，救亡武装，艰苦卓绝浴血奋战的悲壮情势，常常令父亲激愤难安，夜不能寐。同时，国民党政府却对救亡运动和共产党人大加镇压，一片白色恐怖。春节这些天，父亲很少出门，家里也少有客人。他常常一个人在书房里走来走去，拼命抽烟，有时候又久久伏在书桌边，奋笔疾书。有一天，我们忽然发现父亲两眼通红，仰天长叹，他，流泪了。奶奶把我和哥哥拉得远远的，悄悄说，父亲认识的那群东北流亡大学生，参加抗日义勇军打回老家，听说全都壮烈牺牲了……

〔音乐：东北大学生唱的那首欢快的歌——“春季里呀，桃花红又红呀哈嘿……”

〔音乐：是田汉心灵的声音——犹如重锤敲击，一声又一声，撼人魂魄……渐渐地，形成节奏，化作鼓点，一阵又一阵，由小而大，由弱变强，震天动地。

〔开启大门的声音。

田 母：海男，玛莉，不要开大门，天黑了，外面有坏人。

玛 莉：奶奶，爸爸出门去干什么？

田 母：你爸爸在家关了好些天，昨天算是出了元宵，就去办点事。

海　男：还不回来，这么晚了。

〔敲门声。

素　雯：哦，你爸回来了。

〔门开，一阵杂乱的声响，几个人粗野地闯进来。

捕　头：田先生在家吗？

素　雯：你们是什么人？

田　母：你们想干什么？

捕　头：工部局的，请他走一趟。

玛　莉：你们不是好人！

海　男：坏人！

捕　头：闭嘴，小赤佬！

〔门外有声音。

田　汉：我回来了。

〔门开。

捕　头：对，和相片上一样，走！

两个孩子：爸爸！

〔雷声，大雨倾盆。

田　野：父亲入狱了，先被关在上海。不久，在一个大雨倾盆的深夜，被押解到南京。全家急坏了，奶奶和妈妈不顾一切，带着我也赶到了南京。通过多方努力，终于有一天，我们来到了关押父亲的监狱。

〔牢门开，手铐声。

玛　莉：（大哭）爸爸！

田　汉：（激动地）玛莉……别哭，别哭，爸爸这不是很好吗？

素　雯：寿昌，寿昌，怎么，这才多久，你的头发就白了！

田　汉：哈哈，本人有诗云："羁囚反觉孱躯健，苦斗不知华发添！"

玛　莉：爸爸，他们会害你吗？

素　雯：玛莉！

田　汉：放心吧。"江山已待争兴废，朋辈都堪共死生"，我是"随便，随便，人生了无依恋"呀！

素　雯：你，你还有这等雅兴，在这里吟诗作赋！

田　汉：对，在牢子里有的是时间，就诗兴大发了。

田　母：寿昌，看见你这神气，妈心里就踏实了。今天，我们是特意来看你的。

素　雯：对，今天。

田　汉：今天？

玛　莉：哎呀，爸爸真糊涂，怎么能忘了自己的生日呢？

田　汉：哈哈，记得清楚，本人今日已是年方三十七啦！

素　雯：看，我们给你带来什么？

田　汉：嗯，小酒一盅，酒菜数碟，再就是——湘人酷爱之豆豉辣椒火焙鱼！谢谢娘老子，谢谢好娘子，谢谢小玛莉！

素　雯：哎呀，这不是唱的你那个长沙湘戏吧！

玛　莉：爸爸，快吃快吃！

田　汉：呃，他们今天怎么准你们带这么多东西？

素　雯：说是对你优待。

田　汉：妈、素雯，瞧，我总归是一个剃了头发，等待判处，威胁"党国"安全的政治犯。别看现在他们还客气，我预感到我们有几个所谓的"高级"犯人，受"优待"的日子不会一直这样下去。瞧，就这间牢房，已经有好几位先行者撒手西行了。

素　雯：寿昌……

田　母：孩子，你不会害怕的。

寿　昌：妈，我自幼就听从您教诲，怕什么，大不了就是舍生取义吧。

田　母：来，妈陪你干一杯！

田　汉：谢了！

〔这时，铁窗外远远飘来一阵阵《毕业歌》的歌声：

同学们，大家起来！

快担负天下的兴亡……

素　雯：寿昌，这不是你和聂子合作的《毕业歌》吗？

田　汉：对。这监狱窗外不远就是秦淮河，我们经常听见远处传来爱国救亡歌曲的声音。更有趣的是连一些看守监狱的士兵，有时也在哼唱那些歌曲呢。

田　母：好，很好。寿昌，我们今天还给你带来了一样东西，就是你一直想要的《阳明全书》，这是从你一直敬重的第一师范的姜济寰老师那里取来的。

田　汉：太好了！我还清楚地记得，当年姜老师在课堂诵读王阳明的七律

《泛海》——“险夷原不滞胸中，何异浮云过太空。夜静海涛三万里，月明飞锡下天风。”王阳明那时也正是身处逆境，却是如此豁达乐观，实令人大彻大悟啊！

素　雯：寿昌，这书要好好保护，留着慢慢去读。

田　母：来吧，除了海男留在上海，全家都在这团聚了，给你过生日！

〔众欢笑。

〔铁门开启，狱警进来。

狱　警：时间不多了，有话快说。

素　雯：寿昌，我们都相信你一定能平安回家。还有，徐悲鸿、宗白华先生说，一定要来看你，说要帮你。子布他们更是挂牵着你。

田　汉：哦，素雯，记得我那书桌上有留着的香烟，别给它扔了，就送给子布吧。

素　雯：香烟？

田　汉：（低声）烟盒纸，（又大声）我反正不抽了，送给他们，也是个人情，记住。

素　雯：（会意）好的。

狱　警：别啰唆了，时间到。

〔铁门沉重地关上了。

田　野：回到家里，母亲马上从书桌上找到了那张写满了字的香烟锡箔纸，幸好没有被打扫扔掉。很久以后，我才知道那竟是后来成为了《国歌》的《义勇军进行曲》的歌词手稿。母亲不敢怠慢，尽快交给了黄子布，也就是夏衍先生。

〔敲门声。黄子布家中。

黄子布：我一听这有节奏的敲门声，就知道是聂子，你来了。

聂　耳：田先生怎么样？

黄子布：还关在南京，党组织和社会各界人士都正在大力营救他。

聂　耳：不会有危险吧？

黄子布：我们会尽最大努力，放心。

聂　耳：《义勇军进行曲》的歌词，交给你了吗？

黄子布：嗯。

聂　耳：快给我，田先生一定会同意的……谢谢你，谢谢你。

黄子布：呃呃，我还没说话呢，就急着谢谢，急着握手了？

聂　耳：田先生是我的兄长，更是我的师长，是他把我引上了这条时代的大路，我知道《风云儿女》的意义，我知道《义勇军进行曲》的重要。请相信，我一定努力写好，也一定能写好！

黄子布：聂子，你知道为了你的安全，更为了你的前途，组织上决定你从日本转赴欧洲学习深造。你出发的时间很紧了，还能写吗？

聂　耳：子布先生，我认识田先生三年了，如果算上这一首，我们一起就整整合作了十首歌曲。多好呀！

黄子布：你们俩还会有更多成功的合作机会，大家都期望着呢！

聂　耳：我敢保证，这一首一定会是最好的！

黄子布：那，那就祝你们成功！

〔音乐，从聂耳的内心深处流出来，它在回旋、变幻、起伏，最后，形成一道激浪，一川巨流、光华四放地奔涌向前……其间，伴随着聂耳喃喃的吟诵声："起来，起来，起来……不愿做奴隶的人们……"

（注：可考虑吟诵全部歌词，也可读出歌词的前几句，带出内心形成中的旋律。）

田　野：1935 年 7 月一天，父亲终于被营救出狱。很巧的是，这天也是刚拍成的电影《风云儿女》在南京首映的日子。

〔南京，某电影院门口，热闹非常。洋鼓洋号在招揽观众。

〔观众们纷纷读着海报上的宣传语：

"这儿有舞——是皮鞭下的挣扎舞；
这儿有歌——是铁蹄下的反抗歌。"<br>"还我山河"……

众："田汉先生，你来了！""田老大！"

田　汉：很不好意思，刚从宪兵司令部放出来，没来得及换身像样的礼服，就被拉到电影院来了！失礼，失礼！

众　声："欢迎田先生！"

〔一个熟悉的声音。

黎锦辉：寿昌，我的老乡！

田　汉：黎锦辉。哎呀，你怎么来了？

黎锦辉：我可是专程赶来相迎。

田　汉：十分感谢，一向可好？

黎锦辉：风云激荡，“明月”不再啰。

田　汉：明月社？

黎锦辉：已经没有了，我也要投身救亡的洪流啦！

田　汉：锦辉！

素　雯：寿昌，你再看谁来了？

〔一个洪亮的声音。

徐悲鸿：寿昌！

田　汉：我的徐悲鸿先生！谢谢你和宗白华先生，用身家性命为我担保，我才能今天在这里见到如此众多的朋友亲人。

〔众鼓掌。

徐悲鸿：寿昌，还记得你劝我不再画那些行空的天马，而应该画那些惨毒的羁勒下与驱策下发出反抗的嘶鸣的怒马吗？

田　汉：哈哈，先生至今耿耿于怀？

徐悲鸿：这样吧，改日请到舍下，我要让你看看嘶鸣的怒马，还有奔腾的战马！

田　汉：一定，一定！

徐悲鸿：寿昌呀，可能你自己还不知道，你们的《义勇军进行曲》早就传唱四方了。我前些日子听到后，感慨万分，感慨万分呀，情不自禁地就为之提笔写道：“垂死之病夫，偏有强烈之呼吸，消沉之民族里，方有田汉之呼声。其音猛烈雄壮，闻其节调，当知此人之必不死，此民族之必不亡。”

田　汉：先生，您的豪迈之言，我当看作是对小弟的鼓励鞭策，日后只有更加奋发为之。其实你们所听到的这首战曲，它的曲作者可是个了不得的英俊年少，前途无量，他—

素　雯：寿昌，他……

田　汉：他，他就是我们的好兄弟，好伙伴——聂耳！

素　雯：你，你听子布告诉你。

黄子布：寿昌，你可别激动，前几天刚从日本传来消息，聂子，他在鸿沼海滨游泳，不幸溺水身亡……

田　汉：啊?!（痛哭）……他，他才二十三岁呀！

〔悲怆的音乐，引出他们合作的女声独唱《梅娘曲》：

“哥哥，你别忘了我呀，我是你亲爱的梅娘……”

田　汉：天哪，这是多使我震惊和绝望呀！……是的，绝望！命运使我和他相遇，相识，相知，我们在交往与合作，几乎是心心相通，血肉相融呀！在激动的生活中有着种种新的感情和意念的我，正期待聂耳更多地把它形象化，听觉艺术化。忽然失去了这样一个宝贵的知音，一个有力的、有前途的合作者，此时此刻，怎能不使我陷于绝望呢？国难深重的中国，这样的革命青年一个个或膏草莽，或逐波臣，怎么不使人悲愤呢？

〔音乐。田汉悲愤地吟诵：

一系金陵五月更，
故交零落几吞声。
高歌共待惊天地，
小别何期隔死生！
乡国只今沦巨浸，
边疆次第坏长城。
英魂应化狂涛返，
好与吾民诉不平！

徐悲鸿：寿昌，你要做的事还很多，快擦干眼泪吧。

黎锦辉：看，今天应该是个快活的日子！

黄子布：寿昌，你再看看一个你十分想念挂牵的东北大学生，抗日义勇军的英雄，就是他！

李国龙：田汉先生！

田　汉：李国龙！你还活着?!

李国龙：死里逃生，刚回到内地为队伍办事呢。是子布先生专门带我来的。

田　汉：致敬！我太高兴了！

〔影院外，人声鼎沸，热闹非常。

黄子布：老大，我们要告诉你，关于这部电影和主题歌的令人振奋的情况。你入狱和聂耳出国之后，同仁们接过了你们留下的任务，日夜奋战，终于胜利地完成了它。特别要告诉你的是，影片还没有正式放映，主题歌《义勇军进行曲》就已经四处流传开了。几乎可以说，凡有人群处，都能听到这首歌曲。它就像风一样，吹遍了华夏长空，它就像火一样，燃遍了神州大地。

田　汉：（喃喃地）祖国，这是您儿子的心声，是您的儿女们团结起来，万众一心发出的最后的吼声！

〔《风云儿女》的幕前曲，轰然而起，逐渐化为主题歌的旋律。

田　野：田汉是幸福的。他和聂耳共同完成了《义勇军进行曲》，最终成为了中华人民共和国的《国歌》，说明了他们无愧是祖国的好儿子。祖国母亲应该欣慰，她有着无数优秀的儿女忠于她，捍卫她，并永远歌唱她。

〔《国歌》起，动人心魄。首先，是当年百代公司激情的录音，继而变为今天演唱的雄壮音响，最后，幻化为无数孩子们清脆的同声歌唱：

起来，不愿做奴隶的人们！
把我们的血肉，
筑成我们新的长城！
中华民族到了最危险的时候，
每个人被迫着发出最后的吼声！
起来！起来！起来！
我们万众一心，
冒着敌人的炮火，前进！
冒着敌人的炮火，前进！
前进！前进！进！

（2008 年初稿，2015 年定稿）

注：多年前，在纪念田汉先生的一次会议上，有幸会见他的女儿田野女士。本剧初稿写成时，曾有邀请她亲自前来配音的计划，因故未果，后得知斯人逝去，深为悲怆憾之。此次剧本发表于《艺海》，仍保留原有关内容，亦作为对田氏父女的一份敬意与存念。

附录一 影事备忘录

编完《草色怡然》一书，方意识到，本书将个人长久以来一些稍好的作品，已大抵收了进来，唯跻身影视圈后写的有关文字，虽也有入书，但分量似乎偏少。有好心人提醒：选编不用太严，剧本、文章乃至讲稿，差不多的都可以用。本人明白，在一般人的印象中，我似是“资深电影人”，“三百工程”项目亦榜上挂名，可仍自觉不能勉强在书中去突出“主项”，道理是：我实在是过了天命之年才到电影界，真个是“50 岁学吹鼓手”的角色，不可能有多少作品，更何况好的作品；其次，从入门到现在，年头也不少，也确实做了不少的事，跑腿的，动嘴的，也有耍笔杆子的，但多非专业作家的活儿。对于这些工作，自认为十分卖力，也似乎得到了一些肯定。在此，不妨粗略报个账，聊作备忘录，且一并致谢那些关心帮助过我的人们。

（一）

1994 年，步入电影之门不久，即参加第四届中国金鸡百花电影节筹备工作，任组委会副秘书长兼办公室主任，同时，也是开幕式大型电视晚会《世纪之光》策划者与撰稿人。这前后，读书、阅稿、看片、学着做事，算是个见习时段吧。

（二）

1995 年起，担任潇湘电影制片厂副厂长兼艺术策划中心主任，组织、策划、监制或参与剧本创作的主要影片有《国歌》《那山那人那狗》《故园秋色》《埋伏》《这方水土》《惊魂桃花党》《回家》《家事》《十字架下的魔影》《芷江残阳》《风雨大江东》以及后来的《大话股神》，还有电视剧《陶铸》《望月湖的故事》《国道警雄》等。以上作品大多成活，不少还分获国际国内各种奖项。尤其是《国歌》《那山那人那狗》《故园秋色》等影片，在电影界新中国成立 50 周年献礼的作品中，受到广泛赞誉。本人因此而荣立二等功，获“十佳编辑”称号，并获湖南省人民政府的“嘉奖”令。有朋友建议，可选入一二出力较大的剧本。经一番思考，还是作罢为好，就此处交代即可。

（三）

新世纪伊始，应邀先后在湖南大学、湖南艺术职业学院、湖南大众传媒学院、中南大学等8所大学与省文联、省艺术研究院、省图书馆等单位开设影视艺术大型讲座，或讲授正规专业课程。其中，湖南大学的人文素质教育讲座，颇受欢迎，前后历时9年左右。以上各类讲座，均依据中国电影现状，即时命题进行。讲题如《中国电影大势》、《与狼共舞——好莱坞与中国电影》《中国电影百年沧桑》《中国电影与〈英雄〉》《贺岁十年话炎凉——从冯小刚谈起》《艰难的突围——2006·中国电影景观》《乍暖还寒已是春——2007·体察中国电影市场》《变幻的舞步——2008·中国电影印象》《中国电影的三分天下》等。很遗憾，多篇讲稿，还有三门正式课程《影视艺术概论》《中外电影史》《电影经典名片选讲》的详细教案，因个人懒散，用后均丢在了一边。此次编书，捡起再看，或见文词粗疏，或觉时过境迁，加工难度甚大，只好确认权当废纸处理了。

（四）

近20年，直到目前，因受邀担任宣传文化口，尤其是广电系统的数项社会或专业兼职，加之重要学术艺术活动之需，写下不少相关文字，尤以影视的项目策划、剧本撰稿或成品鉴定的各类短论居多，亦有许多对文艺现状（影视为主）的阅评意见。其中多系即时散章，少有完整为文，故粗略计之，虽竟有数百篇之多，此次也仅能选用很少数入书，而大量的亦将“岁久化为尘”了。

以上，正如俗话所说，算是把过去匆匆“过了一回电影”。似乎做了点事，又似乎没有真正做什么。有云：“电影是遗憾的艺术。”我也的确遗憾，但非原话之原意。遗憾的是入门恨晚，入得门来，仰望星空，方惊见“第七女神”之无比灿然，不禁充满敬畏，亦自叹时不我待矣。

附录二　一个未完成的电影项目

书稿刚编完，无意在故纸堆中，又发现一久寻未见的旧稿：电影剧本《芷江残阳》，记不清系第几稿，惜乃框架本，完整稿找不到了。

原来这是1995年，为纪念抗日战争胜利50周年，我策划组织并动笔的一个作品（潘宇凡也加盟剧本创作）。其时，剧本已顺利获得厂里与省主管部门通过，并确认由张金标执导。时为当年2月，拟抓紧投产，赶上9月的纪念活动。恰逢我赴京参加全国电影电视工作会议，遂带去稿本，顺请有关部门一位责任人士阅看指教，未料却因“题材欠妥，重点写谁”之原由，被明言劝阻，致使项目不得不中止。

20年匆匆过去，而今已是70周年纪念。重读此稿，不禁感慨系之。现在看来，剧本未定稿，显然尚不成熟，但它却寄寓了我们赤诚的爱国之心，以及热切的创作激情。多年后，翻出它，竟一时生出了许多的留恋。

于是，我改变了主意。如果《草色怡然》集子，仍收进一个电影本子，那么，就让它作为一个残缺的“非正式”代表，权且入列吧。

（2015年9月）

芷江残阳

关于创作生产这部历史故事片的前言

今年，是中国抗日战争与世界反法西斯战争胜利五十周年，纪念这段刻骨铭心的历史，其意义当不言而喻。

本片意在历史地真实地表现日本侵华战争罪犯面临失败投降时的种种情状，观众或可从中悟出，至今日本朝野军国主义死灰复燃的动向频现，乃非一日之寒。以史鉴今，警戒后世也。抗战炮火熄灭，全民欢庆之日，中国共产党即提出和平、民主、团结的口号，并为之真诚努力，而国民党当局的决策人物则在“以德报怨”的姿态下，与外敌秋波频送，转首对内，暗伏凶机……而今回味与再现，仍足可醒世矣。

有诗人云："冈村宁次没有死"，可将此语作为本片题旨。

（1995 年 2 月）

资料镜头：

日军侵华，卢沟桥的炮火……

中国人民奋起抗日……

盟军对日作战……

天皇下诏，无条件投降……

一面燃烧的日本军旗从空中坠落……

山中，古城风貌。

推出片名：《芷江残阳》及演职员表。

叠印出中国人民欢庆胜利的种种场景。

延安。毛泽东欣喜地望着火把游行……他与朱德等商议对日军发布促其投降的命令。

重庆。蒋介石召见何应钦，拟写致驻华日军最高指挥官冈村宁次电。蒋说，对日要有泱泱大国风度，"以德报怨"。同时，他指出只能由国民政府直属的部队受降，不许他人插手，何点头领会。

南京。冈村宁次率众向东方遥拜，倾听天皇诏书。

少将福田等少壮派军官狂怒不已，认为天皇是受人挟持。凭借驻华日军强大的军力，欲决一死战。听说天皇使者将至，遂打算寻衅闹事。

副参谋总长今井武夫则表示绝对忠于天皇，谨守"念任重而道远"的圣谕。

众冲突，冈村制止，他万分感慨地凝视着这些忠诚的部下。

天皇特使朝香宫亲王接见冈村和今井，亲王针对冈村不久前发往东京一封强烈主战的电报说："败局已定，当前最最紧要的是将在华日军和侨民二百余万人平安送回国内，以图帝国将来之复兴。望克体圣意，担起这一神圣使命。”

亲王在冈村陪同下，接见日军将领，面对福田等人的叫嚣，他严厉地说：“在东京风闻这里的陆、海军态度最为强硬，你们要扣留我吗？”

冈村代表众将领流泪回答，圣上旨意深铭玉内，定谨遵不谕。

福田愤愤离去。

冈村与今井在一起，研究了蒋介石的广播讲话和朱德的命令，他们为蒋的“基督宝训上所说的，要爱敌人”等言语而欣慰。冈村要今井速与重庆方面取得联系，商谈“停战”事宜，而对延安方面，则不予理睬。

福田气冲冲地上，告知南京等地均出现打着重庆旗号的人员或武装，华北八路军亦全面出击，堂堂皇军岂能软弱无能，束手待毙。

冈村说，不能意气用事，对打重庆旗号者，尤要细加区别，决不能轻易动手。

华北某地，日军与八路军对峙，八路军命日军投降，日军指挥官惶惑难断，此时，南京发来下达的命令：驻华日军只与国民政府直接指挥的部队商谈停战事宜，其他方面提出此等要求，当视为挑衅，不予理会，必要时以武力维持秩序。日军趋于强硬，双方激战。

日军阵地一团混乱，一个叫池岛的新兵吓哭了……日军溃败。

重庆。何应钦对日方的主动联系很高兴，对八路军的行为十分恼火，决心抓紧与日方完成洽降受降事宜，以免造成局势混乱。

何召见洽降工作人员，商议与冈村的代表在湖南芷江机场进行洽降。这些人员多系当年的留日学生，何应钦表示这样方便，也易于与日方沟通。

负责接待的少将陈英凯感慨万端，因为卢沟桥事变时他是北平的新闻记者，八年始末，他均为当事者。何知道他有亲人死于日军之手，提醒要顾全大局，切不可感情用事。

另一名少将刘先敏表示，一定接待好日方的代表，以显我大国风范，儒家气度。

军官们操起了久已未说的日语，不禁喜笑颜开。陈英凯与一军官闲谈，表示对战争的厌倦。军官劝他别天真，别想解甲归田。

南京。福田急匆匆赶往冈村的办公室，他对日军与八路军交火甚为兴奋，但对部队的一味忍让十分光火。冈村令他不许乱动。

此时，今井前来报告，已与国民政府联系上，建议尽快派人前往。

福田闻之，认为有辱帝国，欲殴打今井，被冈村喝下。冈村拜托今井，前去芷江，今井亦为自己是中日战争开局与结局的当事者而痛苦不已，但表示，忍辱负重，在所不辞。

延安。毛泽东和周恩来、朱德、王若飞等谈论。王若飞报告芷江洽降一事，周恩来介绍今井武夫其人，毛泽东认为洽降受降本是大好之事，但想把中国共产党排除在外，也太天真了，我方仍要为实现真正的和平而作艰难的努力。

芷江城，一片欢腾。

少将刘先敏领着几位记者，参观拟给日方代表下榻的地点，强调不能让对方有受辱的感觉。正在布置中的受降会场，众发现摆成了圆桌会议状。一名低级军官（陈英凯的秘书）正在发牢骚，认为对日本鬼子太客气了。刘发怒，说这是上峰旨意，谁敢抗上。此时，陈英凯到，命令改为面对面的摆设格局，刘火气上来，陈说，美国反对圆桌会议，所以……刘哑口无言，众高兴地重新布置。

芷江郊外，渡口。

一个全家人都被日机炸死的老艄公拿出身上仅有的钱，找一个乡下秀才写一幅骂日本人的大条幅，他要将条幅挂在日军代表经过之显眼处，让他们出丑。

秀才不收钱，挥毫写下条幅，他愿与老艄公同去城里张挂，村里其他人，也打算进城去，找日本鬼子出气。

南京。今井负责筹备洽谈事宜，让福田交出电台联络表和日军兵力部署图，以呈交国民党当局，福田为之而愈加仇视今井。

冈村召见福田，让他赴华北慰问，视察与八路军对垒的日军，福田欣然受命，摩拳擦掌。

华北某火车站。各处溃败的日军在此集结，福田的随从中有一群慰安妇。

在福田授意下，慰安妇的领队叫嚷，官兵们为国流血捐躯，女人们应以圣洁的身体奉献，给他们以安慰。

妓女当且爱国，男人更应尽忠，一些官兵发狂地起哄，福田笑了，垂头丧气的士兵们精神振作，扑向“肉弹”……

士兵池岛独自向隅给未婚妻写信，幻想着早日回国，与之团聚，其实他的未婚妻早已被迫征召为慰安妇，此时，正在受池岛上司的蹂躏。一个士兵忽然发现，此女子好像池岛保存照片上的人，池岛大惊，扑向官兵们作乐的火车箱……

福田正在与几个军官商谈，要加强武力，大打一场。忽然听到枪响，有人来报告，一个叫池岛的士兵和一个慰安妇一起自尽了……

在场官兵多有愧色，有人诅咒这场战争，有人哭了起来……

福田长叹一声，他深深感到部队的精神已经崩溃，无法指挥。

芷江城内，老艄公等正与宪兵们争吵着，他们想在扎着松枝彩花的牌楼上张挂骂日本人的大型条幅。

陈英凯来到，劝阻，被责骂。陈告知，他的亲人们也死于日本兵之手，谁心里都有一团怒火要发泄，但出于外交礼仪，决不能挂这样的横幅。陈出主意，到时候一定在这里安排一个好位置给他们，汽车会开慢一点，他们可以尽情高喊“打倒日本帝国主义”等口号，村民们勉强同意了。

宪兵队长匆匆前来，报告陈英凯，芷江城外有一哨所被袭击，守卫全部死亡，他担心有日本特务潜入芷江，作垂死挣扎，陈心中一惊……

南京・冈村总部。

在冈村安排下，众官兵在进行篮球和棋类比赛。今井前来辞行，他们心情沉重，却互相鼓励，以禅学之理渡过困境，为帝国保存骨干。

今井召随行人员训示，飞行员松源喜八多年战功赫赫，春风得意，未料到最后的飞行却是这种使命，热泪长流，桥岛少佐则双目冒火，咬牙切齿，今井令众宣誓。

福田回到南京，忽闻今井已出发洽降，心中绝望，命备下酒宴，准备全家自尽。

副官报告，驻湘第20军情报部来电，称下属一支负责对芷江机构进行监视的特工队昨日阐离营地，带走若干武器，去向不明。他们担心是否会潜入芷江捣乱，故上报总部，由总部决定是否通知国民党一方。

福田苦笑道：一定是开小差溜了，不必理睬。

芷江机场。何应钦等若干军政大员飞抵，陈英凯、刘先敏等迎接。何询问有关情况，陈告知日方使者今井武夫已出发，一切顺利，只是有一异常情况，目前已加强警戒。

何应钦说，目前已与日方建立联系，可速去电日方，问个究竟，切切不可大意。

南京。福田一家端坐，酒宴齐备，他打算饮下毒酒，为帝国尽忠了。

副官匆匆来报，芷江出现异常情况，国民党当局来电询问。福田一听，内心激动异常，却淡淡地令副官回电，告知他们，日方无任何不正常活动。

副官狐疑而去，他想起了那一封20军的请示电报。

福田又一次看到了希望，他一掌打掉了夫人手中的毒酒。

芷江郊外，渡口。

日特工小队出现，他们穿着国民党军军装，大洋马驮着小钢炮，打算在一个山头上架炮，袭击洽降地点。

日军官兵咒骂着他们以前的上级今井武夫，认为他是叛徒，欲将他和中国代表一起炸死。

来到渡口，他们的行踪引起老艄公的怀疑，大洋马更使老艄公感到他们不是自己人。日军凶相毕露，逼老艄公摆渡……

空中。今井武夫的专机挂着投降标志红布条在飞行。

今井武夫似乎入定，双手握着战刀。少佐桥本等含泪齐唱一支关于生离死别的军歌《樱花》。忽然，发现机舱内有一挺机枪，桥本说是他准备的，随时以死相拼。今井严令按倒暴怒的桥本，把机枪扔下洞庭湖去。

驾驶员松源十分慌乱，飞错方向，美机出现。松源流着眼泪，呼喊："我，是，日，本，投，降，的，飞，机！"（英语）

桥本牙齿咬出血来，今井掏出白手绢给他……

芷江机场。众等待日机降落。

陈英凯、刘先敏等均改佩少校军衔，这是为了接待对等。

刘先敏再三嘱咐，一定要整肃机场秩序，沿途开快车，不得发生任何事故。

陈英凯则跟副官悄悄示意，副官点头微笑。

刘询问前述之异常情况，陈回答已严加防范，并派出了机动部队。刘紧张地说，切不可再与日军发生火拼，以免造成外交事端。陈说，一切由我负责。

河上。艄公将船开到河中，捣坏船舵，跳入水中，对岸上云集的进城的乡亲们高喊，船上是日本鬼子……

日特开枪，鲜血染红了流水，众乡亲发怒了，奋起围歼日本特工队……

宪兵部队赶到，投入战斗。

芷江机场。

日机降落，今井出现在舱口。

陈英凯迎上，今井问，可以下机吗？陈应答。

坐上汽车，陈问今井，是否还记得当年北平卢沟桥事变时的一个新闻记者，今井认出了，说，你为何也当了军人，陈回答，你们日本上至天皇，下至女仆，全国动员侵略中国，我难道不该从军吗？今井低头，感慨命运。

日机那边，众中美飞行员撕扯着日机投降标志红布条，松源呆立一旁，失魂落魄。

刘先敏一边看着，大为生气。

车队穿过人群，在众人簇拥下，也在陈英凯的有意下，十分缓慢。

陈在车上有意和今井调侃，今井无奈。

车队来到那扎满松枝彩花的牌楼，陈英凯想起和那个老艄公的约定，翘首四顾。

宪兵队长匆匆赶来，轻轻报告：芷江城外发现日特工小队，已被我军民全歼。我方功臣是一名老艄公，已壮烈牺牲。

陈英凯少将喉头一紧，令车队缓缓前行，周围群众“打倒日本帝国主义”的吼声，使他热血沸腾……

洽降会场，历史性的场面。

中方肖毅肃中将、美方柏德诺准将等肃立静候。

今井武夫身佩战刀，走向场内。

肖毅肃的讲话，庄严凛然。

今井武夫桀骜不驯的回答……

南京。福田的副官领着兵队去抓福田，因为他隐瞒军情不报。

福田从收音机里听到今井武夫已到达芷江洽降，万念俱灰，绝望中又见宪兵闯入，于是面朝东方，剖腹自尽……

芷江，何应钦下榻处。

何应钦与众部下，以及记者们举杯庆祝洽降典礼的进行。

何应钦兴高采烈，四处招呼。

一名女记者问："何长官，为什么这一次不让中共方面参加仪式，并明确不让他们受降？"何反问："你认为中国应该有两个政府，两个领袖吗？"

众笑。

又有人问："日本投降以后，我们政府对共产党如何处置？"

何："只要他们不捣乱，服从指挥，政府可以给他们一个位置……不过，他们现在就不听指挥，抢夺日军的武器，这是不能允许的！"

他看见匆匆走来的陈英凯，说："英凯，听说出了点问题，是吗？"

陈低头不语。

何应钦转过话题，表示中日一衣带水，交恶多年，实在不该，从此将开辟一个中日友善的新时代……

众鼓掌。

南京，冈村总部。

冈村听着收音机黯然神伤。副官报告，福田已自尽。冈村流泪，称他是帝国最好的军人，令将他的死期提前，作战死上报，这样，福田的遗骨将被迎入靖国神社，激励后人，重振帝国。

重庆。蒋介石听取情况，为与日方沟通，顺利洽降而高兴。他感到成竹在胸，决定再行电请毛泽东赴重庆谈判，他要亲自对付。

延安。毛泽东听取芷江洽降情况，一方面为日本人终于低头而高兴，另一方面感到情况的严重性，他决心为国内和平而亲赴重庆。

毛泽东奋笔疾书："庆祝抗日胜利，中华民族解放万岁！"

字幕：

一九四五年九月九日上午九时正，中国战区日军投降签字典礼，在南京举行。

冈村宁次被中共方面列为头号战犯，东京国际法庭亦列入战犯名单，国民政府宣布其无罪……

下卷

艺术文选

一、影视同期声

与狼共舞
——WTO 与中国（湖南）电影

1999 年，是中国电影悲喜交集的一年。

正当新中国成立 50 周年，电影人为此作了全力的冲刺和攀登，推出了一大批献礼影片。平心而论，其中许多堪称精品，受到广泛赞誉以至热烈欢迎。一时间影院门前红灯高挂，喜气洋洋。为此，有十分乐观的评语：中国电影第三次高潮业已形成。

但不久，我们即在国家电影局局长一次报告中，看到这样的文字：“1999 年有 9 个制片厂故事片的创作生产出现空白，个别厂家甚至 4 年未拍摄故事影片。”

“1999 年发行放映四项指标均有较大幅度下滑，电影市场面临的形势更为严峻，内因、外因交织在一起，困难重重……”

局长忧心忡忡地说道：“当前总的说国产片市场相当不理想，这就是最大的问题。它涉及我们民族电影的前途与发展。”

这种坦诚表白，是要有勇气的。

1999 年，同样是湖南电影亦喜亦悲的一年。

作为本省唯一影片生产单位，潇湘电影制片厂这一年可算是干得最辛苦，收获也最丰硕。《国歌》、《那山那人那狗》、《故园秋色》等三部影片，抱回一大堆国内外重要奖项。各种媒体上频频亮相，行内人夸道：“今年，潇影人风光占尽了。”

可是，接着就是令人啼笑皆非的境遇：《那山那人那狗》这部可说是本年度在国内外获奖最多的影片，国内数十家省市电影公司，竟然无一家购买。（附带提一句：就在同时，日本德国等数家发行公司争相买断本片在该国的播映权。）《国歌》的命运，似乎与《那山那人那狗》截然相反，全国所有省市电影公司均热情签约，在建国 50 周年大庆期间，大张旗鼓宣传放映。期间，笔者曾随剧组主创人员飞越七八个省市，一路所见可说盛况空前，特别是年轻人的反应令人鼓舞。曾有乐观估计，全国票房起码应在3000万元～5000万元之间。但结果令人惊异：账面上票房总收入仅为1600万元。根据协议，厂家只能分成1/3，即约500万元（本片总投入约2000万元）。派往各地60余位监控人员，回来说道其中酸甜苦辣，无不摇头叹息。

总之，最后三部影片殊途同归，都是大幅亏损的结局。

同年度，湖南电影市场状况又如何？

正巧，手头有一份近日《湖南日报》，报道说，省会某大剧院电影放映十分火爆，1999年度这一家的票房收入，即占长沙市场50%，全省市场30%。仅就该院来说，可喜可贺，但余下长沙市半壁江山，全省大片地盘，其凄凉当可想见。

据知，1999年湖南电影票房收入不到2000万元，全国则仅为8亿元。就凭以上数字，一眼就能看明白，无论全省或是全国，平均每人电影消费全年不到一元钱。

电影怎么啦？50年大庆，新千年大禧，可电影人面对自己面前的摊子，实在喜庆不起来。于是，圈内外人士纷纷号脉，历数病因种种：

有云：日益多元化的文化生活，挤占了电影大部分世袭领地；

有云：电影生产主流仍为宣传品，多难以进入商业渠道；

有云：计划经济下行政性的生产布局，机关式的管理体制，尚未得到有效改善；

有云：生产与销售机制人为分割，市场垄断，操作混乱，严重损害甚至窒息生产方；

有云：国力不强，无法有高额投入的巨片占领市场；

有云：国外电影高科技发展迅猛，拉开了中国片与世界先进水平的差距；

有云：电影人故步自封，不懂观众，不懂市场……

上述这些较有代表性的说法，似乎都有道理。电影的问题大了，于是有人把它同某些传统艺术一起也称为了“夕阳艺术”。

可是，只要稍稍抬头一看，就会发现一种奇特现象，在大多数国度同样困难重重的同时，以好莱坞为主流的美国电影，却几乎是在疯涨。目前，每年仅票房收入即达到惊人的150亿美元，其中约一半是在国外获得。影片外销竟成为该国第二出口大业。

好莱坞不是一个简单的艺术现象。自20世纪30年代伊始，至今它发育成了一种集艺术、娱乐、商业、科技、工业等为一体的庞然大物，挟持着美国对世界各国的政治、军事、经济、文化的侵略之势，冲破层层壁垒，竟至在大多数国家主宰了电影市场，以致不少国家的民族电影几陷灭顶之灾。

当我们谈到好莱坞，很显然已无法平静地进行比较研究，并从容地加以“洋为中用”。因为，它一直在觊觎中国这块最大的市场。

由于历史原因，很长时间新中国拒绝好莱坞，而随着改革开放深入，我国不可避免要纳入世界经济共同轨道，为大局计，也就不可避免地要向好莱坞发放通行证。1994 年起，首先是《亡命天涯》，接着《真实的谎言》，直至《泰坦尼克号》……好莱坞的战车隆隆开过来了。

尽管我国电影主管部门一直大门半掩，每年至多放行 10 部，可好莱坞还是迅速取得胜利，局外人无法得到它近年在中国票房的确切数字，仅从权威人士偶尔透露得知，全国总票房三分之二，已然落入好莱坞之手。

附带一提，1999 年全国票房何以大幅度下滑，发行部门透露：有一个重要原因是约半年时间停放好莱坞大片。这亦从反面印证，好莱坞确已主宰中国影院票房沉浮。

这一年，还多亏了一大批五十年大庆献礼影片的支撑，不然，中国电影的市场将何以为继？

也就在 1999 年，正当中国电影陷入最严重低迷之时，好莱坞又在敲门了，在北京东长安街外经贸部大楼内，中美两国政府代表为中国加入世贸组织（WTO），一轮又一轮地进行着紧张而激烈的谈判。加入 WTO，对改革开放的中国来说，无疑是件大好事，国门打开，世界之门也为之打开，融入全球经济一体化，势必大大促进中国经济发展，但这是就全局而言。对各行各业，却是“几家欢乐几家愁”。特别是电影业（确切地说制片业），但闻人惊呼：狼来了。

终于，双方签字，有关电影的条款大致内容是：一、允许好莱坞进入中国电影放映业；二、在加入 WTO 的前三年，每年准予进口 20 部美国大片。（当然，包括许多限制性细则。）

听笑言，我电影界代表曾“负隅顽抗”，到最后乃为“双赢结果”，但圈内人立即能看出它对中国电影的冲击力度，电影人语：狼真的来了。

是的，1999 年清楚告诉我们：迎接新世纪，电影人所面临的这种内外交困情势，恐非任一种姐妹艺术可以比拟。尤其是外部强力冲击，使电影无法从容地按照我们自己设定的步幅去改革去发展，而是要抖擞精神去开展一场

“抵抗运动”。

由于WTO谈判的复杂性，看来今年又给了中国电影一段缓冲期，可以未雨绸缪。于是，整个电影界在政府领导下，加快改革的步伐。那到底怎么办？学者们有一句十分形象却并不轻松的戏言：“与狼共舞！”

当从激愤与忧虑之中沉静下来，许多人开始思索这样的事实，即“与狼共舞”曾是客观的历史，亦是成功的现实。

南邻印度越来越引起中国电影界的关注，它就是一个正在成功地与好莱坞抗衡的电影大国。目前，年产影片竟已达800部，成为世界之最，不仅在国内广受欢迎，而且大量出口。近年，各国对印度电影要求大增，其电影基地孟买，被誉为“宝莱坞”。印度还正在加大经济、科技投入，并制订了到2025年，出口额14070亿卢比（合34亿美元）的雄心勃勃计划。它传统型的歌舞故事片和现实性很强的社会问题片，都深得观众钟爱。认真研究并借鉴一下“印度现象”，应是大有裨益的。

此外，法国坚持民族传统，振兴艺术电影的决心；韩国努力培养电影观众的有效努力；日本、美国独立制片的日益形成声势；等等，都显示了世界各国电影人的一种精神、一种气势、一种不败的决心，这些都应予中国同行以积极的启迪。

面对即来的局面，许多老人都恍然回忆起20世纪30—40年代曾有过的“与狼共舞”情景。当时，好莱坞电影潮涌般进入中国，中国电影人在极为困难的政治与经济环境下，奋力搏斗，生产大批优秀影片，形成平分秋色的局面，其中一些佳作，至今仍堪称经典，连美国学者也认为那是“中国电影史上最独特的景观”。今天，尽管充满了各种变数，不能简单企望历史重演，但中国电影的潜力，决不能低估。

其实，何须忆当年。近几年中国影坛也出现了一些在本国市场足以与好莱坞抗衡的好片，甚至出现过一部单片在同时同地战胜“美国大片”的佳绩。虽然有人凭一时境况就喜曰“进口大片风光不再”，未免过于天真，但这胜利亮点，所传达的信息是不可忽视的。

总之，可以说中国电影人大抵已从一时慌乱中沉静下来，准备坦然迎接WTO以及伴之而来的好莱坞了。

到此，很有必要从另一侧面来看一看好莱坞。平心而论，在中国，广大观众和电影界心态并不完全一致。好莱坞影片好看、过瘾，而且也不都是（或大多不是）糟粕，所以大家愿意掏钱；还有，即使电影发行放映部门的人，面对疲软的市场，面对20多万从业人员的生计，对好莱坞大片也是欢迎的。也许，他们心中仍充满矛盾。唯有各制片厂家，加上一些学者们，在大声疾呼：狼来了。但，即便是他们，坦诚地说，对好莱坞影片的心态也是复杂的。好莱坞从艺术追求、科技发展、经济投入以及发行放映直至后电影系列开发等，为我们提供了大量可资学习借鉴之处。好好了解，认真研究，在“与狼共舞”同时，使自己变得强大起来，实是一条明智之路。

于是，从难忘的1999年直至现在，内忧也好，外患也好，重重压力已然开始转化为动力，中国电影业改革步幅明显加快了。

最近，中共中央宣传部批转了国家广电局和文化部联合颁发的《关于进一步深化电影业改革的若干意见》，指出“电影业深化改革的任务十分紧迫和艰巨，需要加大力度，继续推进。”这个《意见》明确了改革中国电影业的指导思想、原则及目标，并提出了十四项改革措施。看来，它基本上把电影界这几年已经在做的和准备做的都概括于其中，可说是个纲领性的文件。它让人感到这样的决心：中国，作为一个泱泱大国，一个如日东升的发展中国家，决不会在政治、经济、军事以及广阔文化领域都能与世界共处、与超级大国抗衡的同时，却让某局部领域沦为“殖民地”。总之，这是一种具历史必然的文明交流，亦是一场不见硝烟的精神之战。WTO，它即将带来的既悲壮又绚丽的“与狼共舞”大戏剧，将长时间延续下去，未有穷期，电影人要有充分准备。

以上，似多着眼于全国范围。那么，湖南呢？加入WTO与湖南电影到底关系几何？应该说，由于电影业所具有之同一性、系统性，上述一切，概与湖南息息相关。而且，一个非常清楚的事实是，WTO对作为中国电影业小兄弟的湖南来说，其冲击力将更为巨大。若无充分准备与对应措施，甚至是致命性的。这绝非耸人听闻。

湖南的制片业是特定历史阶段的产物，是电影还主要作为思想宣传工具的时代所设置，基本是一省一厂的行政性格局，长期在计划经济的轨道上运转。至今，仍在政府的经济支持下，主要从事着主旋律作品的生产。此类影片，一般难于进入正常市场流通。可以说，它至今仍不是商品，而更多带有宣传品属性。通过特殊推销手段（如“红头文件”），也可能产生广泛影响，但除个别外，它们一般不可能在市场竞争中获胜。

湖南地处内陆，属农业大省，改革开放步伐相对较慢，电影生产难以吸引外来资金，地方财力也无法给予足够支持。近年几乎每拍一部片子，第一大难事，就是上讨钱下化缘。这种经济窘境，在更严峻的新形势下，只会更甚。

从国家为保护并壮大民族电影的决策看，湖南和一批地方小厂，恐属“丢卒保车”之“卒”。在前已提到的《意见》中，已指出，要改变“电影企业布局分散”的局面，集中力量“组建以影视产业为龙头的、有竞争力的大型电影集团”。有关权威人士更在公开场合明确说，就是抓三四个大的电影集团。目前，北京、上海等集团已浮出水面。又有权威人士曾表态，不害怕“垮掉一批厂子”。针对有的厂家几年没有拍片，在某会议上还有领导吹风：“再不拍片，就吊销你们的执照。”事实表明，许多小厂业已风雨飘摇，也许不需上面表态，有的就会“自生自灭”了。其实，就全国范围看，随着深化改革，企业“下岗”纯属正常，湖南算是国办厂，列第二方阵，目前处境尚属上乘。但，从战略位置看，居劣势乃是不争事实。

总之，随 WTO 而大举进入中国的好莱坞，如果造成某种灾难性后果，内地小厂当是重灾区。

这样的判断，是否太悲观、太灰色？

其实，兴衰沉浮，新陈代谢，亦是艺术生态不可抗拒的规律，重要的是首先直面现实，继而因势利导，不随波逐流，消极认命。物竞天择，适者生存，电影也是这样。悬崖之松，并不意味着死亡。

首先，我们对电影的生命力要有充沛信心，这一点，它不等同于某些古老而濒于消亡的艺术。庞大的好莱坞，亦在一定意义上说明了电影的旺盛生机。是的，现代科技与传媒的迅猛发展，已使人们感觉到电影的某种老气和笨拙，可是，近年数字电影诞生又将成为 21 世纪电影最深刻最伟大的革命，将带来全新的电影理念，将改变传统的电影艺术思维与格局，在全世界亿万观众面前，展示一派绚丽的景观。所以，电影不属于“夕阳”，电影人不用在这个根本问题上丧失信心。中国电影当前的困境，确是一种“阵痛”，内地小厂，这种痛楚尤甚，但大事业充满希望的前景，充满变数的局面，将给有志者以挑战，以机遇。这世界已有很多例证告诉我们，霸权不能主宰一切，生命力量无穷。这对一基本点，湖南电影人应具乐观精神，主管部门领导者们亦然。

也许，笔者这笨拙的教化之言已属多余，因为我们看到电影湘军并不那样多愁善感，也不是听其自然。贯彻《意见》精神，并结合自身情况，业已迈开新的步伐，从策划到制片，到发行放映，乃至后电影开发，都出现了许多新的思路，新的举措，迎接即将到来的严峻挑战。近期，最令人瞩目的当数潇湘影视传播有限责任公司潇湘电影院线的成立，它的开放式结构，动摇了固有体制，为电影通达市场迈出了决定性步子。因而，被媒体赞为“新蕾初绽，生机无限”。

可是，我们要做的事情还很多很多。目前，正是七嘴八舌，众人皆为大业计的热闹时候。笔者亦有管见数则，妄言于下：

1. **领导问题**

主管部门要真实而切实地加强对电影特别是湖南电影的信心和决心。供养式的“喂奶”或撒手式的“断奶”均为不妥。“工具”时代的断然结束和对民族文化的保护是互不矛盾的。WTO 伊始，关键时刻，鼓励与关爱尤为紧要。

2. **定位问题**

电影自诞生以来，是艺术？是宣传？是娱乐？不同时代，不同国度，各持其说，学者们谓之“百年争论”。至今，作为电影发源地的法国片，仍重艺术；电影超级大国美国片，向重娱乐；而中国片，似重宣传。国情不一，可电影的生存通道则不约而同必然归于市场，接受无情检验。我们提出影片“思想性、艺术性、可看性”三性统一，是一理想境界，但作为电影本体的定位，仍必然有所侧重，或者明确。这个问题，目前业内人士议论颇多。甚至有认为，“是电影业最关键和最根本的痛处。”现实情况也许不这样严重，但毋庸置疑的是，对于中国电影（包括湖南电影），无论从影片的选材方向，到生产管理，到发行放映，“定位”问题实在是无可回避。

3. **生产问题**

好莱坞总体形象乃是一个“大”字：大企业、大投入、大制作、大市场、大票房。最近的将来，无可企及。在中国，从全国范围来看，国家集中大力量，组建大电影集团，拍一点大片，未尝不是对策之一。而从国情出发，从战略出发，以至从艺术辩证法出发，众多有识之士，力主我们的电影生产主要立足于“小”字，做足小文章。我以为，对小小的湖南电影业来说，更是一条必行之路。

（1）制片机制，以大化小

目前，除好莱坞主流制片外，在全世界出现了一股小型化的独立制片浪潮。在美国、德国、法国、意大利以至北欧各国都日益发展。前些年，日本电影业也濒于危境，仅剩东宝松竹等两三大家在苦苦支撑，但近年独立制片人大量涌现，包括一些著名导演亦加入行列，促进了该国电影业大幅回升。“大有大的难处”，灵活机动的独立制片，应是对传统生产机制的反叛。我国近年来，国家已允许独立制片人出现，不同类型的准制片人、委托制片人广泛试行。湖南亦在试图改变“剧本—拍摄—发行”三段分割，各自为政的传统格局，潇湘厂今年一下即涌现七八个制片人工作室。学习研究国内外经验教训，坚持探索，开拓创新，必将成为电影笨重机体上脱颖而出的活跃因子。

（2）影片创作，以小搏大

一位国家主管部门领导最近指出：“当前，解决电影问题的环节很多，但关键的关键还是要多出好作品。”有人激情地希望国家斥巨资，拍巨片，与好莱坞抗衡。但，大家都明白，这不可能是近期目标。据估算，目前我国全年拍摄影片总投入大约折合几千万美元，尚不及一部好莱坞大片成本，故只有根据国力水平以及电影发展现状来寻求制胜之道。此外，艺术法则告诉我们，大与小对立统一，以小见大乃是艺术表现主体方式。凡此种种，使不少电影艺术家们冷静思考，启动智慧，认真着眼于“小”，并努力把被动地不得已而为之，化为主动地积极追求。于是，人们已经看到了成功。“以小搏大”是借用张艺谋的话。这位国际名导，已具有拍大片的可能性，近年来却钟情于“小”：一是“小制作”，一是“小题材”。一个“搏”字，显示出自信、追求和力量。他的接连几部小片，均获成功：票房，奖项。这里，有一个非常有趣的例子。正当我们一些制片人面对资金情况灰心丧气时，一位从美国来的小伙子——罗异，在中国办了个艺码电影公司，他邀集几个年轻人，近三年连拍三部小制作成本影片《爱情麻辣烫》、《美丽新世界》、《洗澡》，都是300万左右人民币，却几乎部部赚钱，大获其奖。尤其是《洗澡》，竟然卖到56个国家，且价位甚高，实在是耐人寻味。

有人说，湖南过去也是拍小片为生，也有成功之作。但，是否都是一种追求，一份执著，一个“搏”字，恐需好好总结，在新形势下，形成质的飞跃。

4. 品牌问题

在商品世界，品牌优势已为人熟知。名牌产品，包括新产品系列，消费者趋之若骛。在世界电影圈里，突出范例，为印度电影。印度歌舞故事片，极富特色，本土观众挚爱至深，在海外市场亦久受青睐。其中缘由很多，从民族习惯、艺术传统、观众心理、接受美学以至文化学、社会学等方面，都大可研究。此外，法国片的艺术底蕴和文化意味，亦为人乐道。我国影片，多年来似乎也有了点品牌意识。如北影的京味片，上影的海派生活片，西影风光一时的“西部片”，但多系因地域而自然形成的某种特色，尚谈不上个性、流派，还上升不到品牌。外界提到湖南电影，很自然总想到革命历史片和农村片，则更多是选材上的自然倾向，特色难具。看来，品牌效应尚是一个长远目标，但有此存念，执意追求，为明日之辉煌而从今日努力，乃是大智。那么，湖南电影的明天当树立什么样的品牌，让我们先不断地实践。此事难矣，而一旦成就，则受益无穷。

一位中央负责同志指出：“面对加入 WTO 的挑战，我们既不能看得过重，不知所措，又不能等闲视之，不以为然。一定要高度重视，未雨绸缪，组织力量，专题研究，拟订政策。只有加快改革开放步伐，才能增强活力，提高自己的国际竞争能力，解决好事业发展中的困难和问题。”

中国电影，应该抖擞；

与狼共舞，其乐无穷。

（2000 年）

注：本文系《面向21世纪的湖南文艺》一书专稿。

水击三湘论英雄
——湖南电影印象

湖南电影真是十分的年轻。直到 1980 年，由唯一的潇湘电影制片厂摄制的第一部故事片《幽灵》悄悄问世，至今满打满算也才二十个年头。在济济一堂的“文艺湘军”中，与寿高千岁的音乐诗歌相比，或与年逾百载的戏剧小说并论，乃是不折不扣的毛孩子。同样，在电影家族中，与大都市老牌厂家站在一起，亦是不起眼的小字辈。无怪乎，前两年曾有人提及庆祝建厂多少周年一事，最后大家一笑而置之。

潇影人多年来一直在一种低调氛围中工作着，未有过大红大紫，与炫目的奖杯奖状很少有缘。如果说，一部影片算是一个脚印，那么匆匆二十个春秋，身后竟也留下了一百来个脚印，而或轻或重的足音，向来不太引人注意。以至到了世纪之交，在中华人民共和国建国五十周年电影庆典的聚光灯下，当潇影人怯生生地交上几份新“答卷”时，热情的掌声在告诉人们，这个远离京城的省级小厂，这个一向不太作声、带有几分“土气”的后生，似乎一下子长大了。

一连串的奖项，一大堆的奖杯……年轻的厂长面对新闻媒体常说一句话：“我们运气好。”是的，时机或者运气，都赶上了，但稍知内情的人都明白，对于一个地处偏远、困难重重的小厂，这一切是多么不容易。前面说到，潇影厂自是一种年轻心态，别说纪念厂庆，好好坐下来系统总结也少有过。所以，当湖南省文联在被称为“文艺湘军百家文库”丛书中，慨然给湖南电影留下一席之地，汇集优秀剧作论作之类，并要求有一述评文字时，笔者遵嘱动笔，确乎有些茫然。兼之，作为局内人为时也晚。斟酌再三，只好在附题标明“印象”二字，姑妄言之了。

个性，于人乃是一种必然。每人都是一个独立的生命机体，故不存在无个性现象。而对社会机体，生命力的形成发展则是一艰难历程，良好个性的呈现则意味着成熟或成功。潇影艺术生产二十年，我们亦可以看到这种艺术个性逐渐显现的过程，我以为大体划分为三个阶段：

起步阶段。新时期伊始，潇湘厂正式挂牌（注：50年代起曾有过一个湖南电影制片厂，只拍纪录片科教片等，文革时期业已夭折）。头一批作品问世，一言蔽之，可谓杂花纷呈。此时，正值改革开放之初，禁锢局面瓦解，文艺界也勃勃生机，思想十分活跃，一派“红杏枝头春意闹”的情景。“杂花纷呈”者，原因此其一。此外，厂内队伍初建，成员天南地北，为拍片计，又四方引进项目、人员、剧本等。故此，就很难形成什么长远规划、项目策划。总之是放开手脚，甚至是抓着什么拍什么。有意思的是，起步的1980年到1981年两年间，总共拍了五部影片，真个是风格各具，品位迥异：《幽灵》（言情侦破片），《透过云层的霞光》（重大社会题材片），《小海》（儿童片），《智截玉香笼》（惊险商业片），《当代人》（工业题材片），《模范丈夫》（生活喜剧片）。

应该说，电影产业由于生产与供求的开放性，其产品“杂花纷呈”亦是一种普遍现象。但细观之，由于政治、经济、思想、文化等诸不同因素影响，各厂家就自觉或不自觉地在影片生产中形成不同的题材、风格乃至于个性。例如北影老到的艺术经典片，上影活跃的都市言情片，长影浓烈的革命战争片，内蒙古苍茫的边塞片，都各各不一，影响甚广。有的厂甚至明确提出个性追求的战略口号，西影鼓噪一时的“西部片”即为一例（可惜，随着一度密集的核心阵营散去，这可喜的个性雏形又淡化了）。潇湘厂在接下来的若干年中，粗粗看来，选取题材与风格追求仍然是天南海北，五光十色，但细观之，一种创作的倾向性已逐渐浮现出来，并逐渐引起人们注意。这种倾向，首先表现在题材的选择上，接着又逐渐体现在风格样式等方面。已经可以感到，潇影人开始了某种追寻。

追寻阶段。从潇影人拍片的第三年起，就可以发现，自儿童故事片《赛虎》始，他们把目光落到了自己脚下的乡土；而革命历史故事片《特殊身份的警官》，则意味着他们的目光更透视着历史的地层。这种倾向的出现，最初，也许是不自觉的，完全是客观环境和背景使然。湖南古称鱼米之乡，现称“农业大省”，又曾在“农村包围城市”漫长的现代革命历程中风起云涌，英雄辈出。所以，艺术家们很自然地从此捕捉着灵感，激发着热情。应该说，在这段时间中，潇影在其他广泛的题材领域中亦曾有过收获，例如儿童片《候补队员》曾获得1984年金鸡奖特别奖（这成为了潇影厂在很长一段时间内的唯一国家级奖项）；还有《喋血黑谷》《女性世界》《埋伏》《股疯》等都较有影响。另外，还有一些不错的合拍片《新龙门客栈》《大内密探》等（严格地说，有好几部借助外力甚多，有的是挂厂标而已）。真正引起人们注意的，仍然是上述那些植根于本土的影片。潇影人在多年创作过程中，确实经历着一种从无意识倾向到有目的追寻的过程，特别是当国家与社会对此表示出了某种赞许与接受之后。在长期工作中，他们开始表现出了一些熟悉，甚至形成一定的经验。

潇影厂乡土生活题材的影片数量颇多，大抵小处着笔，细腻见长，多具阴柔之美。如《赛虎》《女人的选择》《烟雨长河》《这方水土》《痴虎》《太阳的味道》等，其中不乏佳作。这些作品，都不同程度地得到主管部门肯定。但是，也许因为社会正处于转型期，观众心理的浮躁，也许因为艺术手法尚嫌老实以至于陈旧，它们常受到观众冷遇，但潇影人仍不停地探求着，深信时间会带来希望和成功。

同时，从历史地层中开掘出的革命历史题材影片，则多给了潇影人较丰厚的回报。这些作品，先后有《特殊身份的警官》《贺龙军长》《湘西剿匪记》《毛泽东和他的儿子》《刘少奇的44天》《秋收起义》等。大都反响热烈，使潇影人尝到了成功的滋味。这类影片的接连推出，更得到了十分看重电影思想宣传职能的政府部门肯定，《毛泽东和他的儿子》《刘少奇的44天》《秋收起义》三片，先后荣获国家电影局评出的“政府奖”（即目前的“华表奖”），或中宣部“五个一工程奖”。

九十年代初这段岁月，正是中国社会处于“文革”后治疗时代创伤的转折阶段，也是能否坚持“四项基本原则”，使改革开放健康发展的关键时刻，“重大革命历史题材”口号的提出，正体现了对继承革命传统，呼唤崇高，讴歌英雄的热切期待。占中国80%地盘的农村也正在发生着激烈动荡和深刻变化，这广阔的生活急迫呼唤着电影艺术家们。所以，潇影的这一批乡土影片体现的那份认真与执着，以及取得的成绩，特别是几部革命历史题材影片，受到了政府、同行和观众的充分肯定。但是，人们也不时听到潇影厂“只会拍红色影片”的另一类评语。在一段时间中，当世俗化的思潮冲击人们的头脑和影坛时，这种声音有时甚至十分地刺耳。

潇影人面对着这截然不同的评价，喜悦、踏实、痛苦、困惑，种种感受可能都有。但，不管到底价值几何，他们仍然追寻着自己之所熟悉与所钟爱。也许，就在这种艰难的努力与痛苦的探求中，一种创作定势形成并发展着，个性也就孕育于其中了。

成形阶段。建国五十周年的欢乐庆典，大大激发了电影界的创作热情。“主旋律与多样化”的号召展示了一片广阔的创作天地，各厂都忙着“献礼片”生产。潇影人将拿出什么样礼品呢？这一次努力，历时两三年，几乎形成了一场冲刺，一次搏击。我们看到，潇影厂踌躇再三，苦心谋划，最后，仍然沿着他们熟悉的路子，瞄准着他们热爱的三湘大地，追寻着他们敬仰的从三湘四水走出的英雄，一口气推出了三部影片——《国歌》《故园秋色》《那山那人那狗》。真是天时地利人和全照应，在庆祝中华人民共和国建国五十周年献礼片展映活动中，潇影厂频频中采，十分风光。其中，《国歌》一片，竟一举囊括国内电影四大奖项，捞了一个“大满贯”；《那山那人那狗》出人意料地摘获金鸡奖最佳故事片奖，并在国外两个电影节获奖；《故园秋色》则双获“华表奖”和大学生电影节“特别奖”。沉甸甸的奖杯标志着潇影艺术生产迈上了一个新的高度，使同行们和观众们为之注目。笔者以为，它的重要价值是，潇影厂通过这一次的成功努力，已初步形成了自己的艺术个性。作为一个经济力量相对薄弱的小厂，作为一个视野不可能十分开阔的艺术生产集体，它如同一位学者所言：“低下头来，将自己的身躯匍匐在大地上，吸取着营养。”它在自己的乡土中开掘着美丽与崇高，它在乡土的往昔和今天，发掘和发现了平凡的和不平凡的优秀灵魂和时代英雄。

古往今来，对崇高精神的赞美和对英雄的讴歌，一直是人类社会的主流思想，是推动时代前进的精神动力。同样，在文学艺术中，它亦无可替代地属于主流。但是，当这种积极的事物被过分发挥并利用，在某种社会环境下，演变为一种政治说教和对“神”的膜拜后，物极必反的局面就出现了。“文革”结束，随着政治上的所谓“信任危机”，以及商品化大潮的冲击，抛弃崇高而“非英雄化”的倾向在文艺领域迅速流行，把文艺全然作为娱乐消遣之物更是十分时尚。这种态势也立即在电影圈中反映出来。观众和行内对过去曾风行一时的“高大全”模式嗤之以鼻，对那种头罩光环口诵“圣经”的英雄人物十分憎恶，这是完全可以理解的。但当平民化和世俗化流于琐屑，当娱乐成为“无极限”，当崇高被扬弃，当作为时代脊梁的英雄被怀疑而离弃，曾几何时，社会和时代又都重新呼唤它们了。

可以说，在潇影人的创作中，对乡土的爱恋，对乡土的今天与昨日的孜孜不倦的眷顾，他人也都是可以做到，或者大抵相似的。诗人艾青云：“为什么我眼中充满泪水？因为我爱这土地爱得深沉……”乡土之情，人皆有之，此之谓也。然而，潇影人在他们的创作中所流露的这番乡情，却鲜明而强烈地显示出一种独特性，即对崇高精神的追寻与挖掘，对本土英雄的由衷热爱与讴歌。也许，二十世纪特殊的历史条件，使中华大地英雄辈出，而湖南这块饱经血与火的熔炼，因而被称为红色故乡的土地上，英雄身影更是接踵不断。“无湘不成军”，“惟楚有材”，“敢为天下先”等湘人的豪壮口号，所坦露出的湘人强烈的自强意识与英雄气概，应是很自然地贯注到潇湘电影人的灵魂里与血液中。也许，潇影人还承继了先人的理想主义热情与执着的社会责任感。所以说，如果我们发现在他们的创作中总在追寻着崇高，总有一股自然而强韧的英雄情结，不应奇怪。

三湘大地辉煌的革命历史，以及一位位舍生取义的英雄，无疑成了他们首先讴歌的对象。最早推出的《特殊身份的警官》，是以大革命时期从韶山走出去的英雄毛福轩烈士的史迹为素材创作的。严肃的革命历史题材与惊险情节片样式的成功结合，使这部影片赢得了市场与观众。接着，上下两部的《湘西剿匪记》也取得两个效益的双丰收。片头字幕开宗明义：“谨以本片献给在湘西剿匪斗争中牺牲了的和活着的英雄们……”这部动人的英雄片，令人信服地被列为当年全国“十大上座片”之三。在毛泽东同志 100 周年诞辰前夕，潇影厂又推出了《秋收起义》。面对毛泽东，这位三湘大地的骄子，一度被奉为神灵的民族伟人，《秋收起义》很好地完成了把他从神坛上请下来，又充分完成了展示他崇高灵魂与卓越天才的艺术使命。尤其是作品强烈地剖析了他内心困惑、矛盾乃至于迷茫的状态，以及感悟与觉醒。笼罩于全剧的悲剧意味与史诗气派使人震撼。本片除获得政府理所当然的褒奖外，同时也获得了广大观众。在上海，它成为 1994 年“十大上座片”中唯一一部国产片。潇影的创作者们生产这些影片，除了它自身的思想艺术价值外，给我们最大的启示，莫过于鲜明的革命倾向，决非注定为市场观众所排斥。

如果说，“文革”期间发展到极致的唯心史观，以及派生出的神灵似的英雄造型，曾一度迷惑了广大民众，继而又被他们所厌弃，那么，新时期的艺术家们的艰巨任务就是，坚持崇高使命，重新去认识英雄，表现英雄，唤起中国大众的英雄主义情怀，获得他们的倾心认同。严格地说，新时期伊始，一些“拨乱反正”歌颂伟大领袖或反潮流的英雄的作品，仍然在有意无意地沿袭“造神运动”中的手法。潇湘厂《毛泽东和他的儿子》的成功推出，引起热烈反响，它的成功就在于动人地塑造了一个有血有肉有情有爱的毛泽东。它让我们真实地体味到他内心丰富复杂的情愫，他的天伦之爱，丧子之痛，以及他战胜自己，面对人生的博大胸怀与伟大人格。今天看来，表现领袖人物的内心世界以至于性格，甚或品格上的不足，都是很自然的事。但是在当时，片中毛泽东的一滴泪水，就激起了多少群众心海的轩然大波。这种对伟人悲剧性一面的展示，既是通过对伟人的理解来唤起人们对历史的理解，同时也是通过一种情感的冲击来引起观众的认同和关注。无疑，本片较早地（如果不是最早）迈出了这重要一步，大数量的拷贝以及它带来的丰厚票房收入，说明了一切。本片还有另一些给同行的启示，即是遵循“以小见大”、“以静制动”的艺术法则，同时，“大题材，小制作”的运作方式，也都成为可行经验。当然，这一题材由毛泽东故乡的电影工作者来把握，无疑是十分合适的。在全片中默默波动着的情感热流，故人情结，是外人无可替代的。在成功地推出该片后，不久潇影又推出了《刘少奇的44天》。这部影片在前者成功的基础上，在更为宽松和谐的社会氛围里，在一种从容而沉静的体味与思索中，展示了中国革命史中的悲剧性伟人刘少奇的一段经历。没有黄钟大吕式的豪壮语言，也没有大起大落的人物悲欢，更无抓住观众的复杂情节。但是，观众记住了刘少奇，这个静悄悄地来到贫困山村的人，这个大胆剖析自己的勇敢的人。他那在迷离春雨中紧锁的眉头，分明地透出了共产党人的“知耻近乎勇”的伟大气度，一种敢于抗争的英雄本色。这部成功影片，在共产党人的英雄谱中，平添了浓重的一笔。

在宏大历史背景下叱咤风云的英雄，无疑是艺术创作者们热衷的目标，历史本身的辉煌与传奇性，在很大程度上决定了这类作品的强烈色彩。可以说，潇影厂此类影片的成功，亦少不了有赖于此。可是，他们脚下的这块热土并未冷却。过去的英雄随着岁月一一逝去了，而现在，岳阳楼上那“先天下之忧而忧，后天下之乐而乐”的文字并没有只是对古人精神作总结，它仍在昭示并印证着今天。三湘大地，英雄辈出，并不是一句空话。只是，少有了血与火的图景，少有了生死搏斗的巨变，一切似乎都平凡化了。“那种作为先驱者、布道者或万能助手出现的超现实的人物形象已经很难具有‘在场’效果了”。英雄与英雄气概更多以一种新的形态存在着，表现着。这，给了电影人新的课题。

当我们带着这种思考，再来回顾潇影厂的创作来路，可以发现，他们的目光仍然深情地注视着自己的乡土，在追寻，在思索。不是说他们仅仅只盯住自己脚下，而不去体察并表现外面的精彩世界了。但是，我们可以说，他们引起人们注意的，仍然是反映这片土地上发生的故事的作品。《女人们的选择》《这方水土》《太阳的味道》等影片，在总体上也许没有取得写昨日英雄和伟人的那批作品的成就，这其中的主人公全然没有传统型英雄的那种伟业，那种气势，那种传奇性，但观众们却可以在静静的观赏中，在细细体味中，逐渐发现和我们十分贴近的人物，在日常生活中是同样可以走向思想圣坛，并具有与前辈英雄相通的精神品格。这其中，《这方水土》值得一提，它在对一个乡村基层干部最后岁月的冷静描述中，无声地演奏了一曲共产党人“鞠躬尽瘁，死而后已”的英雄绝唱。影片中没有侃侃豪言，没有气吞山河的场景，但我们分明可以感受到主人公视死如归的崇高气概，以及与烽火岁月中英雄们同样滚烫的满腔热血。

在潇影人多年的努力中，在所取得的众多的成绩中，笔者深深感到他们对乡土的眷念和对作为他们亲人的英雄的真情是多么可贵。在很长一段时间，这种可贵之处并未更多显山露水。前面提到，有时甚至招致一些非议或疑虑。我们退一步说，中国之大，电影家族之大，各人都表现自己所熟悉的，所热爱的，有何不好？潇影人仍然走着自己的路，终于，在建国五十周年献礼片的生产中，他们在自己的路上收获了灿烂的花朵。

《国歌》《故园秋色》《那山那人那狗》这三部影片的相继推出，用“好评如潮”也不为过。本文不可能全面论及它们。笔者仍然沿着自己的思路，确实地认为，潇影人仍然如故地从故乡的热土中，寻觅到了他们的乡亲，他们心中的英雄，成功地谱写了三首不同历史时期的英雄曲。

《国歌》中的田汉，从他湘江边的家园走向神州大地，走向中华民族奋起抗日的连天炮火。一阕《义勇军进行曲》中的怒吼声，使他成为“时代的歌手”，成为国人心中的永恒。潇影人追寻他的足迹，用炽热的旋律，谱写出一首成功的英雄赞，一首民族的正气歌。潇影人并不囿于褊狭的乡土，湖湘子弟满天下，正是他们的职责与荣耀。《国歌》所展示的壮阔时代与生活的宏大画面，它所包孕的深邃而丰富的思想主题，以及它艺术表现上的潇洒大气，总体上说，超越了潇影历来的作品。在各厂同时推出的一批“献礼片”中，理所当然地站在了前列。这部影片的成功，一方面说明潇影人多年来寄情于乡土，钟情于三湘英雄的执著，又可以发现他们已开始把目光放开，投射在宏大的时代天幕上，进行着更深沉广阔的思索与体现。

《故园秋色》却是另一番风光。它没有《国歌》的壮丽与辉煌，它的视野依然停留在三湘土地，似乎是又一部大家熟悉的潇影风格的乡土片，在一个小小视角，勾勒出三湘人民的好儿子，一位他们心中的英雄——陶铸的肖像。这部片子是需要静静品味的。不错，它提出的似乎也是一个传统型的革命命题：共产党人要永远与人民心连心。但它绝无说教，不张扬，而是通过陶铸同志离乡多年，寻访故园这似乎平淡的经历，娓娓道出一段充盈着情与爱的故事，吟诵着一曲回肠荡气的爱的赞美诗，它具有独特的美学品格。

《那山那人那狗》是近些年潇影厂投资最小的一部影片，但可能是受到赞誉最多、最富于启发性的一部作品。这部影片一反潇影一系列成功影片鲜明主题的体现和强烈爱憎的表象，似乎在淡淡地描绘出一幅古老、遥远的深山风情画。在这苍茫的背景前，展示出一个老乡邮员最后的工作日。该片的主题是隐蔽的，或者是多义的，它告诉人们的很多很多。这部影片静悄悄地推出，无人宣传，无人炒作，始则受到难堪的冷遇，出现了潇影厂少有的“零拷贝”现象，但又接着出现了人们始料未及的情况。它首先在大学生中受到欢迎，接着又在国外连连获奖，并被境外发行商看好，最后，受到电影界同仁的一致褒奖。人们看中它的美丽，人们爱上它的沉稳，在一片冷色调的流动画面中，所有的人们都发现了它深深的爱，是主人公对乡土、对亲人、对终生从事的劳作的深深的爱。影片展示了一个美的灵魂，一个美的身影，这个灵魂，这个身影体现了人类共同的对崇高的追求，展示了一派英雄的气概。从本片中，我们又欣喜地看到潇影人不改初衷地对乡土的赤诚，听到了对三湘大地上风流人物始终不渝的真情颂歌。有学者在论及英雄雷锋时，礼赞他“朴素平静的姿态”和“不动声色”的形象，“当一个又一个人物一种又一种‘精神’纷至沓来又相继离去之后，只有雷锋依旧带着他那善良的微笑在每一个春天降临……”这，也可以作为本片的一种佐证。

以上，作者无法对潇影人生产的一百来部影片一一评价，只是就印象最深之处作一漫谈，而且认为这些乃是他们对中国电影事业具有独特性的贡献。潇影人的浓浓乡情，潇影人对本土英雄的挚爱，使他们在中国电影地平线上绘出了一道亮丽的风景。

新的世纪到来，他们的步伐将如何前迈？他们定然有许多的思路，会谨守着什么，又改变些什么。近期，潇影人又将推出一部凛然大气的《英雄郑成功》，看来他们英雄情结依然不变，但目光已飞越熟悉的三湘大地，投向更为广阔的莽莽神州，更为高远的历史空间。据悉，他们还在紧锣密鼓地拍摄着一部《毛泽东在1925》，又是一幅如火如荼的英雄图。看来潇影人仍然爱自己之所爱，满怀信心走着自己的路，在中国电影天空中，挥洒着一派浓浓的霞采。

（1999年）

注：本文系《文艺湘军大阅兵——湖南五十年文艺成就巡视》一书专稿。

重大题材坚守与创新

重大题材电影的创作与生产，一直是当代中国电影的重要课题。从长期革命战争中浴火诞生的共和国初期自不待言，以后在颇长时间内，社会主义初级阶段的艰难途程，起伏变幻的国际国内形势，使得宣传与教育自然成为了电影的主体功能。新时期以来，市场经济发展，对外窗口打开，诸多因素使然，中国电影亦发生了重大变化。“三性”（思想、艺术、观赏）口号的提出，审美功能与娱乐功能的强化，商品属性的认可，使得国产电影的题材选择，亦变得更加宽泛，更为自由。

然而，对重大题材的高度重视，依然是时代需要与中国国情所决定的不变宗旨。除历来对现实题材的倡导外，“十年动乱”结束后，对“重大革命与历史题材”创作的强调与引领，更使得包括现实、革命、历史三者在内的重大题材电影，一直成为创作生产的主旋律。人们看到，在多年的追求与努力中，潇影在这方面是卓有成果的。

当然，我们也应当知道，重大题材电影在新的历史时期，也有个与时俱进，求变求新的问题。无可回避的严峻事实是，通往观众之路，必须通过市场检验，作为商品进入流通领域。这是历史发展使然，也是当前各级主管部门的清醒认知。而眼下的实践情况可以说是亦喜亦忧。令人忧虑的是，每年占国产影片相当比例的此类影片，不少仍然逃不脱主题先行，理念主导，艺术平庸的陈旧阴影。这类作品靠政府投资，企业赞助，进不了市场院线，离开了“红头文件”就只能匆匆而过，而后束之高阁。令人欣喜的是，也有许多新推出的重大题材影片，不仅具有充沛的时代精神和深刻内涵，而且遵循艺术规律和市场法则，在十分激烈的竞争中，大获胜绩。近两年，甚至出现了若干“亿元大户”。

作为中国电影生产基地之一的潇影，前已提到，近些年来一直以不懈努力创作生产重大题材的影片而彰显个性，又以佳作频现而引人注目。因此，简要回顾一下其久来的成功的经验，当是十分有益的。笔者以为，自改革开放以来，潇影成功的重大题材作品中，起码有如下几点，可予人启迪：

（1）在宏大历史叙事的景观中，讲述革命老一辈作为“人”的故事，解析其丰富情思，剖析其真实心灵。在这方面当首推《毛泽东和他的儿子》。这部影片，在当时曾被誉为重大革命历史题材电影创作的重大突破，有评论家认为此类题材创作，因该片而“上了一个台阶”。还应当提及的是，由于《毛泽东和他的儿子》第一次如此动人地展示伟人的内心世界，拨动了无数观众的心弦，故也创造了当年售出300多个拷贝，获得很好经济效益的可喜纪录。此外，影片《刘少奇的44天》《秋收起义》《故园秋色》《革命到底》等，也都在写“人”这一艺术追求上，取得了佳绩。

（2）立足时代潮头，聚焦国家大事，用饱满的激情，高奏出亿万民众的心声。影片《国歌》可为突出代表。当时正逢新中国成立50周年大庆，举国上下，一派爱国热潮。该片适时献演，形成全国所有的放映公司均购买拷贝的难见盛况。剧组应邀赴七、八个省会城市出席首映式，各地之热烈反响令人感奋。影片《英雄郑成功》等，亦属此类应运而生之作。

（3）关注社会现实，体察国计民生，发现并弘扬时代坐标上，面似朴素无华，而心灵却璀璨无比的“时代偶像”。影片《郑培民》《袁隆平》之所以大大超越了一般意义上的“先进人物”，具有强烈的醒世色彩与思辨力量，就是这种深刻定位的结果。

（4）探求市场规律，渗透商品意识，在重大题材作品的创作过程中，着意加强观赏性，乃至渲染娱乐元素。在这一点上，潇影亦做出了有益的探求。在《毛泽东在1925》中，创作者们着意强化青年毛泽东自信而张扬的快乐个性，以及浓墨铺陈大量民俗民间节庆与传统生活场景的努力，无疑成为了观众喜闻乐见的亮点。《袁隆平》一片，散文式的篇章风格以及诗与音乐的点染，从中亦可见到吸引观众打开市场的思考与追求。近期，高兴地获悉，以当代先进人物为原型的影片《我是花下肥泥巴》一片推出以来，大获各界赞誉。除了其思想内涵等主体因素外，该片在人物独特个性，生活情趣，泥土芳香等方面，颇具匠心，使之成为一个公认为“好看”的作品，向市场与观众大大跨近了一步。

当前，随着时代发展与改革深入，电影事业走向市场已成为不可逆转的方向，故电影的创作生产，包括电影题材的选择等方面，也都面临由此带来的新问题，需要努力开拓，需要大力创新。

在此要提到一点，行内行外，抑或有人认为，潇影近些年电影的题材选取，似乎过于执著于重大题材，其他各种类型样式的作品，则少有涉及。对此，当然不能一言蔽之，说是个问题。但是我想如果广大观众真诚希望，潇影的影片生产，思路上能更加开阔些，选材上能更加丰富些，风格上能更加多彩些，潇影人是应该欣然首肯的。

综上所述，重大题材电影的创作生产，一直是中国电影的重要课题，也是一个老课题。潇影长期以来对此多有努力与贡献，这是令人欣慰的。而在新的历史时期，重大题材电影立足并取胜于市场，走向广大的新时代观众，则又是一个新课题。我们深信潇影的坚定信心与坚韧力量，深信潇影未来在电影的创作与生产，包括电影题材的坚守、开拓与创新上，将会取得更多更大的成果。

（2010 年）

本土电影何去何从

近几年，全国电影作品产量日增，势头红火。就拿湖南来说，除老专业户潇影集团外，一个引人瞩目的现象是，好些部门、地方、企业乃至个人，亦热情“触电”，推出了许多作品。这其中佳作时现，令人欣喜，获奖信息亦常闻之，有的甚至闯进了国际性的电影节。但同时，一个令人不安的情况是，似乎大多数都进不了流通院线，无法与更多观众见面。个中原因不一：那些个粗制滥造之作，自不待说；有的则因取材与时机等问题，难受观众青睐；有的则恐与销售渠道不畅，宣传营销不力等有关。从更广义的视角来看，目前中国电影与市场观众的关系还一直是个未解决好的复杂问题。作为电影市场不甚繁荣成熟的湖南，局面只会更加严峻。我们痛心地看到，好些影片拍成之后，往往稍放几场，即束之高阁。这其中，除个别的是私人投资外，大多数乃是“公款”开销，故某些当事者似乎一点也不心疼，或则自我宽解，“决不能单纯用票房来衡量”。试问，通过市场与票房检验，早已是电影生产发展繁荣的主渠道，票房差，就是观众少，那我们所追求的“影响”或者“社会效益”又从何而来？因此，笔者希望对这大量的本土影片，特别是其中质量上乘者，一定要想方设法为之鸣锣开道，拓展市场，争取票房，扩大影响，使其发挥应有的和可能的两个效益。其实，宣传与发行手段也可以是多元的。切勿投产时热情积极，拍成后听之任之，造成很大浪费。此外，建议有关主管部门与各级领导也要加强管理和监督，尽可能防止个别轻率上马，马虎制作，滥花宝贵资金，以至于在开支上一笔糊涂账的劣质项目出笼。

总之，衷心祝愿湖南的电影生产积极而健康地向前发展，努力创建辉煌。

（2012 年）

一个令人关注的电影系列

中国电影在历经了多年“危机”“低谷”后，人们终于高兴地看到，近年来它蓄势发力，累创佳绩。几位大腕的商业大片，票房频频过亿，自不必说，一群新生代导演的时尚之作，也连连闯入“亿元俱乐部”。更令人高兴的是有些燃烧着革命激情的主流影片，也在市场竞争中大打胜仗。在这片良好的生态环境中，除了上述那些光彩耀眼的名作外，其实还有不少令人欣喜的小花也应运而生，静静地吐露着芬芳。

这里要提出的，就是一个以《尔玛的婚礼》等为代表的少数民族电影系列。三年前，当以羌族现实生活为题材的《尔玛的婚礼》刚问世时，即引起了注意。它的原生态特色，它的纪实性风格，它的羌民族网络明星“三朵金花”的悉数亮相，以及它在质朴中蕴含的对民族发展前景和文化差异与冲突的忧虑与思索，都成为影片别具一格的亮点。还有影片在汶川一带拍成后，大地震突然爆发，几乎摧毁了所有美丽的外景地，令人莫名惊愕。以上种种，使得该片一时成为媒体与民众关注的焦点。除了在国内广受瞩目外，还在有关国际电影节上受到欢迎。

如果说羌族羌语电影《尔玛的婚礼》的成绩，有人以为尚带有某种偶然因素，那么接着拍成的侗族侗语电影《我们的嗓嘎》，次第而来的苗族苗语电影《锹里奏鸣曲》，以及接着投拍的土家族土家语电影《梯玛之子》，就不能不让人眼睛一亮，认真注意了。北京《文艺报》撰文写道：“这些影片都以独特的创意，鲜活的少数民族风情，显现了历史与现实的别样风采。而其在民族文化及民族学层面上的深远意义，更是让人们满怀期待。”该报还指出，“这是一种值得关注的创作态势”。这种关注，应该说很重要的即是来源于主创者的一个“理想”，“就是尽可能多地把中国少数民族的生活都拍成影片，一个民族一个，尽量用电影语言把中国少数民族的历史和文化逐一表现。”我们欣慰地看到，大幕已然揭开，开局展现精彩。这是一个非常令人神往的“理想”，当然也是一项十分艰巨的工程。且不管这项工程因种种主客观条件，最终前景如何，但它的创意，它的内涵，实在具有启发性。笔者以为，其价值已大大超越了这个电影系列的本身，它会使不少人因之而对民族、社会、文化、历史等问题，思考很多很多，期盼为之做些什么。

应该格外提到的是，这个少数民族电影系列的诞生与进展，是年轻的导演与潇湘电影集团公司长时间合作的可喜成果，湖南各民族地区的有关部门，也给予了全心全意的支持与投入。相信这种真诚的合作，能不断向前，更添硕果。

（2010 年）

追寻艺术新亮点

作为向中国共产党成立90周年的献礼影片，《湘江北去》以其独特的光彩引人瞩目。首先，选材视角新。自1918年到1921年，三年期间，毛泽东走出一师校门，步入社会，追寻真理，直到推动参与中国共产党的成立。无论对他个人经历，抑或中国革命史，这都是一个极其重要的历史关口，一个蜕变与飞跃的辉煌时段。影片定位于此，大笔挥洒，浓墨重彩，在重大革命历史题材影视剧创作中，无疑填补了一个空白，奏响了一曲新的英雄乐章。其次，影片在展露铺陈20世纪初，古国苏醒，万众喧哗，思想冲破牢笼，青春展翅高飞的宏大历史场景上，做到了正确把握，悉心梳理，突出重点，张弛有度，在众多思想流派走马灯似的登台亮相中，从容地展示了共产主义这个神圣的幽灵，在中国唱起了时代主角的必然性与强力性。

随着重大革命历史题材影视创作的日益走向成熟，包括艺术追求等方面的成绩也愈加喜人。《湘江北去》在艺术上就有不少新的亮点，十分可贵。如一，对毛泽东艺术形象的塑造，已不是一般意义上对角色形似或神似的讲求，在编导演诸方面，都可以清晰地看到一种崭新的追求，即如演员表演，那灵动的目光，那快速的步履，那机敏睿智的语言等，形成了一种不拘于个人的写实或传神，而是对全片思想主旨的渗透与体现，以及对整体艺术风格的融汇与展露。如二，目前，对重大革命历史人物的内在情感，乃至丰富人性的全力体现，乃是影视剧创作的“热门”手法。许多作品，采用的是放手倾情，不惜笔墨，而本片则另具一格，时而大笔泼墨，如毛泽东与同学少年的相处情景；而对他与杨开慧的爱情描写，则似乎惜墨如金，采用了一种中国传统式的写意手法，不动声色，含蓄、点染，却收到了成功的艺术效果。如：飞雪漫天中的凄苦等候，列车徐行时的急步追随等，都十分令人动容。如对毛泽东和母亲亲情的描写，也十分“吝惜”用笔，病中的母亲根本不出场，却时刻渗透隐现在他与亲人朋友的言语情感中。这种以虚代实的手法，在当前尤觉别具一格，实在是创作者们苦心与智慧的成功体现。如三，人物群像的点睛手法。剧中角色众多，难免浮光掠影，匆匆而过。本片无法采用某些大片的“数星星”手法，而创作者们采用的另外办法亦获成功，即取人物独特之点，寥寥数笔而炯炯传神。如：陈独秀的高傲与犀利，李大钊的敦厚与真情，蔡和森的热情与冲动，陶斯咏的聪慧与执拗，尤其杨开慧的内涵与真纯，无一不是稍加勾勒，即活脱成型。本片在艺术上的成功追求，尚可从其他角度解析，如电影语言的运用，剧本文学性的努力，都颇有可赞之处。

总之，本片在思想意义上的成功自不待说，而从某种意义上说，它在艺术上的构想与创求，也许更为可贵。在目前一大批重大革命历史题材影视作品的新作中，它给了广大观众的审美以一种新的发现，新的感染。它的整体成功与若干艺术上新的亮点，是这一个丰收季节中的可喜可贺的硕果。

（2011 年）

形散而神会

——试析《亲情》的散文风格

毛泽东作为一代伟人已离我们远去，而伴随着亿万心灵的景仰与追忆，他频频复活在多种文艺品类的再创造之中。

让我们回顾一下，以毛泽东作为主人公来歌赞的作品，这些年来可谓林林总总，稍加审视，即可清楚地看到以下两个大类：一是以直抒胸臆，诗情喷涌为其特征；二是以大事件为素材，营构鲜明的情节和冲突。此两类作品，前者可谓诗体风格，后者可谓戏剧风格，它们实际存在于各种文艺样式中，并不限于诗与戏剧这两种确定的体裁。这二者分明不同，却又有其共性同在，即可以说是皆为力度型。它们运用不同的艺术手段，都是对真实的生活和实在的情感加以概括、浓缩、夸张、升华，以强化其思想和艺术的感染力或冲击力。

然而，当人们在不停地面对此两类或鲜明或强烈的作品，并通过他们浸浴着毛泽东的思想光辉，人格魅力或走进毛泽东的心灵深处时，大约都会隐隐感到某种不满足或缺欠。毛泽东的精神世界实在是太博大太精深了，它除了以“天翻地覆慨而慷”使人震撼，或“泪飞顿作倾盆雨”使人激奋外，还有大量平和的宁静的乃至于琐细的因素，作家们从中寻觅不到或难以编织出有力的矛盾与冲突，也难以提炼出使人心灵强烈激荡的情韵。然而，它们又决非索然无味的。在平淡中，在无言中，你时时能品味出一种崇高，一种境界。这种感觉可用“随风潜入夜，润物细无声”比之。那么，当作家们静下心、运着神，“随便”地采集着这些，并“随便”地写了下来，这大约就是散文了。而当作家在驾驭另一种文体（如戏剧、小说等），却在自觉或不自觉地沿用融合这种思维的公式时，人们就可以称之为散文风格了。

我们所看到的《亲情》（上下集），就是这样一部颇具散文风格的电视剧。作为一“剧”，它有人物：毛泽东和他的几位乡亲；有故事：乡亲们到北京看望毛泽东；同时，也衍生出了剧中的情节，主要就是文运昌等想留在北京谋个差事，而毛泽东最终没有同意。如果从一般意义的编剧理论来看，这个取材是无力的，甚至是贫乏的。因为，它既没有如影视作品《重庆谈判》《秋收起义》等那样强烈的外部矛盾，也没有《毛泽东和他的儿子》等鲜明的内心冲突。我们可以看到从编剧的角度，作者在可能的情况下已作了很大的努力。他以毛泽东与文运昌这对人物为主线，辅之以另外几位亲戚为附线，展开了“留京”与“还乡”的矛盾冲突。但，真实的生活注定了这种矛盾无法进一步激化，甚至注定了它只能若有若无的存在，否则，将危及到这种备受关注与必然制约的“重大革命历史题材”纪实性作品的生命。于是，我们看到作者借鉴了散文技法，一种以叙事为脉络的叙事散文的技法。在这里，形成了两种并行的似乎是很随意的叙事：一是故事本身发展中的直接叙事，即原原本本地写两组乡亲们的先后到来，他们和毛泽东的见面、相处、谈话、离别等；二是故事发展中故人相见时回忆叙旧所带出的一系列昨日往事与感叹唏嘘。这两条线，一明一暗，跨越两度时空，看似随意，实则经过了作者在大量素材中的精选与组织，扣住了“亲情”二字来一一展开。另外，若加细察，还可看到一条若即若离的附线，即毛岸英与父亲以及与文运昌相见谈话的线，尤对“亲情”这一内核以点染与强化。从剧情的发展来看，这一明一暗一附三条线，平和展开，绝无骤变、突转、爆发等情势出现，却在无意有意之中，通过一种量的积累，逐渐形成了情感的升温和深化。

此外，作者还采用了一种闲笔式的手法，看似不经意地点缀了若干生动的细节。仅就故事开始部分即有好几处. 如：毛泽东要求撤掉鲜花，换上松柏；要求孩子们吃饭要节约，爱惜粮食；给女儿画故乡韶山上屋场的图形等。其他部分，此类点染之处亦常见之，较为突出的，如：《盛世危言》与毛泽东的借书条；毛泽东偷藏豆豉辣子；等等。这些笔墨，非同于一般情节中的细节，它们有些时候与情节发展的结合似乎并不十分有机，有时，似乎是信手挂靠上去的，但几处着笔，却形成一种氛围，甚至是一种气韵。这，即如传统中国画中为人所熟知的“苔点”技法，正是于不经意处见匠心。

这样布局谋篇的结果，显然，有的人会觉得“拘谨了一些”，“平板了一些”，也有的人会认为“谋篇布局还失之于平，张弛不够，致使结尾推不上高潮”（以上，均见在北京座谈会上的发言）。但我以为，这是按照一般性的规律来要求了，未能注意到由于这个题材的特殊性，致使作者着意形成了一种追求。正如作者所说：这个取材“无法构成剧烈的戏剧冲突”，“这个剧是另一个范畴的东西……因此这个戏的表现方法，就只能是通过日常生活的平凡故事来展现，即‘平中见奇’，‘以小见大’了”。而且，我以为，这种表现方法的运用，或者是这类风格的采取，并不是消极的无奈的，而是积极的并富于创造性的。因为“以往的影视剧在表现主席各个革命历史阶段的事已写得相当多了，但集中写他与乡亲的关系的还是个缺门，而这种关系的大量事迹，都表现了主席的一种极为可贵的高风亮节”，“加之当前对于领袖（领导）的廉洁问题，已是人民关注的热点……”（以上，皆为作者语）所以，作者选取了这个会被一般创作者们所忽视或不得已而舍弃的角度，实在是一种充满责任感与真诚情感的可贵抉择，而且在写毛泽东的题材的影视剧创作中作了宝贵的并相当成功的探索与拓展。这种看似平平淡淡的娓娓道来，虽无戏剧冲突强烈的那类作品那样抓人震撼人，也无诗情澎湃掀波澜的作品那样扣人心弦，但这种极为真实的自然的风格，用之成功，其艺术魅力绝不比前两类为弱，甚至会有滴水穿石之妙。

当然，本剧散文风格的运用成功，还有一个不可忽视的、也许是带有某种根本性的原因，即毛泽东这位巨人本身的思想光辉与人格魅力，以及广大群众对他的深厚情感。这种十分接近真实的叙说，有时恐还有一些从艺术上来看并不十分成功的罗列和编织，由于事实本身即是非凡的，卓越的，甚至是无与伦比的，犹如一根丝线串成了一声珍珠，毋庸再行加工它已经光彩夺目的了。这，也是许多纪实性作品成功的先决性。当然，我们这样说，决非贬低作者的匠心。风格的确立与把握即是匠心，成功地把本剧一定程度的戏剧性结构，时而勃发的诗情，作品中所蕴含的思想和哲理以及散文风格这数者融合为一，实在是一种不易的事。虽然，我们还不能说这样融合已到无可挑剔之处，但这的确是一种值得赞誉的努力。

古人云：散文形散而忌神散。《亲情》一剧成功之处甚多，我以为仅就其散文风格来说，可谓形散而神会。这，就使其具有了独特的艺术价值。

（1997 年）

如沐春风

春风，还有那满目葱茏……

这是看完这六集电视剧后，油然而生的综合印象，似乎是一种美学意义上的通感吧。一部颇带纪实性的反映列车员生活与劳动的，因而被有的人称之为“行业片”的作品，何以美好至此。

首先，也许是它蕴含的内涵。这是一部开宗明义歌颂雷锋精神的剧作，是发生在一列赴京客车“雷锋号”上的故事。谓之故事，实则并无很强故事性，而是将女列车长杨真和她的姐妹们在平平常常接触形形色色旅客时，所零零碎碎做的许许多多小事，加以编织甚至还有点罗列地展示出来。然而，由于它们多系创作者们在斑斓的生活花圃中细加采摘，因而真实，真切，真诚，竟至形成了一种清水芙蓉天然无饰的境界，忽然间，雷锋似乎“依旧带着他那善良的微笑”，在这又一个通向春天的列车上降临了，他以“朴素而平静的姿态，不动声色地”走向人间，走进观众的心中……于是，面对荧屏，我们感受到春之气息。

再也许，是一组青春华彩的艺术群像，使观众眼前为之一亮。看烦了眼下众多电视剧中搔首弄姿的古代佳人，或是歌厅、酒吧中那伙酷毙了的“野蛮女孩”，面对如此健康美丽，快乐劳动中的她们，真令人振奋不已。她们英气勃勃的队列，她们明眸闪亮的笑容，乃至她们蕴涵真情的那番动听的行业用语，已绝不是一种浅表意义上的美感。想强调一点的是，本剧编剧的构想，导演的指向，在这组女演员身上的体现，是一种思考，一种追求，于艺术，于生活，都具有一种启发性的意义。

还有一种“也许”，即本剧的抒情轻喜剧风格，从容不迫，轻盈舒畅，给了我们那么多的亲切微笑，还有那韵味深远的温馨幽默，整个一派生机盎然的绿色情调。

本剧的策划者与制片人感慨地告诉我们，他当年即是一位列车员。很长时间，他的青春脉搏，就是与列车的铿锵声在一起交响和鸣，以至多少年后，历经人世沧桑，这份“铁路情结”，仍然在心中珍藏着，激励着他，甚至煎熬着他。终于，他开始了一段年复一年构思、策划、筹备和制作过程……这一切，他说，“甚至可以说是一种艰难的跋涉”。终于，人们看到了这份用情感和心血熬制的作品。

是的，春风鼓荡似的美好感受，使我们宁愿去尽量理解和原谅这部作品的某些粗疏之处，而高兴地接受它的那份真。也许，对艺术而言，这正是最可贵之点。

（1998 年）

读稿笔记（8则）

（一）《风华正茂》（投拍上演改名《恰同学少年》）

本剧可说是重大革命历史题材电视剧本中一部可贵的创新之作。它除了具备此类题材的基本特质外，我以为新在以下几点：

1. 以往描绘毛泽东的大型电视剧，时间跨度大都偏长，故而多有编年史的味道，人物纵有性格展示，也不得不随大的事件匆匆而走。本剧则以在第一师范短暂的求学岁月这一人生横断面为舞台，从容挥洒地展示了毛泽东与他周围的众多人物，以及他们所编织的形形色色错综复杂的纠葛矛盾与冲突。虽亦有历史进程重大事件为经络，但的确是在十分刻意地浓墨重彩地塑造艺术形象，即是写“人”。

2. 冠名为“革命青春剧”，这“青春”一语值得赞许。作者可能从目前十分热门的青春偶像剧受到感悟，而试图从取材自伟人青年时代的角度着眼，写“革命”，亦着力开掘其“青春”气息。这，无论从思想性艺术性观赏性三者哪一点来看，都是可贵的。此外，决心进行“商业运作”，也应予赞赏。若能改变一下重大革命历史题材电视剧的生产，主要依靠政府投资社会赞助不管盈亏的状况，实在是好。

3. 本剧除十分生动地写出一大群人物外，情节设置也甚为精到。作者长于营造，工于渲染，有不少场十分精彩的“戏”，确有绘声绘色乃至气势逼人之妙。

4. 通篇充盈着书香之气，儒雅之风，又洋溢着诗意与激情。有鲜明的风格化色彩，足可感到作者的文学素养与年轻人的勃勃生气。

然而，有的特点过于突出，也带来了某些偏颇，故有如下建议：

1. 总体上感到，全剧“革命”的弦仍绷得太紧，年轻人的喜好、情趣、浪漫等“青春”生命的天性，似乎尚顾及不够。其实，有那么一点“闲笔”，还会起到调剂乃至于增色作用，要让观众喘喘气，放松点。须知，这时候也正是伟人生命历程的初期，他在很多很多地方都和一般的年轻人一样。

2. 本剧人物形象个性鲜明，富于色调对比，但有的人物刻画亦使人感到某种斧凿痕迹，反面人物则多少有点漫画化。有的戏作得太好则会过。毛泽东的艺术形象已经很不错了，但仍感到某种过熟或过高，或者说还多少有那么一点“神”。对他的爱情描写，亦有一些提纯之感，或曰仍为拘谨。

3. 人物语言虽不乏精彩，但言之过多。个别场景中甚至一口气洋洋千言。作为小说可，而作为受众广泛的电视剧，大量准书面语言的堆砌，难免“掉书袋”的味道，要适当割爱。

以上，也许是因为很喜爱这部作品，所以就在苛求了。本剧颇有求新创新之愿望与来势，而最后的成品，若能哪怕有一处真正出新，就有了其十分珍贵的价值。我们衷心寄望与期待。

（2004 年）

（二）《奥运驾到》

在电视剧的艺术探索日益多元化的今天，本剧采取近似于“戏说”、“恶搞”类的另一类搞笑风格（相近于《武林外传》等），无疑是可以的。全剧虚实结合，以漫画式的风格，用滑稽、夸张、变形等手法营造情节，尤其是人物幽默风趣并时有精彩亮点的语言，都是值得首肯之处。从内容看，思想理念、社会准则、道德规范等，也并无不妥。

意见与建议：

1. 以“奥运”为故事契机，时空放在表现得十分封闭落后的清朝末年，总感到反差太大，对比过度。大量情节场景，与“奥运”难以有机挂靠。另，为追求喜剧色彩，剧本亦有意无意地过多展示了人物（包括“正面人物”）的无知甚至弱智。以上的分寸把握，请细酌。

2. 此类风格作品，追求趣味当是无可非议的，但亦应有度。目前剧本中有些趣味的表现，或恐把握不够。如：《摔跤记》中，对“一见女人就会流口水”的病人的描绘；《洗冤录》中，男主角为保护江湖弱女子，躲在卧室中给其治病，又难以克制情欲的场面；其他，如“抓虱子”“尿裤子”的种种展示。诉诸视觉的荧屏艺术，不能沉溺于此类格调不高的“调料”。

总之，“奥运”题材与喜剧（乃至于“搞笑”）手法的结合，国内外早已有多种影视作品出现，其中不乏成功之作。《奥运驾到》追求着一种另类的新途径，并无不可。但，无论从思想内涵或艺术手法，亦望能在大胆探索热情追求的同时，也能细心沉稳一些。

（2008 年）

（三）《热血之恋》

重大革命历史题材影视剧的创作，从早期的侧重于浩大历史事件与展示巨幅时空场景，到深入探索与表述老一辈无产阶级革命家的独特个性与内心世界，无疑是一种可贵的进展。本剧则更在艺术上着力，试图把对人物的塑造，浓缩于一短段意蕴丰富的经历场景之中，以小见大，见微知著，应该说是富于创新与启发意义的。

目前的剧本初稿，时代背景把握准确，对两个主人公的思想性格风采有颇深的分析与拿捏，表述上亦从容着笔，生动形象，入微处甚至引人入胜。剧本中角色众多，浓抹之淡妆之，均活脱灵性。在剧本设置的有限时空内，艺术虚构的成分颇多，而于情节与细节种种，均令观者趣味丛生，回味再三。

但是，本剧独特的艺术构想所造成的相对封闭而短促的时空，以及细节丰富却无法铺陈有分量的情节这一情况，总使人感到有些局促，有些浅表，或则感到有某种刻意为之。而且，蔡、向二人去法留学在船上的一小段经历，应该说只是他们光辉壮烈一生中的前奏。所谓热血之恋的动人篇章，窃以为在他们以后投身生死斗争之际，方才焕发出辉煌光彩，使人动容震撼。据此，目前的写法，很别致，很浪漫，却总感到轻了虚了。若欲概括他们崇高的精神风貌，恐难以达到。

当然，这只是读完后即时性的直感，未细作思考，仅供参考。愿广泛听取意见，细作加工，用新的努力，实现新的成功。

（2010 年）

（四）《湘南风暴》

在中国红色革命史的巨幅长卷中，湘南暴动无疑是引人瞩目的光辉一页。尽管过去亦曾有不同类型的作品予以描绘，而在建党90周年之际再来重温它，并站在新的时代高度体现它诠释它，无疑是具有更新的重要意义的。

读完剧本，感到作者熟悉史实，下笔从容，情节脉络清晰，谋篇平稳得当，人物众多而神形各具，故事性与戏剧气氛亦较强，白描的笔法与纪实的风味使得全篇予人以一种质朴感与亲和力。总之，眼下的本子给下一步的修改加工打下了较好的基础。

应该指出的是，对重大革命和历史题材影视作品的创作生产，多年来一直是各方高度重视与狠下功夫的"重头戏"。自新时期始，全国与我省均先后推出了大批优秀作品，积累了许多成功经验。因此，我们希望《湘南风暴》能以更高一些的尺度来严格要求，精心打造。

综观目前的剧本，总感到写得有些过于平实，或过于"老气"。若据此投拍，尽管导演等各方面尚可为之增色添彩，但就放在近期所推出的许多反映党史、军史的影视作品中间来审视，或恐难以令人满意，难以在观众与市场面前得到应有的反响与赞誉。当然，眼下的剧本应该尚是一个正在创作加工过程中的半成品，相信经过提高与完善，当会更上一层楼。

应该说，剧本除了取得前面提到的成绩外，尚有着大可挖掘阐发的发展潜质。例如：朱毛会师在当时的战略紧迫性，它的重大军事价值与历史意义，大可浓墨重彩，予以强化渲染。还有，朱毛二人的革命志同情深意笃，虽关山阻隔却心灵相印也是大可着笔之处。剧中好些人物，如伍若兰、胡少海、范石生等，都尚有不少的笔墨空间。此外，全剧战斗的情节不少，而大多匆匆而过，尤其是后半部戏剧与情绪高潮处，实应大笔挥洒，高歌辉煌，井冈红旗，漫卷风云，怎能几行字幕了结。末了，全剧人物语言，虽亦有生动之处，但多有概念枯燥之病。打磨一番，当非难事。相信作者的笔下功力与努力追求乃为成功保证。

总之，题材厚重，期望值高，真诚祝愿成为上乘之作。

（2010年）

（五）《蝶恋花》

剧本读过，意难言之。

有关毛泽东同志与杨开慧烈士的爱情与婚姻故事，无疑是他一生中的重要经历之一。其壮丽，令人感佩；其凄婉，亦使人唏嘘。但，或由于环境复杂、音信不通、情感左右等缘由，井冈山时期出现了他与贺子珍成婚的两难之事。历来，有关的文艺作品对此多有意回避之。因为，艺术表现很不好把握。正如此剧本中写的毛泽东自言：“我自己也不知道，怎样才能两不辜负。”因此，在当前的历史与社会背景下，在创作者还不具备高屋建瓴，拿捏有度，下笔从容的情况下，直接正面去描述与剖析这一段故事，也许“有戏”，但实在是难为了。

从目前的剧本看，对杨开慧烈士的描绘无疑是细致而动人的。从真实的史实看，她也的确完成了一个好妻子、好母亲、好战友的壮丽一生。而在剧本中，作者对毛泽东的笔墨，就显得吃不透，拿不准，故而左右游移，令人难堪。此外，贺子珍与毛泽东的几段感情戏，夹杂其中，就更是尴尬了。

总之，我以为关于毛泽东同志的壮阔一生，尚有其他许多可以大笔书写的地方，而目前这一取材点，不是说一定不能写，更非所谓“禁区”，但吃透难，表现难，切不可有意无意认为“有戏”，有“看点”，就有意无意地忘了此类重大题材的质的规定性了。

（2012 年）

（六）《平民领袖》

之一

花鼓戏《平民领袖》，原系 2012 年湖南省艺术节获奖剧目之一。此剧的最大优点是通过延安时期关于毛泽东同志高风亮节，虚心听取群众尖锐批评，认真改进工作的故事，歌颂了共产党人爱民亲民的崇高品质。在当前，此一主题尤具现实意义，与党的十八大精神十分契合。如果能在舞台剧基础上，进一步修改加工，使原剧故事性较弱、戏剧性稍欠的不足得以改进，拍成广大观众，尤其是农民观众喜闻乐见的戏曲电影，乃是值得期待的好事。

目前的电影本，却不能令人满意。首先，改编者大概为了丰富内容，活跃形式，更加电影化，从头至尾着重展现了一个县级剧团，如何克服重重困难排练此剧的过程，而将原剧本故事情节，分解穿插其间。这样，最大的损失是关于毛泽东同志的历史故事被大大删削了篇幅，无法充分展开。被弱化了的故事主体与一个剧团排练此剧的详细过程相比，实在是本末倒置了。

其次，关于汨罗县剧团艰苦努力排演反映毛泽东事迹剧目的过程，自有其令人感佩之处，但从剧本所反映出的事实看，并未见到特别的分量或不凡的意义。故此种构思与布局，恐值得商榷。而且，全剧采用一种纪实性的笔墨，写了真人，写了真事，另对市级与省级有关部门的“不重视”也反映了出来，似颇有微词。据知，实际情况到底如何，亦有不同说法。目前的剧本情节中，总让人感到有一股“怨气”。这种情况，反映在作品中，我以为实无必要。此看法仅供参考。

总之，《平民领袖》是一个很有现实意义也颇有基础的好戏，若能在原作基础上，广泛听取舞台演出后各方面的意见，集中笔力，大力充实，努力提高，拍成电影及时推出，当是大好之事。

（2013 年）

之二

《平民领袖》一剧，主题很有分量，在当前尤具积极意义。前已提到，这是它的最重要价值。作为一部现代戏曲，艺术上也颇其个性特色：十分生活化的人物与语言，生动的载歌载舞表演形式，这些将是吸引广大观众的亮点。

根据各方意见，这一稿作了认真修改。首先，对故事本体之外有关剧团排练的大量新添情节作了删剪；其次，恢复了原剧本的完整结构，情节与细节作了些调整与发展。总之，虽然故事性较弱，矛盾冲突较简单的问题仍在，但也不必苛求了。以下，演员的精心选择（特别是一号角色）以及导演的细心把控就十分的重要。

另，剧本中尚有个别情节比较生硬，望打磨一下。还有剧名，“平民”二字总觉不熨帖，请酌。

同意在进一步修改后，投入拍摄，期望成功。

（2013 年）

（七）《因为爱情有多美》

本剧是一部反映当代都市生活的社会言情剧。人物众多，关系错综，由此演绎出一个关于婚姻家庭爱恨情仇的复杂而绵长的故事。此类作品，时代与地域背景相对淡化，矛盾纠葛变化多端，着力强化戏剧性、煽情性与趣味性等类型元素，成为收视群体的热门选项，也同时带来较多的商业效益。应该说：目前已看到的40集，虽尚未完结，但其创意、内容与风格等诸方面已基本呈现，总体尚佳。尤其是人物造型与关系的设计，可谓强项。语言亦具时尚与个性色彩。由此可以预见，若拍摄顺利，当是一部能吸引受众的佳制。

目前尚处剧本阶段，现提出如下修改建议，以供参考：

1. 剧本所反映出的时代与社会背景可以适当明朗一些。目前这种刻意的模糊化，也许是对打开海内外更大市场的考量，但同时也可能带来观众对剧情浅表与虚假的印象，亦恐是对作品的损害。

2. 综观全剧，总感到对不少人物内心世界的复杂、庸俗甚至恶毒的笔墨过多，而对剧名所标示的主旨“爱情有多美”在剧中的体现，却觉得相对弱些。总之，写“美”的东西还是多一些为好。

3. 人物众多，总体来说个性鲜明，各各有别，但作为一部以写实风格为特色的作品，适当淡化一些漫画化的色调，落俗套的笔墨，是不会损失剧中应有的娱乐性的。

4. 剧名，有时尚风采，但从语法上看，总觉不严谨，还有些拗口。

综上所述，如果尚未读到的下半部，也基本沿袭前面的总体走向，剧本的基础应是较好的。同意在进一步修改打磨后，投入拍摄。瞩望成功。

（2013年）

（八）《因为爱情有晴天》

此稿是《因为爱情》系列长篇电视连续剧的下半部。总体看来，基本延续了上半部的立意、人物、故事与风格等特质，应该说是一部体察世态炎凉、铺陈人间画图，寄予审美理想的不错的社会言情剧本。

在当前众多电视剧作争奇斗艳甚至撕打火拼的局面下，本剧没有像不少作品那样赶热门题材，玩戏说穿越。虽不乏许多的商业性“亮点”“热点”等（这也无可厚非），但终归是一部认真甚至是“严肃”的新作品。在眼下，尤应肯定。相信经过同样认真严肃地加工提高，我们有理由期待它将是一部吸引观众甚至启迪感化观众的好作品。

修改建议：

1. 仍然重复对上半部的意见。本剧既然有颇强的写实风格，故建议不要过于淡化乃至回避对真实的社会与时代背景以及生活氛围的自然展示。如果成为了一个装在唯美的人为的艺术空间的故事，会对其思想与艺术真实性造成重大危害，甚至造成虚假的印象。而这，是得不偿失的。当然看目前的剧本，上述那种琼瑶式作品的走向并不明显。故这种点醒，亦仅供参改。

2. 如对上半部所言，望进一步加强对人物内心复杂性的真实展示，减弱漫画式的笔墨。全剧中，尤望强化对美好心灵的热爱与歌吟，唤起观众的审美愉悦与精神升华。

3. 标题。可不可以再斟酌一下。

总之，同意在进一步打磨后投入拍摄。虽不强求精品，也期望成为佳制。

（2013 年）

二、戏剧风景线

大江听涛
——湖南戏剧景观

一位人们所敬重的学者，曾用“从远古奔来，向大海流去”的大江，譬喻中国戏剧文化的历史形象。这是冷静而科学的。

那么，一段时间内沸沸扬扬的戏剧“夕阳”、“消亡”诸论，我以为只是当着礁岩沙滩扑面，或河床似见狭窄或枯水时节所出现的一阵不沉着的惊呼。大江仍在奔流，当然亦非如昨。人们看到，新情势或危机感已使戏剧从优哉游哉中猛醒过来，抖擞起来，正努力重新迸发出一股久已倦怠的活力。这是一种痛苦的苏醒。

我们所面对的今日湖南剧坛，在这长流中不过是区区一脉；但是，仍可从中清楚地听见它那种虽然紊乱却充满活力的搏动。

这种活力的搏动，包含着甜酸苦辣种种的翻腾变幻，任何人都难以保持平静。辩论争吵，是自然的。如果只想出现或回复一种有条不紊的太平景象，是不可能的，甚至是无益的。在改革开放时代所造成动荡分化改组的欢乐与痛苦交织的大氛围中，戏剧必然出现目前这种充满矛盾，既危机四起又孕育新的希望的局面。

有人指出，一股探索的思潮近年来在我国各个文艺领域里喧腾前涌，包括戏剧在内。虽有先有后，但几乎都不约而同地卷入，并形成全国性高潮。如果这种“探索”的意蕴不仅仅是指那些奇异、陌生、反常态的作品，而是变革、创新、发展，笔者深以为然。透过湖南剧坛纷繁复杂的表象，就可以看到一种整体趋向，除体制、管理、经营、生产等，其艺术实践之探索尤为兴盛，尤为引人瞩目。本文主要着笔于此。视野所及，印象深刻处有三：

1. 强化主体意识，奔向审美天地。戏剧正努力摆脱庸俗社会学的严酷钳制，从为政治服务乃至为政策、中心效命的状态中解脱出来，复归艺术本体，走向审美天地，使作品的价值从“工具”而升华，超越题材、时空，显示更为深邃的思想内涵，焕发出强大而久远的艺术魅力。由于是一种阔别甚久的复归，所以带着强烈的探求色彩。如《深宫欲海》《喜脉案》《红楼梦新编》《公寓·13》《众生相》《山鬼》等作品，让人体察到一种执意的追求。

“文学是人学”。具有社会属性和自然属性的“人”的形象的出现，是戏剧复归或主体意识强化的重要标志。《深宫欲海》中的宣姜公子朔；《喜脉案》中的李珙；《风过小白楼》中的常玲；《芙蓉女》中的胡玉音等，都是颇有血肉颇具典型意义的“人”。

主体意识的强化和对审美天地的奔趋，不应意味着对时代社会的淡漠和对人生热情的消退，而应该是作者用自己的眼睛去积极观察，用自己的心灵去深刻感受和倾心捕捉发掘生活之美，艺术之美。改革开放的活跃时代激起了创作者们的很大关注，《风过小白楼》《想穿牛仔裤的老知青》《活力》等，尽管得失不一，但都大胆直接正面着笔，具有鲜明的爱憎或倾向性。另一类作品则在新时期大背景下，分别展示各类人物的追求困惑等动荡心态，如《桃李争》《野花情》《三抬花轿》《杨赛风》《咖啡店的风波》等。一些新编古装戏，或有多义内涵。但我们也不难从中看出当代风云所引起种种思虑的印痕，如《深宫欲海》《喜脉案》《一天太守》《龙头杖下》等，这使得它们激起人们的更大共鸣。

2. “纵向继承”和“横向借鉴”反向运动。有人总想在“纵向”和“横向”之间找寻一个稳定的坐标点，以期规范扳正当前多种多样的戏曲实践，从理论上看也许是稳妥理想的，而实际上难以实现。当前，戏剧（尤其是戏曲）正以变幻不定的多副面孔出现在人们眼前，而且，可以明显地看到两种反向运动。

人们议论得较多的一种是重“横向借鉴”。话剧、歌剧自不待言，戏曲中如《古松下的旋律》，颇具域外现代风味和荒诞色彩；《芙蓉剑》的精神分析和意识流手法；《咖啡店的风波》的流行歌舞和“功夫”；《风过小白楼》的散文笔调和歌剧风味；《山鬼》的寓言象征情态；等等。有的作品，我们甚至感知到魔幻现实主义和泛性论的气息。

对这批作品的探索，毁誉不一，剧场效果也大相径庭。一般说来，比较充分顾及到戏剧欣赏的群体性者，比较聪明地去诱导适应而不是强行灌注给观众，多有成效；而一些主观意愿过强者或过急者往往受到观众的冷遇乃至抵拒。

另一种是重“纵向继承”。有人认为这不算什么探索，而是沿袭乃至复旧。事情不这么简单。回首戏曲运动多年来“前进”的教训，正是相当严重地失落了自我，在抛弃了若干速朽性因素同时，又丢失了许多具永久魅力的宝贵财富。在当前“横向借鉴”蔚然成风之时，这种“向后看”，或也可名为“寻根”式的努力，尤需要勇气和求索精神；这种不趋时不哗众的刻意追求，却往往给人以新鲜之感。

《桃李争》老实得可爱，它的平铺直叙手法，封闭式的故事结构，舞台上几近一桌二椅的格局，无不呈现一种大朴之巧。作为“唱工戏”的认真努力，又给人以情感上充分宣泄的痛快和听觉上的审美愉悦：观念不谓不新的《风暴过洞庭》，则充分运用了传统戏曲时空自由的写意手法，且刻意于戏曲舞蹈与武打的设计。对于已“习惯”于现代戏日益趋于写实的观众来说，颇觉耳目一新；《三抬花轿》的确是在“歌舞演故事”；《一天太守》中，湘昆似正在逐渐丧失的“湘”味和土气又盎然于台。又如《风流嫂子》《竹叶》《三换轿》等，都分明使人看到一种真诚的信奉和开掘。

当然，如果作品“继承”、“借鉴”兼具，各类人等都将能接受或忍受，岂不更好，但实践中重心总会偏落，无法持平。而且，比较明显的乃至偏颇的走向，恐更能给人以启迪或“刺激”。

3. 学者式倾向和通俗化追求。如果说，戏剧史家告诉我们戏剧本质是“俗文学”，其基本对象当是市民和农民等广大民众，那么，也应说，随着历史演化和戏剧自身发展，早已不能用一个“俗”字概括了，目前，虽尚未见有如文学界那般公开打出“严肃”或“通俗”的旗帜，或提出“新潮”、“寻根”口号，但在创作中已显见分野。近年，随着我省一批年轻（也有年长的）作者（他们多来自“学院”）投入实践，学者之风似在吹起。他们勤思考、工理论、求创新、重借鉴，写出了一批新貌的乃至反常态的作品。也许由于他们的脱俗，或是因具有某种“超前性”，因而往往剧团不致接受，其中也有些印成铅字或投排演出的，但多引起歧义。对此，我们不能一言蔽之，而需具体分析，慎重宽容对待。这其中有一些思想较深刻，且注意国情世态和广大观众审美习惯的，如《深宫欲海》等，就有许多人喜欢，不同层次的观众都能从中多少悟出些道道来。而有的作品则过于隐晦，意识过于“深层”，手法过于奇异，往往造成接受对象的审美抵拒。当然，也有的作品则应该说是“食洋不化”了，作者可能在萨特、尼采或弗洛伊德等的思维天地中迷失了自我，有意无意在搬弄仿制，冷遇或搁置是自然的。相信这些作者会在寂寞之中自省，回到现实土地上来。

总之，对这种创作现象，我们应抱着首先正视其存在，而后热情冷静分析对待的态度。也许，更应着力地发现肯定其合理内涵，使之健康发展。对总的看来比较封闭凝滞的戏剧（特别是戏曲），过大的变异乃至叛逆的出现也不尽然是坏事。

前已论及，戏剧的本质是“俗文学”，至今纵有万般演化，但其欣赏的群体性乃至经济规律恐决定了其禀性难移。目前，我们可有多层次多元化的追求，但终归要吸引最广大的群众。近年来，一些作者和剧团立足于通俗化的努力，既有求生存的现实考虑，亦有艺术上理论上的清醒思考追求。《风流嫂子》《破铜烂铁》《三换轿》《潘金莲之死》《咖啡店的风波》《小巷歌声》《酒干倘买无》以及连台本戏《孟丽君》等，都有这种明确努力，有的戏甚至公开亮出“通俗”乃至“逗把”的口号。它们演出场次和票房价值之高无疑令人高兴，而其创作态度又大抵严肃；作品思想内涵有的甚至颇深，不同于某些打着“通俗”旗号的作品，只靠暴力、色情和低下的笑料噱头博取廉价效果。这种探求，应认真研究并给予充分估价。

除以上所述，湖南戏剧景观，还可从许多角度探视。它是活跃多变的，确如大江奔流，旋涡激浪迭起，往往令人难以捉摸追踪。如喧闹一时的“喜剧热”似在退潮，而悲剧正剧似潮头渐起；多年的现代戏“优势”尚在，近却表现平平；而一直较为落后的历史剧创作则佳作屡见，颇有升起之势，花鼓戏猛进势头出现疲软，而湘剧、荆河戏、武陵戏已有所镇定，在新的冲击中显露出其底蕴和实力。这些，都值得分析思考。

本文对近年湖南剧坛匆匆扫描，极难准确清晰，或恐谬见丛生，但想必多少能透露出这样的信息：

戏剧这条古老大江，虽未见撼人大潮掀起，而那乱涌的波峰和那错杂的涛声，证明其生命之力依在，正在曲折坎坷中，重聚势头，奔向未来。

（1987 年）

迈上第三级台阶
——戏曲导演中心论

问题从未像今天这样迫切地提出。不是某种时髦的论争，不是导演们一厢情愿的呼吁，是到了必须做出科学结断的时候。也许，戏曲对此已延误了过多的时间。

让我们来简要回顾这一命题产生和发展的历史进程。

众所周知，在人类众多艺术品类中，戏剧一开始就是由多种艺术因素组成的综合艺术。西方艺术家曾作过这样的概括：作为十大艺术之一的戏剧，综合了诗、音乐、绘画、雕刻、建筑、舞蹈等六大艺术之因素于其中。作为中国独有的戏曲，其综合因素之多尚不止此。

这种综合，必然经历一个从简单到复杂、从无组织到有组织、从低级到高级的过程，以至形成一个由相互联系、相互作用的若干因素按一定结构组成的具有特定功能的整体，也就是一个有机的系统。如何使自己变得强大，达到“整体大于它的各部分的总和”的境界，是世上无数存在的系统，包括戏剧（戏曲）在内追求的必然途径。对于戏剧，这是一个漫长的历程。

有的理论家审视了戏剧的整体，提炼出组成戏剧的四要素：演员、剧本、观众和剧场。但是，更广泛的组成元素解析也好，六大因素或四要素的提炼也好，还必须从中寻觅出一种主导的因素。戏剧和一切系统同样，它的整体不等于各因素的简单相加，任何因素或要素进入戏剧整体的组合之中时，它的特性和功能必然要受整体的控制和支配，它绝不能保持其独立状态时的功能和特性而不发生变化。而在戏剧中，执行这种整体的控制和支配的中心因素是什么呢？

从戏剧诞生之日起，千百年来戏剧就不自觉地依仗或自觉地寻觅着它。被后来人提炼出的四要素很自然地成为注意之点。最初，戏剧找到了写作剧本的剧作家。西方戏剧史家们把戏剧的正式起步者追逐到公元前数世纪古希腊的埃斯库罗斯。他和他以后的几位伟大剧作家们，写出“一剧之本”，又投身于排练场，调动各种艺术因素，运用各种表现手段，去组织完成早期戏剧的生产全过程。他们往往不仅是中心，甚至集编、导、演数任于一身（导演于此时，尚只是一种职能的模糊体现）。这种剧作家主宰全局的情况，延续甚久。综观自那以后西方的戏剧理论，不可否认，尽管大多都是从整体上来观察戏剧的，而且随着时代和戏剧发展的特殊情况时有侧重，但其中主要仍偏重于剧本也是事实。也就是说，人们实际上是一直把剧本（剧作家）作为戏剧的中心因素。直到十八世纪，随着演员在戏剧中的地位不断提高，法国的狄德罗第一个系统地提出了表演理论问题。自此，有关表演艺术的讨论大为兴盛，以至出现了表演中心论，一时竟成为主要学派。这样，演员似乎又成了戏剧的中心因素。还有，比狄德罗稍晚一些时候德国的克宙格尔，则强调了剧场对戏剧的重要意义，对于组成戏剧整体的各种因素，他感兴趣的是它们归结而成的剧场效果。十九世纪法国的萨赛，则把注意力集中到了观众。他实际上提出了以观众为中心的结论。依次看来，剧本—演员—剧场—观众，所谓的戏剧四要素都先后或同时被指认为其中主导的或中心的因素。其中，剧本和演员作为中心的理论和事实当是跨度最长最易为人所接受的。然而，在这一古老的综合艺术中，一个最初似若无形的因素从戏剧产生起就静悄悄地存在。开始，它往往随着在其中某个艺术因素或临时外来因素之中，故为人久久忽视，这就是导演的职能。它最初也许像一种黏合剂，进而更如同人类肌体的中枢神经，它在人体中无所不在，却比诸多明摆着的器官较晚才被发现，它的成熟也晚。随着戏剧肌体发育，导演职能这个戏剧的中枢神经终于越来越发挥其无可替代的决定性作用。于是，戏剧从一种不清晰的导演职能的存在，进化到了一个重要的阶段：专业导演正式独立出现了。在西方戏剧史上，第一次出现这个名称，是十八世纪后期的事。到十九世纪末，具有现代意义的导演才正式确立，它在欧洲即迅速改变了千百年来剧作家和演员们主宰剧坛的地位。它驾驭全局，有效地提高戏剧这一综合艺术的总体力量，大大促进了戏剧的发展。戏剧只有通过导演这一中心环节，才能正确处理其各种构成因素和整体的有机关系，才能保证整个系统的正常运转，从而使戏剧的整体达到预期目标。导演艺术成为中心，丝毫不意味着导演的高大身形会掩盖伟大的剧作家、演员、音乐家、舞台美术家等的夺目光彩，它只会在更为有机的合作中推出真正戏剧的明星。无可否认，一百年以来，莱因哈特、梅耶荷德、斯坦尼斯拉夫斯基、布莱希特等一批伟大的导演艺术家，的确主宰着西方戏剧的潮流，把戏剧艺术推到了一个全新的成熟的阶段。

“人类的经验差不多都是采取类似的路径而进行的……人类精神的活动原则也都是相同的。”（摩尔根《古代社会》）东方人和西方人或先或后不约而同地都创造了戏剧这一艺术。中国戏曲和西方戏剧有许多不同之处，包括其组合因素和组合之差异，但基本特质是一致的，而且它们各自的发展确实“都是采取类似的路径”。导演职能在西方戏剧和中国戏曲发展史上的存在和导演的确立，包括最终成为中心这一进程也应大抵如此。中国戏曲正式出现是较晚的，即公元十二世纪，戏曲很快就同样找到了剧作家为支柱。公元十三世纪就是剧作者名家辈出的时代。元杂剧的关、王、马、白、郑几乎一下子涌现出来，南方的传奇也涌现了高则诚等一大批剧作家。但中国戏曲综合体诸因素谁为中心这个问题，较之西方戏剧稍有不同的是，比较清晰地形成为两个阶段，先后走上了两级台阶。

第一台阶：以剧本（剧作家）为中心，即是上述之元杂剧、明清传奇时期，关汉卿等一系列比肩接踵的剧作家，几乎都做着埃斯库罗斯同样的事情。

第二级台阶：以演员为中心。即是清代地方戏兴起及至京剧迅猛发展的时期，谭鑫培、梅兰芳和他们前后异彩纷呈的表演艺术家们领导着潮流。

从发展的观点来看，西方戏剧和中国戏曲都总是在积极地寻觅着并确立着其综合体中的主导因素，组织支配调整其他因素，以避免其离析或松散，这无疑是具有积极意义的，在一定阶段，对推动戏剧（戏曲）前进甚至起到巨大的作用。但当对构成其整体诸因素中的一种过于强化，同时就造成一种偏颇，严重时则会造成戏剧的畸形发展。这种现象，在中国戏曲的发展中甚为突出。“文人戏剧”最初曾给戏曲带来多大的推进力！但最终的恶性发展竟至造成了戏曲与群众的脱离，几乎使之窒息。“演员戏剧”的出现，即是一种革命性的反动，一种中心的逆转。于是，一段始则积极终为阻碍的历史又重演了。自清代以来，“角儿制”逐渐确立，久难动摇，终成陋习。虽然，在本世纪初，戏曲界特别是京剧界一些名流，也许受到西方潮流的启示，已注意到导演的作用，主动邀请外界导演加工剧目，但总的来说并未被认真重视，甚至仍是为主角服务的附庸。有的著名戏曲表演艺术家公开声言：“我们把表演提到至高无上的地位……把表演看作是唯一的。”（程砚秋语）直到新中国成立之后，这种情况才有了很大改变。如果说焦菊隐先生在1938年大声疾呼“在京戏中设置导演看来已经成为刻不容缓的事”，响应者寥若晨星，那么，到了1950年田汉先生提出“建立有效的导演制度”之后，问题总算提上了日程，导演才开始真正进入戏曲圈子。但是很可惜，一直到今天，除局部情况外，总体说来并未完成这种中心转变。中国戏曲在寻觅其综合体主导中心的进程中，迈过了两级台阶，那么，它在第三级台阶前却久久徘徊，实在是待得太久了。

回顾近来的几十年，我们还可以发现又一种现象。即戏曲在强烈感到表演中心制的弊端，加之痛感剧作家队伍的薄弱之后，对剧本因素的重视特别地加强了。应该说，要改变戏曲整体的陈旧局面，大抓剧本创作，重视这一被长久轻视的因素，无论从思想的、艺术的角度来看都是正确的。但在一段时间内，这种重视或强化，又走向了另一种极端，其他因素往往又被忽视了。当“一剧之本”的口号离开了科学性，对戏曲整体的发展结果就又造成了损害。至今，这种影响尚未能消除。所谓“二度创作跟不上去”的普遍说法即是佐证。于是，戏曲在寻觅其综合体之中心因素的历史进程中又出现了一种迂回，它似乎又回到第一级台阶去了。

综上所述，可以看到中国戏曲迈上以导演为中心的这第三级台阶比西方戏剧晚了一步。必须指出的是，这决不意味着中国戏曲从总体上落后于西方。因为作为一个综合体，其优势并非由某个或某些组成部分来决定。它的组成因素既具有统一性，同时又保持相对独立的审美价值，这些因素本身又各自具有其交错发展的独立力量。何况，导演职能从戏剧（戏曲）之初即已存在，其能动作用早已越来越有力地发挥。这里有一个从自发到自觉的过程。因此，从发展的观点来看，中国戏曲虽然已成一个艺术巨人，它的身影宏大地投射到我们民族文化的辉煌画卷上，令全世界为之瞩目，人们以“古老”二字为之尊称，但它还是一个发育未完成的巨人，它还富有很大的发展潜力。无可否认，建立以导演为中心的综合生产体制这历史性的一步，它尚未全面迈出。一旦迈上这新的台阶，戏曲的各种综合艺术因素将更为有机更为有力地组合，戏曲将更富于浑然一体的生命活力。总言之，对戏曲的发展是具有决定性意义的。

导演，人们最初对组成戏剧诸因素之一的它未予重视，长期未成为一独立因素，至今被视为主导中心，从系统论的角度看，是一个系统发展的正常过程，从世界戏剧发展的大势乃至人类社会诸系统发展的规律来观照，乃是历史之必然。

时代呼唤着戏曲导演中心作用的发挥。西方戏剧导演中心制的出现和不断完善，其机遇要比戏曲好，因为当时还未碰到各种新兴的艺术文化样式的全面挑战，它还是一个霸主。导演中心制的确定，尽管亦是许多外部压力之使然，但主要恐是戏剧生产内部因素的竞争和调整。而现在，中国戏曲已不是从容地迈上这一级台阶了。五花八门的“现代化”艺术和准艺术纷涌而出，包围着它，几乎要窒息它。它要么自甘沉沦，要么奋力自强，或曰“振兴”。当前，被称之为“戏剧危机”的现象，是一个复杂的历史性社会性大问题，而且似乎是一个全球性的问题。西方戏剧亦在苦苦寻找良方，以期摆脱困境。所以，我们绝不以为一部戏曲实现了导演中心制，就能百病皆除，从此摆脱危机。但无论如何，从戏曲生产体系自身来说，充分发挥导演的中心作用，是一种为历史、为现实、为理论所证明的科学结论。它无疑将大大强化戏曲机体的生命，使之在艺术之林中具有更大的竞争活力，这是不应怀疑的。在当前的态势下，充分发挥戏曲导演的中心作用，也许可以说带有某种“临危受命”的悲壮色彩。

当然，导演中心制的建立，绝不是一种简单的人事安排或权力授予。在综合性戏曲生产过程中，导演应是中枢、是神经，它的主导中心作用：要审视、调整（或参与）剧本创作，并成为通向二度创作的纽带；要成为构成戏曲各种艺术因素的协调者；要成为演员们和演出各部门的组织者；要成为沟通演出与观众的桥梁。从客观看，导演艺术家还应孜孜追求有把握时代精神、弘扬戏曲文化、引导艺术潮流、拓展生存空间乃至于组织艺术队伍、培养艺术人才的雄才大略。总之，能居于戏曲艺术生产主导中心的导演艺术家，必须是有思想、有学识、有组织才能，又有全面艺术修养的专家。目前，我国戏曲界从总体看，导演主导中心作用未能发挥，导演中心制未能有效建立，除理论认识、历史沿袭、人员配备诸方面原因外，缺乏一支有征服力的导演队伍乃是历史所造成的严重问题。不可否认，新中国成立以来我们已经涌现了一大批如阿甲、马彦祥、李紫贵、郑亦秋等优秀的导演艺术家（还可以开具一个很长的名单），他们在自己的艺术实践中，有力地或顽强地发挥着应有的主导中心作用。但大多数戏曲剧团现状不容乐观，相当一部分基层专业剧团至今尚无专职导演。所以，当人们发现湖北省京剧团有这样一位导演，确实充分发挥了导演中心作用并基本形成制度后，到处为之传颂，并誉之为“余笑予现象”，对这种情况过细一想，放眼四望，难道不又有些戚戚然吗？戏曲需要导演，已不成其为问题。特别是近几年来在戏曲队伍自身缺乏好导演的情况下，出现了一种引人注目的情况，即大量引进话剧导演。不否认这些外来专家多在实践中努力摸索并驾驭戏曲特有的艺术规律，并且带进了许多能成为戏曲所接受和消化的新的艺术因素和手段，这是可喜的。但是，话剧和戏曲毕竟各有其质的规定性。我们也不无忧虑地看到所出现的某些混乱。总之，戏曲迫切需要戏曲的导演，戏曲需要能在戏曲综合体中起中心作用的导演。我们要解决理论上的问题，但停留在文字上或口头上旷日持久的争论已经没有多大实际意义。需要是行动！巩固、培养、发展戏曲导演队伍乃是当务之急。

戏曲站在历史性的第三级台阶面前，不可抗拒的规律决定了它迟早会迈步上去。今天我们的理论探讨和我们的各种努力，都是为了加速这一进程。但是，历史性的脚步总是沉重的，有时是徘徊的，热情的人们对此定要有充分冷静的估计。

（1988 年）

梅花香自苦寒来
——湖南梅花奖获得者掠影

旧岁交春，今年好大雪，怒放的梅花似乎格外精神。果然，这一个春天不同寻常。正值花期，喜讯传来，为庆祝“梅花奖”20周年，全国的数百名梅花奖获得者将汇聚北京，迎来他（她）们的盛大节日，在人民大会堂拉开为期一月的庆演活动序幕。党和国家对此给予了极大的关怀与支持。省会长沙，亦将在百花盛开的5月，举办隆重的“三湘梅花行”大型巡演活动。此情此景，欣慰之余，不禁感慨系之。

寻　梅

梅花，是自然界的一道亮丽风景。

梅花，又是人世间一种崇高精神的写照。

20年前，我国第一个以表彰和奖励优秀戏剧演员，繁荣和发展社会主义戏剧事业为宗旨的戏剧大奖——梅花奖诞生了。

作为奖品而精心设计的洁白瓷盘上，“梅花香自苦寒来”的字画，取其形，采其神，使这个奖项从开始就透出一派庄严，几分凝重。

冠名之始，正值10年浩劫后春回大地的美好时光，戏剧界亦一片复苏景象。梅花奖寄寓，恐主要是遵从祖先历来对晚辈苦学成材的期望鞭策。就凭此，亦是一极好创意。但，随着社会大变革、大转型，对古老戏剧的社会定位和生命形态形成了巨大的和持续的冲击，这门曾辉煌千载万众争睹的艺术，竟然陷入了困境。一时间，“夕阳论”“消亡说”搅得人心惶惶，越来越窘迫乃至困苦的处境，使得这支历来十分红火的大队伍动摇了，分化了……可是，坚贞不屈者亦大有人在。尤为可贵的是，并非只有老一辈在坚守，一批长成了的大青年和成长中的小青年亦矢志不渝。他们深知，时运交移，质文代变，只要继往开来，与时代同步，这个事业定然有前途，这个队伍定然有希望。于是他（她）们甘于寂寞，潜心磨炼。傲霜斗雪的寒梅，引领着他（她）们登上了一层又一层更高的精神境界，而梅花奖，即是对这份抗争与拼搏的光荣褒奖。我们深深感到，这个引人瞩目的奖项，绝非眼下那许许多多形形色色泡沫似的评奖活动，借用一句大俗语，它的含金量十足。

数　梅

湖南作为一个戏剧大省，人们对“梅花”的期待是真诚的，急切的。曾记得，已是五春秋，不见梅消息，笔者曾在报上发一短文《潇湘何时梅花开》。终于到了第六届，忽然间花开两朵，湘剧歌剧各表一枝。左大玢与郭卫民捷足先登了。自此，梅花列队，一字儿排开，至今已是可喜可贺的11朵了。

伟人诗云：“待到山花烂漫时，它在丛中笑”。我实在觉得，应该把这些藏身于花丛，不为很多人所知的高洁“梅花”——指认给广大人群：

左大玢——湘剧新编古装戏《凤箫怨》扮演郁梅＋折子戏

王永光——湘剧传统戏《琵琶记》扮演张广才＋折子戏

贺小汉——湘剧传统戏《白兔记》扮演刘承佑＋折子戏

王阳娟——湘剧新编古装戏《马陵道》扮演车前子＋折子戏

曹汝龙——湘剧现代戏《布衣毛润之》扮演毛泽东＋折子戏

陈少云——京剧新编古装戏《清风亭》扮演张元秀＋折子戏

刘赵黔——花鼓戏现代戏《桃花汛》扮演桃花＋折子戏

郭卫民——现代歌剧《公寓13》扮演鸽子

杨　霞——舞剧《边城》扮演翠翠

张富光——昆剧新编古装戏《雾失楼台》扮演秦观＋折子戏

傅艺萍——昆剧传统戏《荆钗记》扮演钱玉莲＋折子戏

这个看似简单甚至枯燥的名单，却透出了若干耐人寻味的信息：

其一，目前似仍陷于困境的湖湘古老剧种，仍是人才纷涌，显示出了它的深厚底蕴，迸发出坚韧的活力。它提醒我们，在世界性的“人类口头和非物质文化遗产代表作”的保护工程中，实在是应该清好家底，并有所大作为；

其二，获奖演员演出之剧目，涉及六个剧种，构成了一幅四方争春的活跃生态图，予人以希望和乐观；

其三，获奖者年龄段，大略跨越了四个年代，亦显示出后浪前浪的良好势头；

其四，地、市级获奖者人数直追省级剧团，亦是湖南戏剧界总体势力甚强，形成“垂直绿化”景观的生动体现；

其五，获奖者所演剧目，新创作的占一大半，也进一步印证了“戏剧湘军”代有人才，雄风不减；

当然，更重要更直接的是，三湘沃土养育出了这样一批香飘神州的梅花。笔者有幸观看过他（她）们所有人的演出，印象之中，真可谓光彩夺目，风姿各具。

咏　梅

左大玢，出身于梨园世家，又有幸得名师点化，出落成大家风范，端庄典雅。其嗓音可谓娓娓动人，珠圆玉润。她是最早的梅花，早已名扬三湘。当年曾演过百花公主，如今又满怀深情，为明天培育着小百花。

王永光，深得传统文化的陶冶，名伶高徒，喜好读书，通音律，擅书画。塑造人物，演与唱皆苍劲有力，台风深沉大气。剧场久不相见，观众念着你。

贺小汉，表演全才，时而鲜活稚趣，换装扮俊，又英气逼人。总是那么年轻，总是那么热情。只可惜，你离开了舞台，又高兴，你成了园丁。

王阳娟，有艺又有技，浑身充满了灵性。一个个角色，有美丽，有魅力。你还年轻，愿哪一个春天，梅开二度，给我们一个惊喜。

曹汝龙，高大魁梧的身量，从容大度的气魄，嘹亮婉转的嗓音。难能可贵的他，擅长于“大号”的角色，能予人以沉甸甸的思想艺术分量。愿多给你以劳动的机遇，创造的空间。

陈少云，不愧正宗麒派传人，唱做念舞，百般俱全，足使他如今成为梨园当红明星。湖湘子弟走天下，家乡观众关注着他的每一次攀登，分享着他的每一次成功的喜悦。

刘赵黔，浑身是戏，十分感人的嗓音，十分引人的眉目传情。浑身是劲，为民辛劳，为民请命，快人快语，是热心，是真诚。

郭卫民，很甜很纯的那一种女星，于天然中见其真，质朴动人。歌剧，是一门困境中的事业，在一个并不著名的城市，扛着这面旗帜，有一片赤心，有一股坚韧。

杨霞，三湘红梅，眼下可能你最年轻，承继着宝贵的古老，又一手伸向精彩的外部世界。那令人沉醉的舞姿，不仅仅表现着悦目的美丽，还使人感悟到丰厚的文化底蕴。花期年年，当可尽情开放。

张富光，很高雅的剧种，很难得的小生，故珍惜天赋的价值，谨记着事业的责任。岂止十年功，风雨无数春，成了个声名渐远，涵养颇深的人才。儒雅风流，更能于严谨的抑扬顿挫一招一式中，透露出脉脉真情。

傅艺萍，刚刚绽放的一朵梅花，开在沉寂冷清的花圃，开在这方苦寒的园地。更多人还来不及惊羡你的光彩，你那婉转动听的嗓音，楚楚动人的倩影。应给你机会，证明昆曲的不朽生命，证明传统的后继有人。

岁月匆匆，转眼20年过去了。除陈少云奉调远去上海，更加光华四射外，其余10位，均人在故土，厮守其本。前已说到，年长者，有收徒，有从教，寄望于有志后生；正当年者，仍执著于粉墨生涯，真心不改。这一切，令人感慨，使人肃敬。

时光悠悠，转眼20年过去了。日日月月，风风雨雨，多少困苦，多少辛劳，得失自知，点滴于心。而今，在这盛世之春，千里万里团聚，是怎样的欢乐，怎样的深情。郭沫若先生有诗，可为写照：

满天飞雪迓春回，
岭上梅花映日开，
一自高丘传号角，
万紫千红进军来。

（2003年）

注：本文系与徐竞存合作。

穿透力

接连看话剧《望断云天》《桃符万户》，感到它们分量均很重，且挟带着一股沉稳的气势，直扑人心底……于是，脑子蓦地跳出三个字：穿透力。这大约是有关现代武器效能的专有名词吧，而观剧后的感受，确是这样。

近年来，我省戏剧舞台上，涌现了大量反映现实生活的作品，但我总隐隐感到，“热情的讴歌”甚多，“深沉的思考”尚少，而后者恐是一个难度更大的课题。

首先，它要求对生活作更深入的探索，对主题作更深刻的提炼。《望》剧选择了解放初期老苏区人民治愈战争创伤的事件素材。老实说，最初我听说作者写这个，颇有些犯疑：一是似觉过时陈旧；二是这种类型的悲欢离合，弄不好，就有“宣扬革命战争残酷性”之嫌。担心被证明是多余的。作品并不是淡漠地奏出历史的回声，而是富于情之濡染，理的启迪；一方面大胆地触动历史留下的阴影和伤痕，但却更有力地揭示了“二万五千里”之外，苏区人民所经历的另一种光荣长征，激越地歌唱了他们如洣河岸千年屹立的铁牛般的不屈意志，和如瞎姑屋前历经雷劈火燎的苍松的复苏之气。《桃》剧似乎选择的是一个“热门”题材：三中全会以后农村的新形势，但作者亦并未简单化地去图解生产责任制的优越性，或者重复“光棍讨老婆”之类的新套子，而是用犀利的笔触剖析了一间屋里，姊妹两家，几个人物之间错综复杂的纠葛，让人们思考“春雨贵如油，当然好，它长万物，可那霉菌也趁机会长”的严峻现实，更用这间发霉的，令人“憋得慌”的小屋，终于“阳光照进大门”的结局，使观众乐观地感知到时代的本质，历史之必然。穿透力之感，此其一。

其二，穿透力之感亦源自两件作品对人物的刻画不是简单浅露的美丑图，它们都力求对人物心灵作深入的剖析，注意挖人物的自身矛盾，以人物思想性格的多样性，反映出社会矛盾的复杂。《望》剧中的李春牛，就跳出了顽固的高、大、全模式，写出了他的七情六欲，他抚摸手镯期待重逢的甜蜜柔情，他失去爱妻神态失常的扭秧歌，他被元婆揪着耳朵时孩子似的情状，他举酒祝福他人幸福的唏嘘和豪情的复杂交织……《桃》剧中元贞的党性和对丈夫屈从柔顺的错综合一，细贞的浅薄庸俗和纯真可怜的异彩纷呈，魏玉娥经历磨难的受伤的灵魂和她坚韧力量的相互辉映……总之，使我们相当信服地窥探到剧中人物的心灵，感到的确“是大自然中一种最高级的现象，是一个包容在人的大脑神经中枢里的奇妙世界”。(阿·托尔斯泰语)

我不以为两剧笔触的穿透力业已炉火纯青。《望》剧对战争所造成的某些问题（婚姻）和人物（秋林）的理解把握似有模糊游移。《桃》剧中，作者本人理性的诉说有时替代了人物个性化的表露。但，我由衷赞美这种力求加强作品穿透力的艰苦劳动。我们的作者不应满足于写那种犹如蜻蜓点水，在春波上画出浅浅涟漪似的作品，“选材要严，开掘要深”（鲁迅语）。穿透了生活表象而揭示其本质和人物内心的作品，必然有撼动观众灵魂的思想艺术穿透力。

（1982 年）

禁区闯开以后

——当前新剧作中的爱情描写

从《诗经》首篇“关关雎鸠”的悠远啼鸣，直至今日，爱情描写，可说一直是我国文艺巨川中活跃的流波。然记忆犹新的史无前例十年，出了极多怪事，小小一桩，即是爱情赫然被划为文艺禁区，戛然断流。

于是，一当冰化雪消，文艺创作骤然繁荣之时，似若油田井喷的现象（借用王蒙一个比喻），亦在爱情描写这个乍开的禁区里强烈表现出来。真是蓄之愈久，其发必速。历史开了个令人啼笑皆非的玩笑。

这一现象，在我省近年的戏剧创作中，亦未可免。

七十年代末，回春之初，当花鼓小戏《对象》等怯生生试笔于青年男女恋爱时，人们感到惊喜而新鲜！尽管现在看来，《对象》显得比较稚气，剧中对那个傻乎乎的技术员的刻画，实在失之肤浅，但观众犹如发现了初春的鸟鸣，觉得那么动听。啊，爱情是人世间多么美好的事物！接着，花鼓戏《啼笑姻缘》泼辣地嘲弄了金钱“爱情”，买卖婚姻，博得城乡观众热烈喝彩；汉剧《巧婚记》以抒情笔调描画了生活中美好的爱，沁润了多少观众的心脾……曾几何时，势头大振，一发而竟至不可收。到 1982 年全省戏剧季上演的十四个现代剧目，或则以爱情描写为主体，或则以颇多笔墨予爱情，竟至于无一例外。这种并非事先安排而未曾料到的巧合，使一些同志不约而同地带上一种亦喜亦忧的心情。

近来，广大观众和报刊对文艺作品中纷纭复杂的大量爱情描写颇多议论，日益增多的批评之声似乎渐渐取代了赞誉之言。对待这种现状，我以为应持科学分析态度，无原则的“解放”或手忙脚乱的“刹车”均不可取。亦如油田井喷，喷出了原油，也挟带着泥沙、杂气、污水，取其原油而剔除其他即可。

那么，我省近年来戏剧作品中爱情描写的情况究竟何如？我以为，特定历史因素所造成的一时数量过多，不足过虑，对其优劣加以审视，我以为主体也是好的。当然，由于不同作者的思想阅历、生活视野、审美取向和艺术格调等方面的千差万别，爱情描写的成败亦各各不一。以下，试将一些走马观花，远不够全面的印象就教于同行。

也许基于对十年内乱中人与人之间美好感情受到极大摧残的痛惜，因而眷恋着革命战争烈火铸炼出的人们黄金般的灵魂，话剧《望断云天》选取了一个似已陈旧的题材：解放初期老根据地人民治愈战争创伤建设新生活的故事。作者喷发着极大热力的笔，溶化了时空间距，瞎姑、春牛、夏姑、铁保等几个人物的亲切光彩照亮了多少今天观众的眼睛。作者并未如有的作者那样趋赶时髦去摘一摘禁果，然而剧中展开了多么壮丽的爱情描写。最扣人心弦的莫过于瞎姑，她不是传统戏曲中寒窑苦守的贞妇，而是为革命信念所熔铸的忠诚女子，她的雕塑似的形影，迸射着那如火如荼年代的异彩！还有春牛，对爱情的无比执著，与无产阶级战士的坦荡胸襟一经结合，使他产生了一种非凡的精神伟力。还有忍辱负重身残志坚洁净无瑕的夏姑，憨厚深涵的铁保。在他们之间所展开的错综复杂的感情纠葛，确实使人感到“人类的一切感情无不在”战争这一特定环境下加以强化！同时，正义的战争也是人类灵魂的净化剂。（《高山下的花环》）这种舞台上所显示的“强化”和“净化”，无疑，对今天正在爱着的人们，是会给予严肃启迪的。如果作者能稍少一些咀嚼苦痛，篇中所流露的过于浓郁的沉重感能稍为抹淡，多增添一些迎接新生活理所当然的欢乐，将更使人易于接受它的积极教益。

我们的观众乐意从昨日的历史获取教益，而今天的生活在舞台再现，更能触发他们的直接共鸣；我们的观众欢迎那在血火斗争中“强化”了的爱情诗篇，那种振聋发聩的效果毋庸置疑，而他们也希望看到平凡生活中的爱情故事，以得到灵魂的滋润。花鼓戏《碧螺情》即属后者。小说原作似乎司空见惯的情节，平淡无奇的氛围，曾使一些改编者为之踌躇。《碧螺情》演出所引起的强烈反响出乎不少人意料。是什么如此叩动了观众心弦？是什么使近几年审美意趣似乎趋于“笑”的观众，在剧场中沉入深思，乃至动情唏嘘呢？是情，是主要通过女主人公金竹所表现出的那种属于今天的真实质朴而活脱的人情味儿。我们的观众多年来，烦透了舞台上种种概念说教的干巴角色，至今，这种无血无肉的影子仍不时在水银灯下游荡，而金竹，恰恰在这点上有所突破。《碧螺情》也正因此，在众多改编本中成为佼佼者。张庚同志看过戏后，特别感动地说：“金竹对小叔子二猛产生了感情，剧作者没有加以掩饰，而是大胆地表露了出来。其实不产生感情是不可能的。可贵的是，

《碧螺情》写了这种感情，写金竹能克制自己，成全别人，这样倒是更高一些。”这个评语抓住了剧本成功的钥匙。久别了，真实的人，真实的情！从“假大空”的陈年陋习中摆脱，而达到这一步，事情竟至如此之艰难，我们怎不感慨万端地为此鼓掌！当然，仅此而已也尚嫌不够，不然，又恐滑到什么泥沼中去。脱离社会存在的人与情是子虚乌有的。“公允的读者或者总能够觉得，恋爱描写的背后是有一些重大的问题吧。”（茅盾语）通过这个寡妇改嫁的故事，观众确实感到了劳动人民的传统美德和时代赋予的新的气质在金竹身上交相辉映，看到了这种美好的组合力在和封建的资产阶级的家族爱情婚姻观念的交锋中的摧枯拉朽之势。金竹，既不是解放之初艰难地摆脱着因袭重担而改嫁的李二嫂，也不是眼下大城市中十分“个性解放”的离异少妇。她就是她，是今天弯弯山道中的小村里的“这一个”。如前所言，金竹这一形象在“情”字上有所突破，亦仍嫌不足，她身上还多少有些理念的印痕。她手中没有了“小红本本”，但构成了她性格内涵之一的碧螺的设计和近于“有事拿出来”的生硬贯串，却不免使观众有牵强之感。对于人物的思想感情境界，作者不自觉地仍作了些过于理想化的“净化”，而未能更真实深刻地写出她丰富的精神世界和内心冲突，因而使之虽已有些血肉却还略显清瘦。这也许近乎苛求了。但无论如何，对金竹这一难得的艺术形象的出现，我们应给予相当肯定的评价。

如果说《碧螺情》是以明朗的音调唱出对新时代新人物美好爱情的颂歌，那么，话剧《桃符万户》则以颇为冷峻深沉的笔锋，剖析着处在三中全会以后大变革时期中人们家庭关系爱情观念的严峻变化。这，也许是一个体现起来更为困难的命题。看来，剧本在相当程度上达到了目的。农村妇女顾元贞不是一个常见的单色调形象，她是耐人寻味发人深省的。作者捕捉、梳理、驾驭着她对自己那如同变色龙似的丈夫的复杂感情，柔顺和疑虑，敬畏和厌腻，屈从和反抗，交织迂回变化，直至重新审视自己整个的生活和未来。对这个人物的确立和表现，显示了作者对生活和人物比较敏锐深透的眼力。也许因为我们看到的还是一个带点急就性质的演出本，在这个已经初获成功的形象身上，还是可以发现一些明显的不足。例如，她的感情变化脉络，似乎还有些因作者把握欠稳而造成的错乱感，她的气质还欠一点农民的淳厚，多少带了城市知识妇女过于“丰富”的多愁善感。向更深刻的真实挖掘，加强人物的立体性，力求作品的厚度，是难能可贵的。在剧中另几个人物身上，如沈国才对待爱情唯我所用的实用主义种种表演，细贞的浅薄、庸俗加单纯，均显示出这种努力的成果，作者正在修改这个剧本，期待着它以更厚重的份量出现。

此外，还有一些新剧目中的爱情笔墨，也给我们留下难忘的或积极的印象。

花鼓戏《八品官》的作者农村生活底子非常坚实，对农村人物的脾性心理可谓体察入微，因而对刘二和桂英的夫妻之情写得极富生活情趣。二人之间那种颇有湖南辣椒味儿的爱情，活脱而不做作，谐趣而不油滑。最华彩的“驮妻”一场，实是一幅不可多得的流动的风土人情画，对此，大家已经说得很多。但我认为，正基于这个虽已获得很大声誉的剧本所存在的弱点，即作者有着丰富的农村生活阅历，但对新时期农村巨大变革的感知和分析尚嫌不足，因此，刘二和桂英之间感情纠葛的内容实质，总还是有一种陈旧之感，或者说，对相对稳定的生活情趣的表现强于对变化中的时代风采的展示，而作者正是意欲写社会急剧变革中的人物，所以，人们产生某种遗憾，是很自然的。

汉剧《姻缘错》集中笔力描写两对农村青年交错变化的爱情，以表现作者对当前农村人情世态鲜明的褒贬。剧本借鉴了传统戏曲中明快的对比和泼辣的夸张手法，“高台教化”的显见意图与生动活泼的喜剧色彩糅合为一，这种为观众（尤其是农村观众）所喜闻乐见的风格运用，无疑是值得肯定的。我们不一定强求作者定得集中笔力写好一个人物，但仍然可以希望对人物描写更多一点个性化，尤其是对习称为“正面人物”的沙大毛和杏花，他们身上难以有更多吸引观众的喜剧因素，而又为作者爱情理想的寄予，可不可以再下一点功夫，使观众真正爱上他们呢？

花鼓戏《遇仙记》则在喜剧中写好了两个正面人物七嫂和郎三，其中又以猪郎倌郎三这个形丑而心善的角色为佳。郎三处在最僻远的山乡，也许这种特定的环境赋予了他以更多的劳动人民世世代代所凝聚的纯朴情感，而少一点“叛逆者”的风度。因之，郎三和七嫂的爱情不同于也在农村的二猛和金竹，他们俩的结合更带着点患难知己同舟共济的苦涩滋味。“梦仙”的动人场景，使观众欢笑之余，触发了对变革现实的一些沉思。对生活海洋似乎被人遗忘的角落的注视，这是剧本的可贵之处。应该说，作者是带着严肃的爱情美学观念来写作的，但有时候似乎走了神，剧中不时夹带着一些流于俗气冲淡主旨的噱头，常将观众从深思引向浅笑，实在令人惋惜。

还有一个情节颇为简单的祁剧小戏《双还账》值得一提。乍看，它似乎也落入了近年在我省颇为流行的“光棍讨老婆”的新套子，但由于作者在生活中有所真知，颇含真情，于今日的欢乐中含露着昨日的辛酸，朗朗笑语间闪现着莹莹泪花，由近及远，反复交叠，以小见大，富于种种情韵，加之相当“死火”的个性化语言，细节的妙用以及寓情于中的载歌载舞表演，使之同中见异，实不容易。

除上述几件，还另有一些在爱情描写上可予称道之作，限于笔者视野和主观印象，不再一一提及。

前已说过，近年来文艺作品中的大量爱情描写，引起了人们的种种议论。事出有因，某些作品不看尚可，一看真个会叫人吓一跳，有的人的确是在“胡冲乱撞”，虽不至于是“闯出点什么资产阶级自由化”来了，但是看完有的新戏，或者看到戏中某个地方，我们常不能为之忧虑与惋惜。例如，获得相当成功的花鼓戏《牛多喜坐轿》中，关于柳鸣和杜鹃的一些爱情篇幅，尤其是打湖草一场就有此嫌。另一个根据小说改编的戏，外添了几个青年男女的爱情纠葛，孤立地看，不无生动之处，可就是与全剧深沉的主旨，怎么也捏合不起来。作者倒是说了老实话，是有意塞进了一些抓观众的东西。还有这样的戏，几乎看不清作者要告诉观众什么。剧中虽也能发现点建设四化、科学实验的话，但作者的主要精力是在写各种爱，只看见若干对男女（老的，少的）你爱我，我爱他，最后各得其所，皆大欢喜。但愿“上座率高”的状况，不要使创作者们聊以自慰，因为我们都有培养和引导观众健康高尚艺术趣味的社会责任。在某个时候，有的青年作者还真有点“胡冲乱撞”了。可能受了某种自己也弄不太清的“学派”或“主义”的影响，公开声言要排除政治，写人性的解放，放手写男女之爱这种人的基本要求。于是，我们看到一群单身汉在台上一齐唉声叹气，痛苦地呼吁要老婆，也听到过，在黑暗中传来女孩子煽情的叫声。这种自视严肃，实则糊涂的指导思想和某种低格调的艺术追求杂糅一起而产生的“戏”，真叫人心痛！好在作者自己很快也感到了问题，作品通过大幅度修改，得到了提高。

总言之，近年来我省戏剧创作中的爱情描写成败同具，有得有失，佳制甚多，败笔时见。广大群众的热烈赞扬与尖锐批评对我们都有好处。因勇闯而获硕果者，当总结经验，以利提高，闯糊涂了的，清醒过来就好。时代呼唤着戏剧工作者开拓更大的视野。让我们以更冷静聪慧的头脑，更磅礴热情的心胸，写好新生活的万紫千红，当然，也包括写好爱情。

（1982 年）

“八品官”的启示

初学写戏的甘征文，写了个花鼓戏《八品官》，竟然在全国优秀剧本评奖中获奖。最近，《八品官》搬上了舞台，在城乡广泛演出，又参加了湖南省巡回演出戏剧季，受到普遍欢迎。成功的秘诀何在？

“八品官”写“八品官”

说来并不偶然。作者原来就是个“八品官”（剧中“八品官”乃生产队长的谐称，当今从中央算起直到生产队共分八级）。他一直在泥巴里滚了二十多年，当过五年生产队长。因此，多年来，就想为我们国家干部队伍中人数最多、级别最低，恐怕也最难当的“挺堋官”（没有退步）写一部传记。可以说，这个剧本是有着深厚的生活基础的，并非信手偶得，或碰上什么运气。然而，戏却久久没有写出来。为什么？因为甘征文总在冥思苦想而难决：怎么写呢？是写他们“上至方针政策，下至鸡毛蒜皮”都要管的辛苦劳累，是写“床底下抡板斧，不是撞了娘，就是顶了爹”的困难处境，还是写在极“左”路线猖獗的岁月，“成了八百斤的乌龟——罪头”的不幸境遇？眼皮下有不少“铁扁担”、“黑老包”之类的人物，就写写他们的模范事迹？生活中各式各样的人和事，千头万绪，纷至沓来，他无从下笔了。用他自己的话来说：“这真是有了面粉缺点碱，馒头、包子还做不成。”那么，碱在哪里呢？

“满坝水，一朝开闸涌出来”

党的三中全会以后，农村面貌发生了急骤变化，他又自然地注视着自己所熟悉的“八品官”们，无数新的强烈的印象扑入眼帘。他发现了一个敢闯敢干的路子怪，点子怪，办法怪的怪队长，他发现了一个自己讨来当的队长，他不断地发现着……最后，他发现今天的这些队长与他前些年所熟悉的那些队长既有许多共同的东西，更有许多不同的特点。这，不就是时代光芒的体现吗？这些人不就是目前所提倡的文艺创作要歌颂的社会主义新人吗？这些平凡的人，是新时期的产物，为“四化”建设所孕育，他们用自己能够贡献出的最大力量推动着时代的车轮滚滚向前。写这样的人比写其他类型的人更有社会意义。有足量“面粉”储存的甘征文终于找到了“碱”，“多年积蓄满坝水，一朝开闸涌出来。”他欢快地谈道：“于是，我便以这位队长（上述那位自己讨来当的队长）为模特儿，命我心中的那些队长们一齐整队集合起来，通过融汇、概括、综合创造了刘二这个人物。”

有人评论说：“《八品官》塑造了一个有特色的新时期农村基层干部的形象，显示出作者对生活的观察有独到之处。”也就是常言道的“独具慧眼”吧。想补充的是，这种“慧眼”还必须基于两点：一是有对新生活的挚爱，二是对新生活的真正熟悉。

“巧媳妇”和“有米炊”

“巧媳妇难为无米炊”这句老话，用来形容徒有艺术技巧而无生活底子的人，亦是很确切的。当然，技巧也不可少，不然，“有米炊”碰上“笨媳妇”照样会煮糊或煮成烂巴饭。《八品官》的作者虽未写过剧本，但他自幼就爱看花鼓班子的演出，也喜欢在业余演出中充个角色，以后，从事过一段较长时间的业余创作，民歌、曲艺、小说、散文都涉猎过，并颇有成果。这，都给他垫了底。可以说，也算是“巧媳妇”之列吧，但他取得成绩恐怕主要还是依仗于办的是“有米炊”。举一个有趣的例子，剧本中最为人赞赏的《驮妻》二场，评论者们几乎一致认为是作者着意借鉴了传统小戏《老汉驮妻》《双下山》等的表演形式，而当我们问到作者，他却茫茫然根本记不起自己是否看过这两个老戏，还是生活帮了大忙。他介绍说，当剧本写到刘二与拖后腿的老婆桂英矛盾激化时，感到硬写不下去了。按照“常规”讲一通大道理收场，太没戏。想来想去，忽然，想起听到几个人说过的一件汨罗县农村趣闻：一对夫妇因家务小事吵嘴，两人性子都很倔，一气之下闹着去公社离婚。半路上不巧，小河涨水，桥被冲走，丈夫脱了鞋袜过了河，妻子无法，便要丈夫背，丈夫只好将她背起，就在这一背之时，夫妻两人想起往日恩爱，都心软了，婚自然没离成。作者的眼一下豁亮了，他据此加以改造、发挥，写出了一场感情细腻，妙趣横生，载歌载舞的好戏。可能，作者直接或间接地对《老汉驮妻》《双下山》留有了一个遥远而模糊的印象，对传统戏中这类表演格局心领神会，写作时，生活的启迪，触发了记忆仓库中这一储存信息，两相契合、升华，好戏便应运而生，艺术闪光了。试想，如果没有那件生活中发生的趣闻，作者只恐很难想到“驮妻”这一招吧。

许多读者和观众都对剧本的语言给予颇高评价。这些语言，突出的特点是浓郁的泥土香味，鲜明的个性色彩。现摘引第一场《自荐》中，刘二在讨队长当这段戏中说的几句话：

“我人也简单，名字也易得写。本人姓刘名二，刘少奇的刘，二百五的二。”（他是个“文革”时的下台干部，这是向人自报家门）

“木料只要有一寸长就做得车栓子，我刘二寸把长应该有吧?”（回答工作组对他的轻视）

“脑壳上是要捶得三把糯草呀!”（诉说队长的难处）

“这个三花子没有人唱，我来唱!”（讨队长当）

“只管放心，不是撑船手，就不来捏篙。”（当上队长后的决心）不是在泥巴里滚了二十多年，和生活中的“八品官”们泡在一起的人，是很难凭空想出如此妙语的。

“巧媳妇”是难为“无米炊”的，脱离生活去单纯钻研写作技巧是难于写出好作品的。而“巧媳妇”若为“有米炊”，两全其美，那么，一定能煮出又香又软的饭来。《八品官》即是这种香软的饭。

《八品官》还算不上一个艺术精品，仍有一些明显的不足之处，作者还在不断地修改。但它的产生过程和取得的成绩，无疑对有志于文艺创作的年轻朋友会有所启示。甘征文有句话“戏自生活来”，确是肺腑之言。本文啰唆了半天，大概也就是反复说的这句话。

（1982 年）

出水才看两腿泥

前不久，在全省优秀现代戏百场演出纪念会上，出现了这样似若偶合，却耐人寻味的场面：当一一介绍四个获奖剧目的作者时，到会者突然交头接耳议论起来。大家惊奇地发现，这些作者全部来自县以下的基层。

《八品官》的作者甘征文，在泥巴里滚了二十多年，本人当过五年“八品官”（生产队长）。《啼笑姻缘》的作者彭棣华，长期担任社队的会计、秘书。《碧螺情》的编剧钟梦周等都是基层文化部门的干部。《姻缘错》的作者刘志钧，至今还是个地道的农民。

这四个戏由首演的剧团在我省城乡广泛演出，不到一年，均逾百场，受到广大观众的热烈欢迎。在争妍斗艳的省戏剧季演出中，它们也成了佼佼者。

真是“出水才看两腿泥”啊！几位作者成功的秘诀何在？是生活。坚实地生活在土地上，才育得出繁花硕果。

应该承认这样严峻的事实：我省不少专业戏剧作家、作者，特别是县以上的“笔杆子”们，不少人深入生活，曾经获得很大成绩，但一般来说，生活底子往往不及许多基层同志。有的同志或则从未真正沾过两腿泥，或者多年前腿上附着的泥，早已被香肥皂洗光了。如果说，生活是海洋，有人至今还是在海滩上拾贝，有时掇取到海浪的泡沫，还以为捞到了海底的珍珠。

对于农村中基层干部的酸、甜、苦、辣，甘征文可算是有深刻的亲身感受和了解：“我熟悉他们就像熟悉自己的父兄一样。”多么令人羡慕的话！扪心自问，有多少人能这样说？

面对着这几位获奖剧作者，有人暗暗汗颜，有人点头感叹：基层的作者在向我们挑战，真是咄咄逼人啊！我们怎么办？答案仍然是一句不得不常常重弹的老调：到生活中去！像老作家孙犁等六人联合呼吁的那样“沉到生活的海底，飞跃到工作的山林。为清澈柔和的泉水所浸润，为峻峭高大的山风所吹动。洞见一切水藻珊瑚，采取得明亮的宝珠，射猎到那些美丽的鹿儿吧！”

（1982 年）

《潘金莲之死》断想

趋　时

四川魏明伦的《潘金莲》推出后，很是热闹了一阵子。眼下，湖南有位马智立又抛出了个《潘金莲之死》，也来凑热闹。这种“趋时”之作，似可作“应运而生”之解。五四运动期间，欧阳予倩曾率先写出不是“荡妇”的新潘金莲。如今，又出现两个更新的潘金莲。这不是多事文人的一时兴起或猎奇。我同意这样的见解：“发生在六十年前与六十年后的中国文化观念解放的两次运动，在古典题材的戏剧领域中，都以重新塑造潘金莲形象作为它的实绩之一，这种历史的重复难道不可以带给我们一些哲理的启示吗?”

一个潘金莲，竟然引起好些作者涉笔，又引起那么多人关注，道理已不全在戏内了。

女大十八变

俗语云：“女大十八变。”潘金莲形象的嬗变，倒真应了这话。虽未“十八”，但也够多。从施耐庵的那个“荡妇”起，便向两极分化：兰陵笑笑生那个是越变越坏，变成了色情狂；而另一面则越变越好，从欧阳予倩“装点一番”，到魏明伦“一定的同情”，到了马智立竟全然变成了个既美又善的形象。

对这种变，单从文学的角度，一些人似乎接受不了，那意思大抵是名家的东西是不好动的。其实，这种变，从神圣的宗教到庄严的文学，均古已有之。《白蛇传》中的青蛇，既变了性别又变了性格。英国文学中的典型形象唐璜，亦有其演变史。杨贵妃的形象，虽也有名家在前，至今也还在变着，似乎也是越变越好了。这种变，当然既有点石成金之笔，亦有佛头着粪之举。

潘金莲的变呢？我看，改一改深受宋明理学纲常指向驱使的施氏的笔墨，用变化了的思想观念来重塑一个，是颇有意思的。对马本的潘金莲，有人认为潘金莲必须沉沦堕落，这是她性格的主要之点，否则就不是潘金莲，而是张金莲或李金莲，如此之纯洁，全然没有丰富的意蕴和韵味了。根据文艺创作的规律，一个作品的思想主题既可用丑的形象也可集美丑于一身的形象来体现，当然也可用美的形象来体现，重要的是看形象本身的力度，“不能改变原著的人物性格”的一般性制约，也不能绝对化。无数先例业已证明，何况潘金莲形象之变，自有其特殊性，更无必须划一条不可逾越的鸿沟。

“塑”之不易

《潘金莲之死》的人物组合，基本沿用前人路子，将格局剪裁为一个女人和四个男人（牛贵、武大、武松、西门庆）的关系，质的改变就是潘金莲的重塑。

前已言及，化丑为美，未尝不可一试，但成败在于是否能塑造出有血有肉的“这一个”。从目前看，马智立在“重塑”潘氏的时候，理性的牵引和激情的奔涌，缺乏应有的凝重，恰恰在“塑”字上少下了功夫，人物显得平面单调了些。性格纯真的潘金莲，也自应有她丰富多彩的内心世界，何况她还与周围人物不断接触冲撞，不停地爆出性格火花，大可展开来写。作者似乎也犯了有人论及的施耐庵的毛病，“主观精神”似嫌过于强烈。

同样，对围绕着她的四个人物，在潘金莲变了之后，应当以变应变，目前却似乎只作了某些最必要的调整，尚缺乏新的错综复杂又浑然一体的情致。这也难怪一些人看过演出之后，觉得倒还顺溜，可印象不深。

马智立自云：“当为她笔底超生，当还她一个真面目。”这活儿可是艰难，是要推倒施耐庵的潘金莲，重新塑造一个“真面目”，并没有一个现成的蒙了冤的潘金莲轻易“还”来。

（1987 年）

“回十八”与苕点
——观《刘海戏金蟾》拾零

经过几代艺术家接力似的切磋磨砺，刘海、胡秀英从原始的粗线条的形象而至今越发丰腴细腻、光彩照人了。

全面评析，非我之力。于满台光华之中，掇取散金碎玉一二，玩味再三，亦觉颇获教益。

“回十八”

艺术技法无比丰富的传统戏曲，犹如《天方夜谭》里的沙漠宝窟，然而习剧者绝非要靠阿里巴巴的好运气，只要踏踏实实去跋涉探求，宝窟的大门是对任何人都开启的。

当金蟾窃取了宝珠，钟情的狐女悲怆欲绝，既不舍刘海，又犹恐露出本相惊吓亲人，因而频频反顾、仓皇归山时，着意安排了一大段刘海反追胡秀英的戏，我不知是否有意识地借鉴《梁山伯与祝英台》中的“十八相送”（梁送祝归家）和“回十八”（梁顺旧路回访祝）的手法，但可以肯定的是，编导是熟悉传统技法的，后一段确有“回十八”之妙，和前面胡秀英之追刘海形成鲜明对比映照，情绪大起大落，大大深化了全剧主旨，强化了浓郁的人情味。

熟悉传统艺术者，能悠然从宝库中撷取珠矶，化而用之；不熟悉者，苦咬笔杆，欲于冥冥处凭空觅戏，何其难哉。

苔 点

中国山水画有一技法：苔衬法。高明的画家除善于大笔涂抹山水树石之外，还善于来一种点缀和烘托，即精心点上几点苔藓。苔藓虽小，却常关系到全幅的气韵生动，甚至起到强化艺术整体的美感作用。

《刘海戏金蟾》中，欲说刘海之美，并未写上一大段唱词去直接夸赞，除以胡秀英的热烈追求陪衬外，还采用了类似古诗《陌上桑》的烘托手法：胡秀英的八个姐姐看到刘海，一个个都被吸引住了。她们美目流盼，姗姗流连而下；大胆的八姐忍不住回身窥探，却被大姐发现刮脸羞了她；不料，大姐自己也傻乎乎地望着刘海发呆了。于是，又被八姐羞了一番……真个是谐趣横生！这一“苔点”，似若闲笔，却给全剧所追求的人情之美又着实浓抹了一笔，实为不闲。这样的“苔点”在斗金蟾一场中还有许多。

剧作者亦如画师，应善从点与面的联系去考虑艺术整体，充分利用“苔点”的作用，“勿为余技而忽之”。

（1982 年）

剧海情思（6则）

"飞入寻常百姓家"

每赴郴州，观湘昆演出，常难免生一番悲凉的感慨。

遥想昆曲当年，曾踞艺坛何等显赫地位！明清之际，可谓鼎盛，文士"靡然从好"，宫廷极尽恩宠。然而，亦正是此种殊荣，使得它由俗而雅，轻柔婉转之天然风韵渐失，珠光宝气，枯朽僵化，终为天下冷落。兼之，战乱频仍，使得许多王府大班，贵族家班浪迹于江湖，落泊于村野，竟至为觅衣寻食而挣扎。刘禹锡诗云："旧时王谢堂前燕，飞入寻常百姓家。"苦情苦境，喻之倒也相宜。

我不谙剧史，也无意去考证系眼下这个湘昆剧团祖先的那只老燕子，是从何方堂前飞来，但想必世代辗转浮沉，最终才落到俗谓"马到郴州死，人到郴州打摆子"的地方。虽已隔世久矣，悲凉亦复存在。

然而，今年春上，陪同来自首都的几位老戏剧家观看了湘昆新戏《苏仙岭传奇》后，我的悲凉之意却大大扫除了。

几位客人都曾观看过某些大都会幸存的高档的昆曲演出。深为其过于典雅脱俗却仍缺乏自省的窘状而忧叹，乍一见到这出"乡里狮子乡里舞"的"土"昆曲，竟大有哥伦布式的喜悦，大为其"浓郁的民间特色"，"鲜明的地方风格"以至它"所具有的蓬勃生机"惊讶而赞语连珠，并且，还兴致勃勃，定要报知京师昆曲传人。

客气？少见多怪？不尽然。我渐悟出，"飞入寻常百姓家"或恐倒不是件坏事。箇中，颇有点耐人寻味的道理。

思忖之余，再回头看看这出新戏。我以为，昆曲既然在这片新的绿洲生活得不错，并且自愿改换了姓氏曰"湘"，就理应全然放下高贵血统的架子。

目前，起码从剧本语言看，仍颇有“王榭堂前”之遗风，多处令“寻常百姓”不知所云。

清人刘献廷在衡阳听“土”昆曲时，说：“剧演《玉连环》，楚人强作吴歈，丑拙至不可忍。”眼下，此类愤愤然的夫子已没有了，但昆曲界内外似乎仍时有恋旧以至复古之气。平心而论，这也难怪。但当传人们回溯昨日胜景的意识流，再复归到脚踏实地的今天，还是高高兴兴地奔新的前程为好。须知，这可是生命攸关的事。

把悲哀表现得美丽一些

这是在观看汉剧《芙蓉女》时，尤其是看到“坟地哭夫”一节时，想起的一位诗人的话。

其实，这话也不是什么新发现，中外美学家们很早就发现并阐述过。对古希腊拉奥孔雕像群表现苦痛哀号的分析，即是为人熟知的例证。据传说，司祭拉奥孔被蟒蛇缠住，“发出可怕的哀号”，在真实的生活中，这必然张开大口，而如实体现在雕塑中，势必“会成为一个难看的大窟窿”。德国美学家莱辛认为，雕像中，口微微张开，是雕塑家“不得不把身体苦痛冲淡，把哀号化为轻微的叹息”，“同时表现出美和苦痛”。这种分析，给人以巨大的启示，但他似乎过于消极地来看待这种改变，认为没有什么别的办法，这是“艺术家供奉给美的牺牲”。（有的现代学者就不同意，在重新审视雕像之后，指出：“那生与死的搏斗和痛苦，得到了完满的再现。”雕塑家聪明地利用了对其形体运动的夸张、对比，“特别有力地证明了他的痛苦”。）实际上，高明的艺术家是不会甘愿白白做出牺牲的。艺术的首要规律是美，但美的体现，并不意味着必定要掩盖或冲淡真实．完满的体现甚至可以强化、深化它。

我决不以为演员彭焕金在“哭夫”一节的表演艺术，可与那著名的雕像群媲美了。只是它使我分明感觉到，拉奥孔所体现的普遍的美的规律，终于引起了我们戏曲演员的重新注意。近些年，过于追求真，而忽视美的大量生活化表演充斥舞台，特别是戏曲现代戏的演出。就拿表演悲哀来说，一如市井村野所见那般，捶胸顿足，涕泗横流，张开大口，“成为一个难看的大窟窿”式的场面屡见不鲜，常令观者浑身发怵，掩耳闭目。而《芙蓉女》的这段演出，深情的唱词，哀婉的唱腔，顺畅的舞台调度，演员颇为注意形体的美，造型的美，亮相、台步、圆场、叫头、指法等，都有一定的讲究。尤其是“倒僵尸”一处美的表演，更强化了观众对芙蓉女苦痛的同情与共鸣，剧场反应异乎寻常的强烈。

喜悦之余，却又有一种悲哀之感。其实，这一切，都是中国戏曲艺术所固有的传统手法，传统剧目演出屡见不鲜，现代戏亦早有先例。此剧如是演出，并无什么特别创新之处（据说，女“僵尸”是为新）。实在说，全剧表演风格并不甚统一。其他一些演员，如王秋赦的表演，就过实，有些邋遢之感。即使芙蓉女一角的表演，也存在生活化和表演程式打架的明显拼凑感。“倒僵尸”竟然使得一些评论者一再喝彩，的确是令人初为之喜，继而不禁悲从心起。因为，这充其量不过是“似曾相识燕归来”。然而，归来毕竟是好事。于是，我仍是高兴。

跨过“铁门限”

搞理论也难。一种新的理论提出，谈何容易。而对现成理论的重提，又难免被斥之“老生常谈”，可是，老生们还是一次又一次谈下去。原因固有理论本身之贫困，但亦有阅世感时不吐不快之因。

纵观1985年湖南省戏剧季，时喜时忧，都使我时时想起创作与生活这一常谈之理。清学者王夫之云：“身之所历，目之所见，是铁门限。”“铁门限”一词真好，无情而有理。

我不想去一一断言此次近二十台剧目的作者，有多少位跨过了“铁门限”，即不是凿空杜撰，面壁虚构，而确实是“情以物迁，辞以情发”，但我很清楚地看见了三位，我牢牢记住这三位，我感动地看见他们带着自己生命旅途上的尘土泥泞，带着岁月在眉眼间留下的雨雪风霜，也许，还带着心灵上正在愈合中的伤痕，举起了他们饱含情感的作品。

三位是：《芙蓉女》的改编者彭道诚；《寡妇链》的作者石煌远；《喜脉案》的作者叶一青（还有另一位合作者吴傲君。因本文只谈生活一题，不议及全剧分析，恕不涉笔，吴君见谅）。

彭道诚君。你那额上刀刻似的皱纹，记下了你数十载风风雨雨的艰辛！你有着秦书田似的经历，你是带着由衷的悲喜动笔的。无怪，即使这是个改编本（我懂，你为何单单找上它），也浓重地留下了你迸发的激情。

石煌远君。你骨架粗大，浓眉密须，像辰河上的岩石，你是在辰河的碧浪里泡大的孩儿，你曾是辰河边背负烈日冷月的纤夫。浓郁的乡情，活脱的乡音，还有你曾比肩接踵的水生、横石们，怎能不在你的笔下奔涌，升腾……

叶一青君。你有一种似笑非笑透视人心的老练眼神，这是你半世沉沦，浪迹江湖，广阅世态凝聚而就。多舛的命运反练就了你四处逢生，五艺皆通。你还修了医道，据传颇有些灵验，是个“真牛皮”云云。《喜脉案》，取其材，写其人，道其理，传其情，嬉笑怒骂，妙趣横生，的确让人看到了你阅世的轨迹，感时的印痕。

我禁不住用了些带感情色彩的语言来写到他们三位。因为，我确实感到，如果说，他们的三个戏都有引人注目之处，作者的生活经历真实感受确实是帮了大忙的。其艺术光彩的主光源，正是生活这个巨大蓄电池的宝贵赐予。

当然就创作而言，绝不是仅仅跨过生活这道“铁门限”就万事大吉了的。还有其他门限要一一跨过，方可步入艺术的神圣殿堂，朝见真佛。但生活这“铁门限”恐是过硬的第一道。王夫之说得真绝，它是铁的。

银杏树的联想

长沙五一中路有棵引人注意的银杏树。它生得似乎不是地方。

十里长街如老木匠墨线弹过似的笔直，千百棵同类项的绿化树（法桐、紫薇之类）一律在墨线上，立正向右看齐。可它，实属异类，且立在线外，竟偏离了约五十公分，跳出人行道，落在慢车道。的确是越了雷池，堪可称“离经叛道”。按说，当属砍伐之列无疑。

然而，它却被保留了下来。

我们的城建部门，向以整齐规范为宗，竟容许了它的存在。

我们的艺术领域，不应以强求一律为宜，却有时容不得一棵这样的白果树。

就说剧目吧。

《八品官》粉墨登场，那冰糖葫芦似的结构，明显地脱离了李笠翁先生的墨线。热爱宗师的批评家连连摇头，断言它在舞台上是活不了的。

《玛丽娜一世》呱呱落地，熟悉传统的理论家从中看出了散文化的离谱倾向，又大皱眉头，预测会在排练场散架子。

《犁担姻缘》受到观众热情欢迎，可戏曲界有关人士说它是歌剧，而歌剧界有关人士说它是戏曲，都不愿收留。

《蜻蜓》剧本，四个乐章。“什么玩意儿?!”

以上，均属有运气的银杏树。可能还有些例子，银杏树被砍去了……

还是回到那棵真实的银杏树吧。试作揣测，何以幸存?

城建部门可能是想：银杏乃古稀树种，冰河期其家族几乎全军覆灭，颇具文物和生物学价值，应予珍惜。留下它吧。

他们也可能思忖，此树虽脱离了规范，但还不至于障碍交通，且看相不错．经请示领导同意，留了下来。

还有可能，正欲大动斧锯之时，本地老百姓出来干预，一时手软，欲作“冷处理”。于是，得以偷生。

总之，这棵银杏树总算活下来了，看来顺乎民心。它给整齐得有些单调的五一中路增加了一分活气，它给绿化程度并不高的城市增加了一分春色，它投下的一片绿荫下有行人纳凉，有骑者停车，因之取名的“银杏大厦”“白果商场”有一番格外的风采，说明它得到了人们的珍爱。这一切，令人遐想……

说实在的，以上当我写着这棵银杏树，心里还是在想着戏剧的事。然而，已不仅是前所提及之剧目问题，还有其他方面，诸如剧种、剧团、戏剧遗产、戏剧理论等。

我愿意大家都看见并且记住这棵可爱的银杏树。

从“二陈”说起

二陈者，湖南两位较有影响的剧作者陈芜、陈健秋是也。

此二子，真可谓性情面目各具，实在是不可能混淆的。

陈芜。有双似笑非笑的小眼，一头毫无章法的乱发。以前总给人衣冠不整的印象。近年，大约手头宽绰了，时着西装革履，但总觉尺寸不当，大了?小了?随时说笑话，漫不经心地，甚至在正襟危坐的场合。其文宛如其人。其文其人，总令我想起那眉飞色舞的汉说书俑。

陈健秋。倒算个俊男子，向来注重仪表。那衣着景然入时，那发式顺理成章，惜肚子略有些膨胀。在韶山，年轻的护士把他当成日本朋友。但却并无奶油味儿，原因是气度持重，且总爱皱着个眉头，透出一种忧郁的情致和若有所思的神韵。其文亦如其人。文也，人也，又使我想起那题为“思想者”的著名雕塑。

（声明：汉说书俑也罢，“思想者”也罢，均为某种气质上的自然联想，绝非直比，以避过誉之嫌。）

说真格的，二陈确是我省剧作界既有其突出的生活个性，亦在一定程度上显示出创作个性的角色。生活个性，人皆有之，而创作个性的形成，则极不易。近年来，议论的也少。也有人谈及的，但有些言语，却颇使我不以为然。

陈芜接连推出《牛多喜坐轿》等几个农村生活喜剧之后，有人好心地提醒：不能老写些逗笑的东西，应该打开戏路，写些严肃的有深度的作品。陈芜抓抓乱发，真的接受了意见。记得以后有个本子出手之前，逢人便说明：这一个是严肃的。可一看，哈，真是本性难移！

陈健秋路子却宽，古今中外，人间外星，处处涉笔，但仍以农村题材为主。亦有人批评；怎么回事？陈健秋笔下的人物，包括农村的，总是那样思想细腻，感情丰富，总带着他本人那股多愁善感味儿，应该好好到生活中去，接触各种人物特别是劳动者才是。陈健秋闻之，眉头皱得更紧了，他也努力到生活中去了，可写出来的人物，老改不了那股陈氏的多愁善感味儿。

我不否认，对他们的批评以及希望，都有其可取之处。二陈，都还需要更扎实地栽到广阔的生活海洋中去，以深化、强化其创作。但细细捉摸，上述批评，似乎都触及他们的创作个性。

若二陈真的坚决照办，我担心会把他们已具雏形的个人风格改掉。应该做的是，在督促他们更广泛更深入地面向生活的同时，帮助他们更自觉地塑造、发展自己的创作个性，使他们已显示出的某种独特性，发展成创作上相对稳定的特征，形成个人的艺术风格。

王充云：“百夫之子，不同父母，殊类而生，不必相似，各以所禀，自为佳好。”

马克思说：“形式是我的精神的个性。”

“白也诗无敌，飘然思不群。清新庾开府，俊逸鲍参军。”杜甫盛赞具有独特风格的诗人。

莎士比亚笔下的众多人物都像作家自己那样洋溢着诗人的才情，萧伯纳的人物都喜欢长篇大论，莫里哀似乎用喜剧的滤色镜过滤着生活。这，都是打不倒的个人风格。

风格一词，有道最早源自古希腊，有道最早出自晋代，且不去管它。总之，是一个古今中外早有的重要艺术课题。

前些年，事情竟至弄到作品不允许作者署名的地步，个人风格当然也就从“理论”中消失了。

而现在，在文学界美术界等似已成热门话题，可戏剧界尤其是剧作行，却颇为冷落。怎么回事呢?

这里是否有一个家族?

奇妙大自然的生态，常呈现出种种群体或家族情状。台湾处处兰草千姿百态，洛阳内外牡丹争奇斗艳，榕洲、鸟岛等蔚为壮观。

此种群体或家族，亦常在艺术天地中频频显示。

法国著名文学批评家丹纳指出了这种现象：“艺术家本身，连同他所产生的全部作品，也不是孤立的。有一个包括艺术家在内的总体，比艺术家更广大，就是他所隶属的同时同地的艺术宗派或艺术家族。”

近来，文学界对各地作家群的崛起多有谈论。北京、山西、北大荒……湖南亦有一个引人注目的小说作家群，被赞之为“传达了芙蓉国里特有的乡土气息”的“突出的异军”。

如果我们认识到这种发现和归纳不仅仅是猎奇，如果我们感觉到这种家族的形成和发展对艺术是有益的，那么，不妨来看看，不管是自觉或是不自觉地，湖南的剧作界是否已有了一个家族存在。

我以为，家族已然出现。似乎可以说，出现了一个以写现代喜剧（尤重农村）见长的戏曲作家群。正如丹纳分析莎士比亚周围的十来个剧作家以及和卢本斯齐名的一批画家一样，我们确实可以看到李果仁、陈芜、许在民、唐周、梁星明、刘国祥、黄士元、甘征文、曹宪成、彭棣华、彭铁森、周耀楷、蔡上矢……都在用相似的风格，相似的思想感情来写作，“在各人特有的差别中始终保持同一家族的面貌”。而且，这个“家族”好像已引起了省外的某些注意。

丹纳从种族、环境、时代三个原则出发来分析这种现象（也许这仍是不全面的，个中因素还要复杂得多)，这对我们不无启示，具体进行分析不是这篇短文所能担负得了的重荷，只是，我以为个中确有富于价值的课题。如果有人认为我的这种“发现”未免过早，有些捕风捉影的话，那么，我倒真诚地希望，不限上述作者在内的有识之士，努力结成这样的家族，相互启迪，相互濡染，相互切磋，相互促进。

小说家蒋子龙认为：“一个国家，作家成群出现，这个国家的文学就有希望。”这是很有见地的。

巍巍高峰立在连绵不断的群山之上。众木成林方可推出“最高的一根枝条”。

自然界如此，文艺界亦然。

（1985 年）

“绿洲”行吟

有人夸湖南乃歌剧之“绿洲”，借此以命题，或恐过誉，姑妄用之。

是烤，还是炖?

近些年，全国歌剧界既热闹又冷清。

热闹。参加过一些学术性座谈会，各学派理论家争论得热闹。有人说，西洋歌剧当为正宗；有人说，民族新歌剧应是主流；有人说，音乐喜剧已雄视全球。老年人疾呼：延安的传统不能丢；年轻人奚落：“白毛男”老说“白毛女”。直至最近，还从报上得见：“有关人士相聚一堂”，“给歌剧会诊”。有云“上演外国歌剧是当务之急”，有云“应该……上演真正的歌剧”，煞是热闹。

冷清。剧团越来越少，演出越来越少，观众越来越少。斗胆说一句，年轻一辈已多不知歌剧为何物。

不由想起寓言一则（大意)：一只大雁凌空飞过，兄弟俩弯弓欲射，突然为怎么吃这只雁而争吵起来。兄说，烤了好吃；弟说，炖了好吃……一老翁路过，指指空中，笑曰：“大雁早飞走了。”啊啊，歌剧界的同仁们，赶快把大雁先射下来吧，怎么吃都行!

湖南的理论家不多，这不是好事，但有时亦未必，因为大家先不论争，都在忙着射大雁，这倒是令人庆幸的。

补记：刚刚看到今日报载钱学森答外国记者问，觉得最后的一句话对歌剧界实为警语，特照录之。“问：中国科技人员目前最迫切的需要是什么?答：……我想，中国科技人员目前最需要的是工作。（全体起立，热烈鼓掌)”

"绿洲"之谜

外省有些朋友赞湖南为歌剧"绿洲"。其实，不过多了几个歌剧团。正式挂牌者七，兼营者四，据说，在全国竟是一个令人羡慕或鼓舞的数字。

提到"绿洲"，我却总生出某种怆然。一者，绿洲只是万顷沙漠中孤独的一小点；二者，全赖地下水滋润．一旦水源枯竭……最近不是听说，可爱的新疆罗布泊从地图上消失了吗？

然而，绿洲吐鲁番还是神奇地千百年地生存下来。原因有二：智慧的维吾尔人发明了坎儿井，聚集万年雪山之水；勤劳的维吾尔人世代种植绿林，阻止流沙，并向大漠进军。我想，最重要的，乃是他们挚爱这片故土，忠贞的感情凝聚升华成崇高的精神，然后有了智慧，有了勤劳。

朋友们问：怎么回事，湖南为什么还留下这么些歌剧团？竟然在两三年内，还搞了两次全省性的观摩演出．真是个谜！

我们一时茫然，也许是歌剧沙漠化进程中的自然现象，总有个先后嘛。非也，因为大家似乎都看到了一股生机，它艰难地然而坚定地在发展着，给人带来希望甚至乐观。那么我想谜底也许就是吐鲁番人似的忠贞感情和崇高精神了。不是有"虽九死其犹未悔"者，宣告为歌剧"死党"吗？不是有这样的团，在也许并不合理的"剧团布局"压力下坚持未散，并且用事实夺得生的权利吗？不是有这样的团，只拿得出四百元投资却不气馁，硬是推出了好戏吗？不是有这样的团，办舞会赚钱，却每人只拿几角"夜班费"，而将一万二千元投向剧目生产吗？……有了这种忠贞和崇高，绿洲怎能不存在，怎能不勃发生机！

当然，不应该忘记的是有关部门的卓识，他们对中央关于扶持歌剧事业精神的努力贯彻。这就如同雨水，使绿洲更具活力。

末了，也许还得补充几句：任何比喻都是蹩脚的。所谓"绿洲"，所谓"沙漠"，都是单指歌剧情势的苦味幽默。其实，就文艺总体现状看，正是春深如海万木春，而歌剧，你莫非成了十年寒冬中冻僵了的"病树"？春天在呼唤你，春风在染绿你的枝叶！

断　章

评常宁县歌舞团：

——泥土仍然是芳香的。

广西来了一位歌剧战线的退伍兵：

——也许，今晚演出中最感人的，是台下的你的眼泪。是珍珠般宝贵的痴情，是碎玉般失落的痛苦……

看湘潭市歌舞剧团演出：

——古云“黄钟毁，瓦釜鸣”，怒指世事不太平。你们将廉价的鼎锅水缸敲响，模仿昂贵的钟声，却是贫困中的奋发，是卑贱者的聪明。美啊，“黄钟毁，瓦釜鸣”！

株洲市歌舞剧团印象：

——两年前，感觉你是老人。今天，发现你多年轻！

（1986年）

思絮一束
——记湖南省歌剧巡回观摩座谈会

开幕式印象

从四面八方，我们来了……

带着对历史暴风雨的苦痛记忆，带着对收成歉多于丰的悲戚，带着明朝银鳞满网的希冀。

一位歌剧元老说："戏曲像是汪洋大海，而海上的小船，是歌剧。"比拟传神，夹一丝叹息。

而今天，大海友爱地笑着，把船儿托举。船队，在呼应，聚集。

水手哟，快升起风帆，将闪光的螺号吹起……

苗歌剧的姿态

是何时的造山运动，使你从地表隆起？形态新奇，尚在变异。然而，新泥熠熠生光，一派勃勃生机！啊，我说的是张家界，还是你？

怎会指斥你的原始粗糙，爱的是你磅礴大气！

不用悲叹什么"老化"、"危机"，沧海桑田，几多新生戏剧婴儿呱呱落地……

草子花似的《犁担姻缘》

玫瑰花香，带着异国情调。

牡丹花艳，乃花中佼佼。

天幕上一大蓬草子花。《犁担姻缘》，这正是它的写照。

歌剧家族在争论：咱们的《群芳谱》能否让它报上户口？去寻戏曲家族：呀，不三不四，可不能要！

农民却喜欢肥田的草子花……

聚光灯下，土香醉人，情韵万千。真是个满堂彩：掌声，欢笑。

歌剧，收下它吧。

同是牡丹，品种何其多；

看那玫瑰，也是多色调。

"美是生活"

你一笔写就的两件作品：《拦车》、《月光曲》。相距甚远，一高一低。这事是否有些稀奇？

《拦车》充满农村气息，语言泼辣俏皮。例如："人要脸，树要皮，电灯泡子要玻璃。"我们知道，你打着赤脚在农村长大，"能干嫂"、"算盘精"等，能听见他们的不同呼吸。

《月光曲》写矿山，你却从没见过那里的天地。剧本语言，用的是青年学生所崇尚的外国文学译文语气。

"美是生活"，这是车尔尼雪夫斯基的著名定义。"任何事物，凡是我们在那里面看得见依照我们的理解应当如此的生活，那就是美的；任何东西，凡是显示出生活或使我们想起生活的，那就是美的。"

这，不是僵死的教义，是活着的真理。

歌与不歌的辩证法

歌剧长于歌，似乎不容置辩。但是，《月到中秋》的创作者们啊，可别太死心眼。

女主人公娟娟长歌不断，感情的高峰层叠连绵，结果就成了单调的高原（使人有些心烦）。

瞧，此时她不歌了，注视着继父，他正欲坐上她亲生父亲遗下的藤椅。愤怒，悲怨，难以言传，她急速走去把椅子搬开。啊，她那双令人心悸的冷眼……这一无声时刻，远胜过几十句冗长的唱段。

艺术需要节制，所长亦不可泛滥。无所不在的辩证法，亦在这里面。

对《蜻蜓》的赞美与赞美之余

白乐天写诗，读给老妪听，为的是寻觅知音。如果说他的诗都要老妪听懂，才拿去发表，我却不甚相信。

元稹赞美白诗说："王公、妾妇、牛童、马走之口无不道……"天！这十全十美的效果，对艺术乃是难以企及的化境。

观众的意趣水平各各不一，因此，你们"决心苦苦捕捉当代青年的审美心理，争取他们的欢迎"，乃是脚踏实地的聪明。

但，一片苦心在瓶装设计上是否花得过大，（它是美好的，令人倾心）瓶中美酒细细品来，略有些异味，非为上乘。

这种比喻，就艺术与形式而言，当然不伦不类，而且，我真诚地相信：思想色彩的某种不清晰，人物的某些意念化，当会使你们更多地倾注苦心。

今晚电视《霍元甲》

这境况真是有些悲壮！

星期六晚上，《蜻蜓》上演，眼睁睁，电视冲击波冲到了剧场。人头攒动，座椅声响，歌剧界的同僚啊，手心出汗地看着这"合理冲撞"。幸好，幸好，仅失去观众的十分之一弱。啊！歌剧对电视，胜了这一场！

一次取胜，别忙欢呼，连战败北，也不必惊慌。大千世界，本就是众多艺术的永恒竞技场。谁能够，十年百年永把金杯捧手上？

来点拼搏精神，练它个兵强马壮。振兴吧歌剧，你大有希望！

（1984 年）

“德州扒鸡”传递的信息

本文非广告，也非科普小品，而是戏剧界一件新闻所引起的街谈巷议之类。

听说某剧团开了个德州扒鸡公司（或云：中心）。经理原系导演，祖籍山东，从故乡请来名师真传，果然生意兴隆，通达粤桂两省，财源茂盛，盈利逾万。此导演手下五名演职员，可真是导演了一出时事悲喜剧。

悲者，这是“戏剧危机”万般情状之一斑。想当初，戏剧（尤其是戏曲）在文化生活领域中不说一统天下，也是唯我独尊。而今，各类艺术似诸侯争雄，形同春秋战国。某些新品种（如电视等）有以现代化技能逞强，有以本小利大取胜，战得颇有些老大的戏剧连连败阵，以至内部火拼。如今竟然做起德州扒鸡来了，岂不悲哉！同仁们闻听此事，从感情上总难免“于我心有戚戚焉”。

然而，若沉静下来，从历史高度和时代宏观看，从全部文明结构势在改革的趋势看，从日益多元化多层次的文化生活现实看，问题就明朗得多了。“德州扒鸡”一例，对戏剧界本身，无疑是悲剧性的，而它，却并非整个社会总危机的局部显示，而是社会令人振奋的“一次大改组，一次重整山河的激变”的反应点，所以，又分明地带着欢乐时代的喜剧性色彩。

近几年来，我们囿于戏剧圈子来思考问题不少，而把它放在社会总体之中来审视似乎不够，因而，一派“振兴”之声，众人打针开药，或寄望于追加经费，或求助于重奖刺激，或苦心于层层调演，或猛醒于“横向借鉴”，或试以勾践精神从头培养第三代观众。（声明：不否认这些方法均有一定道理）渐渐地大家都意识到，哪一味药都嫌无力，需要“综合治理”，需要一个药性齐全的方子。我以为，这个方子恐不应是“十全大补”，非得加上一味“清泻剂”或“减肥茶”不可。这不是玩笑。

眼下各地如此众多的剧团，是在文化生活贫困得如同沙漠似的社会背景下应运而生的，在当时，确乎建树了不可磨灭的历史功勋。而今，空白一单一一丰富，这种总趋向，近年以超出人们想象的速度发展着。剧团的大量存在与实际需求业已比例失调（这是就总体而言），加之，大多数剧团在无竞争对手和“政治第一”背景下所造成的艺术水平不高，使得“硬通货”甚少。凡此种种，因之“产品滞销”，危机出现了。

怎么办？只顾一心一意支持和保留旧式格局，“这对人类的生命力和努力是一种浪费”。（阿·托夫勒）

这样，除了加强戏剧美竞争力量等努力外，我们势必面临着一种痛苦的抉择，也是为痴心热爱戏剧的人们所难于接受的抉择，如上所述：“清泻”，“减肥”。这，不是消极的退缩，而是承认现实，顺应时势的勇敢之举。当然，万不能“巴豆”“大黄”猛下，决不能简单从事。可为深思熟虑后的撤团，可为同类项的合并，可为浙江“小百花”式的集其精粹，可为“以副养文”的综合体……

实际上，戏剧界自觉或不自觉地，情愿或不情愿地正在做着这件事。“德州扒鸡公司”的出现，即是一例。本团下属五人公司，可谓“局部转产”，而如果有这么一个剧团（绝非实指该团），捉摸演戏终难成气候，还不如扒鸡之类能“通四海”“达三江”，干脆从以副养文再前进一步，弃文从商，办它一个像模像样的公司，既造口福于社会，又柳暗花明于自己，且为国家减轻负担，何乐不为？（或恐现行体制不容，妄说）

但愿这番话不要被认为又是“戏剧消亡论”。我深信戏剧（特别是中国戏曲）强大的美学生命是任何冲击波所难于摧毁的，它并不像有人惊呼的那样，一下子完全“老化”“僵化”了，主要是在急骤发生的“权力再分配”中，它失去了昔日的霸主地位，而且将永远失去。但愿戏剧在经过一番强烈的痛苦之后，振奋起来，凭借它的丰富遗产、坚挺实力和不断改造自身的意志，在艺术世界未来的角逐中，生存下去，并重新成为强者。

（1985 年）

三、音乐自由谈

门边词谈

歌词创作，余暇偶尔涉猎，实未曾入门。门边之人，即兴有感，当难避偏颇肤浅，而在比较寂寥的词苑中，乱弹几声，想必也算是益事吧。

“文人之末技”

清初李笠翁曾针对一些“正宗”文人鄙薄词曲而慨叹曰：“填词一道，文人之末技之。”时至今朝，此语不幸言中歌词创作在文坛的境遇。当前，为剧为诗为文者，何止万千。奇花异卉，竞相怒放！歌词阵营，则“作者寥寥，未闻绝唱”。君不闻：“您最近写了什么？”“一部小说（或曰剧本、诗、散文等）。”“好！好！”又曾闻：“您最近写了什么？”“一首歌词。”“嗯？哦……”地位本不佳妙，兼之“四人帮”横行时，歌词被拿来当作最廉价的工具滥用，大量“作品”中，充满了骂街似的噪音，或索然无味的干笑。“常用歌词三百句”之戏谈，说明人们对歌词创作景况的嘲讽！可是，歌词艺术本身是无罪的。人们啊，不要把孩子和污水一起泼掉吧。江青之辈所以着意利用它，正是看中了它难得的长处：普及之快，为他种文学样式所不能及。我们在这一点上，可不能没有彼辈聪明！

各种艺术的社会功能，因物资和精神文明的发展而不断演变着。而在中国的今天，我冒昧认为，歌词是所有文学样式中最轻捷、最易于流传的一种。歌词一经和音乐结合，插翅高翔，盘旋于海角天涯，长驱入穷乡僻壤。爱唱者，每日歌不离口。“姑娘生来爱唱歌，一唱就是几大箩”，此之写照也。不爱唱者，歌声通过他人之口，兼之唱片、录音带的旋转，更兼电台、广播站的无所不达，每日萦绕于耳际，歌词所表现的情思，就不断地浸润熏陶着人们的心灵……此种情状，谁可企及？！

我不是在此贬低其他文学品种。譬如战争，各种武器各有其用。若以轻重论，歌词恐是属于最轻量级的。唯其最轻，就值得重视，正如虽有了原子弹，使用匕首仍觉方便。

中华民族是爱歌唱的民族。大家都来重视歌词，多一些人写好歌词吧。

李笠翁云："填词非末技，乃与史传诗文同源而异派者也。"我们的认识，倘能至此，歌词创作也就大有希望了。

"能唱的诗"？

歌词是什么？翻阅一些文论，有云："能唱的诗。"或曰："一首好的歌词必定是一首好诗。"这似乎已成为一般的说法。对此，粗粗一想，颇为有理，但当读过一些好歌词后，却有些犯疑。若以此说为圆心，画一个圈，我总觉得，似乎不能把所有的好歌词圈进去，恐有不少佳制被打入另册。

首先，相当数量群众歌曲的歌词，是不以诗意取胜的。它们或则喻之以理，或是一种率直的呼号。如《三大纪律八项注意》《团结就是力量》《志愿军战歌》《社会主义好》《我是一个兵》等。又如一些叙事歌曲，一些表演唱歌曲，一些讽刺歌曲的歌词，或着重铺陈其事，或充以非常生活化的模拟，或系直露的嘲弄以至怒骂。这其中，有的是浸润着诗意的，有不少则难以诗来衡量，否则也会列入等外。民歌中此类情况就更多了。举个例子，新中国成立之前的一首《车水歌》（见《中国歌谣资料》）："大麦吃完了呀，娘呀，小麦还未黄呀。娘呃、娘呃儿呃，娘呃儿呃，娘呃儿呃娘呃。"作为诗品，只怕要打不及格，但演唱起来，一连串协调车水节拍的呼娘叫儿之声不断，于是旧时代农民的无穷尽的苦难，便宣泄出来了。民歌中丰富的劳动歌，如夯歌、船歌、拉缔歌、农事诸歌等，以及富于知识性趣味性的儿歌、谜歌、盘歌等，恐不少都难以入诗，但却辈辈相传，并成为发展新歌词创作的宝贵遗产。

我无法统计，这些不是诗的歌词，在歌词的家族中属于主体或系支流。也许，能唱的诗毕竟是居多的，"一首好的歌词必定是一首好诗"，在多数情况下也许是对的。只是我感到，目前许多人对上述提法予以强调，对克服歌词创作的标语口号式倾向，可能有所裨益，但同时又带来另一种现象，即许多新出的歌词，诗味多了，抒情色彩浓了，但花色似乎趋于另一种形式的单调，不少作曲者似已不满。前人言之有理："填词之理，变幻不常。言当如是，又有不当如是者。"因此，我担心，若按流行说法把歌词列入诗的一个别类，弄不好，就会画地为牢。尤其是处于歌词把关地位的同志，若以此为准绳，就会有不少确实是好歌词，但又不够诗格的作品靠边站。诸位翻翻近年某些歌词集子，回思此言，是否杞人忧天？

歌词到底是什么？笔者无法下定义。只是仿佛觉得歌词和诗，自个成连环状的圆，它们有一部分是重叠的，而各有其独立部分，而流行说法，则好似在诗的圆圈中，划有一弯半月形的歌词领地。这，是否太拘束了？

（1980 年）

歌词溯源

人类文学艺术花圃中的各色花卉，而今真可谓洋洋大观，不可胜数！作为一朵小花的歌词，几乎湮没在万紫千红之中。然而，它却是最古老的品类，冠之以“元勋”“先驱”而当之无愧。若按年龄计算，称之为“万岁”尚且委屈了它。

有问：到底从何时起就有了歌词？斯大林说：“从有社会存在的时候起，就有语言存在。”而可以说，歌词和人类的语言是一对孪生姐妹。“我们的祖先原始人，原是连话也不会说的，为了共同劳动，必须发表意见，才渐渐地练出复杂的声音来。假如那时大家抬木头，都觉得吃力了，却不想到发表，其中一个叫道‘杭育杭育’，那么这就是创作，大家也要佩服、应用的，这就等于出版……”鲁迅先生的这段话，生动地叙述了语言和音乐（包括歌词）共生的过程。那“杭育杭育”之声，实在是歌词的胚胎。最早的人类在劳动中“杭育杭育”而渐为歌，在篝火旁欢叫狂呼而渐为歌，进至“男女有所怨恨，相从而歌”，歌词就这样早早出世了。可惜得很，由于到文字的产生又经过了一段非常悠长的岁月，今天再也无法鉴赏这些最早的作品。

根据远古的传说和后人的考证，我们只可能大致觅到一些蛛丝马迹。

传说在万年以前的旧石器或中石器时代期间，伏羲氏发明了乐器琴瑟，并“造《驾辩》之曲”。根据远古时代歌、乐、舞合一的规律，可以推测，它是有歌词的。

古籍中还记载五六千年前的新石器时代，神农氏（炎帝）造《蜡辞》之乐，用以祝祷丰收。

关于有熊氏（即黄帝）的音乐活动的记载就多了。相传他以云彩为图腾，曾制乐舞《云门》以祭祷，制《咸池》祈求西天主管农事的神灵保佑五谷丰登，又曾“合鬼神于泰山之上……作为《清・角》”。

还有关于“昔葛天氏之乐”的传说：“三人操牛尾，投足以歌八阕：一曰载民，二曰玄鸟，三曰遂草木，四曰奋五谷，五曰敬天常，六曰达帝功，七曰依地德，八曰总禽兽之极。”可以想见，歌词的内容丰富，有点像今天的组歌了。

那么，我们能读到的最古的歌词，到底是什么呢？

《吴越春秋》曾记下据说是远古人类尚处于狩猎阶段的一首《弹歌》：“断竹，续竹，飞土逐宍（肉）。”（译意：砍断竹子联成弓，射出泥丸打鸟兽。）

《礼记》记下据说是古人进入农业阶段，即五六千年前神农氏时代的一首祭祀万物神明的歌词：“土反其宅，水归其壑，昆虫毋作，草木归其泽。”（译意：土壤回到原地吧，洪水回到深谷，害虫不要滋生呀，让洼地重新长出草木。）

上述记载，或恐伪作，因而有人宁愿相信距今四千余年前唐尧时代的一首歌颂尧帝的《康衢谣》为中国流传下来最古的一首歌词：“立我烝民，莫匪尔极。不识不知，顺帝之则。”（译意：你让我们许多人民都有饭吃，没有一个人不把你当作标准。我们什么也不用费心，只消跟着你走。）

自帝尧之后，古籍上记载的歌词渐多，可信性也渐强。但由于年代久远，无出土文物印证，均难以敲定其真伪。直到商朝以后，出土文物中发现甲骨文字起，有关记载方使人确信不疑。古老的《易经》中即有一些生动的歌词，如郭沫若曾高度评价认为比米勒的绘画《牧羊少女》还要有“风致”的《归妹》十六和《离》九四、《屯》六二等篇即是。

距今二千五百余年，中国出现了古典文学的第一部集大成之作《诗经》，实即是一部歌词总集。歌词最先捷足登上了文坛大雅之堂。

（1981 年）

柳永和“流行”歌曲

柳永其人，凡读过一点宋词的人都熟悉。他的名作如《雨霖铃》（寒蝉凄切）、《望海潮》（东南形胜）、《八声甘洲》（对潇潇暮雨洒江天）等多篇，至今流传于世；他的佳句“今宵酒醒何处？杨柳岸，晓风残月”、“渐霜风凄紧，关河冷落，残照当楼”等，古来脍炙人口。

在词的历史舞台上，柳永不算是个唱主角的，但他的作品在当时流传之广，影响之巨，却在整个词史上鲜闻寡见，很引人注目。

每个词人，除怪癖自赏者外，谁不希望自己的作品唱者听者越多越好。试看柳永，确不简单！据说，当时“教坊乐工，每得新腔，必求永为辞”，新作一出，“天下咏之”，以致有“凡有井水饮处，即能歌柳词”的盛誉！当朝皇上宋仁宗也“颇好其词，与对宴，必使侍从歌之再三”。直到柳永死后，“远近之人，每遇清明，多载酒肴，饮于耆卿（柳永字）墓侧，谓之吊柳会”。甚至还有这样的传说：《望海潮》一词，由于淋漓尽致地写出江吴都会杭州繁华豪奢的盛状，竟至使北方的金主垂涎于“三秋桂子，十里荷花”，遂蓄意渡江南侵。借用今天的一个时髦名词，可以说，他的作品实在就是当时的“流行歌曲”。

正与我们目前对“流行歌曲”争论不已的情况相似，对柳永的作品也是褒贬激烈，热闹得很。捧场者说他是“北宋巨手”，把他的作品“比之杜诗”，说他写词“如画龙点睛，只在一二笔，便尔破壁飞去也”，“高处足冠群流”。而不满者则说他“好为淫冶讴歌之曲”，“恶滥可笑者多”。名词人晏殊曾当面讥刺他的“采线慵拈伴伊坐”之句。柳词令官府鄙薄，朝廷不悦，以致功名难就。他本名柳三变，只好改名叫柳永，方才混了个小官当当，实令人好笑！后来他死了，大约是亲属们怕招人奚笑吧，竟至不来过问，还是别人出钱葬之，又实在有些可怜。对他的作品，贬者褒者，甚至顶起牛来：“刘季高侍郎，宣和间，尝饭于相国寺之智海院，因谈歌词，力诋柳氏，旁若无人者。有老宦者闻之，默然而起，徐取纸笔，跪于季高之前，请曰‘子以柳词为不佳者，盍自为一篇示我乎？’刘默然无以应。”（《郤扫编》卷五）你看不起，“不复称于文士之口”吗？“然流俗好之自若也”，岂奈他何！很有趣的是，前面提到过的那个宋仁宗，一方面偷偷在皇宫里大唱柳氏的作品，而当柳寄词托人求官，他又大觉此人不可用，发了一通火，但从此只好强忍着再不听柳永的歌词了。比较客观的人们，对他的评价虽不是“捧煞”或“打煞”，却也仁者见仁，智者见智，众说纷纭。柳永就是这样一个惹是生非充满矛盾的角色。

且把对柳永的全面评价丢一边去，单就他的词那么流行，也值得我们重视。据古来名家之论，似乎有这么几点是可以注意的（限于篇幅，只能扼要言之）：

1. 在内容上，他的词作不同于当时上层文人典雅空虚歌颂升平的“娱宾遣兴”之作，也脱出了知识分子自我欣赏的狭隘范围，而用来反映中下层市民的生活面貌，思想感情，“出之以自然”，具有浓郁的生活气息。

2. 在语言上，他不顾士大夫的轻视和排斥，使用极其生动的民间俚俗语，“明白而家常”，形成所谓“俚词”，而和传统的“雅词”分庭抗礼。

3. 在词的体制上，不拘泥于短小呆板的旧词调“小令”等。他精通音律，从民间流行的新乐曲中受到启示，创制了大量以篇幅较长、句子错综不齐为其特色的“慢词”，扩大了词的容量，大力发展了处于新生状态的长调体制，使词的体式大大丰富，渐趋完备。

4. 在写作方法上，他伴随着长调的使用，还首先成功地运用了铺叙手法，尽情描绘，不再拘泥于含蓄，组织了较为复杂的内容，把写景、叙事、抒情打成一片，却又层次分明，前后呼应。

联系柳永的身世和处境看，他实在算得个歌词领域中有胆有识的革新家。诚然，他的作品，总的说来，并未挣脱“词为艳科”的藩篱，内容还是比较狭窄，多写市井中的妓女和浪子之类，常有些低级趣味，还有不少是粉饰太平，歌功颂德的等。但他的歌词并不是仰仗这些而如此流行，这是显见的。

本文多引前人陈言，并无灼见，目的也只是想引起当今词人一想。对所谓“流行歌曲”，古代的也罢，当代的也罢，都要有个科学态度，明宗正义，区分精芜，究其原委，觅其真谛，为我所用之。

古时有反对柳氏的文坛高士说：“盖与其千夫竞声，毋宁白雪之寡和也。”我看这有点阿Q精神。写下歌词，无人肯唱，歌词作又何用？

（1981年）

雄鸡三唱及其他

——读田汉歌词小记

一代大家田汉遗留下来的歌词作品，据说有百余首，这是一批灿烂的文艺珍宝！可惜至今尚未见个集子，我们未能窥其全貌。近日，东翻西找，浏览了其中数十篇，自觉获益甚多，却又一时理不出个头绪来。学步伊始，随意就笔，写下几题学习笔记吧。

（一）雄鸡三唱

“九一八”——“七七”，“中华民族到了最危险的时候”！国民党政府却还在弹着“攘外必先安内”的调子。一些人，或则沉入纸醉金迷的噩梦，或则鼠目寸光地苟安于一隅。一些靡靡之音，飘浮在令人窒息的灯红酒绿之中……“东亚睡狮”啊，你还要沉睡到什么时候?!

民众在怒号，有识之士在疾呼，田汉的歌词喷薄而出，呐喊出时代的最强音!

他呐喊着:“起来!”

“起来，不愿做奴隶的人们!”（《义勇军进行曲》）

“同学们，大家起来!”（《毕业歌》）

“爱自由的同胞们，团结起来!”（《莫提起》）

“起来！同胞们……”（《复仇雪耻歌》）

他一再呐喊着：“前进!”（见《义勇军进行曲》《前进歌》《青年进行曲》等作）

有谁会嘲讽它们是重复、单调的?

啊，这是雄鸡三唱的神韵，这是号角频吹的激情，这是战士执著的责任心，这是饱和着血泪的肺腑之音，这是振聋发聩的雷霆！

田汉式的呐喊，不应只属于昨天，也应属于今天。

（二）直言和比体

在风云突变的抗战年代，救亡歌曲多系“意激而言直”之作，其“言直而切”，以期唤起民众，团结奋斗。然亦不尽如此。

试看田汉《筑堤歌》（1935 年）一首：

“哼哟嗯右杭哟，黄河滚滚向南方，

筑堤防，保家乡，多加土，紧打桩，

高粱秆子铺土上，舍掉门板舍掉床，

兵来将挡，水来土掩，不要退让，不要慌张，

数十万人齐努力，筑出金堤百里长，千里长，万里长！”

此系话剧《洪水》插曲。直接看来，是写民众与黄河水患斗争的情景，但我们的感受绝不止此。全词中未道破一句，而抗战之意，救国之情，昭然脱出！

此系采用古典诗词之“比体”手法，但非才子的故作隐语，也非骚客的不敢明言，而是作者激情横溢，才思灵通，于无声处亦能倾泻出共赴国难的激越之声。

是技巧，更是战士的情操！

（三）道是无情却有情

读到《卢沟桥》（又名《卢沟问答》）一首，不禁反复吟咏，流连再三：

永定河，为什么叫卢沟？

卢沟桥又是什么时候修？

桥有多宽多长多少洞？

桥上的石狮子有多少头？

永定河，水混叫卢沟；

卢沟桥是清朝大定二十年修。

桥有二丈二尺宽，六十六丈长，还有一十一个洞，

桥上的石狮子有百来头。

乍读，好似小学常识课本上的歌谣体问答，文字索然无味，罗列不厌其烦，通篇无一情语。然而请注意：此歌写于1937年卢沟桥事变之后。设想当时，作者援笔，岂是为了介绍风土文物？

难道不是满含着热泪，情溢于毫端吗？进而设想，此歌业经张曙谱曲，广为传唱之时，炎黄子孙何人又不为之情动于衷，唤起对古老河山一夕破碎的愤懑、悲凉?!

而今，沧桑巨变，它也许再不能唤起我们的忧国之情了，但其意在言外的大朴之巧，足可令歌词作者们细细咀嚼。

（四）抗战与“亲吻”

“哥啊，送你一朵花，

再亲你一个吻……”

谁写的？田汉。什么时候写的？国难当头民族危亡的日子。这……

这是一首歌颂英雄儿女投入抗战的好歌词《征夫别》中的两句。在作品中，作者描绘了“马萧萧，车辚辚，辞了情人去出征”的悲壮场面，“聪明的妹”“泪珠儿老忍不住”地送别“英勇的哥”。

妹唱道：“哥啊，送你一朵花，再亲你一个吻，千百万爱自由的人，都做你们的后盾。”

哥唱道：“妹啊，谢谢你的花儿香，谢谢你的吻儿热，我们要战到最后一个人，流到最后一滴血……”

大家可以去读读全词，谁能说不是一首难得的佳作？

没有“亲吻”之类描写的作品，未必尽然高尚；凡有“亲吻”之类描写的作品，未必尽然不高尚。

鲁迅早说过了：“血管里流出来的都是血。”

（五）大白话

不知什么缘故，当代歌词作品，似乎写得越来越整齐、越来越“规范”

了。打开一些集子，大都好似堆积木，叠豆腐干。句式多为七字句，段式大略 ABC。出格者，数量甚微。

读田汉歌词，则纵横捭阖，风采迥异，不拘一格。他不少作品格律音韵是很讲究的，而有相当数量者，是我们当前歌坛最不行时的自由体，有的简直就像是直录于日常生活的大白话。

如《慰劳歌》（聂耳曲），由说白引入唱，唱中又夹白，句子短者四字，长者二十一字，散中带韵，错落变化，似若无章可循：

（白）恭喜，恭喜，各位先生们各位勇士们，
今天是旧历的新年，各位家里，一定都伸着头颈儿望，
望你们回到家乡，去看看年老的爹娘、年青的太太，去抱抱可爱的小弟弟、小姑娘，

他们哪里晓得：

（唱）你们正为着我们老百姓，为着千百万妇女和儿童，受了极名誉的伤，躺在这病院的床上。

（白）各位先生，各位勇士！

……

这样的写法,恰似“清水出芙蓉，天然去雕饰”，逼真地表现了爱国民众和伤员们娓娓谈心、慷慨陈词的情景。

又如《胜利的开始》（冼星海曲）等亦是如此类型，其他不少作品，虽则没有的这样自由，但句式段式韵律等多不受拘束，色彩纷然。

上述风格，在“左联”时期颇为流行，为何如今却鲜闻寡见，凤毛麟角？

吕骥写道：“关键就在于他们懂得如何运用特定的语言，表达特定的思想感情，不受作曲法的限制，不拘泥于一般的形式，而是从内容出发，从表达感情的需要出发，通过自己的实践，创造新的形式。”“我们今天有些歌词往往显得呆板，缺乏活力，过于整齐，我想根本的原因还是心中缺乏生活激情吧。”（《回顾“左联”，寄语〈词刊〉》）

然哉老辈此言，晚生可思可鉴！

（1980 年）

四、文苑面面观

诗风见闻录

电话记录两则

1976 年 4 月 15 日：

编辑：诗人同志您好！

诗人：编辑同志您好！

编辑：“五一” 佳节快到。

诗人：愿尽犬马之劳。

编辑：诗歌专号照出。

诗人：恭听您的指教。

编辑：翻翻《光明》《文汇》，
　　　注意北京 “两校”，
　　　形势要写 “大好”，
　　　笔头要点 “火药”。
　　　有个宣传提纲，
　　　精神供您参考。

诗人：近来有人嘲笑，
　　　拙作干瘪枯燥……

编辑：加点水分不难，
　　　多点美丽词藻。
　　　节日游园联欢，

任你巧绘细描。

诗人：这……

“五一”还差半月，

怎样描绘才好？

编辑：嗳！

诗人富于幻想，

您还想象不到？

诗人：对对对……

“红旗鲜花礼炮……”

编辑：哈哈哈……

“欢乐人群如潮……”

诗人：明日准定交稿！

编辑：包您“五一”见报！

1976 年 5 月 2 日：

编辑：诗人同志您好！

诗人：编辑同志您好！

编辑：你呀真是操蛋，

稿子前天才到！

诗人：十分对您不起，

发了九天高烧。

编辑：幸好新年专号，

余下一篇诗稿，

“元旦”改成“五一”

顺顺当当见报。

总编比较满意，

“紧跟形势就好！

首长检阅各家，

本报名列前茅！”

诗人：可惜我的那首！

迟到等于报销。

编辑：诗人不必懊恼，

心血不会轻抛。

暂存我处备用，

“十一”转眼又到。

（1977 年）

多一些开拓创新，少一些模仿“克隆”

几年前，湖南电视的《快乐大本营》和《玫瑰之约》等名牌节目，火爆全国，出尽风头，我们亦为之鼓舞。应该说，这些栏目的成功是多方面的：主题和题材的选择确立，导演的总体把握与调度，现场氛围的综合营造，节目与嘉宾的水准，尤其是主持人可爱可亲的个性风采，等等。

然而，在广大观众热情欢迎之时，亦闻业内人士言：《快乐大本营》的基本创意其实来自港台知名娱乐节目。更有人云：看过凤凰卫视中文台《非常男女》的人都明白，《玫瑰之约》几乎就是那个栏目的“克隆”。

平心而论，这两个栏目的确不是原样照搬别人，有许多的改变、发展和创新。而且，节目之间的相互学习模仿，乃至“克隆”，不能一概否定（不知道在知识产权法中，会不会划出一条红色警戒线）。只是，我们对上述成功栏目的自豪感，毕竟因此而打了点折扣。

令人忧虑的是，由于省会的电视频道越来越多，竞争亦日趋激烈，一些频道的策划人员，为了争夺观众，在自办栏目的推出中，越来越多地采用了一种看似新潮前卫，实则偷懒取巧的办法，即跟进模仿，乃至“克隆”。有些频道近来推出的“脱口秀”栏目即属其中一例。国内外以及港台一些成功的“脱口秀”节目，都有精心的创意、可寻的思路，尤其是主持人的文化、素质与风度，都很了得。仅仅在形式上“克隆”，内容却随随便便，甚至信口开河，其结果是引发观众的反感乃至抵制。耗巨资推出的“真人秀”节目《完美假期》，即是一例。乍见之，人们即为其创意之新颖、形式之别致而兴奋。但，很快人们又失望了，原来这也是一个不折不扣的“克隆”品。媒体很快让我们知道它源自于法国的“真人秀”节目《阁楼故事》，而且几乎是刚刚结束的《阁楼故事》第二集的翻版。人数、时间、环境、游戏规则，以及炒作造势方式，都那样雷同。几乎同时，北京电视台《欢乐总动员》也在进行着同一种“克隆”：70 天上演“真人秀”。还有，同在长沙的另一频道也搞了个“自由度更小”的“真人秀”《有爱不孤独》。人们不禁要问：境内是否还有同样的“故事”在别处同时上演呢?

当然，我们绝不反对学习与借鉴，“古为今用，洋为中用”是我们提倡的，但模仿绝不能代替创造，“克隆”决不能成风。有的策划者心态浮躁，急功近利，总是对“克隆”感兴趣，以为这样省力又讨好，于是他们老是望着别人的锅里，殊不知，这样是会培养懒汉的。

（2002年）

谨防“狗仔”文化入侵

流行文化的崛起与火爆，乃是二十世纪以来令人瞩目的全球性潮流，而“明星”纷涌与“追星族”的狂热，又是其重要景观。近年，国内许多的观众和读者似已逐渐习惯乃至热衷于这种洋洋大观了。我们看到，敏锐而活跃的湖南文化界，特别是电视圈和报刊业，也已是热闹非常。

对待流行文化当然不能一概否定，这是文化生活的一个不可或缺的广阔层面。它的活泼生机，它所足具的娱乐性趣味性，对冲破很久以来过于强化“高台教化”的沉闷空气，是很必要的，是十分受欢迎的。而混迹于传媒队伍中的所谓“狗仔队”，以及他们所炮制的“狗仔”文化，却是在金钱的恶性驱使下出现的怪胎。他们追逐各类“明星”，大揭各种隐私，以满足公众的所谓“知情权”，以新闻自由的捍卫者自居，语不惊人誓不休。一言蔽之，“哗众取钱”是也。对此，海内外一切有识之士无不毫不含糊地加以反对和抵制。

然而，近来浏览了省会的几家小报，感到十分不安。某些娱乐版面上，不约而同地连篇累牍地图文并茂地出现大揭明星隐私的报道，而且又尤为热衷于“明星之恋”。随便一数，先是有李亚鹏、周迅、瞿颖的“三角恋”，接着有梁锦松、伏明霞的“老少恋”，再加上齐秦、王祖贤扑朔迷离的“苦恋”，又杀出郑伊健、梁咏琪、邵美琪的“双琪夺面”之恋……走马灯似的，一个比一个闹腾。很清楚，这些可供炒作的原材料，无一不是来自网上或外界传媒，并非湖南“娱记”们的自家新闻。由于都是批发来的舶来品，所以，有时几乎同时出现在几家小报上。而从中，人们分明嗅到了“狗仔队”的气息。近期，香港“狗仔队”又推出了一档新作，有关谢霆锋与王菲的“锋菲恋”，被大炒而特炒，极尽狂热之能事. 省会一些小报，亦表示出少有的热情，毫不吝惜地腾出版面，从谢、王情感生变伊始，先后带出张柏芝和她的“性感”母亲与年轻继父，谢霆锋的“风流”父亲，有暗恋情结的陈小春，张柏芝的前男友陈小东，再加上王菲的前夫窦唯，等等，有的报纸仅半个月时间，就发了不下十余篇报道与图片，甚至接连推出整版报道和通栏评论。我们不知还有什么样的大事曾被这样重视过。这场风花雪月的故事，看来一时还完不了，情节还在向前发展。

对这场闹剧，一些传媒已对当事人“深受其苦”表示同情；而另有些传媒则认为那位“花花公子”是咎由自取，活该倒霉；还有报道说，当事人谢霆锋对此极度心烦，或大骂出口，或痛苦不已，并公开表示这样下去，宁愿选择退出娱乐圈；又有最新报道，谢霆锋行车肇事，恐有牢狱之灾，云云。总之，闹剧似已向悲剧转化，我们的报人是否还会心安理得地乐此不疲呢？

附带再说几句，世界之大，有多少有价值或有趣味的东西可以进入小小的娱乐版面，大可不必用外国的女星“男伴夜夜不同”，或是“很喜欢放屁，认为发出隆隆的声音是种成就感”之类的文字来取悦读者。俗话说“近墨者黑”，人们会担心，照这样下去，不定什么时候，长沙的传媒界，也会冒出些什么“狗仔队”来。

（2002 年）

敢为天下先，勿求强出头

历来，湘人“敢为天下先”的精神，是四方皆知并广受赞赏的。大到国家兴亡，思想信仰，伟业宏图，小到技艺赛场乃至风气时尚，多少努力者成就了自己而声名远播。今天的湖南人，对这份精神遗产，若能取其精髓，把握本质，传承弘扬，当是一件极富意义的大好之事。

尽管这些年我省文化领域取得了令人瞩目的成绩，但与此同时不能不感到某些行业的某些人，的确滋长了一种浮躁和肤浅情绪。大凡涉及与外界可比之事，总要争个先，甚至强出头，埋头苦干少了，宣扬炒作多了。动不动自诩全国“领先”；时不时出言与谁“叫板”；节目拿去展销，至多成绩尚可，却夸饰为“湖南年”；艺术节上评奖，明明是剃了光头，却说成是“擦肩而过”，好货参评恨晚。对此，清醒的自家人只好摇头，更往往引起外界同行和社会舆论的反感。这一切，令人十分不安。

前一向，读到省会一份报纸关于抗击非典的报道，这种不安又油然而生。首先，头版一个标题即是“全国第一支抗非典主题公益歌曲出自电视湘军”，接着，在A2版又出现如下标题：“×××：走近非典的电视第一男”，“×××：走近非典的电视第一女”。有人会问，这二人与“电视湘军”何干，文章告知，原来二位均系央视主持人，但都是以前从湖南出去的。这里，且不去细究，这三个“第一”是否属实（网上有人笑言：上海的歌出在湖南前面。该报的正文中，×××说“我不知道是不是头一个”），试问，在成千上万的人不求名，不求利，不怕苦，不怕死地奋勇献身之时，有什么必要这样十分勉强地为前“电视湘军”成员去争一份虚荣呢？

无独有偶，我们又注意到了最近引起广大观众和媒体十分关注和激烈争议的《星气象》。关于“色情”还是“情色”，关于美女躺在沙发上嗲声嗲气报天气说时尚是好是坏，该节目的有关人员回应了不少话，且不在这里一一评述。只是，其负责人的一段很具原则性的辩白，再一次令人不安：“湖南人敢为天下先，对新鲜事物接受得比较快，不够新鲜热辣的东西哪能吸引湖南观众的眼球。”这实在是在把一种崇高化作了平庸，把一点并不聪明的伎俩与炒作，硬生生戴上了一顶堂皇的冠冕。无怪乎，又在媒体上引起他人讪笑。

衷心希望湖南人“敢为天下先”的精神，能积极健康地传扬下去，而近年在某些领域所出现的“强出头”的苗头，切切不可小觑。“敢为天下先”，是一种可敬精神，“不求强出头”亦是一种可贵境界。这其中有辩证法。

（2003 年）

炒作终须有度　褒贬勿太随心

——谈对“歌厅文化”的宣传

长沙的歌厅近年来十分火爆。有统计表明，仅市区内，特大型的就有7家，大型的37家，至于不具规格不甚规范的更是难以数计。据云，如此繁荣，在全国大中城市中乃是一道炫目的风景，外来客人无不啧啧称奇。我们已步入小康的消费者很满意，有了这么多休闲好去处；我们的有关主管部门很满意，这一被誉为“歌厅文化”热门的产业，每年还能创造数以亿计经济效益；我们那些配有娱乐板块的媒体也很满意，有了取之不尽的鲜货可供热炒。

可以说，在这全球性流行文化十分红火的时代，歌厅等类娱乐文化产业繁荣昌盛，乃是潮流使然。有学者指出，对原有社会结构的反思，以及向市场经济的转型，在文化领域原来高度一元化的板块中，拓展出一个又一个的另类空间，亦是一种富于积极意义的现象。但同时，对长沙“歌厅文化”现象也有别样评说：作为一个经济并不十分发达的内地城市，何以娱乐休闲产业（包括按摩院、咖啡厅、跳舞吧以及洗浴中心等）如此发达，歌舞升平而几成“不夜城”，这种社会风气和文化氛围令人担忧。加之，每每有低俗色情等负面新闻曝光，越发增加了不少人的担心。对这一颇有争议的事物，全盘肯定或简单否定都是不可取的。人们的责任应是关心它、帮助它、积极引导它、正确宣传它，使之健康存在，稳健发展。

近年，随着全国范围大抓文化产业发展热潮的掀起，湖南各类文化产业蓬勃发展的大好局面，引起了各方面的积极关注，其中就包括“歌厅文化”一项。前已提到，一些文化娱乐媒体早已对它十分热情，而当前在对众多文化产业的评介宣传中，更是对歌厅情有独钟。某些“娱记”大概是有事没事老往那里跑，老在那里“泡”，于是，诸如开张大吉、黯然歇业、豪华装修、进口设备、巨星莅临、超级阵营、湘籍辣妹、港台帅哥等，无不第一时间于媒体平台频频推出。其中，对活跃于此间的“星”们更是瞪大眼球，强力聚焦，而尤对一批本土笑星丑星宠爱有加。喜好出入歌厅的市民阶层精神消费者们多希望放松开心，逗逗乐子，于是笑星丑星们得以大展身手，迅速走红。应该说，他们之中确有人艺术素质表演才能乃至于创作能力都还不错，个别的正如媒体所云，还真有点“大俗通雅”的味道，但就总体来看，则是娱乐性远胜于艺术性，而且水平不一，良莠不齐，个别的甚至是靠出洋相，来点荤段子混个脸熟。但是，我们有的“娱记”却几乎是在不顾一切追逐着他们，寻觅着任何一点有“价值”的爆料。他们的演出得失，生意盈亏，今朝行踪，昨日隐私，夫妻之爱，婚外恋情等，不管受众是喜欢还是厌烦，都一一端上席面，要你受用。前不久，两位笑星分道扬镳一事，报道一下，亦无不可，但有的媒体却兴奋异常，大炒特炒，甚至穷搅和，瞎折腾，一次又一次强行灌输，品位已全无，兴味又何在？某家报纸，不惜用每期一个整版的篇幅，为好些个本土笑星搞了个系列报道。实在说，即使按最低尺度，有的人也难以获此殊荣。于是，有的篇什只好充斥着洋洋数千言一大堆琐屑俗气的文字。试问，湖湘文化名人榜上，还有哪一个系列能如此风光地荣登该报的闪亮平台？

如果说，上述这些还可归于文化娱乐市场见多不怪的商业炒作，或者隐形广告之类，乃“娱记”们的职业游戏，那么，有些对歌厅的宣传，则已上升到了某种“理论”高度。有家报纸，在一篇论述长沙城市文化的大块文章中谈到众多文化产业，竟唯一地举出了三位本土笑星作为代表人物。作者情不自禁津津有味地写到有位笑星“一出生就不安心，分娩时‘石’到‘塘’里”，另两位笑星“这对师徒已经分手，但未尝不是一件好事……”“用长沙话说，他们是几个‘活宝’”，云云。在此类文章中，出现如此游戏风格的文字，真令人哑然失笑。人们再要问，几个笑星再火，再使人喜欢，在整个文化产业乃至城市文化中到底能有多重的分量，值得如此去强调？此外，另一家报纸在用一个整版介绍宣传长沙“歌厅文化”的同时，其中一篇文章更严肃地对比并批评了目前“陷入一种举步维艰的景况”的传统文艺团体，指认这些文艺工作者“动辄称自己为人类灵魂的工程师，漠视文艺的审美和娱乐功能”，或者“本末倒置，搞形式主义，花架子”，“现在越来走向庙堂化了”等。上述这类批评，过去早已听见过，有的现象，在某个历史阶段可能曾经存在，但笔者认为，它绝不能主要解释当前传统文化、精英文化所面临的复杂的严峻的局面。在铺天盖地的多元文化尤其是流行文化的冲击下，作为民族文化和历史遗产重要组成部分的传统文艺团体，这些年来惨淡经营，图保存，抓改革，求发展，虽竭尽全力仍难脱困境，无论从社会地位或是艺术观念来看，还能指斥他们仍在居庙堂之高吗？令人欣慰的是，对“人类口头和非物质文化遗产代表作”的重视与保护工程，已由联合国启动，我国的昆曲、川剧等若干传统文艺品种业已入选或正在申报中，国家有关部门亦正在对民族民间传统文化及精英文化的保存与发展采取有效措施。

衷心希望热衷于炒作鼓吹“歌厅文化”的媒体也稍稍退点热，不要仅凭个人的喜好，不要太追求某种功利，不要因据有一个可以轻易使用的平台而随意高谈阔论。更要注意，在对娱乐文化满心欢喜而笑脸相迎之余，不要对其他的也许是更宝贵的更重要的，需要关心与呵护的对象，过于冷漠，乃至于无情。

（2003 年）

赛事频频之忧

这里所说赛事，系指近年来在省会（有的还扩展到全省各地）越来越多的各种名目的音乐、舞蹈、主持、模特、星姐、美男等艺术大类比赛，尤其是歌唱比赛。就拿今年说，通过各种媒体得见，仅在长沙由各方面举办的（还有即将举办的）省一级以上歌唱“大赛”，起码也在十次以上。至于以下各个级别、各种类型的歌唱比赛就更多了。公允地说，这里面确有办得比较认真规范的，对发展艺术事业推介乐坛新人起到了不同程度的积极作用。但，随着不少“内幕”曝光，某些“大赛”已引起群众不满和媒体抨击。

视线所及，《湖南广播电视报》《三湘都市报》《湖南日报》《湖南在线》等媒体，均有不少负面报道或批评言论。最近《潇湘晨报》更详尽披露了某个私家小公司，打着若干知名单位的旗号（据悉，交了“管理费”就获得了“具名权”），从下至上，大张旗鼓地举办了一次全省性的歌手大赛，其获取利润之手段，可谓机关算尽。近期，该公司又在紧锣密鼓地操作一个舞蹈大奖赛，打出的旗号更大更多，但终因一些“协办”单位“一头雾水”而不认账，以致“牛皮吹破”云云。对这些使人惊讶的报道中所涉人与事，其确凿程度尚难一一鉴别，但从各方面信息看，上述媒体的反响，绝非空穴来风。笔者亦曾直接听到某些当事人反映，就有这样的“大奖赛”，初赛要交报名费，复赛也要交，半途加了个半决赛还要交，决赛更要交。此外，又要交一笔培训费，以上的价位都不低。更令人愤慨的是，最后的颁奖晚会想参加演出仍然要交钱，数目就更大了。钱交得多的，没有获得金银奖的可以上独唱；钱交得少的，就只能上联唱；若不交钱，即使名列前茅也休想登台。结果，这台晚会的水平也可想而知了，其散发出的铜臭气实在令人恶心！

人们不禁要问，通过如此频繁的鱼龙混杂的“大赛”，我们的音乐水平就能推上去吗？设置量越来越多的金奖银奖成堆地涌现，就能说明人才辈出星光灿烂吗？具有讽刺意味的是，越来越多的有识之士早在议论这样一个事实，即湖南音乐界近年在全国性赛事中的尴尬局面：最具影响性的中央电视台举办的青年歌手电视大奖赛，湖南已连续三届剃了光头；两个最具权威性的国家级“政府奖”，即文化部、中国音协等部门举办的“金钟奖”以及广电总局等部门举办的“金号奖”，湖南近几年也是全军覆没。其他一些全国性的重大赛事，湖南选手也少见佳绩。这一种冷落和上述那一种热闹，形成如此巨大的反差，应不应该引起主管部门和业内人士的高度注意和认真思考呢？

最后，还想赘言几句。其他艺术门类，近年来也是赛事日多，花样翻新。比赛，本不是一件坏事，但当它过热而成风时，人们可要警惕了！

（2003 年）

从李谷一的直言说起

前不久，在中央电视台全国青年歌手电视大奖赛期间，因湖南歌手又一次成绩不佳，著名湘籍歌唱家李谷一快人快语，坦诚地指出：对歌唱人才的培养，“湖南有关方面不重视”。此番评说，迅即引起了我省文艺界内外的强烈反响，尽管众说纷纭，见仁见智，但毕竟把“人才”问题前所未有地提到了各级领导、有关部门和广大公众面前。可以预期，对歌唱新人的培育、选拔、推介乃至“包装”等项工作，终将会有一个积极的促进。

最近，作为中国湖南金旋律音乐节的特邀顾问，李谷一回到了“娘家”。据《三湘都市报》报道，在谈到中国音乐现状时，她又直率地批评了包括我省在内当前音乐创作存在的问题，而此番议论，似未引起媒体和公众的应有重视。其实，一个“人才”，一个“作品”，犹如鸟之双翼，同样要紧，缺一不可。李谷一的话，的确是有感而发，有的放矢，她说：现在的音乐创作不贴近民众，不亲近生活，显得粗糙、浮躁，音乐作品大不如前。对湖南的情况，她也不客气地表白：湖南的音乐作品创作力量还不强，音乐资源整合不够。以上这些话，虽不像在北京歌手大奖赛期间的评说那样尖锐，那样刺激，但针对当前国内音乐创作的种种弊端，实在是肺腑之言，尤其对湖南，又击中了另一软肋。实话实说，前些年湖南的歌唱人才不断涌现，几成前浪后浪之势，故引起各方面重视和赞誉。只是这几年似乎人气渐衰，特别是在几项全国性重要赛事中，每每中途折羽，乃至觅无踪影。故而，人们为之叹惋，乃至愤然。而音乐创作一项，虽回顾往昔，亦曾有过大师级人物出现，但多在异乡他日事业辉煌，本土词曲队伍中则自来名家甚少，佳作不多，未曾有过大红大紫的丰收景象。总之，整体上确如李谷一所言力量不强。

当然，李谷一对音乐创作的这番评说，主要是就全国情况而言，稍加思考，我们就会深有同感。试看近年来波及四面八方的文化多元化、娱乐化、商业化大潮，亦造成了音乐界的大动荡、大裂变。仅就音乐创作队伍而言，作曲的，写词的，有的人搁笔了，有的人则投身商业圈传媒界娱乐口等快速致富去了。而尚留守在乐坛的，也大多身不由己地被边缘化、功利化。前些年苦于“十五的月亮十六圆”的一些词曲作家也开始保卫自己开发自己了。当今社会似乎越来越发现音乐除了精神教化愉悦功能之外，另有无穷妙用。于是，我们人数已然不多的词曲作家开始忙不赢了。需要音乐的各行各业纷纷登门拜谒，宾馆请住，好吃好喝，应时项目，热门创作，一手交钱，一手交货，音乐一响，大家同乐。请看，当前社会需求的歌曲品类繁多且越来越多，目之所及，姑信手记之：各类晚会专用歌曲；众多节日应景歌曲；大小庆典指定歌曲；知名企业招牌歌曲；歌星上榜主打歌曲，歌手参赛订购歌曲，金杯银杯夺奖歌曲，姑隐其名“枪手”歌曲；等等。

据悉，现在有少数大腕级的词曲作家，常常是泡在度假村中洗浴池里出不来，批量地甚至流水作业式地炮制作品，个别甚至也如同影视界早已做的那样，竟然生产出签名有效的仿制作品。试问，他们哪有心思和时间去“贴近民众”“亲近生活”？当然，我们决不应全盘否定音乐创作者对经济效益的正当需求，人们只是希望任何艺术家都不要一头钻到孔方兄的黑洞里，带着金钱的镣铐去跳自己的艺术之舞，而黑暗中的舞者，眼下又何其多！

应该说上述音乐创作队伍中的一些不健康现象，湖南似无如此严重，但毋庸讳言那种变态的异化的创作状态也已不同程度地存在。兼之近年我省不少媒体掀起了一波又一波娱乐化游戏化的狂热音乐竞技高潮，更给正常的音乐生活造成极大混乱，也使得音乐创作在这阵阵漩涡中不断迷失。总之，由于诸种历史的和现实的原因，使得我省的音乐创作总体状况不容乐观。近年来，虽然作品数量不少，且在各类评奖中亦常夺金获银，但真正群众喜闻乐见的流传广泛的撼人心魄或沁人心脾的精品力作，实在太少。

现在，我们高兴地看到领导和有关部门正努力加强与改善我省的音乐事业。目前，紧锣密鼓筹备中的中国湖南金旋律音乐节，即是一个具有针对性和导向性的重要举措，抓人才、出作品都是它为之努力的目标。人们有信心期待它的成功，更应该有决心一直踏着健康有力的步伐，进一步发展和繁荣我省社会主义音乐事业。

（2004 年）

为开幕式不请明星叫好

这些年，节日似乎越来越多。除了原有全国性的民俗或法定等节日外，各地新增的或临时的节日可谓数不胜数。试看，为经济搭台者有，为旅游开发者有，为弘扬地域文化者有，竟至为橘子、柚子、西瓜，以及为芝麻过节也见多不怪了。节日种种，社会早有议论。哪些该过，哪些不该过，这里且不去说它。但可以说，众多新老节日中，为老百姓诟病最多的，恐为晚会与明星的问题。有目共睹，尤其这些新增或临时节日，几乎是无节不晚会，无晚会不请明星。前几年，省内亦曾一度成风，终招致媒体与各方面披露批评，方有所收敛。情况往往是，某地或某部门（乃至于某学校、某公司）设一节日即办一晚会，即请几个明星大腕，唱几首他（她）们看家本领的老歌，然后，将晚会总预算百分之大几十的钞票，一掳而去，节日的高潮也就过去了。这，几乎成了一道硬规矩，一套新习俗，倘不遵行则脸上无光。于是，这种“集体无意识”，就好了那些承办者、中介人，以及靠几首熟歌曲、一张熟面孔跑遍天下场子的明星们。其中的重重内幕，普通老百姓是难得清楚的。

前已说过，我们绝非否定一切新增节日，也不能否定所有的节日晚会，许多德艺双馨的明星们，也是精神文明和大众艺术的辛勤传播者。只是，办晚会上瘾，请明星成风实在不是一种正常的风尚，实在是应该降降温，刹刹车。

以上话题，皆由近日《三湘都市报》的一篇报道引起。该报在报道即将启动的2008中国湖南国际旅游节的消息时，敏锐地发现并突出地介绍了该节日晚会的开幕式“要破一个纪录”，“将不会有任何一位热门的快男超女，或港台明星加盟”，取而代之的，是大湘西本地歌手演绎的丰富多彩的民歌。此外，还有富有活力的原生态舞蹈，与天然美景交相辉映的艺术人文画卷。而且，晚会的组织者们，并不因未花大价钱请明星而对晚会质量怯然，而是信心满满。报道称：“所有参加开幕式的朋友将携起手来，共跳摆手舞，掀起本届旅游节开幕式的最高潮”，决心让土家族的摆手舞要像西双版纳傣族泼水节一样有名。我们衷心为这个当受欢迎的国际旅游节叫好，为节日晚会的组织者策划者们有品位有追求的创意与努力叫好。同时，也为《三湘都市报》的这种导向鲜明真诚热情的报道叫好。

总言之，节日要有，不宜泛滥；晚会应开，别靠烧钱；明星有名，绝非万能。让我们用高尚的思想、健康的心态、扎实的努力来办好节日，办好晚会，为广大群众多做些好事实事。

（2008 年）

评论不可当儿戏

号称投资最多的华语大片《赤壁》（上），目前放映高潮已过。回顾前一段，各路媒体或褒或贬，好不热闹，观众网民众说纷纭，五花八门。有学者礼赞："《赤壁》将中国大片的艺术素质和商业潜能提升到一个新的段位，一个空前高的段位。"亦有观者愤然："心情真是糟透了，又被国产剧涮了一把！"一部新作品推出，引起如此强烈反响，尽管反差很大，终是好事。而一路飙升的票房，更是令人兴味莫名。对于这样一部由国际大导演执导筒的"大投入，大制作、大营销，大市场"的所谓"高概念电影"，其中确有许多可以讨论可以争议的东西。就此认真一下，深入一下，对中国电影事业的发展，当是很有意义的。综观这种可以说是"百家争鸣"的热闹氛围，的确令人喜悦。

然而，回头看一看自该片上映以来，我省省会好几家报纸文艺版的若干评论板块，却使人不禁喜而复忧。喜的是，一如全国各地对该片的热心关注，令人心忧的则是，那种似乎不约而同地对它的肆意挖苦与嘲弄的态度，以及浓烈市井趣味的文风。论及表演，什么"诸葛亮走路乱扭腰"，"小乔嗲得让人心慌慌"，"痴汉 + 色情狂 + 偏头痛患者 = 《赤壁》中的曹丞相……我想说的只有'操'"。论及剧情，什么"想不笑，除非打麻药"，"够冷够痴让人喷饭"，"文戏很酸很'雷人'"。更有人破口骂道："要么是导演阉割了编剧，要么是编剧强暴了导演"，"骂它不是什么好东西，算不算过分呢?"这是一个"连胡编都谈不上的电影"，等等。当然，以上摘录的只是其中最"出彩"的段子，但仅就眼下所见到的，几乎大多系此类评语，此种文风。

笔者认为，古云之"嬉笑怒骂皆成文章"当是指内容与风格的多样化，而绝非鼓励这种粗俗不堪的文字。所谓百家争鸣的精神，更不能与这种骂街似的大胆同日而语。纳闷甚之，似乎终于悟出了什么。原来，这里的许多清一色的"愤怒"、"气愤"、"可笑"，以及由此而生出的许多的谩骂与嘲弄，都不过是某些“娱记”导演出的一场文字游戏，一种为了抢受众眼球的时髦炒作。有曰“越骂越帮忙”，早已成为娱乐界的一招公开的潜规则。这一回，是不是也这样？但愿，笔者以上推断全属无稽之谈，长沙的观众与媒体确实就是这样“集体愤怒”。但，私下怎么骂都可以的，上了堂堂报纸，称之影视评论，就总得有起码的规范，起码让读者看到的是干净一点的文字。如上那些“文字暴力”式的“语不惊人死不休”，实实在在要不得。

最近，关于“文艺评论阵地亟待恢复和加强”的呼声日高。衷心希望，在影视事业日益发展，广大群众热情日增的大好形势下，影视评论亦能改变被人批评为“几乎没有”的尴尬局面，多组织一些能引导观众，启迪观众的好评论，营造出一派健康向上的良性文化生态环境。

（2008 年）

媒体的冷脸与热炒

春天的夜晚，湖南大剧院剧场：演出中无数次的鼓掌喝彩，演出后长约10分钟谢幕所形成的热烈氛围中，结束了山西省话剧院《立秋》——这个创造了我国近年来票房奇迹，荣获国家十大精品工程，“五个一工程”特等奖等重大奖项的优秀剧目的第404场演出。

剧场的红火与票房的惨淡形成了令人不解的大反差。送到门口的“他山之石”，端到嘴边的精神盛宴，区区两场都坐不满人。为何在长沙受到如此冷遇，而入场后的观众却完全被震撼征服？感慨不已的观众们七嘴八舌地议论着这其中的种种缘由：如，话剧艺术在南方向来不讨好，湖南观众痴迷于娱乐休闲类节目，“脚都”长沙突出的文化多元化，使受众严重分流，剧院也缺乏有力的宣传与筹划，等等。同时，亦有人云，尚有一重要因素乃是媒体的集体冷漠。

笔者稍稍回想了一下，其实省会媒体对舞台剧演出的宣传也不是从来不重视。人们该记得近两年就曾有好几台剧目，各家媒体都曾倾注了很大热情，拿出了大量版面去评介，渲染，乃至于鼓噪。而对于眼下这台平心而论思想性、艺术性、观赏性均在它们之上的国家级精品，何以除《长沙晚报》前后发了好几篇评介图文外，其他各家（包括报纸、广播、电视、网络等）或则偶有三言两语，或则不闻不问，这是何故？圈内人有云：只怕又是钞票作的怪。很可能他们没有去“拜码头”。坦率地说，“有偿新闻”的问题一直是有禁难止。这其中种种原因，有时的确难以说清。可以承认，提供一些资料和条件乃至于少量活动经费，给演出宣传组织造势，也不好一概斥之。但，有钱脸就热，无钱眼就冷的势利作风实在是要不得。它关系到媒体的品位格调，关系到职业操守。

就此也需提及的是，既是热情宣传乃至热炒，也总有个导向，起码有个度。此次对《立秋》的宣传，就《长沙晚报》一家积极（是否有经费支持，不得而知)，笔者浏览了该报所发的七八篇图文，公允地说，其内容、语言大抵是真实全面的，是热情得体的，没有溢美之词，亦无花边八卦之类，有的篇什（如：对导演陈颙带病投入，日夜操劳，以致猝死于排练场上的介绍）令人感动。而联想到同样是剧目推介，数月前同在湖南大剧院上演的本土话剧《青瓷》，本来从原创小说到改编演出都是不错的，却不知为何，除少数评介文字涉及正题外，几家省会主流报纸的娱乐版都不约而同（有约而同?）地引领观众去猜想舞台演出中，演员们是否会来真的，即吻戏床上戏等。随手挑几个同类项标题吧：《YOYO两次吻魏哲浩》(《潇湘晨报》)、《魏哲浩开场就亲热》（《三湘都市报》)、《王峰小敏接吻来真的》（《长沙晚报》)。同时，又分别由此引出一连串更"生动"的情色花絮来。还有，就是专挑几位客串演出的年轻电视主持人去调侃炒作，而把真正的主创人员基本晾在一边。以上，两台话剧的先后演出，一"冷"一"热"的局面何以形成，媒体的有关"娱记"们是否也可以自我去分析总结一下呢?

应该说，我省省会媒体的文艺宣传，多年来主流一直是健康的，有关部门更随时教育与帮助从业者们正确全面理解中央精神和人民群众的需求，把文艺板块办得既丰富多彩，受众欢迎，又能经常保洁去污，抵制低俗之风。但，有些弊端却一直难以去除干净，一至气候偶变，老毛病又来了。君不见，省会媒体曾聚会，集体发表过《关于在文化娱乐报道中抵制低俗之风，提高报道品位的倡议》，但今年以来，对于陈冠希"艳照门"事件又肆意热炒，几无节制，理所当然地受到有关方面的严肃批评，而我们有些人却总是积习难改。除了可能"无偿"所以无"新闻"外，《立秋》受到冷遇可能还有一个重要原因，即从它那里实在挖不出什么情色、血腥、八卦等能刺激神经可以热炒的东西，所以不感兴趣。而令人瞠目的是，就当《立秋》在媒体几乎悄无声息的情况下，结束长沙公演后的第二日，省会几家报纸的文化娱乐版突然又集体亢奋起来，两大家用的是通栏大字标题"图文并茂"报道了《陈冠希要卷土重来》的"重大消息"。这可不是"有偿新闻"，陈冠希不会出资，而是某些娱记的职业敏感与兴趣所在。如果只是多少报道一下，也未尝不可，但笔者担心，这超大版面上的"卷土重来""等着瞧"，可真是"气势汹汹"，当事者不应马上把刚受到的严肃批评又完全忘掉吧！

（2009年）

编剧队伍今何如

“编剧乃一剧之本”，这是一句久有的行话，也是符合艺术规律的实话。曾记得，我省编剧队伍的兴盛莫过于20世纪80年代。当时，百废俱兴，春归文坛，省地（市）县三级戏剧单位，几乎全配有足额的专职编剧，全省上下曾达四五百人之多。潇影厂也设有一个人才云集的大型文学部。加之遍布各地大量的业余作者，创作红火之势可以想见。天时地利人和，佳作纷涌，享誉全国，所谓“戏剧湘军”之称，即在此时应运而生。

这以后，随着各项建设事业的全面发展，文化日益多元化局面的形成，大大改变了各门艺术的生态环境。目前，仍希望维持一个大规模的编剧队伍，当然已是不现实的。但我们也不能不指出，由于种种原因，目前编剧队伍的过分萎缩，已到了十分严重的地步。大多数艺术单位，早已就没有了编剧们的“饭碗”。于是，通过一个个节庆、汇演或市场等演（映）出活动，人们已越来越清楚地发现，新创作品编剧的同质化、圈子化现象，早已是有目共睹的事实。具体说来，比如在近年的艺术节庆中，或是重大献礼活动中，可以看到一些熟悉的剧作者名字在经常地甚至不停地出现。近期，甚至可以看到不少年过花甲、乃至古稀的老手披挂上阵，占据了同一时段新创作品中很大比例，而新的面孔则少得可怜。笔者丝毫不想对这些位青春长驻、实力不减的老朋友们的成果说三道四，只是希望能不断地发现更多富于朝气的年轻朋友。须知，“长江后浪推前浪”终归是更令人鼓舞的局面，“门前冷落鞍马稀”则确实令人沮丧的。

应该说，造成这种令人不安局面的原因是多方面的，有深化改革中的某些平衡失调，有难以把握的复杂生态变迁，有主管部门工作中的一时粗疏，有作品创作生产中的某些不正之风。还有，即是许多时候都一直存在的对艺术规律的轻慢与违背，对编剧在整个表演艺术创作中举足轻重地位的不识或不齿。须知，以上所言之存在，已然不同程度地影响到了我省电影、电视剧与舞台戏剧的质量。从整体艺术天地来看，编剧一项，似若小事，但小事不小，勿谓言重。其实，有关编剧问题，即戏剧影视文学的地位问题，早已不是新问题，近年来，舆论界也热议甚多。不久前，《文艺报》即有专文论及于此。其中一段，情词恳切，诤言可鉴："文学是一切其他艺术的母体，这是在全世界范围公认的一个真理。然而，真理并不是每时每刻都能被所有的人所尊崇，这种不尊重真理特别是常识性的真理而受到惩罚甚至导致悲剧的事情屡见不鲜。"

（2012 年）

不应忘却的纪念

“诗圣”杜甫，乃是高高矗立在中国与世界历史文化长河上的一座丰碑。千百年来，杜甫受到世代景仰，除了他卓越的艺术成就外，更重要的是他忧国忧民的爱国主义思想和博大的人文关怀精神。今年，是他诞辰1300周年。作为“世界文化名人”，故对他的纪念，不仅是中国，也是国际上的一件文化盛事。人们欣然看到，国内外许多地方已先后组织了各种形式的纪念活动。就笔者所知，其中最引人注目的是，作为杜甫曾客居三年多的成都，举办了贯串全年，被称为“规格最高、规模最大、影响最广”的一系列纪念活动。可以说，除了对诗人在天之灵的祭奠外，作为骄傲地自称为“第二故乡”的当地人，更是从中接受着一份深沉的思想情感遗产，吸取着丰富的精神滋养。它如首都北京，乃至于俄罗斯等国家，亦有许多活动。

话说湖南，从杜甫一生经历看，乃是一个十分重要的地方。古往今来，人尽皆知，三湘南北，湘水上下，就是他的魂灵归宿之地。他最后的岁月（公元768年冬至770年冬）就是在这里度过的。也是在这里，诗人写下了近百首可谓生命绝唱的诗篇。至今，千里湘江两头仍留有他的两处墓地，各自香火千年，供人们去遐想，凭吊……

应该说，自古以来，三湘子弟对“诗圣”的情感是很深的。远的不说，近年在湘江东岸，长沙小西门外新建的“杜甫江阁”，就是一个饱含情感的壮举。在繁华的都市中心，它每日每时都在告诉人们，杜甫曾在这里居留，杜甫永在后人心中。眼下，年关将近，各地举办的各种纪念活动也即将结束，而大家一直盼望湖南的、长沙的纪念活动却迟迟不见动静。是仍在筹划中，还是因诸事繁忙而打算省略了？总之，有些令人纳闷，使人焦急。在此，真诚地希望有关部门和有关人士务将此事放在心上，抓紧施行。在这2012年，在这伟大诗人诞生1300周年的深情时刻，让后人好有个念想，对先贤也有个交代。联想到今年上半年，网络上掀起的一阵“杜甫很忙”的恶搞之风，有人竟说这也“完全是出于内心对杜甫深沉的喜爱”。如果这就算是了我们的纪念，那真的是令人哭笑不得。

总之，1300 周年，这是不应忘却的纪念。人们也有理由深信，这是不会忘却的纪念。

（2012 年）

慎去金色大厅“朝圣”

近期，某报登载一则消息：《“群文湘军”将唱响维也纳金色大厅》，报道长沙一基层老年艺术团将应邀前去参加某个“国际艺术节”的比赛活动。读后，觉得有话要说。

最近几年，去维也纳金色大厅演出或参赛，在中国各地可谓蔚然成风。早先，能登上这个号称“音乐圣地”舞台的，多为颇有名气的艺术家。随着经济繁荣、国门开放以及文化交流和旅游事业兴旺，不少商人嗅到了巨大的商机，于是，每年组织去彼处进行“朝圣”式演出或比赛的日渐增多，以致当地应接不暇。远的不说，据《人民日报》《北京晚报》等媒体称，“仅今年1月至8月中旬，国内各类团组在金色大厅共租用场地27场，至少有133个院校和团体参加了在这里举办的各类音乐会和演出”。据悉，这些活动，基本上是由一些旅行社或文化商人包办，反正“有钱就能演”，以致参演就有奖。这样一来，就出现了有钱的房地产女老板可以去开个人音乐会，有了大钱的农民工也在此圆了自己的音乐梦，等等。总之，一个个的团体去，基本形成了个人掏钱、主要旅游、轮流上台、捧奖归来的模式。而且通过家乡媒体的宣传，“征服观众”，“走向世界”，总归是令人高兴的。目前情况是，包括媒体在内的各方面多已发现了其中奥妙，“金色大厅”，被揶揄为“金钱大厅”。这种演出，被嘲笑为到外国去唱“卡拉OK”。有华人生气地说，当地居民“在暗自笑话中国人”。事情的另一面是，那些中介可大发了，例如就在今年，一个“音乐节”项目的外包订单，人均花费约2万~3万元，团费总额高达3000多万，利润高达40%（《南方周末》）。悲哀的是，有关乱象愈演愈烈，却一时难以遏制。

据粗略印象，我省近年来多少受到此风影响，亦曾有少量业余团队热情前往，参赛或参演，而媒体也少不了宣传一番，风光一时。而现在，相信再去“朝圣”的热情应已消退。因此，见到又有动员组团，自掏腰包，万里迢迢前去参赛，不禁为之叹息。

在此，绝非去批评这些参团的热情老年人。只要有平常之心，而非光荣之想，像有的得知了真相的人所言，反正“获得了快乐和音乐上的熏陶就足够”。而对于媒体，则恐需正告之，明知实际情况，再勿轻率炒作。

（2013 年）

穿登山服的老人
——舒模速写

夜半，在郴州车站迎接舒模一行。火车晚点，风雨吹打着空荡荡的站台。

人们往往根据艺术家在其作品中所表现出的思想、气度，想象着未见面的本人。此刻，我的耳边，风雨之声似乎交奏起他那在抗战时期烈火般烧灼人心的名曲：《跌倒算什么》《大家唱》《你这个坏东西》《军民合作》……

我急欲一睹这位具有火焰般激情的艺术家。作为中国歌剧界元老之辈，他和丁毅、张拓等老将来南方诸省，为振兴歌剧而奔走、呼号，真乃壮心不已。

火车经过长途跋涉，终于喘着粗气缓缓停了下来，我们迎上去……这就是舒模？是的。潇潇夜雨下，缩着头，银丝稀疏，弓背，步履也有些艰难了。我不觉几分怅然。古稀老翁，却穿着一件时尚的登山服，天蓝色的，还有些肥大，透着滑稽。赶紧上前，想接过他手中的大提包。“不用，我能行！”他紧紧抓住不放。

到了住所，已是凌晨四点。打着呵欠寒暄几句，马上进入正题，就问起了歌剧。我们忙说，几位年纪都大了，一路折腾，多多休息吧，别累垮了。舒模答话：“没事。我们在泉州只停留36小时，广州48小时，昨天没买到卧铺，不管三七二十一，也挤上了火车。垮不了！”

协商一致，果真是排得满满的工作日程：

当日上午，一大沓歌剧剧本和材料送去。他笑呵呵地接过，眉头不皱。郴州一日，接连看两台戏。行，他兴致勃勃，没有打瞌睡。

接着又是听汇报，又是搞座谈。他听人说话，总是眼望一处，木然不动，显得有些老态；但一开口，便欲罢不能，且声音分外圆亮（也许是早年当演员练就的基本功）。

离开郴州，又是赶路。汽车在因扩建而挖得稀烂的长广公路上跳跃式地前进。夜宿衡阳。不待吃完晚餐，热情的主人来相邀，参观市歌剧团的茶座、舞厅，他又爽快地答应了。变幻的五彩灯光，奔放的迪斯科，他久久站在一角，专注地看着，听着，想着什么……

几天下来，身边这帮陪同者都有些顶不住了，可他们，他……“余热”还真烫人哪！

在大力宣传鼓动下，老头子们动了心，决定中途忙里偷闲，游览南岳。可不游则已，一游又不愿只在山脚蹓蹓，要登山。好在有专车，以车代步，不会太累了他们。加之正值春和景明，就登吧。没想到，刚过半山亭，却见到了残雪，至南天门下，竟成了白雪世界。棵棵老松，犹如座座晶莹冰塔。陪同者踌躇了，老头子们却大声欢呼起来，还要登。于是踏雪而上，一路闲聊着。我慨叹道：“舒老，比起你们老一辈来，后生可真不如。口口声声说爱歌剧，要振兴歌剧，一遇困难挫折，就想撒手了。咳，你们才是真爱歌剧。”

舒模望着我，说：“我们是爱呀，但不是偏爱。中国的新歌剧是在几十年的革命历程中成长和发展起来的事业，它一开始就能很好地和人民结合，充分地体现出时代精神，所以许多年来，老百姓都喜爱它。现在，快被人忘记了。要救救它，发展它，可不能让它在我们这一辈手上给毁了……”那目光是沉重的，又分明迸射出烧灼人心的热力。

我不无感动地：“有的人老了，就安于在家养花养鸟，或埋头写传世之作，可你们……”

走在身边的丁毅微笑着搭话：“我们不会养花养鸟，又写不出什么传世之作，只好来给你们这些年轻人加加油，打打气。”

舒模俏皮地打了个哈哈，紧接着：“就只好到处跑腿啰！”他脚下一打滑，我赶紧去扶住，他一甩手，“嘿”的一声握起双拳，竟用轻盈的步子，孩子似的噔噔向上跑去……

皑皑白雪映衬，那件天蓝色的登山服，此刻看去，可真悦目，动人。

（1983 年）

苦味人生

——记傅紫荻先生

先生西行那日，正是风狂雨暴之时。灵堂外，天地间充满着雷电的轰响，他却不为所动，睡态酣然。八十余年苦度春秋，如今始得宽余，从此往后一眠方休了。我的目光定定地注视着他，心中空空荡荡，渐渐浮上心头的，似乎只有一种苦涩的滋味。

久听人语，先生年少时，即投身时代大业，加入中共地下组织，其中几多艰险，不尽苦辛，更有无数的惨烈与壮丽，令我等后来者无限神往之。

未曾想，新中国成立初，天清气朗之际，突然天降厄运，将他等击倒在地，蒙冤半生，白白耗尽了最宝贵的黄金年华。曾为风流倜傥才子的他，竟然一度沦落到拉板车，当小贩的境地。人间苦楚，莫不尝遍，以致一朝平冤，重现于故旧人前时，虽方年过半百，却已是躬背沉沉，步履迟迟了。

然而，先生并未将命运的转折作为一种慰藉与补偿。他无暇诉求，不倒苦水，一头扎进了密集的工作日程。那时正是戏剧事业的复苏与兴盛时期，他每年几乎要审看数百个新创剧本，曾有一年下来的三分之二时间在地市县奔走的记录。而先生乐此不疲，似乎在享受着那种玩命工作的辛苦劳累。他体型壮实，故我等下属亦曾背后开玩笑，称之为“牛”。再者，也跟他时不时发火的牛脾气有关。不过，一般都是以次日先生即憨态可掬地道歉而收场。

他家境一直清苦。老伴是个和颜悦色的普通职工，几个孩子成长时，因他而受累，后来也一直未得额外照顾。直至他的晚年，其中一个还在厂门守传达。终其一生，他最后仍住在单位分配的老宿舍楼。室内除了几个旧书柜，堆满了几十年积下来的各类书报刊外，真可谓家徒四壁。然而，门上则庄重地挂一小匾：《拾穗居》，这是他朝夕在无边的知识田野上快意独行的心灵写照。他抽烟，不求好烟。他喝酒，喜喝那种坛装的黄酒。向我推荐说，这酒好，又不贵。还说过，南门口附近老街上，有家专门卖坛装黄酒的“豫兴久”（可惜，现在再也找不见了）。

其实，他不只是一位本色干部，还是一位富于艺术气质与才能的诗意之人。当年，曾聆听他在各类作品评议会上的发言，不禁暗中慨叹：好一个才气纵横！近年，他应邀为有关部门撰写的“文艺阅评”，我常常是读完一遍，再读一遍，不过第二遍是只在欣赏其行文之美了。曾偶在某报发现了他的诗歌新作，不禁大为感奋。须知，这可是他“80 后”的新作。还有熟人皆知傅老的歌喉，平素难以听到，只是到特别欢乐场合，多是酒酣脸热之时，欣然上阵，令满场叫好。特别是那首《三套车》，那种沉重，那分苍凉，莫不令闻者肃穆。

回忆紫荻先生的漫长一生，我总是品味出来一个“苦”字。是他早年传奇般的苦斗经历，是他艰难时世中的苦度境遇，还是他后半生灿烂迸发出的苦干精神，抑或是其自始至终为人处世的清心苦行？难一一提及，总令人怆然。这是一种品位，一种信仰，一种操守，一种古往今来的崇高传统。而现在，如此“深思高举洁白清忠”的仁人高士，已然不多了。

风雨乍停，悲泣之声亦已稍息。灵堂里洁白的花丛边忽然升起了庄严神圣宗教赞美诗般的合唱。那是逝者的众亲人在齐声吟诵他在世时写词谱曲的最后作品，旋律平和，节奏从容，像是先生熟悉的沉重步履，渐化飘然，轻飞而去……

（2012 年）

五、诗歌别一格

（一）歌唱的诗

湘妃泪

——根据古曲《潇湘水云》改编

潘一尘　词
刘振球　曲

1=G $\frac{2}{4}$
中慢　悠长地

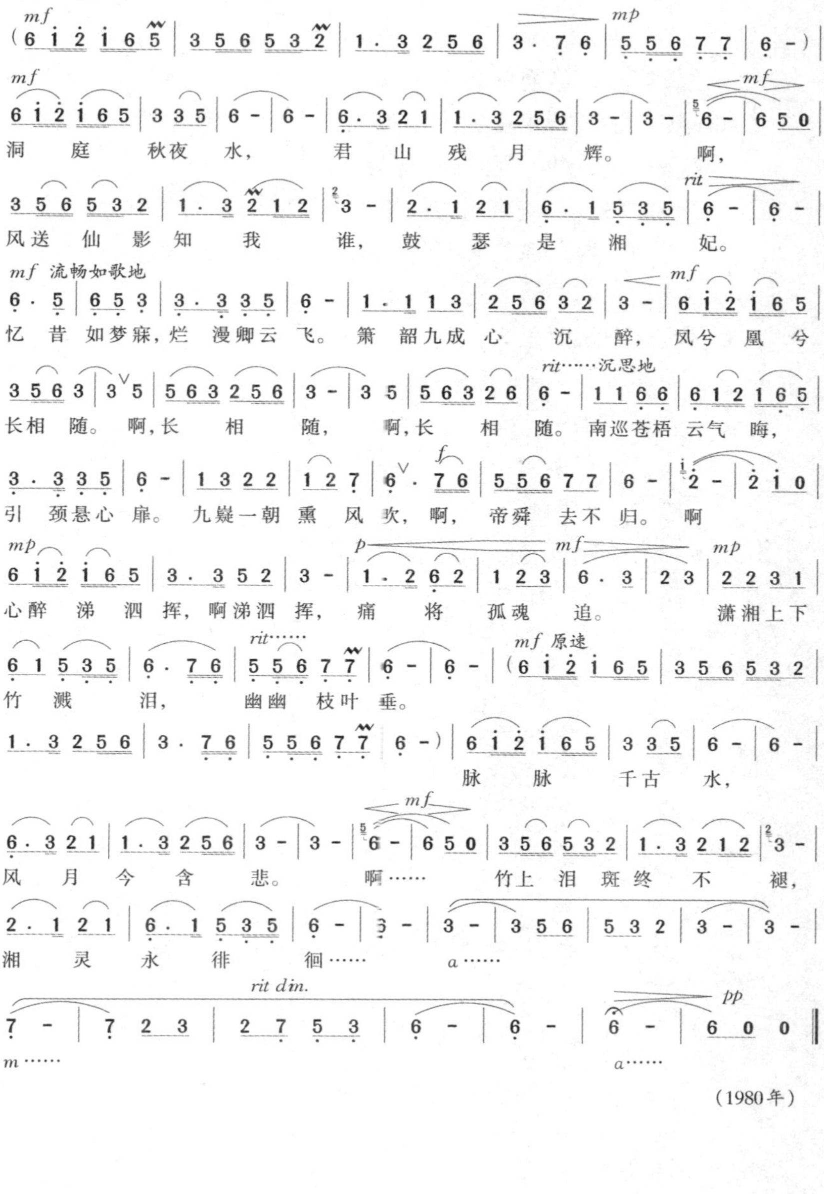

（1980年）

国里有芙蓉

浓妆耀日，似迎春的牡丹；
幽姿临水，若憩夏之荷莲。
最是多情，朝夕间悄然三变：
浅浅的白雪——淡淡的红粉——殷殷的赤焰……
好个小娇娃，风韵儿万千！
似弱质，非弱质，
偏爱这秋风万里天。
百花谢了，“拒霜花”哟，
你含笑自怡然。
美女色，英雄胆，
古难全，却两全，
啊，怎不令人凝眸细看，久流连……

（1980 年）

花园的早晨

朝霞升起了，
风雨过去了，
雷也不响了，
电也不闪了……

牵牛花滴答吹圆号，
石榴花忙把金铃儿摇，
绿伞下莲花往外瞧，
鸡冠花在晒红羽毛，
月季花池边把镜子照，
兰花见了抿嘴笑。
含羞草，含羞草，
竹篱下面把泪珠儿抛，
含羞草，含羞草，
怕那风雨再来到。
哈哈哈……

风雨过去了，
百花醒来了，
快快开放吧！
时光多美好！

（1978 年）

我爱太阳，我爱月亮

我爱太阳，太阳！
他像个小伙，热情奔放。
向我大步跑来，
眼里闪耀光芒。
给我贯注力量，
我挥动古铜色的臂膀。
啊，汗珠在阳光下尽情流淌，
大地在阳光下百花怒放！

我爱月亮，月亮！
她像个姑娘，温柔安详。
向我漫步走来，
云衫随风轻漾。
对我静静微笑，
馨香沁入我的心房。
啊，歌儿在月色中四方飘荡。
原野在月色中沉醉梦乡。

我爱太阳，我爱月亮，
我愿生活绚丽宽广。
我爱太阳，我爱月亮，
我愿青春灿烂辉煌。

（1979 年）

赤脚歌

泥脚杆子好甩脱，
听我们唱个赤脚歌。
不唱旧时穷人苦，
唱的是，赤脚精神谱新歌。
神州春来田园美，
大队人马穿垅过。
男女老少结伴行，
一个个，快快活活打赤脚。

同志你来看，
你看那是哪一个——
花白头发笑呵呵，
军装褪色不愿脱。
原来是，老红军返乡把户落，
长征万里不歇脚。
同志你来看，
你看那是哪一个——
挑起秧担快如梭，
村里后生都比不过。
原来是，县委书记来蹲点，
喜得乡亲们打哦嗬。

同志你来看，
你看那是哪一个——

裤脚一卷下大田，
浑身上下泥花多。
原来是，专家来村搞试验，
要让作田变科学。

同志你来看，
你看那是哪一个——
辫子一扎像羊角，
赤脚医生最活跃。
会看病，又会采药，
踏遍青山一路歌。

同志你来看，
你看那是哪一个——
田边走像扭秧歌，
一声花鼓众人和。
原来是，省城来了大剧团，
一个一个都是名角。

打赤脚，打赤脚，
看不尽好人好事多。
打赤脚，打赤脚，
农村天地好广阔。
嘿，打起赤脚唱起歌，
唱不尽千言万语——
句句来自老百姓的心窝窝！

（1978 年）

微 笑

每当想起雷锋的容貌，
就浮现他那熟悉的微笑。
无论是守卫在山冈，
无论是驱车在迅跑，
无论是假日的劳动，
还是和红领巾在一道，
啊！微笑，微笑——
他心里永远是明媚的春天，
春光总在他的眼中闪耀。

每当回忆雷锋的容貌，
忘不了他那永恒的微笑。
流露出崇高的信念，
流露出战斗的自豪，
流露出纯真的品德，
还有那美好的情操，
啊！微笑，微笑——
愿人人心里都充满着春天，
春光把亲爱的祖国照耀。

（1981 年）

星星寨

星星寨，星星寨，
寨子挂在万丈崖。
山深夜长好难挨，
苗家世代苦哀哀。
点干了桐油灯，
烧尽了松明柴，
吊脚楼里望星光，
怎把星星摘下来？
唉，可怜的星星寨！

星星寨，星星寨，
迎春山花岁岁开。
今朝花开更娇艳，
苗乡电站放异彩。
电线张银网，
星星飞下来，
颗颗串串挂满寨，
幸福日子党安排。
啊，美丽的星星寨！

（1980 年）

注：本诗与《布谷鸟下山》（原稿遗失），经谱曲演唱，同获全国少数民族文艺会演创作奖。

啄木鸟和花喜鹊

大森林里树一棵，
两只鸟儿树上落。
一只捉虫的啄木鸟，
一只唱歌的花喜鹊。

花喜鹊唱起赞美歌：
“大树大树您听着。
我唱您春天花盛开，
我唱您秋天结金果，
您高耸入云多魁梧，
祝您长命百岁永欢乐！”
大树一听笑呵呵：
“来来来，好个可爱的巧哥哥！”

啄木鸟急急把话说：
“大树大树您听着。
我见您春天叶儿稀，
我见您秋天果早落，
您身体虽高虫眼多，
快让我给您把虫捉！”
大树一听发了火：
“滚滚滚，你这尖嘴的缺德货！”

大森林里树一棵，
黄皮寡瘦疾病多。
啄木鸟飞去又飞回，
喜鹊再不来唱歌。

（1980 年）

烟酒进行曲

酒和烟，烟和酒，
而今处处出风头。
出门带上咱俩走，
公事私事都不用愁。
一、二、三、四！

前门不开后门儿开，
正道不走歪道儿走。
有了酒和烟，
生人变熟人；
有了烟和酒，
冤家变朋友。
你想调动，中中中！
你要新房，有有有！
儿女就业，咱包啦！
亲戚犯事啦，一笔勾！
评奖、晋级、分红、回扣、摆平、了难——
啥事都离不开烟和酒。
叫声老朋友，
别夸咱的强，
还有更狠的在后头。
一、二、三、四！

天下人，齐声吼：
乌烟瘴气何时休！
万众举起铁扫帚，
嘿，看你们还往哪里走！

（1980 年）

注：本诗发表于北京《词刊》创刊号，现根据原稿订正。

君山四季调

我爱君山春，
银盘一螺青。
碧云团团闪银针，
举杯茶香漫洞庭。

我爱君山夏，
洪波撼天涯。
三湘四水鱼龙下，
万点彩翎舞平沙。

我爱君山秋，
斑竹情幽幽。
月映倩影踏歌游，
声声尽扫古人愁。

我爱君山冬，
瀛洲酒香浓。
柳毅井畔饮一盅，
漫天朔风化熏风。

君山四季好，
风光各妖娆。
岳阳楼下把船儿邀，
赛听俺一曲四季调。

（1980 年）

张家界情歌

离别张家界，
情牵意也挂。
我想带点什么走，
日后记着她。
金鞭溪去采龙虾草，
急跳无踪影：
黄石寨来摘鸽子花，
惊飞入云霞；
手挽谷中云，
纷纷过山崖；
捡起泉边石，
滴滴泪水下……
此中万物皆有情，
谁也离不开家。

难舍张家界，
深闺美娇娃。
万般风韵迷我心，
叫人怎么不想她！

（1985 年）

智取炮楼

抗日军民反“扫荡”，
怒涛漫卷敌后方！
乔装改扮拔炮楼，
智勇双全赵勇刚。

万里长城烽火旺，
太行山下摆战场。
赵排长率领小分队，
驰骋平川打豺狼。
这一天，日寇龟田接情报，
大队出动扑张庄。
赵勇刚，顺风来使舵，
巧妙避过敌锋芒。

（白）你打你的，我打我的，拔掉炮楼，夺回粮食，牵制敌人，粉碎“扫荡”。小分队化装成鬼子征调的大车队，到中心炮楼去运粮。出奇兵，闯虎穴，尖刀插向敌胸膛。

平原千里青纱帐，
一声响鞭震八方！
大车队近炮楼，马铃喧响，
贼巢空虚敌张皇。
叫那领头的先进门，
严加盘问细提防。
一阵脚步噔噔响，

只身走进来赵勇刚。
你看他，头绾雪白英雄结，
手执红缨车鞭眼发亮。
日寇曹长抬头望，
呀！好一个硬汉子如铁似钢。
“喂！领头的你是哪里的？”
“土生土长在高庄。”
“我去过那里怎未见？”
勇刚一笑开了腔：
“乡长会长围着你转，
赶车的岂能拢身旁？”
“你当真是个赶车的？”
赵勇刚从容不迫往下讲：
“自从你们到这方，
我就干起这一行
风吹雨打，车载万斤，
暑热严寒，千里执缰，
稳坐车头车鞭响，得——驾！”

（白）“什么调皮难逗的牲口，到我的手里，也得让它——
老老实实休想逞强！”
贼曹长仍旧信不过，
唤来个伪军叫何班长。
赵勇刚一见急迎上，

（白）“哦！何班长，你好哇！”“你，你……”“我们的人可都来了！”吓得这姓何的两脚筛糠。

鬼子问伪军是否认识，勇刚抢先把话讲：
“我俩岂止是认识，
常打交道常来往。
何班长！上次在铁路边相会时，
你要带豆子我没忘。你可要的是红豆？”
姓何的浑身一抖暗思量：

“三天前我被俘又释放，
赵排长的警告哪能忘。
做坏事记黑点要算总账，
做好事记红点立功受奖……”
“对对对，我说要的是红豆。”

（白）太君！

“他是个车把式本领高强。”
鬼子一听把头点：“粮食的统统要运光！”
勇刚仰头笑声朗：

（白）“哈哈……一粒不留，你就把心放！”

挥手一声装车令，
战士们一拥而进斗志昂。
日寇曹长还嫌太慢，
赵勇刚扫视伪军有了主张。

（白）“太君！这么多老总，若不怕辛苦，最好统统来帮忙。”

“你为皇军出力，良心大大的好！”
鬼子照办连声夸勇刚。
“‘出力’的时候还在后头呢！”
赵勇刚含笑答话意味深长。

（白）这时候，一个鬼子兵慌慌张张送上龟田的紧急信件，贼曹长一看，马上跑进炮楼。不好，情况有变！

英雄排长赵勇刚，
沉着冷静细思量：
想必是龟田扑了空，
传令鬼子把我防；
当机立断操主动，
短兵相接斩豺狼。
低声发出紧急令：
“提前行动夺机枪！”
忽闻哨子尖声叫，
日寇杀气腾腾涌上场。

（白）严防赵勇刚袭扰炮楼！

刺刀一晃闪寒光。
呀！这空气好似全凝固，
银针落地也闻声响。
赵勇刚沉着应战，不慌不忙，
他牢记党的委托，
不辜负人民的希望。
利箭满弓在弦上，
誓把顽敌一扫光！

（白）此时，日寇曹长走到赵勇刚跟前大声叫嚷："统统地卸车！""粮食装上了，就得运走！""啪"的一声响鞭，战友齐涌上前！"啊！你的什么人?""八路军！"

长鞭呼啸震天响，
红缨似火风声狂。
击落鬼子指挥刀，
打掉敌人三八枪。
长鞭飞舞掀怒涛，
恰似倒海又翻江。
战友合力歼日寇，
打得他喊爹又叫娘。
勇刚机智夺敌刀，
左右开弓斩豺狼。
高举粮袋狠狠砸，
打得鬼子见阎王。
速战速决敌巢毁，
一曲凯歌震四方。

（白）"同志们！放火烧炮楼！"

一刹那烈焰冲天起，
浓烟滚滚平原上。
贼龟田气得嗷嗷叫，
乡亲们个个喜洋洋。

车队如飞凯旋归，
望不尽，
望不尽千里红高粱！
这就是，智取炮楼事一件，
谁不夸抗日英雄赵勇刚。

——根据京剧《平原作战》改编
（1975 年）

注：本节目特为祁东乡村渔鼓艺人邹祖西量身打造，当年演出大受欢迎，至今记忆犹新。邹老逝去已久，谨此遥念。

（二）表演的诗

鸵鸟先生

驼背圆圆滚滚，
细颈一缩一伸，
步儿四平八稳，
此乃鸵鸟先生。
百鸟飞来相迎，
嘀啾叽喳连声：
“先生久困沙漠，
可喜大地迎春？”
“呀呀世风日下，
呸呸鸟类乱伦！”
“愿闻先生指教，
何至怒目圆睁？”
“吾居茫茫戈壁，
确乎安宁太平。
空中飞鸟绝迹，
统统地上爬行。
万里鸦雀无声，
何等庄严神圣。
百鸟纷飞争鸣，
务必速速查禁！
鸟羽五光十色，
实是大逆不敬。
老身遍体灰黑，
堪为众鸟标本。

竟有鸳鸯戏水，
当众说爱谈情！
婚姻即是交配，
本鸟严肃执行。
更有大雁出洋，
怎防卖国行径？
最好剪短翅膀，
以御不测风云。
可恼雄鹰高飞，
个人主义到顶。
可恼八哥成群，
或恐示威游行。
可恼孔雀开屏，
风头主义典型。
可恼画眉独唱，
全系奇谈怪论。
可恼燕子衔泥，
庸俗亲子之情。
喜鹊轻佻爱笑，
布谷风骚号春，
杜鹃感伤夜啼，
金鸡疯癫闹晨……
秩序一团混乱，
难免地塌天倾！”
百鸟目光怜悯，
规劝鸵鸟先生：
“多年如此这般，
害你麻木不仁。
切勿蒙头沙丘，
再做苦行之僧。
良辰美景莫负，
神州春光似锦！”

（1980 年）

两个大学生

人物：甲——男，年近三十，戴着眼镜。
　　　乙——女，十岁挂零，戴着红领巾。

甲：朝阳啊，照亮了我渴望的眼睛。
乙：春风啊，吹动着我鲜红的领巾。
　　小朋友，什么喜事使你这样高兴？
合：叔叔，什么喜事使你这样高兴？
　　看，录取通知书——
　　从今天起，我将是一个大学生！
甲：啊！她还多么幼小，
　　不过十岁挂零。
乙：啊！他已是个成人，
　　比我高了半身。
　　小朋友！为了响应祖国的召唤，
　　叔叔！为了响应祖国的召唤，
　　为了完成新时期的总任务，我们俩，
　　都成了刚入列的新兵！
甲：小朋友！看见你这少年大学生，
　　怎不叫我心潮难平，感慨万分……
乙：叔叔！告诉我吧，
　　你上大学，怎会拖到这个年龄？
甲：回忆往事，怒火满腔泪沾襟！
　　我从小，就热爱科学技术，
　　我立志，为社会主义贡献青春。
　　祖国啊，多像一个美丽的花园，
　　千万棵幼苗正出土萌生。

岂料到，晴空忽然乌云翻滚，
风狂雨暴，百花凋零……
交白卷的，成了“英雄”；
“五分加绵羊”，被说成是黑标本！
这是为什么呀？我问老师，
老师摇头，沉默无声。
这是为什么呀？一年一年，
空怀壮志，求学无门……

合：是万恶的“四人帮”啊，
是他们扼杀春天！
是他们祸国殃民！

甲：啊，玉宇澄清万里埃，
鲜红的国旗映着颗颗丹心！
我要夺回失去的时间，
我要奋力向科学高峰攀登！
祖国，让我这迟到的学生向您报到吧，
啊，广开才路！
啊，春潮奔腾！
大学，终于向我敞开了大门……

乙：叔叔的话呀，使我对“四人帮”愈加仇恨，
叔叔的话呀，使我更感到自己的幸运。
我是一株嫩芽刚吐绿，
多么好，在这雨后初晴的早晨！
我懂得了，邻居老红军爷爷语重心长的叮咛，
我懂得了，老师登门辅导的一片苦心，
我懂得了，爹妈促我上进的千言万语，
我懂得了，这张录取通知书分量有多沉！

合：祖国需要多出人才，早出人才啊，
让每朵小花早早开放，
让每一棵绿树快快成荫，
让四个现代化的春天速速降临！

这是毛主席周总理生前的夙愿，
这是亿万人民殷切的心情！
甲：小朋友！请相信，
我已经是个成人，
更会珍惜可贵的一秒一分。
乙：叔叔！请相信，
我虽然还是个孩子，
也会把时间抓得很紧很紧。
甲：啊，我年近三十了。
乙：我十岁挂零。
合：我们同进大学，
甲：也许有人会说，实在不相称。
合：这就是历史的教训啊，
这就是“四人帮”罪恶的铁证！
今朝，再莫为此感叹吧，
愿大家为这动人的相逢而庆幸！
甲：小朋友，你像茁壮的蓓蕾，
含苞待放多喜人！
乙：叔叔，你像抽枝的绿树，
风吹雨打更苍劲！
合：我们站在一起，
一样幸福，一样欢欣。
祖国需要我们，
时代召唤我们，
让我们携手并进！
同志们！同学们！朋友们！
甲：啊，你年逾古稀的老人，
乙：啊，你刚刚懂事的小后生，
合：让我们都站到一起来吧，
九万万人，结成浩荡的大军！
沿着继续长征的鹏程，

向着共产主义的远景，
飞越时间，驾驭风云，
进军！
进军！
进军！

（1979 年）

六、电视文学版

十九和弦
——湖南地方戏曲掠影

〔音乐。也许是古乐《潇湘水云》的旋律，在鸣响，在变奏。

〔如水的云雾，波动流泻……

〔湘江涛声，江水如云似的廻旋，起伏……

〔长沙，云麓宫。花岗石拱门，一副楹联推近。门前纵目，越过长沙市景，三湘沃野在我们眼前展开……

画外音：大江之南，神州之腹，是苍莽的三湘大野。“西南云气来衡岳，日夜江声下洞庭。”长沙云麓宫的这副对联，大笔勾画出了它的雄浑景观。

画外音：中华民族的古老文明，在这方山水中有着丰厚的沉积层。古老的湖南地方戏曲，亦是它巨大宝库中的璀璨奇珍。

〔艳阳中的芙蓉树，碗口大的芙蓉花。

〔岳麓书院门口的“赫曦台”古戏台，推近，占满画面。

〔一朵朵芙蓉花，幻化为一幅幅浓施粉墨的湖南戏曲脸谱。

〔《十九和弦》湖南十九种地方戏曲音乐的交响曲轰然而起。

〔出现片名和职员表。

上　集

一

〔南岳祝融峰顶的火神祭坛，烟火烛照长空。

画外音：湖南，古为南楚之邑。楚人先民崇拜火神。也许，这腾腾烟火，正象征着他们传统性格中的虎虎生气！

〔长沙战国楚墓出土的人物龙凤帛画：飞扬的凤。

画外音：楚人先民以凤为图腾。从凤的摇曳多姿，我们是否也可以窥见他们绚丽奇妙的艺术精神？

阅尽千年，至今我们还可以从湖南地方戏曲的洋洋大观中，感受到那强烈的传统精神。

〔凤与火叠印的画面。

二

〔沅水，湘江，屈子行吟图。

画外音：这里是一片沃土。早在春秋战国时代，屈原漫游沅湘之间，吸取民间“歌乐鼓舞”和巫傩礼仪而创作的《九歌》，已经孕育着戏曲的因子。

〔土家“茅古斯”、“梯玛”、傩堂、木偶戏和舞狮耍龙的交替显影。

〔《九歌》白描图。

画外音：但是，历史还有一个漫长的流程。

三

画外音：宋元时期，北杂剧和南戏兴起，先后流入。到明代，随着弋阳等声腔和本地语言及民间艺术结合，湖南地方戏曲得以萌生繁衍。

〔古老目连戏的“开台”场面。（资料片）

画外音：这是被老艺人称为“戏祖”、“戏娘”的目连戏，盛行于清，是中国戏曲史上一大奇观。它气势恢宏，一出《目连传》，竟能连演十天半月。巨大的容量内涵，被学者们称为“百科全书”。

〔这是祁剧（或辰河戏）《目连传》壮观的“开台”神事活动。

〔《海氏悬梁》的“女吊”画面。

画外音：《海氏悬梁》一折，剧情中穿插着惊险的特技表演。《九殿不语》中的地狱。

画外音：被海内外学者叹为观止的《九殿不语》。看这古老而风趣的哑剧场面。湖南戏剧界，在二十世纪后期曾先后组织了目连戏两次较为完整的研究演出，引起国内外学人广泛注目。犹如古生物之再生，被誉之为“活化石”。

四

画外音：从明至清，随着《目连传》等剧目和诸种声腔的流入和地方化，湖南地方戏曲逐渐形成，并组成了多彩的阵营，遍布三湘四水。由高腔、弹腔、昆腔、低牌子、杂腔等声腔所领属的剧种，俗称为地方大戏，因语言、曲调、表演等差异而各树一帜。至今，在湖南仍有下述的八种之多。

〔烫金的《中国戏曲志·湖南卷》，一只手缓缓打开它。

五

画外音：湘剧，主要流行于以省会长沙为中心的湘江流域，民间称为大戏班子。因用中州韵、长沙官话演唱，故一度称为长沙湘剧。声腔最早以高腔为主，亦最有特色，后发展为高、弹、昆、低、杂等腔。湘剧传统剧目丰富，至今仍保留近七百个。因其视野开阔，得风气之先，加之省会人文荟萃，故艺术上的发展较为成熟。它特别重视人物塑造，感情强烈，动作朴素，富于生活气息，能把行当与程式用来塑造艺术形象。

〔长沙天心阁古城楼，下见万家灯火。

〔湘剧早年演出的基地之一，老“湖南剧院”大门，镜头推进……

〔备选剧目：《琵琶记》“上路”（注：因剧目未定，故解说词与唱词暂略，下同）

〔解说提示：南戏遗响，此剧是全国各大剧种保存最为完整的。

《拜月记》“抢伞”

《回窑》

《生死牌》

《造白袍》

《访东京》（以上，湖南省湘剧院演出）

《单刀会》（以下，长沙市湘剧院演出）

（解说提示：北杂剧遗响）

《骂鸡》

（解说提示：注意！唱词所包括的湘剧曲牌荟萃，十分巧妙）

《盗草》（涟源市湘剧团演出）

六

画外音：衡阳湘剧，流行于湘南重镇衡阳一带，民间称为衡州班子，最早以昆腔为主，现有昆、高、弹三种声腔，并以弹腔剧目为多，但仍是一个保留昆腔剧目较多的剧种。传统剧目颇丰，尚存五百多个，表演艺术亦较成熟，因声腔不同而风姿各异，但均擅长表现人物感情，刻画人物性格。

〔衡山南岳寺庙，山门。

备选剧目：《醉打山门》（衡阳市湘剧团演出或用资料片）

七

画外音：“昔日王榭堂前燕，飞入寻常百姓家。”昆曲流入湖南后，经过长期演变，逐渐在湘南桂阳一带形成了具有浓郁地方风味的湘昆，曾称“桂阳昆曲”，因长期扎根农村，使它在剧目、曲调、乐队、表演诸方面，都趋于通俗化。有道“昆曲兰花艳，湘昆别一枝”。

〔郴州白湖公园水榭，笙管悠扬。

备选剧目：《见娘》

《杀嫂》（湖南昆剧团演出）

八

画外音：湖南多山，在湘西南莽莽山野之中，直至省外，广为流传着一个风格粗犷的剧种，祁剧，旧称祁阳班子。兼有高、弹、昆三种声腔。在发展中，逐渐分支为永河、宝河两大流派，传统剧目近千，以弹腔居多。祁剧唱腔高亢激越，以高腔最有特色，它的乐器也相应独具品格，表演也多富于一股野气。总之，颇有湖南的辣椒味儿。

〔邵阳，迴龙塔。

〔乐队奏鸣，可以看到祁剧特有的战鼓、锣、祁胡。（解说词介绍）

备选剧目：《醉打山门》

（解说提示：演员的眼珠绝活，肚皮功）

《拦马》

《花子骂相》

《昭君出塞》（以上，湖南祁剧团演出）

（解说提示：火爆之余，也有深沉的哀怨之情）

《孟丽君》（祁阳祁剧团演出）

《打棍出箱》（衡阳祁剧团演出）

九

画外音：洞庭西望，水网相连，湘北诸水上下是武陵戏、荆河戏、巴陵戏繁衍流布的地盘。

〔一叶舲船，从沅水摇向桃花源下的水溪，高大的牌楼。

画外音：《桃花源记》曰："武陵人捕鱼为业。"武陵戏旧称常德汉剧，就生息在这被称为"湖广熟，天下足"的广阔的鱼米之乡中。它兼有高、弹、昆腔，目前以演唱弹腔为主，现存传统剧目数百，弹腔几乎占百分之九十。从行当看，以生行重工戏为多，有"生半边"之说。也许桃源仙境真有几分仙气。武陵戏艺人出自桃源者最多。

备选剧目：《祭头巾》

（解说提示：老生与丑行应工戏）

《思凡》

《打鞭》

《请媒骗婚》

《上天台》（常德市武陵戏剧团演出）

十

画外音：荆河戏，因长期沿长江上下游动，又以荆河一段为中心而得名。早期主要以在农村水乡的庙会草台演出为主，故它的唱腔多具高昂响亮，气势磅礴的风格，弹腔剧目为多，素来讲究做功。

〔澧水河边，草台。

〔演出场景。乐队的马锣，抛向空中击打。

备选剧目：《寒江关》

《火烧锦山》（澧县荆河戏剧团演出）

十一

画外音：岳阳，古称巴陵，以此地为中心的巴陵戏故而得名。兴盛时仅岳阳城乡就有戏台近四十座，它以弹腔剧目为主。巴陵古来兵家必争之地，故巴陵戏政治军事题材较多，尤以武戏著称，扮《三国》，唱《水浒》，可串演数日而不绝，火药味可谓浓矣！

〔岳阳楼下，水浪拍击着三国东吴水师点将台，沙土半掩着巨大的铁锚。

备选剧目：《收姜维》

（解说提示：三国戏）

《打虎算粮》

（解说提示：政治斗争，海瑞戏）

《天官赐福》（以上，岳阳市巴陵戏剧团演出）

（解说提示：武生的气势）

十二

画外音：沅水中上游，是湘西幽深的山林，这里俗称辰河，辰河戏故而得名。辰河戏重演高腔，富于个性，因此曾被称为高腔戏。湘西之地，虽然偏远，但辰河戏却曾一度十分兴盛，仅洪江一地，就曾有“七冲八巷九条街，四十八个半戏台”之说。早期辰河戏长于演出连台本戏，前些年，在有关部门组织下，还演出了长约五十小时的“戏娘”《目连传》，古风盎然。

〔清流，石岸，古楼，乾城古朴的石板街。

〔辰河戏富于特色的唢呐的长音……

备选剧目：《破窑记》“祭灶”

（解说提示：唢呐，是辰河戏独具特色的乐器）

《荆钗记》“投江”

《挡夏》（溆浦县辰河戏剧团演出）

十三

〔南岳大庙空旷的古戏台。

〔某剧院门面：电子游戏机、卡拉 OK 厅、录像厅、硕大的影视广告。

画外音：古老的地方戏曲，尤其是大戏剧种，绵延千年，而到了二十世纪晚期，则遇到了文化多元化的强劲挑战。困惑，痛苦，但却无消沉，剧界人士痛定思痛，有志者更昂首搏击，奋争。

〔近年来，一个个新剧目的掠影。

画外音：《山鬼》的诡谲。《湘潮》的壮美，《威尼斯商人》的域外风情，《唐太宗与魏征》的宏大，《人生的答卷》的激奋。古老，并不等于衰颓；古老的艺术，正不断注入新的活力，以求重新焕发青春！

下　集

一

〔青山顶上的山歌互答。

〔元宵之夜的花灯，莲船。

〔灯影下的对子歌舞……

画外音：湖南的山川地貌，很早就产生了古楚的原始农业文化。广大农村，民间乐舞，千年不衰。清代以后至今，比地方大戏形成稍晚，花鼓、花灯、阳戏、傩戏、侗戏、苗剧等民间小戏，就像田头野花，次第开放，一片勃勃生机。直至20世纪末，全省仍有小戏品类十一种之多。

〔一丑一旦的地花鼓的演出。

〔“三小”的演出。

画外音：从丰收后喜悦的歌舞中，从上元夜的纵情游乐中，乃至于酬神还愿的祭祀中，逐渐演化出花鼓戏的早期形式，地花鼓。小丑加小旦，这是对子花鼓，再加一个小生，就成了“三小戏”。

二

画外音：花鼓戏一经产生，即以它巨大的活力，在三湘四水阡陌里巷之间闹腾起来，并走向城市，但仍是浓郁的乡土风情。它几乎流布于全省各地，因语言和曲调的地域之别而各具风姿，故人们说它有以下六个姊妹。

〔长沙郊区田野，梨梨镇的古戏台。

画外音：长沙花鼓戏在六姊妹中，当以大姐相称。它形成并流行于旧长沙府的十二属县，经历了花鼓戏共同的从“对子花鼓”、“三小戏”到多行当戏的发育过程。声腔的发展，也经历了共同的民歌灯调、戏曲正调和诸腔合流的历史。在发展成熟过程中，又形成了丰富多彩的五大路子。历代曾屡遭禁演，但却有野火春风之势，以闹剧、喜剧为主的生动活泼的演出样式，使得它极受民众喜爱。近些年，长沙花鼓戏集各路花鼓之精粹而发达，纳各种兄弟艺术的养料而拓展，不断创演新剧目，包括现代戏剧目，已发展为全省流布最广，剧团最多的第一大剧种。

备选剧目：《放风筝》（湘潭市花鼓戏剧团演出）

《扯萝卜菜》（长沙市花鼓戏剧团演出）

《调叔》

《刘海砍樵》

《补锅》

《打铜锣》

《牛多喜坐轿》

《桃花汛》（以上，湖南省花鼓戏剧院演出）

《红藤草》（株洲市花鼓戏剧团演出）

《老表轶事》（湖南省花鼓戏剧院演出）

画外音：邵阳花鼓戏活跃在湘中雪峰山下，除具花鼓戏的共有品格外，它的特色是歌舞性强。

备选剧目：《打鸟》

《磨豆腐》

《背疯》

《松伢子》（以上，邵阳市花鼓戏剧团演出）

画外音：常德花鼓戏荡漾在沅水岸边。它那被称为“金线吊葫芦”的句尾用假声高八度的独特唱法，情调古朴，饶有情趣。

备选剧目：《东川寻夫》

《潘金莲》（常德市鼎城区花鼓戏剧团演出）

画外音：绵延的五岭之阴，永州之野，是零陵花鼓戏。它受祁剧影响颇大，过去常合台演出，被戏称为“饺饵面”。它的扇子功，矮子步是引为骄傲的。

备选剧目：《板凳龙》

《双盘花》（以上，永州市花鼓戏剧团演出）

画外音：衡山南望，是衡州花鼓戏的故乡。地处南岳圣地，以前常和宗教活动合作，甚至是一套人马，当不足为怪。此外，粗犷、高亢，山野味儿很浓。

备选剧目：《打铁》（衡南县花鼓戏剧团演出）

画外音：在洞庭水乡，尚可寻到岳阳花鼓戏的踪迹，它似水边女娃，表演细腻、优美，小旦有“三娇”、“三妖”、“三俏”等表演手法，真是在山如山，在水如水。

备选剧目：《补背褡》或《游春》（演出单位拟定）

三

画外音：花灯戏与花鼓戏其实也是姊妹，但更多保留着载歌载舞的特色，甚至还有着“联臂踏歌”的古老风情的集体歌舞。它分别散布在湖南的东、西、南边远省界，演出轻松活泼，颇具土风，真可谓深山里的花朵。

备选剧目：拟定。（麻阳县花鼓戏剧团演出）

四

画外音：古之楚南，巫风甚盛。流传千古的酬神还愿的傩祭活动，曾给不少地方戏曲以启迪和滋养，后来它自己也演化出一种傩戏，由娱神而娱人，但仍不同程度地带着宗教色彩，许多艺人又兼为巫师。各地乡间，尤以少数民族地区，仍时有自发演出。近年，随着国内外兴起傩文化研究热，它受到学术界广泛注目。因古文化色彩浓烈，亦有“活化石”之说，传统傩戏皆戴面具演出。

备选剧目：傩面具展示。（解说：傩公，傩母等）

傩堂景观。

（解说提示：这是傩堂，往往法事既毕，戏就开场了。）

《搬开山》

《孟姜女》（凤凰县阳戏剧团演出）

五

画外音：流行于湘西的阳戏，它的早期，一如傩戏演于酬神还愿，故有傩戏为“内教”，阳戏为“外教”之说；又如花灯之载歌载舞，故有“阳戏头，灯戏尾”之说。传统阳戏以“二小戏”的表演最具代表性。

备选剧目：《捡田螺》

《雷交锤》（以上，怀化市或凤凰县阳戏剧团演出）

《罗大将军》（大庸市阳戏剧团演出）

六

画外音：这青山，这绿水，这绿水上的花轿，这青山边的鼓楼，把我们带到了西部侗乡。侗族有自己的戏曲侗戏，用侗语侗调演出。侗戏剧本韵律严格，一出戏有如一首叙事长诗，在诸剧种中别具一格。表演的程式也与其他剧种不同，有着浓郁的本民族特点。

〔侗乡风情画面。

备选剧目：《琉美》（通道县民间剧团演出）

画外音：苗乡是古老的，但苗岭的春风时时催发着新的艺术生命。上个世纪中叶诞生的苗剧，是湖南地方戏曲种群中最年轻的一种。加上它，至今湖南省大小戏曲剧种共计十九个，“十九和弦”一说即由此而生。

〔湘西德夯苗寨的美色。吊脚楼下的戏台。

备选剧目：《逃犯审官》（花垣县苗剧团演出）

七

〔古镇乾城的芙蓉楼，庭院里的芙蓉花林。

〔一个巨型樟树根雕正在雕刻中。

〔一记记凿打的声音……

画外音：这位年逾八旬的乡村老匠人，还有他的儿子，面对着一个硕大的老樟树根，任神思自由飞越，雕刻着他心中最钟爱的人物和故事。我们看到了什么？啊，大闹天宫，八仙过海……几乎都是戏，都是中国古典戏曲的场面。作为中华民族文明宝库中的奇珍，戏曲的真善美，已烙印在我们广阔的生活之中，已深深渗透到一代代人的血液之中。

〔古老园林，门窗上的戏曲人物浮雕……

〔市场。戏曲服装、脸谱的形影……

八

画外音：有目共睹，当前文化多元化的浪潮，无疑对戏曲形成了强大的冲击，但，纵观历史长河，翻遍中华传统艺术浩瀚的篇章，哪朝哪代，戏曲无不是在奋斗中崛起，挺进。凤在展翅，火在升腾。古老三湘戏曲的血管中永远奔突着先祖传下的顽强精神！

〔剧团上山下乡，挑担，坐车，乘船……

〔草台，堂屋里的戏台，汽车上的舞台……

〔农村演出，万千观众。

画外音：一位学者指出："在人类文明的发展史上，经常出现这样的情形，某种曾经震撼一时的艺术突然失去了它的精神力量，而一时又没有新的精神力量来补益它，于是，它就紧贴着地面来寻求和聚集新的生命。这种降低……反倒是一种前进。"近年，在湖南戏曲领域中所出现的"映山红"现象，即民间职业剧团大量兴起和上山下乡，以及如春草丛生的票友演出活动，正可作为此语的佐证。

〔民间职业剧团演出的场面。

〔街巷，园林。票友的群集……

〔满坡的映山红，争相开放。

〔野花、小草，春色无边。

画外音：大地，阳光，风雨。这一切，赋予了映山红以及赖以大地而生存的连天春草茁壮的生命。也许，这就是它们对古老戏曲主要的启迪与生动写照。

九

〔《十九和弦》交响曲的乐声，强劲有力。

〔片头，脸谱所组成的画面，又幻化为朵朵芙蓉……

〔片尾字幕。

（1992年）

注：本片上集曾由湖南电视台拍摄，后续工作无疾而终。

大野宏图

——袁隆平写真

第一集 金色梦幻

云气飘散，显露出无际无涯的大地。

镜头推进：森林——千姿百态的树木，

原野——五彩缤纷的花草。

成千上万不同的生命色形从我们眼前飞速掠过：硕大的鲜花，挺拔的乔木，肥美的果实，使人目不暇接……

解说：地球——人类文明的古老摇篮，我们赖以生存的美好家园。亿万年以来，造化不停地创造了无数个鲜活的生命。科学家告诉我们，仅从宠大的植物王国看，就有30万种之多。它们都和地球人有着千丝万缕乃至密不可分的关系。

镜头扫描渐缓，然后在静静的田园上停了下来。这里是一片密密沉沉的并不灿烂的黄色。

镜头向前：是万千矮小的植株列队似的立在一起，无声无息地低垂着头。

推成大特写：无数颗饱满的果实聚集而成的肥大穗子。

解说：这是什么？没有挺拔的英姿，没有艳丽的美色，没有扑鼻的浓香，在令人眼花缭乱的大自然中，实在是不起眼，然而，正是它，越来越受到人类的青睐和宠爱。

阳光映射，沉重的穗子忽然间如黄金般大放光明……

解说：是的，这就是水稻。这就是我们的祖先世世代代从千万种植物中筛选出来，精心种植，用以养活自己的水稻。

图表或动画：展示一组组比例数字。

解说：统计数字表明，全世界约有二分之一的人口以稻米为主食；20 多亿亚洲人日常摄取的能量中，有近 70% 来自于稻米及其副产品；在发展中国家，有数十亿人从事着水稻的种植、加工和经营活动。

画面：先民们最早的耕作图（砖画）

中世纪耕作图（墨线白描图）

当代农村的耕作图

解说：世界上最早的农耕，至今起码也在万年以上。到如今，文明的发展已经是"可上九天揽月，可下五洋捉鳖"。但是，由于种种原因，人类至今仍然没有解决吃饭问题。"世界上什么问题最大？吃饭的问题最大。"这句久已有之的名言，仍然是一个世界性的无奈的现实，而这个问题不解决，饥饿、灾荒、瘟疫、动乱乃至战争，就会此起彼伏，严重危及人类的生存繁衍和文明发展。当然，造成和解决上述问题，还有诸多社会和自然的因素在内。但想方设法大幅度提高粮食产量，乃是其中一个关键所在。于是，中国的先民们最早注意到了水稻。

水天一色的洞庭湖。岳阳楼。

《洞庭鱼米香》的旋律中，一一呈现湖南的山山水水……

解说：这里是湖南。中国南方的一个省份。也许是十分优越的自然条件使然，也许是一种"先天下之忧而忧"的精神传承，抑或是天地造化的某种玄妙安排，在这片丰饶的土地上，关于农耕，尤其是关于水稻，自古以来就不断流传着种种神奇的故事，或者确凿的历史纪录，而口传纸载，还不断地有流芳百代和举世敬慕的神人智者次第出现。

画面：神农尝百草之图（古籍画图）

舜帝驱象耕田图（古籍画图）

解说：神话中的炎帝神农，从遥远的北国来到这里，尝百草，觅良种，教先民学习耕作。

传说中的舜帝南巡至此，驯服野象，用之犁田，带领子民，种植水稻。

彭头山新石器时代水稻种植遗址，碳化稻壳显露在人们眼前。

城头山水稻种植遗址，田畴犹现，阡陌依稀……

解说：洞庭湖边彭头山，18000 多年前的新石器时代遗址，发现了据称是至今所知的世界上最早的稻作农业资料；另一处城头山，还发现了距今6000多年，世界上保存最完好的水稻田遗址。这些实实在在的发现，更证明了三湘大地，天造地设般，很早以来就是农耕时代水稻生产的宏大舞台。

三湘四水的各类稻田：湖区一望无垠的大田，丘陵的片片小丘，高山的层层梯田……

解说：也许，上述这一切都昭示了湖南这片神奇的土地，这一宏大的自然舞台要对人类生存大业，尤其对人类寄予厚望的水稻种植产业做出重大贡献。那么，20世纪中叶，一个从他乡来的年轻人，又在这里，在这个大舞台上，领头演出了一台光华四射，威武雄壮，举世瞩目的史诗戏剧。

他，就是被称为“当代神农”的水稻专家——袁隆平。

荧屏上，一片春之田野。在田野中，远远可以看见一个人的身影……

解说：现在，让我们走近袁隆平，和他一道去上溯半个世纪的人生轨迹，去回望对人类做出巨大贡献的杂交水稻研究40年的风雨历程。

音乐：是悠扬的小提琴声，舒伯特的《梦幻曲》。

画面：幼年时的袁隆平（历史照片）。

袁隆平与母亲（历史照片）。

解说：这是袁隆平喜好的舒伯特的《梦幻曲》。他很早就学会了拉小提琴，而且终身热爱。那么，袁隆平人生事业的最初梦幻是什么呢？

一双粗壮而又灵巧的手在拉小提琴。一曲《梦幻曲》奏完，回过头来，我们看清了今天的袁隆平。

袁隆平：（大意）学农业，最初是受爱种花草的母亲的影响；

6岁时参观一个美丽的私人花园的强烈印象；

看美国电影《摩登时代》，葡萄一伸手就摘下来了……

解说：带着这份美好而痴迷的梦幻，家居繁荣城市南京，而且各方面条件都很优秀的袁隆平，违背了父亲的期望意志，执意要报考农学专业。这一出乎所有人意料的选择，决定了他奋斗一生的艰难历程，以及举目钦敬的辉煌大业！

大江东去，轮船西行……

重庆西南农学院（资料照片）。

袁隆平在学校的生活场景（资料照片）。

解说：大江东去，袁隆平却逆水西行，穿越重山，来到重庆，开始了他的学习生涯，做着与大自然朝夕相处，与锦绣田园无限亲近的美梦。

沅水东流，烧木炭的老式汽车向更深的山中爬去……

古老的圣觉寺：安江农校（资料照片）。

解说：充满希望与梦想的大学生活转眼结束了。命运之神又把他指向了更深的崇山峻岭之中，湖南省境沅水上游的黔阳县，邻近史传之夜郎国所在。古刹圣觉寺，安江农校就在这里。

年轻的袁隆平在默默的沅水边上又拉起了小提琴……（资料照片）

解说：是呀，自幼的梦幻驱使和指引着他，最后来到了这个贫穷的村镇。如果我们能听到此时的琴音，一定会听出，少了一份浪漫的美好，多了一份认真的思索。

袁隆平的画外音：（要点）

1. 有些许的失落，但仍然充满年轻人的激情；

2. 深深感受到山区的贫穷；

3. “红薯半年粮”的现实。

袁隆平在农校、田野的身影（资料照片）

解说：很快，到了1958年，“大跃进”的号角使得袁隆平热血沸腾。于是，梦幻化为理想，理想变成追求，他干起来了。当时，苏联李森科遗传学说十分风行。袁隆平就遵循这种理论和无性杂交方法，以山里人离不开的红薯为对象，开始了人生奋斗的第一个战役。他把月光花嫁接到红薯上，希望得到上面结籽，下面长薯的高产无性杂种。

画面：（再现）用墨水把洁白的床单和被单涂黑，罩在植株上。

解说：年轻时的袁隆平，为了尽快实现自己的梦想，可说竭尽所能。为了解决光照问题，他竟把自己仅有的床单和被单用墨水涂黑，给试验作物遮光。功夫不负有心人。就在激情燃烧的1958年，他嫁接的“月光花红薯”获得了大丰收，其中最大的一蔸“红薯王”达到13.5公斤。这一颗“高产卫星”使得袁隆平一下成了大明星。美丽的梦幻，似乎一下子就轻易变成了现实。

画面：当年的文字资料或图片。

锣鼓声和鞭炮声……

解说：可是，第二年当他将那些种子播种，结果长出的作物大大令人失望，高产的变异无影无踪了。同时，他一鼓作气开展的一系列其他实验，如西红柿嫁接到马铃薯上，西瓜嫁接到南瓜上等，除了长出一些“四不像”的东西，期望的丰收变成了“竹篮打水一场空”。

沅江水，无声无息地从脚下流过，沙滩上的脚印转眼被水波抹去……

解说：年轻的袁隆平沉默了。此时，他在想些什么呢？他开始领悟到幼稚无知和空泛的热情成就不了任何业绩。同时，他也开始对那被奉为圣典的李森科遗传学说的科学性产生了怀疑。山中的路啊，曲曲弯弯又细又长。在科学的征程上，也同样是没有平坦的大路可走的。“在那崎岖的攀登上不畏险阻”吧！从此，这句著名的格言深深地刻在了他的心中。

秋雨中的寒山。

田畴上枯黄的干瘪的禾穗。

土墙上“大跃进”字样的标语被风吹掉……

解说：也正在此时，天灾，加上人祸，神州大地出现了大面积的饥荒。饥饿中的袁隆平眼睁睁地看到有人因吞吃“观音土”而撑得双眼像金鱼眼般地鼓了出来；眼睁睁地看到街边上饿死的人的尸体……

镜头推出袁隆平的双眼，那一双忧患的双眼……

袁隆平：（画外音）这时候，我才真切地感到“民以食为天”这句古话说得那么实在。几千年来，中国人一直没有解决吃饭这个根本的民生问题。为什么解决不了这个问题？除了天灾人祸之外，生产力低下是根本原因……从科学上寻找高产的办法，向饥饿挑战，为中国人解决吃饭问题，是我们学农的知识分子的天职。

解说：童年时代的金色梦幻随着岁月的风雨飘逝了，但长大了的袁隆平仍在做着自己理想的美梦。他曾亲口对人说过，他做了一个梦，梦见自己培植的水稻长得像高粱那么高，谷粒像花生米那么大，梦见自己躺在那些肥美的禾穗下乘凉……

画面：袁隆平当年学习与工作的场景（资料照片或实物）

解说：袁隆平毅然决然校正航向，驰向了已显示出无限生命力的现代遗传学之路。他同时选定了对人类贡献最大同时极具潜力的水稻作为专攻对象。决心已定，一往无前。也正在这时，被称为“第一次绿色革命”的矮秆水稻培育成功，把高秆矮化后，便一下子提高产量，竟达20%，大大缓解了全国粮食紧张的局面，这无疑极大地振奋了袁隆平。作为遗传育种教师，专业理论在告诉他，种子是万物之源，生命之本，如果在这里打开突破口，大幅度提高水稻产量，是绝对可能的，他的面前豁然开朗。拥有梦就拥有未来。袁隆平从此开始了漫长的追梦生涯……

冰雪覆盖的田野，初春的田野，早稻扬花抽穗的田野……年轻的袁隆平的背影在其中出没。

解说：杂种优势乃是一个生物学的普遍规律，那么，水稻杂交是否能够形成这一优势呢？传统遗传学理论认为，作为自花授粉植物，水稻杂交没有优势，也无法形成杂交品种。就是说，想从培育杂交水稻品种这一途经提高产量，是此路不通。国际上的许多研究人员对此或望而止步，或中途折返，或虽仍在探求，但终未有突破性进展。而1960年7月的这一天——

大田之中，袁隆平的背影，他大脚踩入水田，大步向前……

袁隆平：一个偶然的机会，天老爷把一个天然杂交稻摆在了我面前。（以下，可安排采访袁隆平，描述这不平凡的一天）

大意：1. “鹤立鸡群”般的高大植株；

2. 非同一般的穗子数和种子数；

3. 一年中的栽培与研究。

结论：这是一株地地道道的天然杂交稻，它雄辩地证明了水稻杂交优势的存在。

解说：袁隆平越想越兴奋，既然杂交稻能天然生成，那么，就一定能培育出人工杂交稻来。把杂种优势应用到大田生产，就能大幅度提高水稻产量。这时，年纪轻轻身居深山的袁隆平尚不完全知道，国内外许许多多学者都在这扇大门前碰鼻而返，或根本不敢问津，但不管怎样，他的决心是从此下定了。这一年，袁隆平刚好30岁，而立之年。

画面：袁隆平翻阅资料（资料照片）。

袁隆平走向田野（资料照片）。

深夜，袁隆平窗前的灯光，还有他案头成堆的笔记本……

解说：一转眼，几个年头过去了。情报资料匮乏，条件设备简陋，同仁知己稀少，加之本人学识基础尚且薄弱，学习与思考的过程似乎在无尽止地延续下去。

袁隆平在风雨中……

袁隆平在烈日下……（情景再现）

解说：对这位痴迷不改而又一无所成的中专教师，有人背地里嘲笑他是“袁癫子”。而田野上的烈日把他晒得简直像个非洲的黑人，朋友们又心疼而幽默地称他为“刚果布”。袁隆平总是笑着，但他的内心是不平静的。他，在寻求着什么，也在等待着什么。

第二集　风雨苦旅

一望无边的稻田，正扬花抽穗。

一棵一棵植株，似乎千篇一律……

解说：茫茫的水稻田，成千上万棵植株都是那么相似，使人难以区分，而它们都是自花授粉，自我繁殖。当年袁隆平发现的那棵异花授粉的杂交稻，真个是大海捞针捞出来的。经过反复的思考，袁隆平想到，杂交高粱选育就是从天然的雄性不育株开始的，那么水稻也可能存在天然的雄性不育株。用句通俗的话说，就是要先找到这样的水稻植株，作为男一方的雄蕊，发育不全，只剩下代表女一方的雌蕊是健全的，用这样所谓的雄性不育株，培育出雄性不育的品系——不育系，再用正常的雄性可育的品系——恢复系给不育系授粉杂交，形成杂交水稻品种，从而提高产量。那么，大自然中会不会有这样雄性不育的水稻“寡妇”呢？所有的资料上都没有这样的记载。

白花花的大太阳。

闷沉沉的仲夏稻田……

解说：我们的“刚果布”就这样在烈日下真的又开始大海捞针了。袁隆平的妻子邓哲这样说：

邓哲的声音：（大意）那是1964年，又是一个7月。他下到田里，用放大镜一连找了15天，每天回到家里，倒头就睡，连鞋都没脱，皮都晒掉了……终于，到第16天，清清楚楚是7月5日，他一共找了6400个稻穗，正是水稻开花的正中午，人都要中暑了，忽然看到一棵稻株样子好奇怪，雄花花药不开裂，花粉又少，又发育不全，这，这不就是自己千辛万苦找的雄性不育株吗？……

画面：在田间的袁隆平（资料照片）

袁隆平的声音：我欣喜若狂，小心翼翼地拿到显微镜前看它的花粉，的确是败育的，硬是一株货真价实的雄性不育株！

解说：为了取得更多更有力的例证，接着连续两年的水稻扬花期，在农校和附近生产队的大田里，袁隆平又在他妻子邓哲陪同下，一棵一棵前前后后一共检查了一万四千多个稻穗，找到了 6 株雄性不育株。接下来，夫妻俩在极为艰苦的条件下，用从窑厂的废品堆里捡来的瓦钵做盆栽试验。

袁隆平：（大意）结果令人振奋：天然雄性不育株的人工杂交结实率高达 80% 以上，而且后代竟然可以保持雄性不育的特性。那么，人们完全可以利用这一遗传效应，配制出一个庞大的雄性不育系进行人工杂交育种，从而实现大幅度增产。

解说：1965 年 10 月，极度兴奋的袁隆平认真写成了他的第一篇重要学术论文《水稻的雄性不孕性》。可是，这篇在后来被认为是杂交水稻研究的开山之作，具有划时代意义的论文，在当时却被人称之为“异想天开”，袁隆平陷入深深的苦闷之中……

画面：《水稻的雄性不孕性》原稿。

解说：然而，忽然有一天，袁隆平接到了中国科学院 1966 年 2 月 28 日出版的《科学通报》，终有慧眼识珠，他的论文发表了。

画面：《科学通报》原件，刊载的袁隆平的论文，还有当时的稿费通知单。

解说：禁区突破了。按理说，袁隆平后该从此大展身手。可是，扑面而来席卷全国的历史暴风雨，也扑向了他所在的安江农校。

画面：“文化大革命”的场景。

一张令人震惊的大字报：“彻底砸烂袁隆平资产阶级的坛坛罐罐！”

解说：他的栽种着试验植株的瓦钵被砸碎了……

画面：试验田，被人拔掉的秧苗。（情景再现）

水井里，漂浮的烂苗……（情景再现）

解说：接着，好端端的试验田里，秧苗被人拔掉，被扔到古井里……

画面：他背着包袱，走向远处。（情景再现）

解说：再接着，正在试验中难以分身的他，又突然接到通知，去一个煤矿担任宣传队员……

袁隆平：可是，我没有被压垮。除了个人的信念和意志在支撑着自己外，在早期最艰难的岁月里，还有许多的人在支持我，帮助我。

解说：他最早的战友，最忠诚的伙伴，就是自己的妻子邓哲。邓哲，不仅陪伴着他下田，和他一道育苗，而且在他最困难的时候，毅然决然地这样安慰自己的丈夫："大不了跟你一起做田当农民，你照样可以搞你的杂交水稻。"在那严寒的岁月里，还有什么更使袁隆平温暖呢？

画面：邓哲和袁隆平的生活照。（资料照片）

解说：还有他最早的助手和学生，两个从农村来的朴实忠诚又聪慧的学生李必湖、尹华奇。他们深知袁隆平的雄心与壮志，在极为艰苦的环境中，不计条件，不计报酬，与老师风雨与共，朝夕相处，在老师遭到危难时，为他奔走呐喊。他们从袁隆平那里学到了很多，也用自己的智慧与劳动，支撑了袁隆平的工作与事业。

画面：当时与学生们的生活照与工作照。（资料照片）

解说：袁隆平还一直念念不忘许多在他早期奋斗中，关键时刻发现他，支持他和帮助他的"伯乐"。第一位就是原国家科委九局的局长赵石英。是他，在发现袁隆平科研的重大价值后，坚决支持，并采取了有力的组织和经济措施。还有当时的黔阳地委书记孙旭涛，就是他，对那伙欲置袁隆平于死地的"造反派"明确表态："袁隆平是保护对象。"还有一位，就是原省省农业厅厅长陈洪新，就是他，从艰难时世开始，一直为袁隆平的事业大开绿灯，保驾护航。

画面：可选录这三个人的生活照或与袁隆平在一起的照片，以及有关文字资料。

解说：当然，还有许多袁隆平经常提到的名字。在那最早的岁月，在那特殊的年代，这种支持，这种温暖，对袁隆平的推动力，乃是无与伦比的。所以，许多年以后，当袁隆平用自己得到的奖金设立了"袁隆平杂交水稻奖励基金"，第一届颁奖就授予在病榻中的赵石英时，人们是能够理解这其中所包含的无限深情的。

画面：赵石英在医院中接受采访时的照片。

沉思的音乐：这是袁隆平喜爱并经常演奏的舒伯特的《小夜曲》。从前面的叙述开始响起，一直流淌着……

解说：尽管袁隆平有那么多的人关心他，支持他，帮助他，但那时环境的恶劣，条件的艰苦，生活的贫困乃是现在科技人员难以体会到的。当时，袁隆平的研究工作也陷入了数年的徘徊局面，而且种种冷嘲热讽，流言蜚语，不时地像污水泼向他。这是舒伯特的《小夜曲》，袁隆平时时在用它来排遣心中的郁闷……

黑沉沉的安江农校，月色，江水……

解说：夜色中的袁隆平，苦盼着希望的曙光，而他的事业，他的境遇，也上上下下同时牵动了许多人的心。就在袁隆平被迫扔下工作，突然被调到一个煤矿之后，省里出面干预了，在当时形势下，有关部门冒着巨大风险，果断地将袁隆平调往省城长沙。

采访：李必湖与尹华奇。

要点：1. 条件迅速改善，师生几人真有天高地阔之感。

2. 为了加强雄性不育材料的育种步伐，像候鸟一样，追着季节走，奔波于海南与云南，谓之“南繁”。

3. 为了结束6年徘徊局面，袁老师考虑到远缘杂交，决心到大自然中去寻找，“用远缘的野生稻与栽培稻杂交”。

此刻，我们听到了一段类同于进行曲式的小提琴协奏曲，在小提琴率领下，乐队的交响越来越强大。

云南的秀丽田野气。

海南岛的热带风光。

三亚，“天涯海角”。一片野生稻生长茂盛的水塘……

解说：他们寻找，年复一年地寻找，真正是寻到了“天涯海角”。1970年11月23日，就在三亚市农村的一片沙塘边，学生冯克珊突然发现在一大片野生稻中，赫然立着他们寻了千百度的一棵雄性不育株。袁隆平高兴地将它命名为“野败”。远缘杂交的试验表明，它为杂交水稻的研究成功，打开了突破口。

画面：当时论证这一成果会议的图片或录像资料。

解说：尽管农业和遗传学界多数高层的学者一直对杂交水稻研究没有兴趣，但出于国情以及对粮食增产的考虑，国家科委和农业部于1971年初立即组织了全国性协作组。阳春三月，13个省市的50多名科技人员奔赴海南。

画面：资料图片。

解说：1972年，国家科委又将杂交水稻列为全国重点科研项目，在长沙召开了第一次全国科研协作会，进一步扩大了协作攻关阵势。

画面：图片，袁隆平在苏州会议上的发言。

解说：1973年，在苏州召开的全国杂交水稻协作会议上，袁隆平正式宣布，杂交水稻的研究，取得了决定性的胜利！

图表展示：最早的“南优二号”增产30%的数据。

照片：袁隆平在田里消瘦的身形。

解说：是呀，杂交水稻一下子把产量提高20%～30%，可同时，袁隆平的体重，也从68公斤降到53公斤。反向比例大体相当。对此，袁隆平呵呵一笑，说：“身轻如燕，下田方便。”

火车向南奔驰，奔向南海海边。飞转的车轮……

轮船开过海峡……汽车在椰林边穿行……

解说：杂交水稻的推广速度是惊人的。在粮食问题尚且紧张的中国，可以说简直是掀起了一场宏大的战役。仅拿湖南省为例。1975年，一支由省、地、县、公社、大队、生产队六级农业技术人员组成的近万人的制种大军，浩浩荡荡开向了海南……

田野，是三湘四水的田野。大片大片的绿苗，金谷丰收的欢笑。看，袁隆平和大家眉开眼笑地站在打谷机旁……

解说：第二年，1976年，杂交水稻，走向神州。这一年，全国播种208万亩；1977年，1000万亩；1983年，1亿苗；1991年，竟达2.6亿亩，占全国水稻种植总面积54%。真个是，“忽如一夜春风来，千树万树梨花开”。

照片：袁隆平在田边……

袁隆平家人的照片……

解说：从1964年到1976年，整个12个年头，袁隆平大部分时间都不在家里，其中就有7个春节是在海南岛度过。两个孩子在长沙出生时，他没有回家；父亲在重庆病逝时，他也无法回家。但这一切，换来的是杂交水稻研究的成功，这一给天下人带来情和爱的福音。

第三集　锦绣神州

画面：一处处大丰收的景象。

一处处农村或城市群众欢迎袁隆平的图景。

（文字、图片或录像片）

解说：袁隆平成功了。他和他的战友们在杂交水稻研究上的成功使大面积的水稻产量一下子提高20%，因而被权威专家称之为“第二次绿色革命”。

郴州，一处农村，农民为他塑的汉白玉像。这位农民在门上贴的对联：“发家致富靠邓小平”、“粮食丰收靠袁隆平”、“天下太平”。

解说：在农村里，长久以来流传着一个关于“米”字的谜语：“上八不像八，下八才像八，十字中心坐，救命活菩萨。”这位青年人自费为袁隆平塑像，表达了天下农民对袁先生朴素而真诚的敬爱。还有的农民，干脆就叫他“米饭菩萨”。而“先天下忧”的各级政府，怎能不格外感谢他，褒奖他？1979 年，他被评为全国劳动模范。1981 年，他被授予了我国迄今为止唯一的一个特等发明奖。

画面：当年的全国劳动奖章。（实物）

方毅颁发“发明奖”时的情景。（照片）

解说：可是，袁隆平的成果却仍然受到学术界一些人的质疑，包括某些高级权威部门。对此，袁隆平十分坦然，他忙着总结多年来的研究成果，并写作发表和出版了新的论文和专著，这些成果对推动其他领域的杂交技术，也相继取得了突破性的成功。他还清醒地认识到杂交水稻技术仍需要改进和完善，在一片赞扬声中，他提出了“三个有余，三个不足”。

画面：当年写下这几句话的纸张。（实物）

解说：年过半百的他，深深感到事业还要向前，理想仍在召唤，需要组建一支更强有力的队伍，来承继和发展这一为全人类服务的工程。

画面：热烈的庆典场面。

“湖南杂交水稻研究中心”的雄姿。

解说：1984 年，在袁隆平从事杂交水稻研究整整 20 周年后，一个立足湖南、辐射全国乃至世界的专门研究机构“湖南杂交水稻研究中心”成立了。

画面：镜头扫描，一一展示“中心”的所在、风貌、设备、人员等。

解说：袁隆平担任了“中心”的主任。这里，成了“杂交水稻的摇篮”，国内国际同行的圣地“麦加”。

画面：袁隆平会客室墙上的一幅水墨画。

解说：“水稻杂交，巨龙腾飞，神州足食，中华振兴”，这幅挂在会客室墙上的画中题词，可说正是整个中心成员的心中誓词。瞧，这里杂交水稻工作和研究的队伍可谓是兵强马壮后浪推前浪！

画面：袁隆平的几个学生。

解说：他们都是袁隆平早期的门生和助手，现在都已是方方面面的栋梁之材。

画面：袁隆平与各方人士欢聚在一起。

袁隆平与“中心”的年轻人在一起。

解说：再看这些生气勃勃的年轻一代。在他们之中，袁隆平已培养出了一名博士后，六名博士，七名硕士。此外，还有更多更年轻的接班人。

解说：新的冲锋号吹响了，新的进行曲奏响了。研究中心的战斗方阵以一种强大的气势和坚韧的力度，在新的征途上向前推进。

画面：袁隆平在1986年长沙国际会议上的发言。（录像片或照片）

解说：袁隆平认真总结了“三系”杂交稻的不足，并决心不断地改进，其中一个重要之点就是由繁到简。为此，他在1986年长沙召开的世界首届杂交水稻国际学术讨论会上，语出惊人，自我否定了“增产潜力已将近发挥到了极限”的“三系法”，大胆提出了新的战略设想，从三系到两系，以后甚至发展到一系，即育成一个超强优势品种后，它所生产的商品粮本身就能作种子……但品质和产量却将远远超过前期的任何一种杂交稻。（注：此处文字，可考虑由袁隆平宣读其发言稿的关键性文字。）

热烈的掌声，会场上群情激奋。（采用当初的录像片）

解说：是年，袁隆平五十六岁。面对荣誉，面对世界，他又一次把自己置于一个新的起跑线上。

画面：袁隆平出没于田间。

袁隆平和学生们在试验室内。

（以上，可采用现有资料）

解说：百尺竿头，更进一步，是格外的艰难。从“三系”到“两系”，袁隆平和他的协作组整整又跋涉了九个年头，熬白了袁隆平的满头青丝。1995年，又是一个令人振奋的金秋，站在“两系法”水稻大面积丰收的原野上，65岁的袁隆平轻轻念叨着：成功了。

画面：田野，满头华发的袁隆平。

解说：“两系法”不仅实现了由繁而简，而且又将“三系法”水稻的产量提高10%～15%，奏响了杂交水稻新的凯歌，袁隆平和他的战友们无可争议地仍然站在世界的最前沿。

这一年，“两系法”的成功，当即被评为当年全国十大科技事件之首。

画面：当初的资料图片。

解说：袁隆平说过，我曾反复做着这样一个梦：在仲夏的傍晚和助手们躺在肥大的稻穗下乘凉……可是，他何曾真有过躺在自己成果前乘凉的闲心。袁隆平带领他的队伍，向挡在水稻研究者面前的另一世界性课题又发起了新的冲刺，这就是超高产优质水稻。实现这一目标，绝非一种好胜喜功，而是对中国人口与耕地的困难现状以及世界生态环境日益恶化的忧思而使然。理解了这种强烈的责任感，人们就更能理解袁隆平那一颗滚烫的心！

于是我们看见：袁隆平匆匆走进试验室；

他骑着摩托匆匆下田；

他在奔忙的旅途上仍在查阅资料……

解说：培育超级稻，并不是袁隆平率先起步，日本等国早已着手，但均未取得实质成功。中国，能否后来居上，再一次领跑呢？

画面：半夜三更，实验楼的灯光。

大田边，袁隆平和助手们审视着，刚打出来稻谷正在过秤，结果出来，众人欢呼……

解说：至今，这个研究已取得重大进展，大面积试种，2000 年亩产已超过 700 公斤；2005 年大面积亩产 800 公斤的目标，又提前于 2004 年实现；最终目标是 2010 年亩产要达到 900 公斤。袁隆平盛情邀请客人品尝刚打下来的超级米。

画面：在“中心”的食堂里，袁隆平盛情邀请客人们品尝超级稻米饭，众欢笑满堂。

解说：席间，袁隆平不无感慨地对人说：2010 年 900 公斤，这是我一生的最大愿望，也可能是终极愿望。

荧屏上出现 2001 年在人民大会堂晚会上，袁隆平拉小提琴时的情景。

袁隆平：这是著名地质学家李四光 1921 年创作的《行路难》，这个曲子告诉人们，探索科学的道路是艰难的，但不管怎么难，科研工作者也要走下去……

解说：是呀，科学的征途是艰难的，但袁隆平早已不是孤独的，他的不懈努力越来越受到普天下的赞誉。1992 年，湖南省率先授予他“功勋科学家”光荣称号。

1995 年，光荣当选为中国工程院院士。

画面：两种证书（实物）

解说：除了各级主管部门多年来的关切与支持，党和国家领导人江泽民、李鹏、朱镕基、胡锦涛等都先后来“中心”视察或者亲笔批示，给予“中心”强有力的支持。2001 年 2 月，袁隆平荣获了首届“国家最高科技奖”，在人民大会堂接受了江泽民主席的颁奖。

画面：此外，还有一个袁隆平认为是很崇高的荣誉：罗霄山脉中段的炎陵县，是神农炎帝安息的地方，首届湖南省公祭炎帝陵的典礼，请来了被称为“当代神农”的袁隆平当主祭人，由他点燃圣火。

画面：大殿、圣像、香烟、圣火，袁隆平在主祭。

袁隆平内心的声音：我是在祭典我们中华民族的始祖，我向天下之人宣誓：“山外青山楼外楼，自然探秘人不休。成功易使人陶醉，莫把百尺当尽头。”

画面：这幅袁隆平的自勉七言诗，端端正正地书写悬挂在他的书房墙上。

“天涯海角”的风景。沙滩，海浪，海鸟飞翔……

解说：海南的“天涯海角”。袁隆平带着夫人来到这里。只见茫茫大海上，一只只海鸥舒展翅膀向远方飞去。袁隆平触景生情，对邓哲意味深长地说：“原来，我们是洞庭湖的麻雀；现在，我们要做太平洋的海鸥啊！”水天一线，世界在他眼前……

第四集　春风环球

翻腾的海浪……

叠印出这动荡的世界：中东战火，南亚街头乞儿，非洲难民饥饿的形影……

解说：这个世界不平静。除了信仰、宗教、民族、资源等因素，不断引起恐慌、动乱乃至战争外，粮食问题的阴影千百年来一直笼罩着全球大片地区，尤其是许多不发达国家……

画面：有关的国家水稻研究机构的工作场景。

解说：美国、日本、菲律宾等许多国家都在斥巨资，运用各种先进手段进行对粮食、尤其是对水稻的研究。虽然也取得不少成果，但在杂交水稻研究面前，大都止步不前或陷于徘徊状态。当忽然得知长期被粮食问题困扰的中国，十多年前还曾出现大范围饥荒的中国，竟然攻破了这个世界公认的难题，他们疑惑，他们询问。

画面：袁隆平第一次出国的情景。（资料片）

解说：1979 年春，袁隆平应邀到菲律宾，参加最具权威性的国际杂交水稻学术会议。参加这次会议的有数十个国家的 200 多名科学家。袁隆平的论文《中国杂交水稻育种》在会上公开宣读。接着，这个黑黑瘦瘦酷似农民的中国科学家用英语即席答问，他的不凡业绩和卓然风采使全场敬服了。他们不得不公认：中国的杂交水稻研究和应用居世界前列，袁隆平是其泰斗和领军人。

画面：袁隆平在会上发言受到热烈欢迎的情景。

解说：到了 1982 年，各国的水稻专家再度汇聚于此。仅仅三年，袁隆平的科学研究又向前迈开了更新的步伐，而且他的劳动与智慧已然在许多国家和地区开花结果。会议开始了，突然，主席台后的屏幕上显现出袁隆平的巨幅头像，头像下方是一排醒目的英文黑体字：“杂交水稻之父”。掌声欢呼声轰然而起。

画面：再现会上的情景。（资料）

解说：袁隆平吃了一惊，反应过来后，向大家深深一鞠躬，说：“我虽然在杂交水稻研究方面做出点成绩，但称我‘杂交水稻之父’，的确盛名难负。我希望与大家交流合作，拿出更多的一流成果。”

画面：显示袁隆平亲笔题写的话——“发展杂交水稻，造福世界人民”。

解说：袁隆平不仅把中国，而且也把世界放在了心上。从此，中国的杂交水稻越来越多地走出国门，袁隆平带领他的团队——“湖南杂交水稻研究中心”以及后来加强组建的“国家杂交水稻工程技术研究中心”的全体人员以天下为己任，不仅仅在祖国的大地上辛勤努力，而且以一颗颗赤子之心，奔赴美国、日本、菲律宾、印度、越南、印尼、缅甸、墨西哥、委内瑞拉等许多国家，传授理论、技术与经验，又先后接纳了外国一批又一批的农业技术人员，到“中心”来办班培训。亚洲、非洲、大洋洲还有美洲，30 多个国家先后播下了杂交水稻的种子。

画面：出国访问。

在“中心”培训外国技术人员。（录像和图片资料）

解说：一处又一处的丰收，使好些国家的领导人高兴异常地会见这位给他（她）们解决了大问题的中国科学家。

画面：菲律宾总统阿罗约……
印尼总统……
越南国家领导人……

解说：一系列国际性的奖项纷纷授予这位对人类做出了重大贡献的中国科学家。

画面：各种奖状、奖章、奖杯以及各类颁奖仪式的快速叠印与剪影……

解说：种种荣誉，说明了袁隆平的卓越，袁隆平的分量。世界著名农业经济学家，美国的唐·帕尔伯格为之写道："袁隆平给中国争取到宝贵的时间，这样也就降低了人口增长率。随着农业科学的发展，饥饿的威胁在退却。袁隆平正引导我们走向一个丰衣足食的世界。"这，不是肤浅的溢美之词，而是一位思想者的由衷的赞叹。

画面：布朗的论文《2030 年谁来养活中国?》
（注：争取找到原件或复印件）

解说：也就在这前后，另一位著名学者，美国世界观察研究所所长莱斯特·布朗也发表了一篇洋洋数万言的论文，题为《2030 年谁来养活中国？——来自一个小行星的醒世报道》。他认为中国这样一个十几亿人口的大国，人口还在增多，土地不断减少，粮食终将无法自给，而大规模的粮食进口，必然引起全世界的粮价上涨和粮食短缺。"中国的粮食短缺将比军事入侵更可怕"。总之，"中国是世界最大的威胁"。

画面：袁隆平在人民大会堂讲话。

解说：对此，袁隆平在北京人民大会堂的一次会议上，发表了"攀登杂交水稻研究新高峰，解决中国人吃饭问题是我毕生的追求"的演讲，针对布朗博士提出的尖锐命题，作出了有力的回答——"中国完全能解决自己的吃饭问题，中国还能帮助世界人民解决吃饭问题。作为农业科技工作者，我们肩负着保障我国粮食安全的重大责任。我认为而且坚信，依靠科技进步和国人的努力，我们能养活中国。"
（以上，可用字幕，或者邀请袁隆平接受采访，大体重述自己当时的发言。）

画面：袁隆平日夜奔忙的图景。

解说：目前，袁隆平和他的团队正在努力从事并已取得重大成果的超级杂交稻研究，就是他们的有力行动之一。还有"一系法"的设想，还有"中国超级杂交水稻基因组计划"等，都是还在进行或已取得重大成果的工作。袁隆平还在水稻品质的优化、杂交水稻研究的产业化等方面做着可贵的探索。当中国发射的卫星在太空遨游时，人们可曾想到，袁隆平研究小组精选处理的杂交水稻种子也在其中追星赏月。袁隆平还时时神思飞越，仍然像他孩提时代那样，不断做着十分美丽的梦。“人造食物”就是他又一个新的美梦，也是一个新的战略构想。

画面：袁隆平骑着摩托飞速向前驰去。

解说：已是年过花甲的老人了。当人们看见他还像小伙子一样飙车时，常常夸奖他身体和心态十分年轻，那么是否也可以认为，乃是基于一种崇高的责任感，使他在不停地追赶时间？

画面：人民大会堂，联合国有关组织命名“袁隆平星”的隆重仪式。

解说：1999 年，国际小行星命名委员会将我国发现的国际永久编号 8117 号小行星命名为“袁隆平星”，从此，在浩瀚的宇宙中，又升起了一颗科技明星。这不仅是对他和他的助手们的成就的充分肯定，也是中华民族的光荣与骄傲。

画面：袁隆平与他的战友们、助手们和学生们欢聚一堂，谈笑风生。

解说：是呀，袁隆平成了明星。有时也为一些“追星族”认出而引起轰动，但也有过的是被刊载照片的刊物误认为一位老农等，在国外也有过把他当作随员，而把随员认作是他的笑话。

袁隆平在我们面前爽朗地大笑着，旁边的助手学生们也都开怀大笑……

解说：他认为自己还不应成为历史，更不应把自己真当成一颗明星，高高挂在天上，他的双脚仍深深扎在自己无限钟爱的沃土之中……

画面：袁隆平和助手们赤着脚，一步一步地向大田深处走去……

解说：杂交水稻研究艰难的 40 年过去了；杂交水稻研究中心成立辉煌的 20 年也过去了——

2004 年，联合国郑重宣布为“国际稻米年”，并提出“稻米就是生命”的庄严口号，这是联合国第一次将一种农作物作为一年的主题。袁隆平和他的团队怎能不为之振奋，同时，更深深感受到这一口号那沉甸甸的分量。

荧屏上，袁隆平等的身影渐行渐远，最后融化在春天稻田的一片连天翠绿之中。

这翠绿逐渐化为扬花时节的黄绿相间；

最后，又变为灿烂秋日下无边无际的金黄，金黄……

音乐起，小提琴领奏，管弦乐队合奏，是欢快的《蓝色多瑙河》。

解说：《蓝色多瑙河》这是袁隆平最喜爱的乐曲之一，这乐曲使人充满希望，使人向往幸福，全世界的人都喜爱这支乐曲。

一片金黄，一片金黄，又是一片金黄……

在翻滚的稻浪里，在摇曳的稻穗丛中，隐约可见袁隆平的身影，沉醉地拉着他的小提琴……

注：本文系湖南省杂交水稻研究中心等部门约请撰稿，并有幸与袁隆平本人会见和畅谈。文稿获得首肯，后因故未能投拍。

（2004 年）

代后记·

潘 弟

唐泽定

上个世纪五十年代晚期，我与潘一尘同学同在中文系读书。他比我低一年级，喊我“唐兄”，我自然叫他“潘弟”。

我们都是学院（当时是“湖南师范学院”）红旗文工团的中坚分子，正做着艺术的美梦。在我的印象中，这位翩翩少年，机灵、单纯而热情，喜怒哀乐时时写在脸上；说话利索，而且反应特快，他因此又是一名短跑好手（据说还破过省纪录）。在政治运动不断升级的当时，我对像潘弟那样不怎么问政治而且城府不深的同学，特有好感。在艺术领域，潘弟爱好广泛。我听他用忧郁的调子朗诵过普希金的《致大海》：“再见吧，自由的元素！……”我也听他悲壮地吼出《奥赛罗》的台词：“再见吧，你威武的军旗，还有你杀人的巨炮！再见吧，奥赛罗的事业！……”潘弟善舞，快书也说得轻捷流畅。总之，说他“才华横溢”，绝非溢美之词。

但在红旗文工团排演的大型节目中，潘弟却总是演配角，而他即使是演马弁，也全力以赴，创造好角色，绝不恃才傲物或马虎对付——我认为这是从艺之道，于是对他更有好感。红旗文工团以演歌剧称雄于湖南高校，其台柱是潘弟的同年级同学徐竞存，她的戏剧性女高音的确非同凡响，主角非她莫属。不知怎么一来，主角对配角有情，配角也对主角有意，于是他们有了玫瑰之约，进而共赴爱河之旅。毕业时，徐竞存被广州军区战士歌剧团要去，潘弟则分配到湘南的一个小县城教书。两地相思，他们又开始了遥遥的鸿雁传书之恋。同学们见面，总替潘弟担心：徐竞存到了大城市，大单位，那里艺术人才多，大官也多，出身好的更多，她会不会黄鹤一去？她还会苦等着小县城里的教书先生吗？……

后来得知一连串的好消息：他们终成眷属。同学们为潘弟庆幸，更为潘夫人对爱情的坚贞感动。徐竞存转业后回长沙，现在已是省内知名的音乐专家了。潘弟也凭着自己的实力，从湘南调到长沙，当过编剧、处长、所长，最后是潇湘电影制片厂的副厂长。而不论当什么“长”，一见面，他仍喊我“唐兄”，我仍叫他“潘弟”，我丝毫感觉不出他的“官气”。从他眼里，我读到老同学之间最可宝贵东西：真诚。他的艺术创作，也是硕果累累，他创作和参与创作的作品，多次在国内和国际上获奖。

潘弟一家，也是艺术之家，女儿是歌坛后起之秀，在北京，常露面于中央电视台。儿子在上海，虽是老总，却是不错的业余作者，发表过小说、散文，还得过奖，现在正钟情于网络文学。好一个艺术之家！在我的同学中，怕也是绝无仅有的吧。

我与潘弟都已退休。我发现他老练有加而机灵如故。他退而不休，仍在抓创作，写作品，继续做他的艺术之梦。

很久没有与潘弟见面了。有一句流行歌曲的歌词是：“大哥，大哥，你好吗？”今仿之，以为久别的问候：“潘弟，潘弟，你好吗？”

注：此文2004年发表于《湖南师大校友》专刊，读后甚为感动。而今唐兄已作古久矣！即将它作为代后记，感到颇好，亦是一份纪念。

跋·

家有书屋

徐竞存

先生是个嗜书之人，我悟到这一点很早，所以读大学时，送给他的头件礼物，就是一本新出的朗诵诗选，翠绿色封面，至今还记得他大睁眼睛的欣欣然。

他自述家世，出身书香门第的母亲，即是一位书痴。家道中落，八年离乱，流落湘西，身边一群大小儿女，案头一堆教案作业，老人家的唯一乐趣，就是待到夜半时分，青灯之下，架着那深度近视眼镜，去读借来和租来的曹雪芹、张恨水，还有来得很远的巴尔扎克。作为长子，常不忘冲泡一碗酱油锅巴给母亲作宵夜，而她床头枕边的那些书，也成了儿子之所好。人生在世要多读一点书，要有一些藏书，最好能有一间书屋，他很同情渐渐衰老的母亲，像这样常常念叨的一点可怜愿望，一世到头也终未能实现。先生长得很像母亲，而读书爱书，看来也成了遗传基因。

记得上“古文选讲”课，白头发的老师吟诵起《陋室铭》怡然陶然，满堂学子也跟着摇头晃脑，沉浸在中国式文人的至高境界。步出课堂奔向饭堂，只见我未来先生的他还在晕晕乎乎地念念有词，什么“斯是陋室，惟吾德馨”，“可以调素琴，可以阅金经”，等等。

未料，离开大学后，竟是长久的关山阻隔。我入伍远去南粤，他则被分配到湘南一个还没有电灯的小县城。离校时，他全部家当就是一个大被包，内有半纸箱的书，是每月五块零花钱中挤出来买的。不久，我即到他安身的那个学校那间光线很暗的住房去看望。一桌一椅一床，还有一个竹编书架，说是找总务室从仓库里翻出来的。他时而不经意地用手去扶一扶那些东倒西歪的书，眼里竟有些许的自得。

以后，几番努力使他变成了个“专业作者”，调到了一个大一些的城市，也有了一间大一些的住房，少不了的书架，也由小到大，一变为二，由竹制的换成了木制还上了漆的。不用说，书也增加了许多。

然而，这样平稳向前的生活步伐突然被打乱，十年之久的大风大雨来了……

在一个冷雨的夜晚，已被逐出部队文工团的我和被下放到农村的他相见了。这是一个朋友堆放杂物的房间，他留在城里的唯一财产——一个粗大的木箱寄放于此。撬开用铁钉钉死的箱盖，是满满一箱书，有古典文学、文艺理论，而大多是他喜爱的诗歌散文。有的书撕去了封面，有的书醒目地写着“大毒草，供批判用”，还有的书，就在作者名字上打一个大红叉。我明白，这都是为了能保留下来而想的办法。房里没有凳子，盖上木箱，我们坐在上面，久久无语，窗外，是夜雨淅沥。良久，忽听见抽泣，我抬头，在窗外的微光中，只见他的双眼充盈着泪水，似自语，似询问：“中国之大，难道就没有一个地方？……”

过去的都过去了，我们终于相聚一起，有了一个安身的地方，后来又有了一个个越来越好居住的地方，几度搬家，空间日大，爱书藏书的他，也从书架到书柜，行头不断升级扩编。终于更有了一次相请众多亲朋举杯欢庆的乔迁之喜，赶巧还是1999年建国大庆，更平添几分喜气。新居面积不算小，衣食住行十分方便。看来他最得意的还是实现了历史性的跨越，有了一间真正意义上的书屋：靠窗一方书桌；靠墙一排书柜；居中一张沙发床，可坐可靠可卧，落地灯一旁侍候着。于是经常把门一关，一个人“惟吾德馨”去了。至于我，则另有琴房一间，聂耳钢琴一架，时有学生来访，也自然乐在其中。

然而不久，先生却又不满足了。一是藏书本已不少，怎奈出版事业繁荣昌盛，黄泥街定王台还有图书城，家中新书日增，书柜爆满，上堆下摊，内外两层，挤成了个难民营。加之订的赠的买的各类报纸杂志，满屋子泛滥成了灾。还有，他近年常在各大学讲影视艺术，工作需要演变成了业余爱好，一不小心还成了个“淘碟一族”，自称藏碟逾千，书屋里就只好大家都挤一挤了。

不满之二，我常上声乐课，男孩女孩引吭高歌，先生初闻开心，继而心慌，到后来则闻歌起身，旋即落荒而逃。

更有甚者，在外地工作的子女，为支援家庭发展，购赠新浪潮电脑一台，以供父母头脑更新，也一家伙挤进了书屋。半年下来，我学会后如鱼得水，而他唯恐花费时间，不学，结果屋里就挤上加乱，先生为之头痛不已。以上种种，问题严重了。

眨眼间，又跨进了新世纪。终于，机会来了。忽听得本栋某户，另购新居，现房择价出售。好个先生，自持财政稍有盈余，竟来不及与我打招呼，闻风而动，三言两语就谈了下来。两三日后，就公证，就纳税，就付款，房子就到手了。85平方米就做书房？有人惊愕，还有有经济头脑者摇头，而先生则自得其乐，乘着兴头，忙着整修，抓紧打扫，置点家具，最最重要的是一口气新买了六个大书柜，再加上一张可以堆放许多书的老板桌。就这样，在一个安安静静的所在，一间像模像样的书屋悄悄地而又隆重地诞生了。时间也真巧，又赶上新中国成立55周年，又是喜气平添了。

这一回，一不请客二不张扬，就俩人在屋里共同检阅。瞧那银光闪闪的玻璃柜门里，多年来先后入伍的各类书籍碟片，按兵种排成整齐方阵，肃然无声，听候召唤。一晃眼，又好像置身于密密树林中，饱吸日月光华的万千生灵，散发出各种芳香，引人入胜。再凑近细看，默念着一个个熟悉或陌生的名家或新秀的名字，恍然置身街头巷尾，可轻轻叩响任一家门环……

是的，的确很好。看着他那志得意满微醺欲醉的神态，我也不禁于感慨中若有所思起来。他早已不是在寒窗前博取功名的弱冠少年了，也不是博览群书勤奋笔耕而著作等身的学问家，亦非那种高阁藏书自附风雅的贤人名士，他实在只是一个普普通通的读书人。那么，爱书藏书兴致何至于如此，乃至一生中竟至有意无意地却又坚持不懈地向往和追求？而且，在我们或近或远的交游圈内，类同此好者，亦闻大有人在。

正巧，读到有关读书的一位名家之言："罗曼·罗兰说，任何作家都需要为自己筑造一个心理单间。书房，正与这个心理单间相对应。一个文人的其他生活环境，日用器物，都比不上书房能传达他的心理风貌。书房，是精神的巢穴，生命的禅床。"我想，大概是这个道理。

先生年过花甲，方才有了这么一个"单间"，但比之他爱书的老母，更不用说比那些战乱年代苦苦寻觅一张"平静的书桌"而不得的读书人众，实在是幸运的。能"坐拥书城，享受人生大安详"，乃是他的福分。

注：此文乃前些年夫人对我的一纸素描，颇有些意趣。不妨编了进来，就作为文集的跋。